Dem Traummann auf der Spur
Boston Bachelors 3 – Brandon

Karin Lindberg

Verlag:
Zeilenfluss
Sonnenstraße 23
80331 München
Deutschland

ISBN 978-3-96714-049-1

Lektorat: Dorothea Kenneweg
Korrektorat: Dr. Andreas Fischer
2. Korrektorat Ruth Pöß https://www.das-kleine-korrektorat.de/
Covergestaltung: Casandra Krammer
Satz: André Piotrowski

Weitere Informationen unter
www.karinlindberg.info

Facebook

Dem Traummann auf der Spur

Liebesroman

Karin Lindberg

ZEILENFLUSS

Eisiger Wind fegte durch Bostons Straßen, der Himmel war grau, und dicke Wolken trieben über den Horizont. Erin klappte den Kragen ihres Mantels nach oben, obwohl ihr klar war, dass auch das nur wenig gegen die Kälte schützen würde. Ihre Beine, die in dünnen Seidenstrümpfen steckten, fühlten sich längst wie Eiszapfen an, ihre Füße spürte sie fast nicht mehr. Sie machte einen weiten Schritt über eine Pfütze aus Schneematsch und Tauwasser.

»Verdammt«, stieß sie hervor, als sie beim Aufkommen mit den glatten Sohlen ihrer schwarzen High Heels ausrutschte. Um ein Haar wäre sie gestürzt, sie konnte sich gerade noch fangen und ein größeres Unglück abwenden.

Erin seufzte leise und hastete weiter, sie konnte gar nicht schnell genug ihre Arbeitskluft, die sie als Privatermittlerin häufiger trug, loswerden. Zuletzt hatte sie einen reichen Kerl observiert, dessen Frau ihm zu Recht mistraute. Nur ein Auftrag wie jeder andere, auch wenn sie sich den Job nicht ausgesucht hatte, aber er brachte gutes Geld, und deswegen verdingte sie sich als Schnüfflerin. An schmuddeligen Tagen wie diesen wünschte sie sich nur noch einfache Dinge: nach Hause kommen, die Tür hinter sich schließen und sich in eine dicke Wolldecke hüllen, während auf Netflix irgendeine Serie lief, die sie ihr trostloses Dasein vergessen ließ. Erin wollte nicht daran erinnert werden, dass sie gar kein eigenes Leben mehr hatte. Es kam ihr häufig so vor, als ob jemand vor sieben Jahren die Stopp-Taste gedrückt hatte und sie seitdem nur noch existierte.

Nun tat sie es doch. Sie brummte einen äußerst undamenhaften Fluch. Die letzten Meter legte sie im Stechschritt zurück, dabei konzentrierte sie sich darauf, nicht doch noch zu stürzen. Wollte dieser elende Winter niemals vorübergehen? So schön die Sommer an der Ostküste sein konnten, so eisig und unfreundlich war die kalte Jahreszeit, die unausweichlich darauf folgte.

Als sie ihr Ziel erreicht hatte, atmete sie erleichtert aus. Endlich.

Im Treppenhaus war es kaum wärmer als draußen, die abgestandene Luft roch muffig und nach feuchten Wänden. Sie wohnte im dritten Stock, einen Aufzug gab es nicht. ›Das hält fit‹, war die Antwort, die sie gab, wenn man sie danach fragte. Nicht, dass sie viele Freunde hätte, die sich darum scheren würden, wo und wie sie hauste. Nicht mehr. Alles hatte sich geändert, oder war es vielleicht sie, die sich verändert hatte?

Als sie endlich oben angekommen war, atmete sie erleichtert aus, steckte den Schlüssel ins Schloss und öffnete die Tür. Ihre Nachbarn stritten mal wieder, sie verdrehte die Augen. Die Wände waren so dünn wie Pappe, man bekam alles mit. Aber eine andere, bessere Wohnung konnte sie sich nicht leisten, und so musste sie damit zufrieden sein, überhaupt ein Dach über dem Kopf zu haben. Erin kickte die Heels von ihren Füßen, dann warf sie die Tür ins Schloss und ließ die Schlüssel in ein kleines Schälchen auf einer schäbigen Anrichte fallen.

»Feierabend«, brabbelte sie vor sich hin, schlüpfte aus dem für die Jahreszeit viel zu dünnen Mantel – einen anderen geschäftstauglichen hatte sie nicht – und hängte ihn akkurat auf einen Bügel. Obwohl sie privat keinen besonderen Wert auf eine ordentliche Garderobe legte, so musste sie beruflich doch peinlichst genau darauf achten – je nach Auftrag zumindest. Nachdem sie Rock und Bluse gegen Jogginghose und einen ausgeleierten, kuscheligen Wollpullover getauscht hatte, schob sie sich ein Fertiggericht in die Mikrowelle und stellte eine Folge *Gilmore Girls* an. Die Serie hatte sie über Jahre hinweg begleitet, beinahe die einzige Konstante in ihrem einsamen Dasein.

»Gott, mein Leben ist so erbärmlich«, murmelte sie und schob die bedrückenden Gedanken beiseite. Das *Pling* der Mikrowelle kündigte indes an, dass ihr Abendessen fertig war.

Kurz darauf saß sie auf ihrem abgewohnten Sofa, mit dem heißen Essen auf den Knien. Erin stellte den Fernseher lauter, als das Geschrei der Nachbarn noch heftiger wurde. Sie schüttelte den Kopf, dabei war Jessica so eine nette Frau. Aber ihr Kerl? Eine Katastrophe. Sie kannte die Art von Beziehungen, die nur durch Abhängigkeiten zusammengehalten wurden. Sie erlebte das beinahe täglich, und selbst hatte sie auch kein glückliches Händchen bei den Männern. Schon alleine deswegen zog sie es vor, Single zu bleiben.

Erin lachte auf.

Als ob die Typen Schlange stünden!

Sie schnitt eine Grimasse und stach mit der Gabel in ihre Mac & Cheese. In dieser Sekunde klingelte ihr Handy, es steckte noch in der Manteltasche. Eigentlich wollte sie den Anruf nicht annehmen, dem Abend war ein langer Tag vorausgegangen, aber sie konnte sich den Luxus, nicht erreichbar zu sein, momentan nicht leisten. Sie brauchte ein stabiles Einkommen, deswegen schob sie ihr Essen beiseite und hastete zum Telefon. »Hallo?«

»Erin, bist du es?«

Wer sollte denn sonst ihr Telefon beantworten? Sie lächelte spöttisch, obwohl ihr klar war, dass Nate West sie nicht sehen konnte. »Nate, wie geht's?«

»Gut, vielen Dank.«

»Was kann ich für dich tun? Gibt's Probleme?«

»Nicht direkt, aber ich möchte sicherstellen, dass das auch so bleibt.«

»Was kann ich für dich tun?«

Im Laufe der Ermittlungen zu Nates leiblichem Vater hatten sie sich vor einiger Zeit kennengelernt, er war ein attraktiver Typ mit einer sehr sympathischen Partnerin. Das war einer der Aufträge gewesen, den sie gerne angenommen hatte. So war es nicht immer, aber wählerisch zu sein konnte sie sich ebenfalls nicht leisten.

Ihre Tätigkeit als Schnüfflerin reichte von einfachen Beschattungen bis hin zu Sonderaufträgen wie dem von Nate, bei dem sie einige Wochen in Atlanta hatte verbringen müssen, oder seinem Kumpel Elijah, den sie mehrmals vor den Fängen eines stadtbekannten Kriminellen hatte bewahren müssen. Dieser sture, aber liebenswerte Kerl hatte zu der Zeit Tendenzen gehabt, sich ständig in Schwierigkeiten zu bringen. Und das alles nur aus Liebeskummer – aber auch das war Geschichte. Elijah war mittlerweile ebenfalls glücklich verliebt und mit Livs Freundin Cat zusammen. *Friede, Freude, Eierkuchen,* dachte Erin und freute sich für die beiden. Nate und Elijah waren nicht mehr nur Kunden, sie waren ihr irgendwie ans Herz gewachsen.

»Liv und ich heiraten im Sommer«, sagte Nate jetzt.

Das war nicht wirklich überraschend für sie. Nicht mehr. Nate hatte sich, seit er Liv kennengelernt hatte, sehr verändert. Zum Positiven. Erin hätte nicht gedacht, dass ein derart harter Kerl durch die Liebe so auftauen konnte. Sie verkniff sich ein Grinsen.

»Wie schön, herzlichen Glückwunsch. Ich nehme an, du wirst deinem Vater keine Einladung schicken?«

Sie hörte ein leises Seufzen am anderen Ende der Leitung.

»Entschuldigung«, beeilte sie sich zu sagen. Ihr war klar, dass das noch immer ein heikles Thema für Nate war.

»Schon in Ordnung, aber du hast recht. Allerdings werden meine Halbbrüder auf der Gästeliste stehen.«

»Ja?« Sie verstand noch immer nicht, worauf er hinauswollte. Bei fast jedem anderen Kunden hätte sie jetzt einen blöden Spruch dazu geklopft, dass die Uhr bereits tickte.

»Ich möchte, dass du dich ein bisschen umsiehst, vor allem an den Tagen der Hochzeitsfeier.«

»Den *Tagen*? Mehrzahl?«

»Ja, wir haben uns vorgestellt, dass wir unsere Gäste zu einem Wochenende auf Nantucket einladen.«

»Ihr wollt auf einer Insel feiern?« Nicht, dass es sie etwas angehen würde. Und Nate konnte es sich wohl erlauben, denn das Urlauben auf diesem Flecken Erde mit malerischen Stränden, kleinen Fischerdörfern und einer weitestgehend unberührten Natur war teuer und exklusiv. Er war einer der reichsten Männer Bostons, für ihn war es keine große Sache, das finanziell zu stemmen. »Da seid ihr im Sommer ja in bester Gesellschaft«, witzelte sie.

»Wir wollten raus aus Boston, obwohl meine liebe Liv mich natürlich auch darauf hingewiesen hat, dass man mit dem Geld, das wir nun für die Hochzeit ausgeben, auch Wohltätiges tun könnte ...«

»So habe ich es zwar nicht gemeint, dennoch muss ich sagen, sie hat natürlich recht.«

»Ich habe deinen Wink schon verstanden, Erin. Mir ist klar, dass die Leute auf Nantucket sonst nicht unbedingt auf meiner Wellenlänge sind, mir geht es nur um die Umgebung, die Landschaft und die romantische Stimmung.« Sie hörte ein Schmunzeln aus Nates Stimme. »Deswegen rufe ich an. Ich möchte, dass diese Feier unvergesslich wird, und das hat eben seinen Preis, den ich gerne dafür zahle.«

»Das ist eure Sache, und es ist mir im Grunde auch egal, wie viele Millionen du für eure Hochzeit ausgibst. Vor mir musst du dich nicht rechtfertigen«, kommentierte sie leichthin. »Aber, Nate, wie komme ich dabei ins Spiel? Du wirst mich kaum dafür brauchen, dass ich die Servietten falte.« Sie spürte, wie sich ihre Mundwinkel nach oben bogen.

»Ich möchte, dass diese Hochzeitsfeier reibungslos verläuft, vor allem aber, dass uns keine unliebsamen Überraschungen erwarten.«

»Ich verstehe. Für wann ist sie denn geplant?«

»Im Juni, das genaue Datum kommt noch, wir sind gerade dabei, alles zu arrangieren.«

»Und gibt es Anzeichen, dass dein Vater –«

»Nenn ihn nicht so«, unterbrach Nate sie.

»Entschuldige, dass Mr. Bowers Ärger machen wird?«

»Das kann man nie wissen, ehrlich gesagt. Ich möchte jedenfalls sichergehen, dass wir unsere Ruhe haben.«

»Verstehe. Was ist jetzt mein konkreter Auftrag? Ist denn irgendwas vorgefallen in letzter Zeit?«

»Vielleicht leide ich einfach unter Verfolgungswahn, keine Ahnung. Nein, es gibt keine Anzeichen, dass was im Busch ist. Er ahnt ja nicht mal, dass ich zu einem Teil dazu beigetragen habe, dass er in U-Haft saß. Dass er wieder draußen ist, finde ich natürlich mies.«

»Es war klar, dass ihn irgendein scheiß Richter auf Kaution laufen lassen würde.«

»Der Prozess wird ihm gemacht, aber bis dahin ist er auf freiem Fuß.«

»Hat er denn irgendeine Ahnung, dass du mit seiner verstorbenen Frau Kontakt hattest?«

»Das weiß ich nicht, das Verhältnis zu seinen Söhnen ist ja nicht besonders, aber sie könnten es dennoch erwähnt haben, vielleicht gar nicht mal bewusst.«

»Verstehe. Ich höre mich mal um. Gehe ich recht in der

Annahme, dass ich ihn auch ein paar Tage in Atlanta observieren soll?«

»Wenn du das für nötig hältst?«

Erin grinste, obwohl sie wusste, dass Nate sie nicht sehen
konnte. »Du hast mich doch kontaktiert. Um zu wissen, was
läuft, muss ich ihn unter die Lupe nehmen, und das kann
ich nur vor Ort. Mit drei Monaten Hochzeitsplanung seid
ihr aber ganz schön knapp dran, oder?«

Nate stöhnte. »Ich weiß, aber ich will nicht länger warten.
Wir haben uns an Halloween verlobt, aber noch keinen
konkreten Termin abgesprochen – bis jetzt.«

»Muss Liebe schön sein«, scherzte sie.

»Das ist sie, in der Tat.« Nates Tonfall war weicher geworden, es war selbst für Blinde und Taube unmöglich,
nicht zu begreifen, wie sehr er Liv liebte. Erin freute sich
für ihn, gleichzeitig blieb sie jedoch realistisch genug, um
zu wissen, dass nur wenigen Menschen diese Art von Glück
vorbehalten war.

»Fehlt nur noch eins«, meinte Erin schließlich. »Mein
Honorar.«

Er lachte. »Wie hoch schätzt du den Aufwand ein?«

»Kann ich noch nicht sagen. Erst mal eine Woche Atlanta,
dann würde ich gerne auch die Tage vor der Hochzeit auf
Nantucket verbringen und die Örtlichkeiten in Augenschein
nehmen. Dass ich hier die Ohren offenhalte, ist ja klar. Ich
werde euch nicht rund um die Uhr belauern, aber hin und
wieder mal in eurer Gegend nach dem Rechten sehen.«

»Das klingt vernünftig.«

»Du mietest einige Privathäuser auf der Insel? Oder ein
Hotel?«

»Wir hatten an einzelne Häuser gedacht, Hotels sind so
unpersönlich.«

»Schön, dann hätte ich gerne die Unterkunft eurer Bleibe
gegenüber.«

»In Ordnung, in der Hochzeitsnacht wirst du dein Fernglas allerdings nicht auf unser Schlafzimmer richten«, scherzte er.

Erin lachte. »Keine Angst, es gibt kaum etwas, das mich weniger interessieren würde als das«, witzelte sie. »Zehntausend für den Anfang würde ich sagen, den Rest rechnen wir dann nach Aufwand ab.«

»Das sind ja Schnäppchenpreise.«

»Du kannst gerne mehr bezahlen, aber dein erster Auftrag beinhaltete ja noch ganz andere Leistungen«, erinnerte sie ihn. Vor einiger Zeit hatte Erin mithilfe eines Hackers offengelegt, dass der damalige Generalstaatsanwalt von Georgia, Henry M. Bowers, nicht nur in dunkle Machenschaften verwickelt war, sondern auch staatliche Gelder veruntreut hatte. Sie hatte sich in sein Haus und seinen Freundeskreis eingeschleust und war große Risiken eingegangen. Das machte ihr zwar nichts aus, aber diese Dienste kosteten nun mal mehr als eine einfache Observierung.

»Wenn alles glattläuft, werde ich dir einen Bonus zahlen.«

»Das klingt ausgezeichnet. Was muss ich noch wissen?« Nebenan donnerte etwas gegen die Wand, Erin hoffte, dass es sich nur um einen Topf handelte, der durch die Gegend geflogen war. Jessicas Mann wurde zu einem fleischgewordenen, aggressiven Alptraum, sobald er einen Tropfen Alkohol trank, was leider sehr häufig vorkam.

»Ich melde mich diesbezüglich bald wieder bei dir«, hörte sie Nate sagen. »Wann kannst du nach Atlanta fliegen?«

»M-mh«, machte sie und runzelte die Stirn. In der Nachbarwohnung herrschte plötzlich eine beunruhigende Stille. »Ich bin flexibel.«

»Das gefällt mir so an der Zusammenarbeit mit dir. Ich nehme an, dass du den Vorschuss direkt in bar abholen möchtest?«

»Das wäre mir recht. Dann komme ich morgen im Büro vorbei?«

»Sehr gut.«

»Weiß deine Verlobte eigentlich davon?«

»Noch nicht. Ich möchte nicht, dass sie sich unnötige Sorgen macht.«

»Deine Gründe gehen mich nichts an, ich muss es nur wissen – falls ich ihr einmal über den Weg laufe. Liv arbeitet doch noch im *Women's Shelter*?«

»Ja, natürlich. Vielleicht sollte ich mit ihr darüber reden. Wenn sie es rausfindet, wird sie sonst echt ausflippen. Wir haben eigentlich keine Geheimnisse voreinander.«

Nicht mehr, dachte Erin. Sie erinnerte sich gut, dass Nate es durch sein Schweigen damals fast geschafft hatte, seine Beziehung zu Liv zu zerstören. Zum Glück hatten die beiden doch noch die Kurve bekommen.

»Wie gesagt, das ist nicht meine Baustelle, nur bitte informiere mich gegebenenfalls, damit ich nicht der Grund für Probleme bin, sollte ich ihr begegnen und sie bekommt etwas mit.« Sie hatte kein Interesse daran, sich in Nates Beziehung einzumischen, so weit ging die Freundschaft zwischen ihnen dann doch nicht, und momentan sprach sie nicht als Freundin, sondern als Geschäftspartnerin mit ihm.

»Ich bin nicht so blöd, den gleichen Fehler zweimal zu begehen.«

Erin schmunzelte. »Alles klar, dann bis morgen.«

Sie legte auf und ließ das Handy sinken. Ihre Käse-Maccheroni waren mittlerweile kalt geworden, das pappige Zeug konnte man nur essen, wenn es heiß aus der Mikrowelle kam. Zum Kochen fehlten ihr die Zeit, die Motivation und auch das Können. Hunger hatte sie auch keinen mehr, also griff sie sich Papier und Stift und fing an ein paar kleine Zeichnungen auf den Block zu kritzeln. Das hatte sie lange nicht gemacht, und es war genau das, was sie nach dem langen Tag brauchte.

Brandon trat aus dem Aufzug und ging direkt auf Whitneys Schreibtisch zu. Die gemeinsame Sekretärin seiner zwei besten Freunde Nate und Elijah, die gleichzeitig auch Geschäftspartner waren, telefonierte gerade. Als sie ihn entdeckte, lächelte sie und winkte ihn durch. Er formte mit seinen Lippen ein lautloses »Danke« und zwinkerte, ehe er durch die offenstehende Tür in Nates Büro trat. Bodentiefe Fenster, dunkle Möbel und ein dezenter Geruch nach Sandelholz und Leder dominierten das Reich des erfolgreichen Geschäftsmannes. Am Schreibtisch saß er nicht, Brandon schaute sich um und sah Nate mit einer Besucherin in der Besprechungsecke sitzen. Sie hatten auf den dunklen Ledersesseln Platz genommen und unterhielten sich in gedämpftem Ton. Er runzelte die Stirn, denn er wollte nicht stören. Hatte Whitney vielleicht vergessen, dass ihr Boss beschäftigt war? Er wollte sich gerade wieder davonstehlen, als Nate ihn erblickte.

»Oh, hallo Brandon, komm doch zu uns, ich habe Erin Lark zu Besuch.«

Bei dem Namen klingelte etwas, Brandon brauchte einen Augenblick, dann erinnerte er sich an die Privatermittlerin, die sowohl Nate als auch Elijah in einigen heiklen Angelegenheiten bereits tatkräftig zur Seite gestanden hatte. Er wusste, dass sie äußerst unkonventionell agierte. Zu unkonventionell für seinen Geschmack.

»Guten Tag«, sagte er und ging langsam weiter. Sie war nur dezent geschminkt, ihre blonden Haare hatte sie zu einem strengen Knoten zusammengebunden, ihr schmaler Körper steckte in einem engen Rock und einer weißen Bluse. Insgesamt wirkte sie sehr bestimmt und doch irgendwie verletzlich. Er wusste nicht, ob es am Ausdruck in ihren hellen, blauen Augen lag, aber ihr Anblick rührte etwas in ihm an, das ihn verwirrte. Vor allem, da er genau wusste, dass ihr zartes Äußeres in keiner Weise beschrieb, wozu diese zierliche Person fähig war. Er hatte mitbekommen, dass sie für seine Freunde sehr gute Arbeit geleistet hatte und ohne mit der Wimper zu zucken die Grauzonen am Rande der Legalität für sich nutzte.

In diesem Moment erhob sie sich vom Sessel, strich ihren Rock glatt und reichte ihm ihre feingliedrige Hand. »Guten Tag.«

Brandon tauschte einen Händedruck mit ihr aus, und er war überrascht, wie beherzt und kräftig sie zugriff. Ihre Haut war zart und warm, aber er spürte die Energie, die von ihr ausging, überdeutlich. Es war absurd, denn obwohl sie hohe Absätze trug, reichte sie ihm kaum bis zur Schulter. Sie konnte nicht größer als eins sechzig sein, vermutlich wog sie nur ein Mikrogramm mehr als eine Elfe. Und was zur Hölle machte sie in Nates Büro? Hatte er etwas verpasst? Gab es Neuigkeiten zu seinem leiblichen Vater? In dieser Sekunde merkte Brandon, dass er noch immer ihre Hand in seiner hielt. Hastig zog er sie zurück und vergrub sie in der Hosentasche. Nate war mittlerweile ebenfalls aufgestanden. »Setzt euch doch bitte.«

»Ich denke, wir waren ohnehin am Ende, nicht?«, wandte Erin sich an Nate. Brandon fiel der Umschlag auf, der auf einer dunklen Ledermappe lag. Vermutlich befand sich darin ihr Honorar, er wusste, dass sie sich immer in bar bezahlen ließ, das Wort ›Rechnung‹ kam in ihrem Sprachgebrauch nur äußerst selten vor.

Also war doch etwas im Busch. Brandon runzelte die Stirn.

Erin schob den Umschlag in ihre Mappe, dann schüttelte sie Nates Hand. »Ich melde mich bei dir, auf Wiedersehen, Nate. Mr. Hammond.«

Sie nickte Brandon höflich zu, dann stöckelte sie aus Nates Büro.

Für einige Sekunden starrte ihr Brandon hinterher, dann schaute er seinen Freund erwartungsvoll an.

»Was war das denn?«, fragte er schließlich, als Nate nicht reagierte.

»Eine Besprechung?«, schlug Nate mit einem schiefen Grinsen vor.

»Sehr lustig. Du weißt, was ich meine. Ist was passiert, oder warum hast du sie wieder beauftragt, und wofür?«

Nate ließ sich auf einen der Sessel fallen.

»Es ist nichts passiert, ich will nur dafür sorgen, dass das auch so bleibt. Willst du da jetzt die ganze Zeit stehen bleiben?« Er machte eine ungeduldige Handbewegung.

Brandon setzte sich mit einem leisen Seufzen. »Dann ist das eine reine Vorsichtsmaßnahme? Was soll sie überhaupt machen?«

»Wie du gewiss weißt, befindet sich mein Erzeuger nicht mehr in U-Haft, ich habe keine Ahnung, ob er herausgefunden hat, dass ich was mit der Enthüllung zu tun habe. Erin soll einfach mal die Lage checken. Für die Hochzeit im Juni möchte ich sichergehen, dass alles glattläuft, verstehst du?«

Nate und Elijah waren Brandons beste Freunde, sie hatten sich, obwohl sie völlig unterschiedliche familiäre Hintergründe hatten, während ihres Studiums kennengelernt. Über Brandon machten sie sich jedoch gerne lustig, da er aus einer alteingesessenen Anwaltsdynastie stammte und in ihren Augen manchmal ein wenig zu korrekt und ... steif war. Vermutlich würde Nate ihm das gleich auch wieder aufs Brot schmieren. Brandon wollte es dennoch wissen, nicht, dass Nate womöglich irgendwelche Dummheiten beging, die er hinterher bereute. Die beiden schafften es immer wieder, sich in Schwierigkeiten zu bringen, und Brandon war viel daran gelegen, sie davor zu bewahren.

»Darum geht's dir also. Du hast Angst, dass er aufkreuzen könnte und eure Hochzeit ruiniert?«, hakte er deshalb nach.

Nate fuhr sich mit der Hand über die Stirn.

»Ich habe keine Ahnung, ob ich davor Angst haben muss, ehrlich gesagt. Ich bin sicher nur übervorsichtig. Aber ich fühle mich jetzt, da ich sie engagiert habe, viel besser. Sie soll rausfinden, ob er die Füße stillhält, oder ob er etwas ausheckt. *That's it.*« Er zuckte die Schultern.

»Hast du es Liv schon gesagt?«

Nates Stirn legte sich in Falten. »Mein Gott. Nein, mache ich aber noch. Zufrieden?«

Brandon grinste. »Selbstverständlich.«

»Was machst du überhaupt hier?«

»Sehr nett, dass du dich so höflich erkundigst.« Er lächelte sarkastisch. »Ich wollte meinen Freund sehen, reicht das nicht als Grund für einen Besuch?«

Nate hob eine Augenbraue. »Ernsthaft?«

Brandon grummelte. »Okay, du hast recht, es gibt natürlich einen Grund. Ich bin gleich noch mit meinem Vater zum Essen verabredet, das Restaurant liegt um die Ecke, da dachte ich, schau ich doch mal vorbei ... Seit du liiert und auch Elijah unter der Haube ist, sehen wir uns ja kaum noch.«

»Gott, jetzt fang bloß nicht an zu heulen. Wir haben dich schon so oft gefragt, ob du mitkommen möchtest.«

»Als buchstäblich fünftes Rad am Wagen? Nein, danke. Zwei frisch verliebte Pärchen und ich? Lieber nicht.«

Nate verzog das Gesicht. »Wie wäre es denn, wenn wir am Freitag zu dritt ausgehen, Männerabend?«

»Du musst dich nicht aus Mitleid mit mir treffen.«

»Wer hat Mitleid mit dir? Aber klar, kann man verstehen, so hässlich, wie deine Visage ist«, tönte es hinter Brandon. Er drehte sich um und sah, dass Elijah auf sie zukam. »Aber du musst deswegen doch nicht gleich weinen. Ist es so schlimm bestellt um dein Sexleben?«

»Halt bloß den Rand«, knurrte Brandon.

Elijah tätschelte ihm die Schulter und setzte sich auf das Sofa. »Also, was gibt's?«

»Habe Brandon gerade vorgeschlagen, dass wir mal wieder zu dritt was unternehmen. Wie wäre es mit Freitag?«

»Oh, da kann ich leider nicht. Ich habe Cat versprochen, dass wir uns diesen einen Film ansehen.«

»Eine Schnulze?«, mutmaßte Nate mit einem amüsierten Gesichtsausdruck.

»Ich fürchte, ja«, gab Elijah zu und schnitt eine Grimasse.

Brandon stöhnte. »Gott, ihr seid solche Weicheier geworden.«

Nate prustete los. »Ich hätte nie gedacht, dass ich das mal aus deinem Mund hören würde, Alter.«

Brandon hob eine Augenbraue, er hatte keine Lust, das leidige Thema jetzt wieder aufzuwärmen. Obwohl er wusste, dass seine Kumpels ihn nur aufzogen, mochte er es nicht, sich ständig wegen seiner – in ihren Augen – allzu förmlichen Art blöde Sprüche gefallen zu lassen.

»Tja, ich auch nicht, aber es ist leider so. Also, ihr beiden Softies. Ich werde dann mal besser aufbrechen, mein Vater wartet nicht gerne.« Brandon stand auf und lächelte spöttisch. Seit sie in festen Händen waren, hatten die beiden knallharten Geschäftsmänner tatsächlich gefühlvolle Züge entwickelt. Brandon war immer noch erstaunt, diese neue Seite an seinen Freunden zu entdecken. Noch vor einem Jahr hätte er es nicht für möglich gehalten.

»Wir telefonieren«, meinte Nate. »Lasst uns wirklich bald mal wieder um die Häuser ziehen.«

»Ich fürchte, so wie die Lage ist, wird das wahrscheinlich erst bei deinem Junggesellenabschied der Fall sein.«

»O Gott. Wehe, ihr stellt schlimme Dinge mit mir an!«

Elijah grinste breit und zwinkerte Brandon zu. »Wir werden uns was ausdenken.«

»Macht's gut, ich würde auch lieber noch bleiben, aber wenn mein alter Herr mich schon einmal bittet, mit ihm essen zu gehen, kann ich schlecht Nein sagen.« Er verdrehte die Augen, dann verließ er das Büro.

Zehn Minuten später betrat Brandon das Restaurant *Empire*, das panasiatische Küche servierte und auch in diesem Stil eingerichtet war. Polierte Marmorböden, dunkle Holzstühle und ein langer Tresen, an dem man sitzen und den Köchen beim Zubereiten der Speisen zuschauen konnte, prägten das Interieur des hochpreisigen Lokals. Eine Kellnerin, die so wenig asiatisch war wie er selbst, brachte ihn zu seinem Vater, der bereits am Tresen Platz genommen hatte. Zur Begrüßung stand Carmichael Hammond auf und schüttelte die rechte Hand seines Sohnes, mit der anderen klopfte er ihm auf den Oberarm. Ein kurzer, musternder Blick glitt über ihn hinweg, aber sein Dad schien nichts gegen seinen gut sitzenden, dunklen Anzug mit Weste einzuwenden zu haben, dann bat er ihn, sich zu setzen.

»Was möchtest du trinken?«, wandte er sich an Brandon.

Sein Vater war ebenso Anwalt wie er, er führte eine große Kanzlei, in der Brandon – wenn es nach ihm ginge – irgendwann mit einsteigen sollte. Bislang hatte sich Brandon um seine Karriere weitestgehend selbst gekümmert, auch wenn ihn sein Job manchmal ankotzte, so verdiente er als Scheidungsanwalt sehr gut und hatte sich längst einen eigenen Namen erarbeitet, der angesehen und von tadellosem Ruf war.

Dennoch konnte Brandon nicht leugnen, dass neben ihm zumindest optisch die ältere Ausgabe seiner selbst saß. Das Haar seines Vaters war von einigen silbernen Fäden durchzogen, was jedoch nicht großartig auffiel, da die Naturhaarfarbe Dunkelblond dazu keinen scharfen Kontrast bildete. Er hatte grüne Augen wie er selbst und kantige Gesichtszüge. Sein Vater war nicht, wie viele seines Alters, in die Breite gegangen, er fuhr dreimal die Woche zum Tennis oder auf den Golfplatz – nicht nur, um zu sporteln. Eine ganze Reihe Geschäfte schloss man im Club ab, eine goldene Regel, die sein Vater immer wieder betonte.

Davon hielt Brandon jedoch nichts, das war einer der Punkte, bei denen er mit seinen Eltern immer wieder aneinandergeriet. Der Stein des Anstoßes war zudem sein Familienstand – ledig –, der von seiner Mutter immer häufiger mit einer abschätzig hochgezogenen Augenbraue kommentiert wurde. Wenn es nach ihr ginge, wäre es für ihren Sohn längst an der Zeit, in den Hafen der Ehe einzulaufen und prächtige Stammhalter zu zeugen. Leider lebten seine Eltern nach diesen veralteten Vorstellungen, er selbst hatte jedoch nicht vor, diese Erwartungen bald zu erfüllen. Oder jemals.

Brandon hatte kein Interesse an einer Beziehung wie die seiner Eltern, die sich nur am Wochenende sahen und nicht mehr viel gemeinsam hatten. Jeder pflegte seine Hobbys und seine Freunde, zu gesellschaftlichen Veranstaltungen traten sie geeint und lächelnd auf, aber Brandon glaubte nicht, dass die beiden viel mehr als eine gewisse Zuneigung verband. Es wirkte eher wie ein Arrangement, aus dem beide ihre Vorteile zogen. Vielleicht hatten sie sich einmal geliebt, aber das musste lange vor seiner Zeit gewesen sein. Er hatte sie noch nie turtelnd oder sich einen innigen Blick zuwerfen sehen. Zudem hatte er aus beruflicher Sicht seine ganz eigene Perspektive auf die Institution Ehe, das waren genug Gründe, warum sie nicht für ihn infrage kam und er keine Absichten hegte, sich fest zu binden.

»Brandon?«, fragte sein Dad noch einmal und riss ihn aus seinen Gedanken.

»Entschuldige, ein Wasser für mich bitte, ich habe gleich noch einen Termin.«

Sein Vater nickte zufrieden. »In Ordnung, dann bestelle ich eine große Flasche für uns.«

Nachdem ihnen ein Kellner eine Karte gebracht hatte und die Getränke bestellt worden waren, überflogen sie das Menü.

»Was hältst du davon?« Sein Vater zeigte auf ein Angebot zum Business-Lunch.

Brandon nickte. Im Grunde war es ihm egal, in einem Lokal wie diesem schmeckte alles.

»Gern«, sagte er nur. Ihnen war beiden klar, dass es vermutlich nicht nur um ein nettes Mittagessen ging, sein Vater traf sich sonst nie mit ihm, außer er hatte ein Anliegen zu besprechen.

Carmichael schob die Karten beiseite, dann räusperte er sich. »So, mein Junge, was gibt's Neues?«

Brandon wunderte sich über diese Frage, denn er spürte, dass etwas anderes im Busch war als das Übliche. »Nichts, im Grunde. Ich treffe mich gleich mit einer Kundin, die Angelegenheit könnte zu großen Schlagzeilen führen.«

»Sie ist also prominent?«

»Wohl eher ihr Gatte.« Brandon verzog seine Lippen zu einem schmalen Lächeln.

»Verstehe. Und?«

Brandon zuckte die Schultern. »Tägliches Geschäft, bei der größten Liebe ist der Hass am Ende einer Beziehung intensiver als jedes vorausgegangene Gefühl.«

Sein Vater nickte. »Der Fall wird sich für dich also lohnen.«

Brandon atmete leise aus. Ja, sein Honorar lag über dem eines durchschnittlichen Scheidungsanwaltes, aber er war eben besser, und das wussten seine Kunden und zahlten den Preis gerne. Dass das Geld seinen Puls ewig schon nicht mehr in die Höhe trieb, behielt er für sich. Tatsächlich war es sogar so, dass er mit jedem neuen Prozess innerlich etwas mehr abstumpfte und sich schrecklich langweilte.

»Vermutlich.« Ihm lag die Frage auf der Zunge, was denn nun der Grund für das Treffen war. Für gewöhnlich sahen sie sich nicht häufig, auch wenn sie in der gleichen Stadt arbeiteten. Seine Mutter lebte auf dem Anwesen der Familie auf Cape Cod, ihr Vater hatte eine Wohnung in Boston und fuhr nur am Wochenende an die Küste. Seine Mom schien es nie gestört zu haben, dass ihr Mann nur an wenigen Tagen zu Hause war. Jeder lebte sein Leben, irgendwie.

Das Essen wurde serviert, eine Kombination aus Sushi und modernen Kanapees. Es duftete verführerisch. Eine zweite Kellnerin brachte Schälchen mit Sojasoße, Wasabi, Ingwer und Essstäbchen.

»Guten Appetit«, sagte sein Dad. »Das sieht sehr gut aus.«

»Ja, ganz wunderbar. Guten Appetit.«

Brandon nahm die Stäbchen zur Hand und löste etwas vom Wasabi in seiner Sojasoße auf, dann kostete er ein Lachs-Nigiri.

»Warum ich mit dir sprechen wollte«, fing sein Vater nun an. »Ich, äh«, stammelte er, und Brandon sah zu ihm auf. Weil er den Mund vollhatte, sagte er nichts.

»Also, ich wollte dich bitten, ob du vielleicht … na ja … Deine Mom ist in letzter Zeit so verändert. Ich habe das Gefühl … Hast du Kontakte zu einem guten und diskreten Privatermittler?«

Brandon hätte sich beinahe verschluckt. Was hatte sein Vater eben gesagt? Er wollte einen Detektiv auf seine Mutter ansetzen?

»Wie bitte?«, stieß er hervor und trank einen Schluck Wasser. Er musste sich verhört haben, sein Vater würde doch nie …

Carmichael legte seine Stäbchen beiseite und tupfte sich den Mund mit einer Serviette ab. »Entschuldige, ich hätte dich nicht fragen sollen. Tut mir leid. Essen wir einfach weiter.«

Er hantierte ungeschickt mit dem asiatischen Besteck und tauchte eine California Roll in seine Sojasoße.

»Dad, was ist los?«, hakte Brandon jetzt nach.

»Ach, es ist sicher nichts.«

Er kniff die Augen zusammen und beobachtete seinen Vater. Er wirkte nervös, natürlich, es war ihm peinlich. Brandon ahnte, wie unangenehm es ihm vor seinem Sohn sein musste, dennoch schätzte er ihn umso mehr für sein Vertrauen. »Dad, bitte. Ist denn etwas vorgefallen, das dir Grund zur Sorge bietet?«

»Nun ja«, fing er an und schluckte. »Sie benimmt sich seltsam.«

»Das ist alles? Das scheint mir ein wenig dünn als Begründung für einen Privatermittler zu sein.«

Carmichael stöhnte und fuhr sich mit der Linken durch die Haare. »Verdammt, Brandon. Das ist nicht gerade leicht für mich.«

»In Ordnung, das verstehe ich. Aber hast du nun konkreten Anlass zu einem, äh, Verdacht oder nicht?«

Er sprach bewusst nicht aus, worauf sich die Bedenken seines Vaters bezogen, denn das war ihnen beiden klar.

»Sie versteckt Dinge vor mir, schließt ihren Schreibtisch ab. Letztens, ich bin schon an einem Donnerstag rausgefahren, da war sie nicht zu Hause, und ich konnte sie auch nicht erreichen.«

»Okay?« Brandon runzelte die Stirn. »Das klingt noch nicht so schrecklich verdächtig.«

»Als sie dann gegen Mitternacht nach Hause kam, war sie angetrunken und sehr … fröhlich. Sie summte vor sich hin, und … als sie mich bemerkt hat, ist sie erschrocken, und die gute Stimmung war verflogen. Sie war sichtlich aufgeregt und nicht angenehm überrascht, dass ich schon da war. Ich habe sie gefragt, wo sie war, und sie hat etwas von einem Kulturabend gestammelt, aber ich weiß, dass sie gelogen hat. Ich kenne sie über dreißig Jahre. Wenn sie lügt, spielt sie immer nervös an ihren Ringen herum.«

Brandon atmete tief durch.

»In Ordnung, ich verstehe«, sagte er, auch wenn er seinem Vater nicht ganz folgen konnte. Aber er wollte ihn ernst nehmen, denn dass er sich an ihn wandte, bedeutete, dass er wirklich Bedenken hatte, dass etwas nicht stimmte.

»Siehst du«, fuhr er fort. »Ich habe doch keine Ahnung, was sie an den Tagen treibt, während derer ich in Boston bin.«

»Das ist doch nichts Neues. In eurer Ehe lief es doch schon immer so.«

Sein Vater warf ihm einen Blick zu, der ihn schweigen ließ. »Sie hat sich verändert … Und das nach all der gemeinsamen Zeit. Ich fürchte, sie betrügt mich, Brandon.«

»Aber du hast nur diesen einen Anhaltspunkt, dass sie einmal unterwegs war und du nichts davon wusstest?«

»Es ist mehr als das, Brandon. Da bin ich mir sicher. Ich muss einfach wissen, was los ist. Das verstehst du doch? Und dir vertraue ich, da kann ich sicher sein, dass die Familienangelegenheiten unter uns bleiben. Ich möchte nicht, dass irgendwer etwas davon mitbekommt.«

Obwohl er sich geschmeichelt fühlen sollte, spürte Brandon einen kleinen Stich. Dass sein Vater sich nur an ihn wandte, damit kein anderer von seinen Vermutungen erfuhr, verletzte ihn. Es ging mal wieder nur darum, den Schein nach außen zu wahren, nicht um seine Kompetenz. »Natürlich«, sagte er nur. »Ich habe einen fähigen Ermittler an der Hand, Mr. Miller, den ich immer bei solchen … äh … *Untersuchungen* zu Rate ziehe.«

Carmichael Hammond senkte den Blick, dann straffte er sich. »Gut, dann soll es so sein. Was musst du noch wissen?«

»Dad, bist du dir sicher, dass du das tun willst? Wenn Mom das rausfindet …«

»Das wird sie nicht. Dieser Schnüffler, Mr. Miller, er geht doch diskret vor?«

»Selbstverständlich. Er wird ihr ein paar Tage unauffällig folgen. Mehr nicht. Wenn etwas an deinen Vermutungen dran ist, wird er Unregelmäßigkeiten feststellen und berichten.«

»Gut, das ist gut«, murmelte sein Dad, dann schob er seinen Teller von sich, obwohl er kaum etwas angerührt hatte. Brandon fragte sich, was ihn mehr belastete, dass seine Frau ihn womöglich betrog oder dass das blütenreine Ansehen der Bilderbuchfamilie beschädigt werden könnte. Auch überlegte er, ob er mit seiner Schwester Shannon darüber reden sollte, war sich aber nicht sicher, ob die nicht sofort zur Mutter rennen und sie zur Rede stellen würde. Er würde später darüber nachdenken, nahm er sich vor, jetzt musste er das Gesagte erst einmal selbst verdauen.

Kapitel 2

*N*achdenklich blickte Brandon in den Bostoner Nachthimmel, er stand im dicken Anorak auf seiner Dachterrasse, ein Glas Scotch in der Hand, und grübelte noch immer über das Gespräch mit seinem Vater. In seinem bisherigen Alltag hatte er wenig über die Art der Beziehung seiner Eltern nachgedacht. Ihr Zusammenleben war für ihn normal gewesen, und er war davon ausgegangen, dass es auch so bleiben würde. Manches Mal hatte er sich allerdings gefragt, ob sein Vater monogam lebte – immerhin führte er ganz selbstverständlich zwei Leben. Eines auf Cape Cod an der Seite seiner angetrauten Frau, und dann sein Zweites in Boston, wo er in seiner Kanzlei arbeitete. Ja, er hatte lange Tage im Büro, aber auch soziale Verpflichtungen, und da bot sich ihm sicher die eine oder andere Gelegenheit.

Brandon nahm einen tiefen Schluck. Wenn jemand fremdging, dann hätte er immer gedacht, dass es sein Vater sein würde. Egal wer von beiden es war, es war absurd, sich seinen Vater oder seine Mutter dabei vorzustellen, wie sie einander betrogen. Aber war es so abwegig?

Brandon seufzte. Nein, natürlich nicht, wer würde das besser wissen als er. Es war leider alltäglich, solche Dinge passierten ständig. All die zerrütteten Ehen, Seitensprünge und daraus resultierenden Scheidungen finanzierten sein eigenes luxuriöses Leben. Trotzdem war er betroffener von der Idee, dass es seine Eltern waren, die einander betrogen, als er angenommen hatte. Dabei war nicht einmal sicher, dass seine Mom wirklich fremdging. Hätte er seinen Vater fragen sollen, wie es um seine eigene Treue bestellt war?

Brandon atmete tief durch, dann leerte er das Glas. Gleich danach zog er das Smartphone aus der Tasche seiner Jacke und wählte die Nummer seines Privatermittlers. Mr. Miller antwortete nicht sofort, Brandon wollte gerade auflegen, als schließlich doch noch jemand dranging. »Hallo?«

»Guten Abend, hier spricht Brandon Hammond.«

»Oh, guten Abend. Wie geht es Ihnen?«

»Gut, danke. Ich hoffe, Ihnen auch. Hören Sie, warum ich anrufe, ich habe einen Auftrag für Sie.«

»Ich fürchte, daraus wird nichts«, unterbrach Mr. Miller ihn.

»Was? Wieso denn nicht? Ich habe doch noch gar nicht gesagt, worum es geht? Es handelt sich um eine persönliche Angelegenheit, die wirklich wichtig ist.«

»Tut mir leid, Sir. Aber ich habe mir bei einem Treppen-sturz die Hüfte gebrochen, ich bin erst einmal für einige Wochen außer Gefecht gesetzt.«

Brandon atmete hörbar aus.

»O nein«, murmelte er. »Das tut mir leid für Sie.«

»Ich bin gestern operiert worden, das wird schon wieder. Es ist allerdings sehr schmerzhaft.«

Verdammt, das durfte doch nicht wahr sein. Er unter-drückte einen Fluch.

»Das kann ich mir vorstellen. Dann wünsche ich Ihnen gute Besserung, Mr. Miller.«

Nach einer kurzen Verabschiedung beendete er das Ge-spräch.

»Fuck«, stieß Brandon hervor und legte den Kopf mit geschlossenen Augen in den Nacken.

Er atmete kurz durch, dann ging er hinein, warf die Jacke achtlos auf einen Stuhl und knipste den Gaskamin per Fernbedienung an, wählte über sein Smartphone das Adagio in g-Moll von Tomaso Albinoni aus und lehnte sich im Sofa zurück. Er überkreuzte seine Beine und hievte seine Füße auf den Couchtisch, während er die Musik noch lauter stellte, bis er eins damit wurde. Seine Freunde belächelten ihn immer für seinen Hang zur Klassik, aber dabei konnte er einfach am besten denken und entspannen. Er war zwar kein echter Kenner, nur ein Genießer, und wenn er eins jetzt brauchte, dann, dass seine Gedanken aufhörten, sich im Kreis zu drehen.

Leider gelang es ihm nicht sofort. Immer wieder dachte er an das Treffen mit seinem Vater und an die möglichen Folgen seiner Verdächtigungen. Obwohl seine Eltern nie eine Musterehe geführt hatten, so waren sie doch stets eine Einheit gewesen. Dass sich das nun womöglich änderte, traf ihn, auch wenn er längst erwachsen war. Ihn überraschte das vielleicht am meisten, denn an die Institution Ehe glaubte er ja schon lange nicht mehr.

In dieser Sekunde vibrierte das Smartphone erneut in seiner Hand. Er wollte es weglegen, aber aus Gewohnheit schaute er darauf. Eine Nachricht von Nate. *Wie war das Treffen mit deinem Vater?*

Brandon überlegte kurz, dann tippte er: *Seltsam.*

Wieso?

Er will meine Mutter beschatten lassen, weil er glaubt, sie betrügt ihn.

Ups. Kommt in den besten Familien vor.

Brandon knirschte mit den Zähnen. Ja, das stimmte wohl, vor allem in denen.

Mein Ermittler fällt aus, er hat sich die Hüfte gebrochen, schrieb er zurück.

Er ist sowieso ein schmieriger Typ, kam von Nate.

Brandon erinnerte sich gut daran, wie er Mr. Miller seinem Freund vorgestellt hatte, weil er für Nate ermitteln sollte. Dieser hatte ihn nach dem ersten Eindruck abgelehnt und stattdessen Erin Lark engagiert.

Aber ein guter Ermittler, wandte Brandon per Kurznachricht ein.

Du kannst Erin fragen, sie ist super, diskret und schnell, schrieb Nate jetzt, als könnte er seine Gedanken hören.

Ich weiß nicht, ist sie mit deinem Auftrag nicht ausgelastet?

Einige Minuten rührte sich nichts, dann kam eine weitere Nachricht seines Kumpels.

Frag sie doch selbst. Hier ist ihre Nummer. 555-775-438

Brandon zögerte. Er versuchte sich die zierliche Blondine dabei vorzustellen, wie sie seiner Mutter folgte.

Nein. Er schüttelte den Kopf. Aus irgendeinem Grund fühlte er sich nicht wohl dabei, ausgerechnet diese Ermittlerin mit ihrer unkonventionellen Arbeitsweise zu engagieren.

Danke, schrieb er an Nate, dann legte er das Handy weg und starrte zu den Klängen des Konzerts an die Decke und grübelte weiter.

Nach einer schlaflosen Nacht schleppte sich Brandon am darauffolgenden Tag ins Büro, in der einen Hand hatte er einen Thermosbecher Kaffee, in der anderen das Telefon. Auf dem Rücken trug er, wie immer, seinen Rucksack mit Laptop und Akten.

»Morgen«, grüßte er seine Sekretärin Violet im Vorbeigehen.

»Guten Morgen«, antwortete sie mit einem Lächeln auf den rot geschminkten Lippen. Sie stimmte ihren Lippenstift täglich mit dem Nagellack ab, er hatte sie noch nie mit unterschiedlichen Farben gesehen. Sie war Anfang dreißig, lebte – soweit er wusste – alleine und war immer höflich, fleißig und sehr diskret. Außerdem hatte sie einen Pflanzentick, das Fensterbrett hinter ihr war übervoll mit den verschiedensten Blumentöpfen. Sogar auf dem Schreibtisch standen einige, von denen er nicht mal wusste, wie das Grünzeug hieß. Ihre Fähigkeiten waren jedoch das, was zählte, und die ließ sie sich gut bezahlen, aber auch das war in Ordnung so. Immerhin gingen bei ihm mehr oder weniger bekannte Persönlichkeiten ein und aus, die fast alle das Gleiche im Sinn hatten: eine Scheidung. Die Regenbogenpresse lauerte immer und überall, und es war immens wichtig, dass aus seinen Räumen nichts an die Öffentlichkeit gelangte. Bei Violet war er sich sicher, dass sie unter allen Umständen Diskretion wahren würde, also akzeptierte er ihre kleinen Schrulligkeiten gerne.

»Liegt irgendwas an, Violet?«

»Das Übliche.« Sie zwinkerte. »Um zwölf kommt Mrs. Burke vorbei, nachdem sie gestern so kurzfristig abgesagt hat.«

»In Ordnung.«

»Und dann haben Sie heute ja noch die Verhandlung im Fall Campbell.«

Er stöhnte innerlich. Die hatte er komplett verdrängt, keine große Sache, dennoch musste er sich die Unterlagen noch einmal ansehen.

»Gut«, brummte er und ging in sein Büro.

Nachdem er Kaffee, Laptop und Ordner bereitgestellt hatte, fing er an, nach Privatermittlern zu suchen. Dass dieser Idiot Miller aber auch gerade jetzt die Treppe runterfallen musste! Brandon telefonierte mit einigen, aber keiner entsprach seinen Vorstellungen. Die wenigen, die infrage gekommen wären, hatten keine freien Kapazitäten.

»Verflucht«, murmelte er, trank den letzten Schluck seines Kaffees und verzog angewidert das Gesicht. Das Zeug schmeckte ekelhaft. Er stand auf und ging in die Küche, um sich einen frischen Espresso zu besorgen. Dabei überlegte er, ob er das Gespräch mit seinem Vater einfach ignorieren sollte. Nichts wurde so heiß gegessen, wie es gekocht wurde. In vielen Fällen erwiesen sich Verdächtigungen als unbegründet, vielleicht plante seine Mom ja einfach eine Überraschungsparty.

Er atmete erleichtert aus. Ja, das war eine Möglichkeit. Sein Dad wurde bald sechzig, dabei betonte er ständig, dass es nicht nötig war, diesen Umstand groß zu feiern. Seine Mutter hingegen freute sich über jeden gesellschaftlichen Anlass, bei dem sie ihr Heim hübsch dekorieren und mit Gästen füllen konnte. Das musste es sein, ja. Neue Hoffnung keimte in ihm auf. Hastig gab er zwei Löffel Zucker in seinen Espresso und eilte dann ins Büro zurück. Dort stürzte er das starke Gebräu herunter und wählte die Nummer seiner Mutter.

»Hallo mein Schatz«, begrüßte sie ihn. »Wie schön, von dir zu hören. Geht es dir gut?«

»Danke, Mom. Ja, mir geht's gut. Und dir?«

»Ach, du weißt schon. Es muss ja.« Sie lachte.

»Ich wollte fragen, ob zu Dads Geburtstag was geplant ist.«

Es entstand eine kurze Pause. »Was bringt dich darauf?«

»Na ja. Ich muss mir das Wochenende dann ja freihalten, oder?«

»Kommst du nicht so oder so her? Immerhin ist es der Geburtstag deines Vaters ...«

»Planst du nun eine Party oder nicht?«

»Du weißt doch, was er gesagt hat. Er möchte das nicht.«

»Hat dich das jemals davon abgehalten?«

Ein Seufzen am anderen Ende der Leitung ließ seine Alarmglocken schrillen. O Gott, sie plante keine Party ...

»Mom?«, hakte er nach.

»Brandon-Schatz, eigentlich hatte ich nicht vor, mich gegen den Willen deines Vaters zu stellen.«

Oder war es ihr am Ende gar egal? Das war gar nicht gut. »Komm schon, Mom? Er wird sechzig, das muss man doch feiern.«

»Seit wann bist du so scharf darauf, an Partys, die auf Cape Cod veranstaltet werden, teilzunehmen? Sonst sträubst du dich doch eher ...«

Leider konnte er dem nicht widersprechen. Was sollte er jetzt sagen? Er rieb sich die Stirn.

»Ich finde, er hat ein Fest verdient, Mom. Ich könnte dir auch bei der Organisation helfen«, bot er an und wollte sich im nächsten Moment dafür ohrfeigen. Hoffentlich sagte sie Nein.

»Das wäre ja großartig. Also, wenn du meinst ... Noch ist es ja nicht zu spät. Und du würdest wirklich helfen? Kannst du dir das zeitlich denn überhaupt einrichten?«

Brandon fing an zu schwitzen. Verdammt, in was hatte er sich da nur wieder hineingeritten. »Klar, Mom«, würgte er hervor. »Man kann heute ja vieles per Videokonferenz erledigen, und außerdem ist Boston nicht aus der Welt. Ich bin in zwei Stunden da, wenn was zu tun ist.«

»Wie schön! Also gut, dann wird gefeiert.«

»Willst du Dad damit überraschen?«

Sie zögerte, das merkte Brandon sofort. »Ich bin mir nicht sicher, lass mich eine Nacht drüber schlafen. Wie wäre es denn, wenn du am Wochenende mal herkommst, und wir besprechen das in Ruhe? Ich habe dich schon so lange nicht gesehen.«

Ja, vielleicht war es eine gute Idee, wenn er sich selbst ein Bild von der Lage machte. Vermutlich hatte sein Dad ohnehin übertrieben, und ein Detektiv war gar nicht nötig. Seine Mom würde nicht fremdgehen, da war er sich sicher, jetzt, wo er mit ihr redete. Sie klang wie immer. »Okay«, hörte er sich sagen. »Also komme ich am Samstag zu euch raus.«

»Wunderbar, dann koche ich dein Lieblingsessen.«

Er wollte die Augen verdrehen, ein ›Lieblingsessen‹ hatte er schon lange nicht mehr. Trotzdem freute er sich irgendwie darauf.

»Barbecue Shrimps«, sagte er, und beim Gedanken an die gebackenen Garnelen in Butter-Knoblauchsoße knurrte sein leerer Magen.

»Großartig, ich freue mich. Bis dann, mein Lieber. Ich muss jetzt los.«

»Wo musst du denn hin?«

»Äh, ich habe einen Termin zur Pediküre.«

O verdammt. Er riss die Augen auf.

Seine Mutter schwindelte auch ihn an. Brandon wusste, dass sie nie an einem Mittwoch, sondern immer freitags zur Pediküre ging, weil mittwochs die Gärtner kamen und sie immer ein Auge auf die haben wollte, damit sie ihre Rosen nicht anrührten. Die durfte nur die Hausherrin selbst anfassen.

»Pediküre«, wiederholte er. »Was ist mit den Gärtnern?«

»Hast du mal aus dem Fenster geschaut? Der Frühling lässt sich noch Zeit.«

»Hm«, machte er. »Na schön, dann also Pediküre an einem Mittwoch.«

»Bis Samstag«, hörte er sie noch sagen, dann legte sie auf.

Er ließ das Telefon sinken und drehte sich im Stuhl zum Fenster. Er kniff die Augen zusammen und blickte über die Skyline Bostons. Die dicke Wolkendecke am Himmel riss auf, und zarte Sonnenstrahlen bahnten sich ihren Weg hindurch. Es wurde ja auch Zeit, dass dieser elend lange Winter ein Ende nahm. Brandon seufzte und widmete sich wieder der Vorbereitung seines Termins mit Mrs. Burke. Die Ehefrau eines prominenten Sportlers hatte ihn engagiert, um ihren untreuen Ehemann fertigzumachen. Die Aussicht auf einen weiteren Rosenkrieg, den er für eine Klientin gewinnen würde, löste nicht mehr als ein gelangweiltes Gähnen bei ihm aus.

* * *

Als Erin am Ende der Woche in Boston aus dem Flugzeug stieg, strich eine leichte Brise über ihre Wangen, die nach Frühling roch. Es lagen nur noch vereinzelte Schneehaufen am Rande des Geländes, überall tropfte und taute es. Sie zog ihren kleinen Rollkoffer hinter sich her und gönnte sich den Luxus eines Taxis – sie würde es Nate in Rechnung stellen.

Erin hatte sich kaum auf die Rückbank gesetzt und die Tür zugezogen, als auch schon ihr Telefon bimmelte.

»Hallo Nate«, beantwortete sie.

»Und, wie war es in Atlanta?«

»Definitiv wärmer als in Boston«, erzählte sie. »Aber es scheint, als zöge der Frühling hier auch endlich ein.«

»Das meine ich nicht.«

Sie schmunzelte. »Ist mir klar.«

»Also?«

»Okay, die Kurzfassung: Bowers verhält sich wie ein Musterknabe. Er bringt sogar den Müll selbst raus, wenn die Haushälterin schon weg ist.«

Sie hörte Nate am anderen Ende schnauben. »Großartig. Als ob mich das interessieren würde. Und sonst?«

»Ansonsten hält er die Füße still.«

»Ist das gut oder schlecht? Das kann doch nicht alles gewesen sein, was du rausgefunden hast?«

»Natürlich nicht.«

»Dann schieß los und spann mich nicht so lange auf die Folter.«

»Ich habe mich ein wenig im und rund ums Haus umgesehen.«

»Und?«

»Er hat sich einen neuen Rechner zugelegt. Und eine neue E-Mail-Adresse.«

»Aha. Und was treibt er damit?«

»Dir ist klar, dass diese Informationen mal wieder das Budget gesprengt haben?«

»Erin, Geld interessiert mich nicht. Was habt ihr rausgefunden, du und dein Hacker?«

»Bowers ist klar, dass er nur aufgeflogen ist, weil jemand nachgeholfen hat. Aber er hat viele Feinde, und er hat keine Ahnung, wer es war. Es sieht nicht aus, als wäre er auf Rache aus, es wirkt vielmehr so, als hätte er sich aufgegeben. Aber wer weiß schon, ob das stimmt oder ob es nur die Ruhe vor dem Sturm ist.«

»Super.« Seine Stimme troff vor Sarkasmus.

»Es wird sich nichts zu uns zurückverfolgen lassen. Meine Kontakte arbeiten sauber, also keine Sorge. Von ihm droht keine Gefahr.«

»Und was, wenn er auch gute Kontakte hat?«

»Nate. Ich habe ihn im Blick, okay? Er hat keine Ahnung, und im Grunde kann er auch gar nichts tun. Nicht nur wir haben ihn unter Beobachtung, die Behörden auch. Entspann dich.«

»Ich wünschte, das wäre so einfach.«

»Mein Kontakt wird sich immer mal wieder bei ihm einloggen und nach dem Rechten sehen.«

»Und er hinterlässt dabei doch hoffentlich keine Spuren?«

»Glaub mir, das wird nicht der Fall sein. Er ist ein Profi.«

»Das hoffe ich. Wie hast du den Kerl gefunden?«

»Glaubst du, ich würde alle meine Tricks verraten? Vergiss es. Je weniger du weißt, desto besser.«

»Na schön.«

»Ich melde mich dann bezüglich meiner Auslagen bei dir.«

»Selbstverständlich. Sag mal, hat Brandon dich angerufen?«

»Wer war noch mal Brandon?«

»Brandon Hammond, ein Freund von mir. Er ist Anwalt.«

»Ach, Hammond. Nein, hat er nicht, wieso?«

»Komisch, ich hatte ihm deine Nummer gegeben. Er brauchte einen Ermittler. Hättest du denn Kapazitäten für einen kleinen Auftrag?«

»Klar, für Freunde von dir nehme ich mir die Zeit.«

»Gut, dann bis bald, Erin.«

»Bye, Nate.« Sie legte auf und schaute gedankenverloren aus dem Fenster. Die Straßen waren nass, die Temperaturen bei Weitem noch nicht so, dass man von Frühling sprechen konnte, aber die Natur veränderte sich bereits. An einigen Bäumen zeigten sich die ersten kleinen Knospen, hoffentlich überraschte sie nicht noch einmal nächtlicher Frost.

Je länger sie fuhren, desto schäbiger wurde die Umgebung, Müll stapelte sich auf den Gehwegen, zwielichtige Gestalten trieben sich in dunklen Ecken herum. Sie mussten gleich zu Hause sein.

»Sind Sie sicher, dass Sie hier aussteigen wollen?«, fragte der Taxifahrer, als sie angekommen waren.

»Leider ja«, gab sie als Antwort und bezahlte den Fahrpreis, ehe sie ihr Gepäck aus dem Kofferraum nahm – der Taxifahrer machte sich nicht die Mühe auszusteigen, vermutlich, weil er befürchtete, dass ihm jemand die Karre unter dem Arsch wegklaute. Mit einem Seufzen ging sie hinein. Im Hausflur begegnete sie Mrs. Lincoln aus dem dritten Stock, sie fragte sie, ob sie wohl noch zum Supermarkt müsse. »Klar, was kann ich Ihnen denn mitbringen?«

»Oh, Sie sind ein Goldstück, Kind. Warten Sie, ich hole meine Liste.« Die weißhaarige, kleine Frau tapste mit unsicheren Schritten davon.

Erin lächelte in sich hinein. Wenn sie schon nicht viel für die Leute hier tun konnte, so konnte sie doch wenigstens hin und wieder Gefälligkeiten für Menschen übernehmen, die schwächer waren und alleine nicht klarkamen.

»Bitte, es wäre großartig, wenn Sie mir das holen könnten.«

Erin überflog den Zettel. Katzenfutter stand ganz oben, danach kamen nur noch ein paar Kleinigkeiten.

»Sie müssen doch auch etwas essen«, sagte sie zu Mrs. Lincoln.

»Ach, ich bin alt, ich brauche nicht mehr viel, aber Kitty ist hungrig.«

»Wie geht es ihr denn?« Sie hatte die Perserkatze vor zwei Wochen zum Tierarzt gebracht, weil sie eine Entzündung am Auge gehabt hatte.

»Es geht ihr gut, danke noch mal für die Hilfe.«

»Sehr gerne. Wenn ich da bin, übernehme ich das mit Vergnügen.«

»Gott schütze Sie, Kind. Ein Jammer, dass Sie hier in dieser heruntergekommenen Gegend leben müssen. Sie sollten heiraten und ein Dutzend Kinder großziehen, in einem Haus mit Vorgarten und hübschen Möbeln leben.«

Erin sagte nichts dazu, nicht einmal früher, als ihre Zukunft noch rosig ausgesehen hatte, hatte sie von einem Haus mit Vorgarten geträumt. Sie hatte andere Dinge vor Augen gehabt, schon immer war es ihr größter Wunsch gewesen, Kinderbücher zu illustrieren. Sie hatte als Jugendliche oft auf die Nachbarskinder aufgepasst und ihre eigenen Geschichten erfunden. Für sie war immer klar gewesen, dass das genau das war, womit sie ihr Geld verdienen wollte.

Aber daraus war nichts geworden, all ihre Träume hatten sich mit einem Schlag in Luft aufgelöst. Sie hatte ihr Studium abgebrochen und einen anderen Weg eingeschlagen. Sie wollte jetzt nicht daran denken, was ihr Bruder für einen Mist gebaut hatte, er hatte seinen Preis dafür bezahlt. Sie musste schlucken, wie immer, wenn sie daran erinnert wurde.

»Soll ich für Sie nicht auch noch etwas Leckeres besorgen?«, schlug Erin hastig vor.

Mrs. Lincoln reichte ihr zwanzig Dollar. »Ist schon gut, ich habe genug.«

Erin wusste, dass die alte Dame aus kaum mehr als Haut und Knochen bestand, sie hatte von allem nicht genug, nur ihre Katze Kitty sollte davon nichts spüren. »Lassen Sie mal stecken, wir rechnen nachher ab.«

»Ach, Kindchen. Ich weiß genau, wie das wieder abläuft. Sie hängen mir die Einkäufe heimlich an die Tür, und bis ich aufmache, sind Sie verschwunden. Sie wissen genau, dass ich nicht möchte, dass Sie mir etwas schenken. Sie sollen Ihr Geld für sich ausgeben, meine Liebe.«

»Mrs. Lincoln. Das darf ich doch wohl noch selbst entscheiden, oder?« Erin lächelte milde.

»Gott schütze Sie«, sagte die Alte, und Erin blinzelte ein paarmal.

An Gott glaubte sie schon lange nicht mehr. Wenn es einen gäbe, wie könnte er all die Ungerechtigkeiten auf dieser Erde zulassen? Sie nickte der Nachbarin noch einmal zu, dann ging sie nach oben, um ihre Sachen abzuladen und sich umzuziehen.

Als sie eine gute Stunde später die Tüte an Mrs. Lincolns Tür hängte, bimmelte ihr Telefon. Sie hatte neben Katzenfutter auch noch Bananen, Äpfel, Kartoffeln, etwas Fleisch, Butter, Milch und Eier für die gutmütige Frau gekauft, die lieber hungerte, als ihrer Katze etwas versagen zu müssen. Ein Jammer, dass diese Art Mensch auszusterben schien. Leute in Erins Alter dachten heutzutage meist zuerst an sich selbst. Sie schüttelte die beklemmenden Gedanken ab und beantwortete das Telefon. »Hallo?«

»Guten Tag, mein Name ist Brandon Hammond. Wir sind uns letztens bei Nate West begegnet.«

»Aha, ja stimmt.« Sie stieg die Treppen zu ihrer Wohnung hinauf.

»Hätten Sie Zeit, mich zu treffen?«

»Worum geht es denn?«

»Ich habe eventuell einen Auftrag für Sie.«

»Und das können wir nicht am Telefon besprechen? Ich komme gerade von einer längeren Reise ...«

»Leider duldet die Sache keinen Aufschub.«

Erin musste bei seiner gestelzten Wortwahl grinsen. Gott, wie alt war der Typ eigentlich? Fünfundsiebzig? Sie erinnerte sich an sein Auftreten, gestriegelt und geschniegelt, mit maßgeschneidertem Anzug, gestärktem Hemd, Weste und funkelnden Manschettenknöpfen, die vermutlich seit Generationen in der Familie weitergegeben wurden. Bei Gelegenheit musste sie Nate mal fragen, was er mit einem Schnösel wie Hammond zu schaffen hatte. Nate und Elijah hatten mit Hammond auf den ersten Blick nun wirklich keine Gemeinsamkeiten, aber aus irgendeinem Grund, der sich ihr noch nicht erschlossen hatte, schienen sie befreundet zu sein. »Na schön«, brummte sie deshalb. »Wo soll ich hinkommen?«

»Würde es Ihnen etwas ausmachen, mich in meinem Büro zu treffen?«

»Wo liegt das?«

»100 High Street.«

Sie verdrehte die Augen. War ja klar, dass ein Typ wie er ein Büro in bester Lage hatte. »Ich setze Ihnen das Taxi auf die Rechnung.«

»Ich habe Sie doch noch gar nicht engagiert.«

»Sie wollten mich doch treffen«, entgegnete sie und überlegte, ob sie sich umziehen sollte? Sie schaute an sich herunter, ausgewaschene Jeans, abgetretene Turnschuhe. Ja, vermutlich ... »Also kommen Sie auch für die Kosten auf.«

»Na schön ... Wann können Sie hier sein?«

»Geben Sie mir eine halbe Stunde.«

»In Ordnung. Bis später.«

Kapitel 3

In der Gegend rund um die High Street war nicht mehr allzu viel los, als sie aus dem Taxi stieg. Die meisten Leute hatten bereits Feierabend, man wohnte woanders. Hier im Finanzdistrikt wurden Geschäfte gemacht, Geld transferiert oder Prozesse vorbereitet. Sie hatte über Brandon Hammond unterwegs herausgefunden, dass er einer der bestbezahlten Scheidungsanwälte der Stadt war und aus einer alteingesessenen Familie stammte. Dafür hätte sie nicht mal Google bemühen müssen, das sah man auf den ersten Blick. Ihn umgab die Selbstsicherheit eines reichen Sohnes, der sich niemals Gedanken um sein Auskommen hatte machen müssen. Geld blieb, wo Geld schon immer gewesen war. Ein Kerl, der mit dem goldenen Löffel im Mund geboren war, und wieder fragte sie sich, wie Nate und Elijah da mit ihm ins Bild passten. Die beiden hatten weiß Gott eine ganz andere und viel schwierigere Vergangenheit als Brandon Hammond. Worauf basierte wohl diese Freundschaft? Erin wunderte sich nicht zum ersten Mal darüber.

Sie betrat das Gebäude und war nicht überrascht, dass alles vom Feinsten war. Glänzender Marmor, edle Einrichtung, ein Pförtner, der bestimmte, wer durchkam und wer nicht. Kurz darauf stieg sie in der dreiundzwanzigsten Etage aus dem Aufzug und ging auf Hammonds Büro zu. Das

Vorzimmer war nicht mehr besetzt. Erin fragte sich, welche Art Sekretärin ihren Arbeitsplatz dermaßen mit Blumentöpfen und allem möglichen Grünzeug vollknallte, dass der Verdacht aufkam, man befände sich in einem Gewächshaus und nicht in einer Kanzlei.

Die Tür zum nächsten Raum stand offen, Erin ging weiter. Ihre Absätze klackerten auf dem glatten Boden, an den Wänden brannten Lampen, die nach oben und unten ein sanftes Licht abstrahlten. Die Deckenfluter waren heruntergedimmt, vermutlich die Nachtbeleuchtung, außer ihr schien niemand mehr hier zu sein.

»Guten Abend«, sagte sie, als sie durch den Türrahmen trat. Sie nahm den dezenten Hauch eines herben Aftershaves wahr und den Geruch von Kaffee. Offenbar hatte sie es mit einem Koffeinjunkie zu tun, aber das überraschte sie bei seinem Profil auch nicht. Der Mann schien kein Privatleben zu haben, also verbrachte er wohl die meiste Zeit des Tages bei seiner Arbeit.

Brandon saß an seinem Schreibtisch, er war vertieft in das, was er auf seinem Bildschirm las, und hatte sie noch nicht bemerkt. Sie registrierte seinen angestrengten Gesichtsausdruck, zwischen seinen Brauen hatte sich eine steile Falte gebildet. Auf seiner Nase trug er eine dunkle Brille, die sie noch nicht an ihm gesehen hatte. Vermutlich war er weitsichtig, überlegte sie, und brauchte sie nur zum Lesen. Auch zu der fortgeschrittenen Tageszeit saß seine Frisur noch perfekt, ebenso wie seine Kleidung. Lediglich die Anzugjacke hatte er abgelegt, sie hing auf einem Bügel an der vertäfelten Wandgarderobe.

»Guten Abend«, sagte sie noch einmal und räusperte sich.

Er wandte den Kopf in ihre Richtung, ein Erkennen blitzte in seinen Augen auf, deren Farbe sie bei diesem gedämpften Licht nicht genau identifizieren konnte. »Oh, guten Tag,

Miss Lark«, er stand auf, »ich habe Sie gar nicht kommen gehört. Entschuldigen Sie bitte.«

Er nahm die Brille ab, umrundete seinen Schreibtisch mit langen, geschmeidigen Schritten und kam auf sie zu. Ihr entgingen die leichten Schatten unter seinen Augen nicht. Vermutlich bekam ein vielbeschäftigter Mann wie er kaum mehr als ein paar Stunden Schlaf pro Nacht. Der Preis, den er für den Erfolg bezahlte. Seiner Statur nach zu urteilen zwackte er mindestens an jedem zweiten Tag ein bis zwei Stunden fürs Training von seiner ohnehin knapp bemessenen Zeit ab. Er hatte breite Schultern, schmale Hüften und lange Beine. Obwohl sie, wie üblich, wenn sie zu einem derartigen Termin unterwegs war, High Heels und Bleistiftrock trug, überragte er sie um Haupteslänge. Zudem strahlte er eine ruhige Souveränität aus, die man nicht erlernen konnte. Erin war sich sicher, dieser Mann würde niemals die Beherrschung verlieren.

Für einen Sekundenbruchteil fragte sie sich, ob er wirklich in allen Lebenslagen so kühl und abgeklärt war, oder ob doch ein winziger Funke Leidenschaft hinter der Fassade aus kultiviertem Auftreten und messerscharfer Intelligenz glomm, die sicher einen Teil zu seinem Ruf als einem der gefürchtetsten Anwälte beigetragen hatte. In dieser Sekunde streckte er seine Hand aus, die sie beherzt ergriff. Sie erinnerte sich daran, wie seidig und warm sich seine Haut beim letzten Mal angefühlt hatte. Schreibtischtäter, hatte sie auch damals schon gedacht. Sie mochte eher echte Männer, mit Schwielen an den Händen, die richtig anpacken konnten. Zum Glück ging es hier nicht um ihre persönlichen Präferenzen, sondern rein ums Geschäft.

Grün, stellte sie fest.

Seine Augen waren grün, die Iris war von einem dunklen Rand umgeben, der einen faszinierenden Kontrast zur hellen Farbe bildete. Sie musste schlucken, und ihr Herz schlug unwillkürlich schneller. Äußerlich hielt sie ihre Fassade aufrecht, doch innerlich war sie erbebt. Sie war irritiert über ihre Reaktion, ließ seine Hand los und setzte ein Lächeln auf. »So, Mr. Hammond. Worum geht es denn?«

Er lächelte leise. »Sie kommen wohl immer gleich zur Sache, hm?«

»Zeit ist Geld.« Erin zuckte ihre schmalen Schultern.

»Wer wüsste das nicht besser als ich.« Ein Grinsen zupfte an seinen Mundwinkeln, was ihn sehr attraktiv wirken ließ. Er roch leicht nach einem herben Rasierwasser, das Erin als äußerst angenehm empfand.

»Sehen Sie, wir sprechen eine Sprache.«

»Kommen Sie, Zeit, sich für einige Minuten zu setzen, werden Sie doch wohl haben?« Er machte eine Handbewegung und zeigte auf eine dunkle Sitzgruppe vor der bodentiefen Fensterfront. Es war nicht überraschend, dass er ein Büro mit einer atemberaubenden Aussicht über die Stadt unterhielt. Brandon Hammond war so durchschaubar und langweilig wie sein Kleidungsstil. Und doch … etwas war an ihm, das sie nicht beziffern konnte. Vermutlich hing es mit der Freundschaft zu Nate und Elijah zusammen, die zwei hatten etwas in dem hübschen Burschen gesehen, das den Einzelgängern Respekt abgerungen hatte, und Erin wollte wissen, was das war. Also doch nicht so durchschaubar? Sonst hegte sie keinerlei Interesse an einem Mann wie ihm, der wahrscheinlich keine großen Zauberkünste bereithalten konnte, am wenigsten im Bett. Vermutlich ließ er sogar seine Unterwäsche von seiner Haushälterin bügeln.

Der Gedanke war zu komisch, und sie spürte, wie sich ihre Mundwinkel nach oben bogen. »Aber sicher doch, Mr. Hammond. Meine Zeit ist Ihre, ich schreibe es dann mit auf die Rechnung.«

Er hob eine Augenbraue, sagte jedoch nichts dazu. Natürlich nicht, ein Mann wie er ließ sich nicht provozieren, und bei ihm dürfte wohl längst angekommen sein, dass sie nicht auf Rechnung arbeitete. Er musste sich im Gerichtssaal vermutlich Schlimmeres anhören als Sticheleien dieser Art. Er hielt selbstverständlich die kühle Fassade aufrecht und blieb überaus höflich.

»Bitte.« Er ließ ihr gentlemanlike den Vortritt.

Absolut berechenbar, schoss es ihr durch den Kopf. Aber das war gut so, je besser sie ihre Klienten ›lesen‹ konnte, desto einfacher war ihr Job.

Erin legte ihre dunkle Mappe auf den Tisch, strich ihren Rock glatt und setzte sich. Den Mantel behielt sie an.

»Wollen Sie nicht ablegen?«

»Nein, danke.«

Sein Gesicht zeigte keine Regung, doch merkte sie, dass sie ihn irritierte. Es begann, ihr Spaß zu machen, ihn noch weiter zu reizen. Wer weiß, vielleicht könnte sie ihn doch dazu bringen, ein wenig die Beherrschung zu verlieren.

Hör auf, Erin, sagte ein Stimmchen in ihrem Kopf. *Das bringt gar nichts, am Ende ist er nur ein Auftraggeber und niemand, den du aus der Reserve locken musst.*

Außerdem wäre es unprofessionell, einem Impuls wie diesem nachzugeben.

»Na schön. Also, kommen wir zum Grund meines Anrufs: Ich brauche einen Privatermittler.«

»Was ist aus Roger Rabbit geworden?«, fragte sie und hob eine Augenbraue. Sie hatte sich köstlich amüsiert, als ihr Elijah einmal von dem Schnüffler erzählt hatte, den Brandon sonst beschäftigte und der Nate sehr an den Detektiv aus dem alten Film erinnert hatte. Schmierig und ein bisschen unfähig.

»Gott, fangen Sie auch noch damit an?« Er verdrehte die Augen. »Erstens war Roger Rabbit der Hase und nicht der Detektiv, und zweitens … Ach, egal.« Er winkte ab. »Mr. Miller hat sich die Hüfte gebrochen.«

»Oh, das tut mir leid für ihn. Tut auch nichts zur Sache, ich bin ja jetzt da. Also, worum geht's?«

»Eine Kundin hegt den begründeten Verdacht, dass ihr Mann sie betrügt.«

Erin unterdrückte ein Gähnen, sie war nicht gerade erstaunt darüber, dass der Anlass für ihren Auftrag derart unspektakulär war.

»In Ordnung. Kommt bei Ihnen wohl häufiger vor?«, kommentierte sie.

Brandon sandte ihr einen Blick, der sie erheiterte. »Sie glauben gar nicht, wie häufig. Doch der häufigste Scheidungsgrund ist nicht das Fremdgehen, das ist meist nur der Auslöser.«

»M-mh«, machte Erin. »Sehr komplexe Angelegenheiten, ich verstehe.« Sie hatte Mühe, ihre Gesichtsmuskeln unter Kontrolle zu behalten, aber es war zu komisch, wie Brandon reagierte. Ihm war das Gespräch sichtlich unangenehm, und sie fragte sich, wieso.

»In diesem Fall ist das Problem, dass der Ehemann prominent ist.«

»Um wen handelt es sich?«, wollte sie wissen.

»Ich fürchte, ich muss Sie bitten, mir eine Verschwiegenheitserklärung zu unterschreiben.«

»Ich unterschreibe gar nichts, Mr. Hammond. Mein Geschäft basiert auf Vertrauen. Wenn Sie mir das nicht entgegenbringen können, fürchte ich, wird das nichts mit uns.«

Sein Mund klappte auf, eine Sekunde später schloss er ihn wieder. »Sehen Sie, ich bin mir gar nicht sicher, ob Sie die Richtige für den Job sind.«

Aha, da kamen sie der Sache doch schon näher. Auf einmal wollte Erin unbedingt wissen, worum es ging. War Brandon etwa einer von den Typen, die schlanken, zierlichen Blondinen nichts zutrauten? Von der Sorte Mann gab es mehr als genug, merkwürdigerweise hatte sie gehofft, dass er – wie seine Freunde Elijah und Nate – zur anderen Seite gehörte. Dass er ein Mann war, der nicht nach Äußerlichkeiten ging. Andererseits, hatte sie nicht dasselbe getan? Sie hatte Brandon verurteilt, ehe sie ihn wirklich kennengelernt hatte. Vielleicht musste sie ihr Bild von ihm noch einmal revidieren – je nachdem, was er ihr gleich erzählen würde. Sie blieb regungslos sitzen, war aber dennoch gespannt.

»Ach?«, war alles, was sie dazu kommentierte.

»Leider scheint es so, dass alle von mir favorisierten Ermittler dieser Stadt zu tun haben oder mir nicht vertrauenswürdig vorkommen.«

»Ich bin also Ihre letzte Hoffnung.« Sie konnte ein Schmunzeln nicht länger unterdrücken, fand die Situation dennoch rätselhaft. Brandon wusste doch sicher von seinen Freunden, dass sie weder zimperlich noch besonders kompliziert im Umgang war. Vielleicht war der Kerl, den sie beschatten sollte, ja ein Perverser, und Brandon sorgte sich darum, ob sie etwas zu sehen bekommen würde, was sie schockierte. Falls das der Fall war, war sein Getue unbegründet. Sie hatte in den letzten Jahren weitaus mehr ertragen müssen, als ihr lieb war. So leicht brachte sie nichts mehr aus der Fassung, und Erin wusste nicht mal, ob sie das nun gut oder schlecht finden sollte.

Er verzog indes sein Gesicht. »Wenn Sie das so ausdrücken ...«

»Eigentlich sollte ich mich gekränkt fühlen, dass ich quasi der letzte Strohhalm bin, aber ... warum denken Sie, dass ich nicht geeignet bin? Sind Ihre Maßstäbe vielleicht ein bisschen falsch angelegt?«

Er starrte sie an, und zum ersten Mal konnte Erin beim besten Willen nicht erkennen, was in ihm vorging. Das irritierte sie.

»Der Kunde, um den es sich handelt, ist kein unbeschriebenes Blatt.«

»Und weiter?« Namen oder Geld interessierten sie nicht.

»Nun ja, ich bin mir nicht sicher, ob es für Sie als Frau, na ja, ob es nicht zu gefährlich ist.«

Erin runzelte die Stirn und starrte ihn mit großen Augen an.

»Zu gefährlich?«, wiederholte sie ungläubig.

»Ja, ich meine ...« Er ließ seinen Blick an ihr auf- und abgleiten, und Erin spürte, wie sich ihr Magen zusammenschnürte.

Gott, sie hasste diese Kerle, die sie nach ihrem zierlichen Äußeren beurteilten und abstempelten. Also war er doch einer von dieser Sorte, ein Jammer. Beinahe hätte sie ihn gemocht.

»Was meinen Sie?«, fragte sie nur.

»Robin Burke ist schon einmal in den Schlagzeilen gewesen, vor meiner Mandantin war er mit einer anderen Frau verheiratet.«

»Burke ist Ihr Kunde?« Den kannte sie natürlich, aber dass Brandon ihr nicht zutraute, mit ihm fertigzuwerden, kränkte sie mehr, als sie zugeben wollte. Sie würde es ihm schon beweisen. Plötzlich wollte sie diesen Job unbedingt.

»Burke war einmal Amerikas Liebling, eine Basketball-Legende, die die Boston Celtics vier Jahre lang direkt an die Spitze der NBA katapultiert hatte. Aber dann hat sich alles verändert, er ist wegen Drogenkonsums und Prostitution angeklagt worden, seine damalige Frau hat ihn bezichtigt, sie verprügelt zu haben, was allerdings nicht bewiesen werden konnte. Das Kartenhaus des Saubermanns ist danach zusammengestürzt. Doch wie durch ein Wunder wurde er freigesprochen, die Ehe ging nichtsdestotrotz in die Brüche. Burke spielte wieder, und vergessen war der Eklat, die neue

Frau an seiner Seite hatte ein sauberes Image, und schon ein halbes Jahr später läuteten die Hochzeitsglocken erneut.« Brandon nickte und holte tief Luft. »Vor einigen Tagen kam diese Frau zu mir. Sie möchte sich scheiden lassen.«

»Und jetzt brauchen Sie Beweise? Wofür?«

»Im Grunde das gleiche Problem, Burke ist kein Kind von Traurigkeit, er lässt es gern krachen, in gewissen Clubs sorgt man für Diskretion. Aber meine Mandantin ist davon überzeugt, dass er sie nicht nur in gewissen Etablissements betrügt.«

»Und er schlägt seine Frau auch, so wie die erste?«

»Nein, das nicht. Dafür ist er ja auch nicht verurteilt worden, man weiß bei so einem Rosenkrieg nie, was wahr ist und was nicht. Glauben Sie mir, Eheleute, die sich einmal geliebt haben, können sich mit einer noch größeren Inbrunst hassen. Aber von Gewalt hat sie nichts gesagt. Sie erwähnte es auch auf Nachfragen nicht, aber sie hat definitiv genug davon, sich betrügen zu lassen. Sie meint, Burke sei sexsüchtig. Aber da ist noch mehr, wenn er in zwielichtigen Clubs herumlungert, würde er auch Drogen konsumieren ... Verstehen Sie jetzt, was ich meine? Das könnte auch unschön werden. Für Sie.«

Erin verstand durchaus. Brandon sorgte sich, dass Erin in diesen Clubs nicht unauffällig ermitteln könnte, weil sie keinen Schwanz, sondern Eierstöcke hatte.

»Sie glauben, ich könnte mich in diesen Etablissements nicht bewegen?«, sprach sie daher laut aus, was ihre Vermutung war.

Brandon nickte, und beinahe hätte sie laut aufgelacht. Hatte er wirklich nichts von Elijahs Ärger vor einigen Monaten mitbekommen? Dem Früchtchen hatte sie überall hin folgen müssen, weil der Idiot sich aus Liebeskummer zu gerne in Schwierigkeiten gebracht und mit dem gefährlichsten Mafioso der Stadt, Eduardo de la Roche, angelegt hatte. Nein,

Angst hatte sie gewiss keine, wenn sie Brandons Kunden folgen sollte.

»Ich denke nicht, dass das ein Problem darstellt«, war alles, was sie dazu sagte.

Er bedachte sie mit einem weiteren äußerst zweifelnden Blick. »Ich möchte am Ende nicht –«

»Stopp«, unterbrach sie ihn mit einer unwirschen Geste. »Lassen Sie das. Sie sagen mir, was Sie brauchen, und ich werde das liefern. Ich bin Profi.«

Brandon seufzte. »Sie sind knallhart, was?«

Erin lächelte und überschlug zufrieden ihre Beine. Sie hatte ihn überzeugt. Sie hatte den Job. »Ich tue, was getan werden muss.«

»Ich nehme an, Sie rechnen nicht stundenweise ab?«

»Und Rechnungen schreibe ich auch keine.«

»Das war mir bekannt. Wie können wir das dann regeln?«

»Jedenfalls nicht mit Ihrer Kreditkarte.« Sie unterdrückte ein Schmunzeln.

Brandon stieß einen leisen Seufzer aus. »Über welche Summe sprechen wir?«

»Fünfzehntausend für den Anfang.«

»Fünfzehntausend?«

»Sehen Sie, Mr. Hammond. Ich bin mir sicher, an so einer Scheidung bleibt ein hübsches Sümmchen für Sie hängen. Die ersten Scheine zahlen Sie doch aus der Portokasse. Wie lange habe ich Zeit?«

»Wie wäre es mit vierzehn Tagen?«

»In Ordnung.« Sie sah, dass er zögerte. »Was ist noch?«, fragte sie direkt. Sie hasste es, Dinge zwischen den Zeilen ungesagt stehen zu lassen.

»Eine zweite Angelegenheit.«

»Eine zweite?«, wiederholte sie.

Er schüttelte den Kopf. »Ach, vergessen Sie es. Fangen

Sie erst mal mit Burke an, dann sehen wir weiter. Wollen Sie sich keine Notizen machen? Wo Burke lebt und so weiter?«

Erin nahm ihre Mappe zur Hand. »Danke, ich denke, ich werde das selbst herausfinden. Bei Burke dürfte das kein Problem sein.« Sie nahm eine Karte aus der Mappe und schob sie über den kleinen Tisch zu Brandon. »Meine E-Mail-Adresse und Telefonnummer, aber die hatten Sie ja schon.«

»Die E-Mail-Adresse noch nicht.«

»Gut, dann behalten Sie die. Ich melde mich.« Erin erhob sich und reichte ihm die Hand über den Tisch. »Eine Sache noch.«

Er stand auf und schaute sie direkt an. »Ja?«

»Der Vorschuss.«

»Ja?«

»Wo haben Sie das Geld?«

Brandon stieß die Luft mit einem zischenden Laut aus. »Sehe ich so aus, als würde ich fünfzehntausend Dollar mit mir spazieren tragen?«

Erin konnte nicht verhindern, dass sie ihn von oben bis unten musterte, dann schüttelte sie den Kopf. »Nein, so sehen Sie nicht aus. Ich kann morgen noch einmal vorbeikommen.«

»O Gott, bitte nicht.«

Sie hob die Brauen, und er fügte hinzu: »Lassen Sie uns irgendwo treffen, außerhalb des Büros.«

»Genau, weil das weniger verdächtig ist.« Sie zuckte die Schultern. »Das ist Ihre Sache. Wo passt es Ihnen?«

»Können Sie morgen Vormittag bei mir zu Hause vorbeischauen? Ich muss übers Wochenende weg und würde das gerne vorher ... äh ... erledigen.«

»Kein Problem. Wo wohnen Sie?«

Schicke Penthousewohnung in einer exklusiven Gegend, schoss es ihr durch den Kopf. *Definitiv.*

»Nicht weit von hier«, sagte er. »In der Franklin Street 1. Melden Sie sich dort bitte beim Concierge.«

»Franklin Street, alles klar.«

Krass, dachte sie. Auch ohne sein Heim gesehen zu haben, ahnte sie, dass Brandon in einem Apartment der Extraklasse leben musste, eines von der Sorte, die sie nur selten zu Gesicht bekam.

»Soll ich Sie nach unten begleiten?«, bot er ihr an.

»Nein, danke. Ich finde selbst hinaus. Bye, Mr. Hammond.«

Erin verließ Brandons Büro und spürte seinen Blick noch lange im Rücken.

In ihrer kleinen Wohnung schob sie sich mal wieder eine Packung Maccheroni mit Käse in die Mikrowelle, ehe sie in Jogginghose und Sweatshirt schlüpfte. Sie stand gerade im Bad und wischte sich das Make-up mit einem feuchten Tuch aus dem Gesicht, als es klingelte. Sie seufzte, wer konnte das denn jetzt noch sein?

Mit wenigen Schritten war sie bei der Tür und öffnete. Sie erschrak, als sie in Jessicas Gesicht blickte, in dem sich bereits eine große Schwellung über dem linken Auge abzeichnete.

»Mein Gott, komm rein!«, stieß Erin hervor und trat zur Seite.

»Ich wollte nur fragen, ob du etwas Eis dahast …«

»Jessica!« Erin zupfte an ihrem T-Shirt. »Du kommst jetzt mit rein, wir müssen reden.«

Widerwillig folgte ihr die Nachbarin und ließ sich auf dem Sofa platzieren, während Erin einen Beutel Erbsen aus dem Gefrierfach nahm, ein Geschirrtuch darum wickelte und es ihr reichte.

»War er das?«, fragte Erin, obwohl sie die Antwort längst kannte. »Wo ist er jetzt?«

»Nein, nein«, stammelte sie. »Ich war einfach nur ungeschickt, weißt du? Mike hat damit gar nichts zu tun.«

»Ach, Jessica«, Erin seufzte, »das kann so doch nicht weitergehen. Was, wenn er dich zu Tode prügelt?«

»Er meint es doch nicht so.«

Erin wusste nicht, was sie dazu noch sagen sollte. Sie hatte in den sechs Monaten, seit das Paar neben ihr eingezogen war, alles versucht. Mit Engelszungen hatte sie auf sie eingeredet, mit Schreien, mit Argumenten und mit Versprechungen, aber Jessica war so in dieser Abhängigkeit gefangen, dass sie immer wieder Entschuldigungen fand, die Mikes Verhalten irgendwie rechtfertigten – in ihren Augen zumindest.

»Jetzt ist Schluss«, sagte Erin bestimmter. »Das muss aufhören.«

»Ich weiß.« Jessica blickte auf ihre Füße, die Tüte mit Erbsen ans Auge gepresst.

»Wo ist er jetzt?«

»Er ist rausgegangen, zum Basketballspielen.«

»Das Schwein sollte seinen Frust am Ball auslassen und nicht an dir.«

Jessica erwiderte nichts, und Erin überlegte, was sie tun konnte. »Willst du erst mal bei mir bleiben?«

»Was? Nein. Das geht doch nicht.«

»Das heißt, du willst ihn nicht verlassen?«

»Ich liebe ihn.« Es war nur ein Hauch, aber Erin hatte es deutlich gehört. Sie verstand nicht, wie man einen Mann lieben konnte, der einen regelmäßig windelweich prügelte. Erin runzelte die Stirn und dachte nach. Wer konnte ihr helfen, es musste doch Menschen geben, die sich besser damit auskannten und Lösungswege aufzeigen konnten. »Irgendwann bringt er dich um, Süße.«

»Er hat gesagt, dass es nicht wieder vorkommt.«

Erin sparte sich den Kommentar, dass er das jedes Mal

sagte und sich nie daran hielt. Es gab doch bestimmt eine anonyme Nummer, die man wählen konnte. Und dann fiel ihr ein, dass Nates Verlobte möglicherweise mit Jessica sprechen konnte. Sie kannte sich mit Frauen aus, die sich nicht von gewalttätigen Männern lösen konnten. Sie würde Nate anrufen und nach ihrer Nummer fragen. Erin atmete erleichtert aus und hoffte, dass Liv bereit wäre, mit Jessica Kontakt aufzunehmen.

»Möchtest du heute hier schlafen?«, bot sie der Nachbarin an, obwohl sie die Antwort bereits ahnte.

»Lieber nicht.« Sie stand auf. »Es ist auch schon viel besser.«

»Nimm wenigstens die Erbsen mit«, stieß sie mit einem lauten Seufzen hervor.

»Ich bringe dir eine neue Packung vorbei.«

»Vergiss das blöde Grünzeug«, brummte Erin. »Denk lieber mal an dich.«

Jessica wich ihrem Blick aus. »Gute Nacht.«

»Pass auf dich auf.«

Nachdem Jessica gegangen war, schlich Erin zur Mikrowelle und warf ihr Fertiggericht direkt in den Mülleimer, ihr war der Appetit verdorben. Gründlich. Sie schickte Nate eine Nachricht und fragte, ob sie Liv, die in einem Frauenhaus arbeitete, wegen einer Freundin, die Hilfe brauchte, kontaktieren dürfe. Hoffentlich würde sie mit Jessica sprechen, Erin war mit ihrem Latein am Ende.

Kapitel 4

Brandons Haare waren noch feucht, als es an der Tür klingelte. Er hatte ein paar Bahnen im hauseigenen Pool gezogen, nachdem er eine ziemlich lästige Telefonkonferenz hinter sich gebracht hatte. Zum wiederholten Mal fragte er sich, ob es richtig war, Erin Lark zu engagieren. Dabei erinnerte ihn das Stimmchen in seinem Kopf, dass auch sein Vater auf Neuigkeiten wartete. Aber er wollte zunächst das Wochenende bei seinen Eltern auf Cape Cod verbringen, ehe er weitere Schritte einleitete. Zudem wollte er sichergehen, dass Erin überhaupt die richtige Person für seine Familienangelegenheiten war.

Er öffnete die Tür und schaute geradewegs in ihr hübsches Gesicht. Ihre blonden Haare hatte sie, wie immer, wenn er ihr bislang begegnet war, zu einem strengen Knoten zusammengebunden. Sie trug sogar das gleiche Outfit, oder besaß sie etwa nur dieses eine Business-Kostüm? Der Gedanke war abwegig, so horrend wie ihre Preise waren, die sie mit Sicherheit an der Steuer vorbei kassierte, musste sie einen ganzen Schrank voller Luxusoutfits haben.

»Guten Tag«, sagte er, »möchten Sie reinkommen?«

»Guten Tag, Mr. Hammond«, entgegnete sie und reichte ihm ihre Hand. Ihre Nägel waren nicht lackiert, überhaupt war sie eine Person, die sich nicht durch Styling oder Schmuck hervortat. Sie hatte es auch nicht nötig, Erin Lark besaß eine natürliche Anmut, gepaart mit einer grazilen Zartheit, die ihn erneut dazu veranlasste, sich zu fragen, warum sie in diesem Metier beschäftigt war. Sollte eine Frau wie sie nicht eine etwas weniger gefährliche Tätigkeit ausüben? Sie trieb sich – wenn sie häufiger Aufträge wie die von Nate oder Elijah ausführte, wovon er ausging – regelmäßig in den schäbigsten Ecken mit den miesesten Kriminellen der Stadt herum. Hatte sie keine Angst? Warum nicht? Beherrschte sie eine tödliche Kampfkunst, die man ihr nicht ansah?

Er unterdrückte ein Grinsen, die Vorstellung, Erin könnte sich so gut verteidigen, dass sie nie und nirgendwo Angst haben musste, war irgendwie erheiternd. Seine Fantasie ging einfach mit ihm durch, so eine Kampfkunst gab es doch gar nicht. Vielleicht hatte sie auch nur Waffen an sich versteckt, die man nicht gleich erkennen konnte, was bei ihrem Körperbau irgendwie unwahrscheinlich war.

Er bemerkte ihren irritierten Blick, weil er nur dastand und glotzte, also ergriff er hastig ihre Hand. Hatte er sie wirklich die ganze Zeit angestarrt? Es konnten doch nicht mehr als ein paar Sekunden vergangen sein, oder? Brandon drückte beherzt zu, dann bat er sie herein und führte sie in sein Arbeitszimmer. Er bemerkte, dass sie die Umgebung scannte, dass sie jedes Detail seiner Einrichtung registrierte und ihn damit für sich kategorisierte. Er fragte sich, in welche Schublade sie ihn steckte.

Attraktiver Single? Erfolgreicher Anwalt? Steinreicher Langweiler? Vermutlich eine Mischung der letzten beiden Möglichkeiten, denn sie wirkte nicht so, als ob sie ihn irgendwie gut aussehend oder anziehend finden würde. Warum zum Teufel machte er sich darüber überhaupt Gedanken? Er schüttelte sich kaum merklich und konzentrierte sich auf das Hier und Jetzt.

Sein Schreibtisch war aufgeräumt, von dort aus hatte er

eine hervorragende Aussicht auf den Finanzbezirk Bostons und den Hafen zur Rechten. Normalerweise gaben Besucher, die das erste Mal hier waren, anerkennende Kommentare ab, wie schön er es habe, wie großartig die Aussicht sei. Aber Erin schwieg und hatte ihren Blick auf ihn gerichtet. Es störte ihn, dass er nicht wusste, was in ihr vorging.

»Gibt es ein Problem?«, fragte sie mit einer höflichen, aber kühlen Art, die ihn nervös machte. Sie hatte anscheinend keine Schwierigkeiten damit, zu verstehen, was in *ihm* vorging.

»Burke ist nicht ganz ohne, ich brauche Beweise, dass er seine Frau tatsächlich betrügt. Es könnte Sie in unangenehme Situationen bringen, wenn Sie ihm auch in zwielichtige Etablissements folgen müssen.«

»Das Thema hatten wir doch schon. Das stellt für mich keine Schwierigkeit dar. Und weiter? Was noch?«

»Es könnte gefährlich für Sie werden«, hakte er erneut an der gleichen Stelle ein, weil es ihm wichtig war, das zu verdeutlichen. »Ich will nicht dafür verantwortlich sein, wenn Ihnen etwas passiert. Sind Sie überhaupt versichert?«

Erins Mundwinkel zuckten, offenbar bemühte sie sich, nicht laut zu lachen. »Glauben Sie mir, Mr. Hammond, Burke wird gar nicht bemerken, dass ich ihm folge.«

Er atmete tief ein und fasste einen Entschluss. Nate und Elijah hatten ihr vertraut, also konnte er das auch tun, ohne sich ständig fragen zu müssen, ob Erin sich in Gefahr brachte. Leider konnte er seine Grundsätze nicht so leicht über Bord werfen, so war er nun mal. In seinen Augen sollte keine hübsche oder auch weniger hübsche Frau mit hässlichen, bösen Gestalten zu tun haben müssen. Er behielt diesen Gedanken lieber für sich, denn er ahnte, dass Erin Lark sich nur über ihn lustig machen würde, denn in ihren Augen wurde sie mit allem und jedem fertig. Hoffentlich hatte sie recht.

»Seien Sie vorsichtig«, konnte er sich nicht verkneifen und holte einen Umschlag aus der Schublade seines Schreibtisches.

»Denken Sie, dass ich eine Amateurin bin?« Ihr Tonfall war schroffer geworden, und er merkte, dass er von jetzt an die Klappe halten sollte, wenn er wollte, dass sie für ihn arbeitete.

»Ich wollte Sie nicht beleidigen.« Nein, absolut nicht. Er wollte sie beschützen, was ein völlig abstruser Gedanke war. Er hörte in seinem Kopf schon Nate und Elijah losprusten, wenn er ihnen davon erzählte. Aber nein, das würde er ihnen gar nicht erzählen, seine Freunde mussten gar nicht wissen, was er über Erin dachte. Dennoch kam ihm immer wieder eine bestimmte Frage in den Sinn.

»Warum machen Sie den Job?«, sprach er deshalb das, was ihn umtrieb, laut aus.

Erins Lippen wurden schmal, für eine sehr lange Sekunde schaute sie ihn an. Der Blick aus ihren hellen Augen durchbohrte ihn und drang bis auf den tiefsten Grund seiner Seele vor. Sein Puls schnellte in die Höhe, sein Mund wurde trocken. Jetzt reckte sie ihr Kinn ein wenig nach vorne. »Ich wüsste nicht, was Sie das angeht.«

Brandon wollte etwas sagen, doch er blieb stumm. Schließlich räusperte er sich. »Natürlich. Also, hier ist er, der Vorschuss. Burke ist bis Montag nicht in der Stadt, Sie müssen sich also vorher nicht bemühen.«

Sie schnaubte leise. »Glauben Sie, das wüsste ich nicht längst?«

»Natürlich. Wie dumm von mir.« Er straffte sich und ärgerte sich über ihre arrogante Art. »Dann wissen Sie vermutlich auch, dass seine Frau in der kommenden Woche mit einigen Freundinnen verreist sein wird. Das heißt, er hat das Haus für sich. Womöglich wird er dort jemanden empfangen.«

Erin hob eine Augenbraue. »Das werden wir dann ja sehen. Ich hefte mich an seine Fersen. Lassen Sie das alles mal meine Sorge sein, Mr. Hammond.«

»Hier, bitte.« Er reichte ihr den Umschlag, den sie ohne Zögern entgegennahm. Ihre Fingerspitzen berührten seine, während sich ihre Blicke trafen. Für den Bruchteil einer Sekunde fragte er sich, wie es wohl wäre, mit einer Frau wie ihr zusammen zu sein. Er konnte sich keinen Reim auf gar nichts machen. Sie war hübsch, zart und doch so eiskalt wie ein Auftragskiller. Was musste passieren, dass jemand diesen Weg einschlug, oder war das immer ihr Ziel gewesen? Er machte den Fehler, auf ihren Mund zu schauen. Sie hatte volle, sinnliche Lippen, die weder Farbe noch Gloss brauchten, um ihre Wirkung auf ihn zu entfalten. Brandon spürte ein Ziehen in seiner Lendengegend, das absolut unpassend für einen geschäftlichen Termin war. Er räusperte sich und trat einen Schritt zurück. »Dann hätten wir ja alles geklärt. Sie melden sich?«

Erin ließ den Umschlag in ihre Tasche gleiten, die ihm vorher gar nicht aufgefallen war – vermutlich, weil er damit beschäftigt gewesen war, sie anzugaffen und sich unpassende Fragen über Dinge zu stellen, die ihn ihrer Meinung nach nichts angingen.

»Die Firma dankt«, erwiderte sie. »Wäre das dann alles?«

Brandon nickte. »Fürs Erste. Wenn Sie Probleme haben, melden Sie sich. Seine Frau hat mir noch gesagt, dass er die Clubs *Red* und *One* derzeit am angesagtesten findet. Vielleicht –«

»Stopp«, unterbrach sie ihn. »Lassen Sie mich meinen Job machen, okay? Das ist mir alles klar, ich habe meine Fühler gestern nach unserem Termin bereits ausgestreckt.«

Brandon schluckte. » Dann also … schönes Wochenende. Was haben Sie vor?«

»Wüsste auch nicht, was Sie das angehen sollte. Angenehmen Tag noch.«

»Sie haben wohl noch nie was von Smalltalk gehört, oder?«

Erins Lippen verzogen sich zu einem angedeuteten Grinsen. »Mr. Hammond, Ihre und meine Welt liegen Universen auseinander. Sie wollen wirklich nicht wissen, was ich am Wochenende so treibe.«

Doch. Genau jetzt wollte er erst recht wissen, wie sie ihre Freizeit verbrachte. Oder hatte sie noch einen anderen Auftrag? Sie kam ihm nicht wie eine Person vor, die Hobbys wie Stricken oder Gärtnern hatte. Tatsächlich sah er sie eher in einem dunklen Keller Krav Maga praktizieren.

»Tschüss, Mr. Hammond«, sagte sie jetzt und streckte ihm nicht noch einmal ihre Hand hin. Stattdessen machte sie auf dem Absatz kehrt. »Ich finde den Weg allein nach draußen, obwohl man sich in diesen Dimensionen einer Wohnung beim ersten Mal doch beinahe verlaufen könnte.«

Und dann war sie verschwunden. Brandon setzte sich mit einem Seufzen auf die Platte seines Schreibtisches. Die Frau gab ihm Rätsel auf, Rätsel, die ihn brennend interessierten. Er fuhr sich durch die Haare und überlegte, warum er so seltsam auf sie reagierte. Nach einigem Hin und Her kam er zu dem Schluss, dass es gar nicht an ihr lag, sondern an ihm. Die Ehekrise seiner Eltern irritierte ihn mehr, als er sich bislang eingestanden hatte. Und genau aus dem Grund musste er Boston jetzt verlassen und auf Cape Cod nach dem Rechten sehen. Noch immer konnte er nicht glauben, dass an den Vorwürfen seines Vaters etwas dran sein sollte, aber nach dem seltsamen Gespräch mit seiner Mutter hatten ihn doch erste Zweifel beschlichen.

* * *

Als er am späten Nachmittag in Ellis Cove ankam, fuhr er direkt zum Tennisclub, wo seine Mom gerade eine Übungsstunde absolvierte. Sie stand im weißen Röckchen, Poloshirt mit Pullunder auf dem Ascheplatz und bekam von ihrem Trainer einen Volley nach dem anderen zugespielt, die sie retournieren sollte.

»Hi Mom«, rief er ihr zu und winkte.

»O, hallo Schätzchen. Du bist schon da, wie schön.« Sie sah nur einmal kurz zu ihm hinüber und konzentrierte sich dann wieder auf ihre Technik, die, wie Brandon zugeben musste, wirklich einwandfrei war.

Während er sie beobachtete, fiel es ihm schwer, sich vorzustellen, dass seine Mutter irgendetwas hinter dem Rücken ihres Mannes tun würde, das die Ehe in Gefahr brachte. Brandon schüttelte den Kopf und rieb sich die Stirn. Gott, er konnte es nicht mal denken.

Mom geht nicht fremd.

Das hoffte er zumindest. Nach einer weiteren halben Stunde hatte seine Mutter die Stunde beendet, lief zu ihrer Tasche, griff ein Handtuch und kam mit ihrem Equipment auf ihn zu, da er noch immer hinter der Bande stand und wartete. Sie tupfte sich das Gesicht ab und lächelte. »Na, wie war ich?«, fragte sie mit einem liebevollen Lächeln in seine Richtung. »Hätte ich gewusst, dass du schon kommst, hätten wir auch zusammen eine Partie spielen können.«

Er hauchte seiner Mom ein Küsschen auf die Wange. »Ich weiß doch, wie ungern du verlierst, ich wollte dir die Laune nicht verderben.«

Sie verpasste ihm einen spielerischen Klaps auf den Oberarm. »Du bist unmöglich. Komm.«

Sie machte sich auf den Weg zum Clubhaus, und Brandon folgte ihr.

»Lass mich die Tasche tragen«, schlug er vor und nahm sie ihr gleich ab.

»Danke, sehr zuvorkommend.«

»So, was gibt's Neues?«, wollte er wissen. Innerlich stöhnte er auf, er hatte keine Ahnung, wie er herausfinden sollte, ob etwas an den Verdächtigungen seines Vaters dran war.

»Ach, du weißt ja, zu der Jahreszeit ist hier noch nicht viel los.« Sie lachte. »Wieso fragst du? Bist du an Neuigkeiten über eine bestimmte Person interessiert?«

Ja, über dich.

»Nein, Mom. Aber irgendwas muss doch los sein?«

Sie runzelte die Stirn. »Wenn du vielleicht Theresa meinst, der geht es gut, sie ist immer noch Single.«

Er verdrehte die Augen. »Puh, nein. Da hast du was falsch verstanden.«

Sie erreichten das Clubhaus, er hielt die Tür für seine Mutter auf. »Ich könnte sie mal zum Essen einladen, wie lange bleibst du?«

Gott, er hätte es kommen sehen müssen. Natürlich würde seine Mutter alles auf ihn und sein Single-Dasein münzen, das in ihren Augen schleunigst überwunden werden sollte. Nichts war ihr wichtiger, als ihn endlich in den Hafen der Ehe zu lotsen. Wenn er sich das überlegte, konnte seine Mom gar nicht fremdgehen. In ihrem Leben gab es nur schwarz oder weiß, sie würde ihren Mann nie betrügen. Seufzend schüttelte er den Kopf. »Nein, bitte nicht, ich hatte wirklich stressige Tage und wollte einfach Zeit mit dir verbringen.«

Sie blinzelte. »Na schön, lass uns nachher darüber sprechen. Willst du einen Kaffee trinken, bis ich fertig bin?«

»Gerne.«

»Du kannst ja auch schon nach Hause fahren«, schlug sie vor.

»So lange wird es ja wohl nicht dauern, oder?« Er lächelte seine Mom an und zeigte auf das Club-Café. Vielleicht war es gar nicht so schlecht, sich ein wenig nach den Mitgliedern umzusehen, die an normalen Wochentagen hier herumliefen, möglicherweise hatte sie ja hier jemanden kennengelernt. Der Gedanke kam ihm jetzt, da er hier war, noch absurder vor.

»Wie du willst, ich beeile mich.«

»Ist schon okay, lass dir Zeit.«

Nachdem seine Mutter in der Umkleide verschwunden war, machte Brandon es sich in einem der bequemen Sessel des Cafés gemütlich und bestellte einen doppelten Espresso.

* * *

Nach dem Wochenende, das absolut unspektakulär und vor allem unverdächtig verlaufen war, konnte sich Brandon trotzdem nicht auf seine Arbeit konzentrieren, was ziemlich blöd war, denn er saß bei einer weiteren Anhörung zum Fall Campbell im Gerichtssaal, neben sich eine Mandantin, die ihrem Mann das letzte Hemd ausziehen wollte – finanziell gesehen. An die Wäsche gingen die beiden sich schon länger nicht mehr.

»Mr. Hammond, haben Sie vorgehabt, hier Einspruch einzulegen?«, wandte sich Richterin Bryce an ihn.

»Äh, ja natürlich. Einspruch, Euer Ehren.« Er schob sich die Brille etwas höher.

»Stattgegeben.«

»Euer Ehren«, beschwerte sich die Anwältin der Gegenseite, Julianna Baranski, und erhob sich. »Das können Sie doch nicht machen! Mr. Hammond wollte gar nichts sagen.« Brandon hatte vor einigen Monaten mal was mit ihr gehabt, aber sie waren sich einig gewesen, dass man es bei einer Nacht belassen sollte. Zum Glück. Aber das bedeutete nicht, dass sie sich im Gerichtssaal etwas schenkten.

»Miss Baranski«, sagte die Richterin in einem strengen

Tonfall, der deutlich machte, dass sie wenig von ihren Einwänden hielt. Brandon hatte ausgesprochenes Glück, dass Bryce Julianna nicht leiden konnte. Ansonsten hätte sich die Anhörung vermutlich längst zu einem Desaster entwickelt. »Fahren Sie fort, oder haben Sie keine weiteren Fragen an die Zeugin?«

Brandon konnte das Zähneknirschen der Brünetten förmlich hören, ließ sich jedoch nicht zu einer Reaktion hinreißen.

»Nein, Euer Ehren. Keine weiteren Fragen.«

»Gut, Sie, Mr. Hammond?«

Er schüttelte den Kopf. »Nein, Euer Ehren. Der Standpunkt meiner Mandantin ist klar. Das Sorgerecht der Kinder muss auf jeden Fall bei ihr liegen, da ihr Gatte mit seinen ständig wechselnden Partnerschaften – sofern man einen One-Night-Stand überhaupt so nennen kann – moralisch gesehen in keiner Weise in der Lage ist, für seine Kinder zu sorgen.«

»Einspruch, Euer Ehren«, rief Julianna Baranski dazwischen.

»Auf welcher Grundlage?«, fragte die Richterin.

»Das sind reine Unterstellungen.«

»Nun, nachdem wir uns vor zwanzig Minuten ganz eindeutig anhand eines Beweisstücks in Form einer Videoaufnahme selbst davon überzeugen konnten, dass der Ehemann es außerhalb des Ehebettes durchaus ambitioniert angehen lässt, würde ich sagen, dass Ihr Einspruch keinen Sinn ergibt. Abgelehnt.«

Julianna atmete hörbar aus, dann setzte sie sich wieder. Sie erkannte offenbar, wann sie verloren hatte. Hinzu kam, dass die Richterin bekannt dafür war, für Ehebrecher keinerlei Sympathien zu hegen und ihre Urteile dementsprechend hart ausfallen zu lassen. Obwohl Brandon davon überzeugt war, dass Kinder beide Elternteile brauchten, hatte er doch etwas dagegen, sie als Druckmittel zu instrumentalisieren – und genau das hatte seine Mandantin vor. Er hatte ihr davon abgeraten, da sich Derartiges gerne zum Bumerang entwickelte, aber es war ihre Entscheidung, und er wurde dafür bezahlt, ihren Willen durchzusetzen. Manchmal musste er entgegen seinen eigenen Überzeugungen handeln, ob ihm das nun passte oder nicht. Brandon setzte seine Brille ab und legte sie auf die Akte.

Richterin Bryce nahm ihren Hammer zur Hand. »Wenn keine Fragen mehr aufgetaucht sind?« Beide Anwälte schüttelten den Kopf. »Bis zum endgültigen Scheidungstermin, bei dem die Sachlage noch einmal genau beleuchtet und festgestellt wird, ob sich das Verhalten des Beschuldigten gebessert hat, bleibt das vorläufige Sorgerecht alleine bei der Mutter. Besuchstermine können in beiderseitigem Einvernehmen abgesprochen werden. Die Verhandlung ist geschlossen.«

Der Hammer krachte auf das dunkle Holz, und Murmeln breitete sich im Saal aus.

Brandons Mandantin lächelte triumphierend in Richtung ihres Ehemannes. Dass ihre Kinder, die auf der Bank hinter ihr saßen, bedröppelt dreinschauten und Händchen hielten, bemerkte sie nicht. An manchen Tagen hasste er seinen Job.

»Gut gemacht«, raunte sie ihm zu.

Brandon schob seine Unterlagen zusammen und dann in seine dunkle Ledermappe.

»Wir telefonieren«, gab er emotionslos zurück, während er aus dem Augenwinkel wahrnahm, dass Julianna mit ihrem Mandanten diskutierte. Vermutlich fragte der Mann sich, ob er Einspruch einlegen konnte, ob er überhaupt etwas tun konnte, um seine Kinder regelmäßig zu sehen. Mit einem Knoten im Magen verließ Brandon den Gerichtssaal.

Anstatt in sein Büro zurückzukehren, steuerte er die Bar

gegenüber an. Nieselregeln benetzte sein Gesicht, ein kühler Nordwind ließ ihn frösteln. Da war er heute Morgen
wohl zu optimistisch gewesen, seinen Mantel zu Hause zu
lassen.

Normalerweise war er kein Typ, der seine Probleme oder
schlechte Laune in Alkohol ertränkte, aber heute war einer
dieser Tage, an denen er einen Drink brauchte. Die Bar
war indirekt beleuchtet, leise Pianomusik drang aus den
Lautsprechern an seine Ohren. Es roch nach einer Mischung
teurer Parfums und der hoteleigenen Note, die durch die
Klimaanlagen in allen Räumen verteilt wurde. Brandon
nahm an der Bar Platz, an der außer ihm nur noch einige
Geschäftsleute saßen, die er nicht kannte. Die Tische hinter
ihm waren kaum besetzt, bekannte Gesichter hatte er keine
gesehen. Das kam ihm sehr gelegen, denn er wollte einen
Augenblick alleine mit sich und seinem Frust sein.

»Einen Moscow Mule bitte«, wandte er sich an den Barkeeper. Der Mix aus Wodka, Ingwerbier und Limettensaft
war genau das, was er jetzt brauchte. Zu viele davon ließen
einen am nächsten Morgen bitter bereuen, was man abends
zuvor genossen hatte, aber sich zu betrinken, hatte er nicht
geplant.

»Sehr gern. Schwieriger Tag, Sir?«, fragte der Mann in
weißem Hemd und schwarzer Weste, aber Brandon hatte
keine Lust auf Konversation. Deswegen winkte er nur ab,
der Barkeeper war lange genug im Geschäft, um zu verstehen, wenn ein Kunde seine Ruhe wollte.

Kurz darauf wurde ihm sein Drink serviert. »Wohl be-
komm's.«

Brandon nickte und umfasste das Glas, roch daran und
trank einen Schluck. Die würzig-saure Mischung rann seine Kehle hinab in seinen leeren Magen und hinterließ ein
leichtes Brennen, genau das, was er jetzt brauchte, um den
vorausgegangenen Tag zu vergessen.

»Das ist ja gut für dich gelaufen«, hörte er eine weibliche Stimme neben sich. »Darf ich?«

Juliannas braune Augen waren auf ihn gerichtet, sie lächelte ihn mit ihren rot geschminkten Lippen an.

»Bitte«, sagte er und rückte ihr den Stuhl zurecht.

Er fragte sich, ob es Zufall war, oder ob sie ihm aus dem Gericht gefolgt war. »Was darf ich dir bestellen?«

»Immer noch der alte Gentleman?«, scherzte sie und klimperte mit ihren langen Wimpern.

Er zuckte die Schultern.

»Einen Martini, bitte«, wandte sie sich an den Barkeeper, dann überschlug sie ihre wohlgeformten Beine, ihre bestrumpften Knie waren in seine Richtung geneigt.

Obwohl er noch immer keine große Lust auf Konversation verspürte, wollte er doch wissen, warum sie hier war. »Wie geht's?«

»Das fragst du mich nach so einer Anhörung besser nicht.«

Der Martini wurde serviert. Sie hob ihr Glas, und Brandons Blick fiel auf ihre roten Fingernägel. Perfekt manikürt, perfekt gestylt. Seltsamerweise löste das gar nichts bei ihm aus, vielleicht, weil er schon einmal mit ihr im Bett gewesen war und der Reiz des Unbekannten nicht mehr auf ihn wirkte.

»Cheers«, sagte sie.

»Cheers«, erwiderte er. Das leise Klirren des Glases durchbrach die kurze Stille. Jeder trank einen Schluck.

Julianna plauderte ein wenig, es genügte, wenn er mit einem »Ja«, oder »M-mh« antwortete. Sie machte es ihm leicht, absichtlich vermutlich. Irgendwann, sein Drink war beinahe leer, fragte er doch. »Was liegt an?«

Sie blinzelte. »Was meinst du? Kann man nicht mit einem alten Freund ein Glas trinken?«

»Wir waren nie befreundet«, klärte er sie mit einem trägen Lächeln auf. Er winkte dem Barkeeper und zeigte auf die Gläser, er sollte noch einmal zwei fertig machen.

Sie schlug ihm leicht auf den Oberarm, ließ ihre Finger dabei einige Sekunden länger als nötig auf seinem Bizeps ruhen.

Brandon erkannte einen roten Apfel, wenn man ihn pflücken musste. Er fragte sich nur, ob er Lust auf Obst hatte. Vielleicht nach dem nächsten Drink ...

»Obwohl der Tag für mich echt mies gelaufen ist, bin ich doch irgendwie froh, dass sich unsere Wege gekreuzt haben«, sagte sie und verlieh ihrer Stimme dabei einen verführerischen Tonfall.

Während des zweiten Drinks kam es ihm so vor, als rückte sie immer näher auf ihn zu. Er konnte sich noch nicht entscheiden, ob er es gut oder unpassend finden sollte. Immerhin würden sie sich in der nächsten Zeit noch einige Male im Gerichtssaal begegnen, denn der Mandant Campbell würde mit Sicherheit in Berufung gehen. Vielleicht wollte sie ihn auch anderweitig beeinflussen, ihn erst vögeln und dann seine Strategie auseinandernehmen. Beinahe war er versucht, darauf einzugehen, auch wenn es absurd war. Gleichzeitig stieg ihm der Alkohol zu Kopf, er hätte doch etwas essen sollen. Als er auch noch ihre Fingernägel auf seinem Oberschenkel spürte, wurde es ihm schließlich zu viel. Er hatte nichts gegen offensive Frauen, es war sogar umgekehrt, denn es gab nichts Schlimmeres als Damen, die wie ein stummer Fisch unter einem lagen. Aber er wollte keinen Sex. Nicht jetzt. Und vor allem nicht mit Julianna.

Sanft, aber bestimmt, schob er ihre Hand weg.

»Ich denke nicht, dass das eine gute Idee ist.« Um seiner Abfuhr etwas die Schärfe zu nehmen, legte er ihr eine Hand in den Nacken. »Wenn die Scheidung Campbell durch ist«, versprach er, obwohl er wusste, dass es eine Lüge war. Er würde auch dann nicht wieder mit ihr ins Bett gehen. Die

Sache mit ihr hatte sich beim letzten gemeinsamen Sex erledigt.

Sie leckte sich über die Lippen und klimperte erneut mit den Wimpern. »Ich liebe es, wie vernünftig du bist. Das macht mich heiß.«

Das glaubte er ihr sogar, denn nicht viele Männer, die er kannte, würden sich die Gelegenheit, eine Frau wie Julianna ins Bett zu bekommen, entgehen lassen. Er verstand selbst nicht so recht, warum er kein Interesse an einer Nummer ohne Verpflichtungen hatte. Sie war gut im Bett, sexy und klug, und doch …

»Bis bald«, murmelte er dicht an ihrem Ohr, und ihr süßliches Parfum stieg ihm in die Nase. Es war zu viel, zu viel von allem, und er wollte nur noch weg …

Brandon holte ein paar Geldscheine aus der Hosentasche und legte sie auf den Tresen, dann schnappte er sich seine Unterlagen und verließ die Bar, winkte ein Taxi heran und stieg ein. In diesem Augenblick klingelte sein Handy, er wollte nicht drangehen, dachte aber an Erin – warum auch immer – und schaute aufs Display. Sie war es nicht, sondern Nate.

»Hey Nate. Was geht?«, beantwortete er.

»Das wollte ich dich gerade fragen.«

»Klassischer Montag«, gab Brandon konsterniert zurück.

»Verstehe. Ich habe eben mit Erin telefoniert.«

Ihren Namen zu hören stellte etwas mit Brandon an, das er selbst nicht genau benennen konnte. Er musste betrunkener sein, als ihm bis eben klar gewesen war.

»Was gibt's?«, fragte er, während er versuchte, sich zu sammeln.

»Es geht um eine Freundin von ihr, sie wollte Liv sprechen, aber die hatte die Hände mit Kuchenteig voll, also bat sie mich dranzugehen.«

»Nate, komm zum Punkt.« In seinem Kopf drehte es

sich leicht, die Drinks waren doch ziemlich stark gewesen. Normalerweise war er trinkfester, allerdings hungerte er sonst auch nicht den ganzen Tag.

»Hast du sie eigentlich engagiert?«, wollte Nate jetzt wissen. Oder wehte daher der Wind, dass Nate herausfinden wollte, ob Brandon ihre Dienste in Anspruch nahm? Aber warum sollte ihn das interessieren?

Brandon rieb sich die Schläfen. »Was hat das eine mit dem anderen zu tun?«

Er konnte seinem Kumpel nicht folgen.

»Nichts eigentlich.«

»Aha.« Brandon runzelte die Stirn. Seit wann plapperte Nate belangloses Zeug? Das war untypisch für ihn, außer ihm lag etwas auf dem Herzen, das ihm unangenehm war.

»Ist irgendwas?«, fragte Brandon nach.

»Ähm, na ja ...«

Also doch, Nate hatte ihn nicht ausfragen wollen, er brauchte seinen Rat, aber weil er so ein harter Kerl war, der nicht gern um Hilfe bat, sprach er es nicht direkt an. Brandon schüttelte amüsiert den Kopf. »Komm, spuck es aus: Was ist los?«

»Nein, es ist nichts.«

»Ja, klar, hör zu. Warum treffen wir uns nicht gleich im *Red* oder so? Trinken was, und du erzählst mir, was du eigentlich von mir willst.«

»Bisschen früh für einen Club, oder?«

Brandon schaute auf seine Armbanduhr. »Stimmt. Aber dann haben wir wenigstens Ruhe, und ich bin gerade in Feierlaune.«

Auch wenn es nicht stimmte, er war zu aufgedreht, um jetzt schon nach Hause zu gehen, und Nate hatte offensichtlich ein Thema auf der Agenda, das er besprechen, aber nicht am Telefon loswerden wollte.

»Na gut, in einer Stunde?«, lenkte Nate schließlich ein.

»Passt. Bis dann, und bring Elijah mit, nicht dass der arme Kleine sich ausgeschlossen fühlt«, witzelte Brandon, und Nate lachte.

Sie legten auf, und eine gute Stunde später trafen sie sich im Club *Red*, Nate hatte Elijah im Schlepptau. Die drei klopften sich freundschaftlich auf die Schulter.

»Wie in alten Zeiten.«, kommentierte Nate amüsiert.

Sie bestellten ein paar Drinks, wobei Elijah wie immer bei alkoholfreien Getränken blieb, während Nate und Brandon es sich bei Whiskey gutgehen ließen. Nach ein paar Runden rückte Nate mit der Sprache heraus. »Dieses Hochzeitsplanen macht mich fertig.«

Brandon unterdrückte ein Lachen und war froh, dass es nichts Ernstes war, was seinen Kumpel bedrückte. Elijah blieb erstaunlich ruhig. Für gewöhnlich wäre er derjenige von ihnen, der sich einen Heidenspaß daraus machte, über den Bräutigam in spe zu scherzen – es sei denn, Elijah hatte selbst vor, bald zu heiraten. Wundern würde Brandon nichts mehr, denn seine beiden Freunde legten – nachdem sie sich bis jetzt ihr Leben lang gegen jede Art von Beziehung gesträubt hatten – in Sachen Liebe ein unfassbar rasantes Tempo vor. Zum Glück war er nicht von der gleichen ›Krankheit‹ befallen wie die beiden.

»Was ist denn los?«, versuchte er dennoch verständnisvoll zu reagieren, obwohl er sich insgeheim vor Lachen fast in die Hosen machte.

Nate stöhnte. »Der ganze Kram übersteigt meine romantischen Kapazitäten.«

»War es nicht deine Idee, auf Nantucket zu heiraten?«, hakte Elijah nach.

»Das schon, aber da wusste ich noch nicht, dass es nicht genügt, vor einem Standesbeamten Ja zu sagen und die Braut zu küssen.«

Brandon hustete in seine Hand, um sein Gackern zu

verbergen. Das hätte er ihm gleich verklickern können, nachdem er schon die zweifelhafte Ehre gehabt hatte, diversen Hochzeiten als Gast beizuwohnen. »Engagiere doch einen Weddingplaner, oder bitte Whitney ...«

»Whitney zeigt mir einen Vogel, die hat keine Lust auf Rüschen und Torten-Probeessen, außerdem ist sie Allergikerin und kann Blumen nicht ab.«

Elijah überschlug seine Beine. »Cat wälzt auch schon ein Hochzeitsmagazin nach dem anderen und hat diesen speziellen Glanz in den Augen.«

»Dann erwischt es dich auch bald?«, erkundigte sich Brandon.

»Es ist nicht die Hochzeit, die mir Angst einjagt«, brummte Nate. »Sondern die Gäste.«

»Dann halte es doch im kleinen Rahmen«, schlug Brandon vor.

»Das tun wir ja schon, aber nachdem ich Trottel auf die Idee gekommen bin, ein Hochzeitswochenende daraus zu machen, komme ich in Teufels Küche, es wird ein rauschendes Fest, dabei gibt es viel mehr zu bedenken als bei einer kleinen, beschaulichen Trauung.«

»Tja, selbst schuld, würde ich meinen.« Brandon trank einen Schluck und fing einen bösen Blick von Nate auf.

»Dich erwischt es auch noch irgendwann.«

Brandon zuckte die Schulter und enthielt sich eines Kommentars.

»Womit kann ich denn helfen?«, fragte er stattdessen.

»Du bist ja der Einzige mit klarem Kopf, könntest du am Hochzeitswochenende ein wenig ... Normalität in die Sache bringen?«

»Und wie soll das gehen?« Seine Aufmerksamkeit wurde auf eine Blondine gelenkt, die gerade das *Red* betreten hatte. Sie trug ein sehr kurzes schwarzes Kleid, und ... er kannte sie.

Das nannte Erin unauffällig? Brandon leerte sein Glas und versuchte seine Gesichtszüge wieder unter Kontrolle zu bringen.

»Brandon?«, fragte Nate. »Machst du das?«

Er hatte zwar keine Ahnung, was Nate von ihm wollte, aber schlimm konnte es nicht sein. »Ja, klar. Kein Problem.«

Nate atmete erleichtert aus. »Gut. Und was ist mit dir? Du wirkst heute auch so abwesend?«

»Ich?« Brandon war irritiert.

»Nein, der Papst. Natürlich du!« Elijah klopfte ihm auf den Schenkel.

»Meine Eltern betrügen sich vermutlich gegenseitig.«

Nate verschluckte sich an seinem Drink und hustete los. »Was?«

Brandon zuckte die Schultern. »Sicher weiß ich es noch nicht, aber … irgendwas ist da im Busch.«

Elijah hob eine Augenbraue. »Wäre das denn so eine große Überraschung? Du weißt doch selbst am besten, wie das in der Society läuft.«

Brandon atmete tief ein. »Keine Ahnung, vielleicht bin ich auch einfach nur verdammt naiv. Entschuldigt mich kurz.«

Er stand auf und schlug den Weg zu den Toiletten ein. Als er kurz darauf wieder aus der Tür trat, zog ihn jemand zur Seite.

»Soll das ein Witz sein, Hammond?«

Brandon war nicht wirklich überrascht, Erin zu begegnen. Sie funkelte ihn an. Leider ließ es ihn nicht im Entferntesten kalt, er reagierte sehr unangemessen auf ihre Erscheinung. In seiner Hose wurde es verdammt eng.

»Wie schön, Sie zu sehen«, versuchte er möglichst unbefangen zu erwidern, obwohl er sie am liebsten gegen die Wand gedrückt und geküsst hätte.

»Sehr lustig. Was machen *Sie* hier?« Ihr Atem ging

schnell, allerdings nicht vor Lust, sondern weil sie sich über ihn ärgerte. Bedauerlicherweise tat dies ihrer Schönheit keinen Abbruch, im Gegenteil. Erin war echt scharf, wenn sie sauer war.

Brandon wollte nicht so reagieren, er schüttelte leicht seinen Kopf, um wieder klar denken zu können.

»Ich treffe mich mit ein paar Freunden«, antwortete er und hoffte, dass sie ihm nicht ansah, was in ihm vorging. Er erkannte sich ja selbst nicht wieder.

»Ziemlich komischer Zufall, oder? Wo Sie mich doch kürzlich erst darauf hingewiesen haben, wo Burke gerne mal verkehrt? Und auf einmal turnen Sie hier herum?«

Er grinste. »Darf ich mich jetzt nicht mehr frei bewegen? Außerdem dürften Sie von Elijah wohl wissen, dass er selbst gerne in diesem Club feiert – und da ich sein Kumpel bin ...«

Erin seufzte resigniert. Das Verlangen, sich eine ihrer Haarsträhnen um den Finger zu wickeln und damit zu spielen, machte ihn beinahe wahnsinnig. Er schob seine Hände in die Hosentaschen, damit er keine Dummheiten beging.

»Sie können tun und lassen, was Sie wollen, aber kommen Sie mir nicht in die Quere«, warnte sie ihn.

Vermutlich merkte Erin es nicht, aber von hier aus hatte er einen ganz großartigen Blick tief in ihr reizendes Dekolleté. Sein Körper reagierte leider sofort, und alles Blut, das nicht schon vorher auf die Reise gegangen war, machte sich auf den Weg nach unten. Sein Gehirn funktionierte nach all den Drinks ohnehin nicht mehr wirklich, und jetzt hatte er es auch noch mit einem Ständer zu tun, der gegenüber der Frau, die er fürs Herumspionieren bezahlte, mehr als unangebracht war.

»Das werde ich nicht, darf ich jetzt wieder zurück zu meinen Freunden?«, fragte er, und seltsamerweise amüsierte es ihn zunehmend, wie genervt sie auf seine Anwesenheit reagierte. Sie wurde mit den fiesesten Mafiabossen der Stadt fertig, aber hatte Angst, dass er ihr in die Quere kam? Für eine Sekunde überlegte er, ob seine Nähe sie vielleicht ebenso verrückt machte wie ihn, was sich nach ihrem nächsten Satz allerdings als Fehlannahme herausstellte.

»Tauchen Sie jetzt bloß nicht jeden Abend an den Orten auf, an dem Sie Sie-wissen-schon-wen vermuten. Klar?« Sie funkelte ihn böse an und tippte mit einer Fußspitze auf den Boden.

»Klar wie Kloßbrühe.«

»Sie sind betrunken«, stellte sie fest.

Er verzog seine Lippen zu einem – vermutlich – dümmlichen Grinsen. »Gut erkannt, haben Sie damit ein Problem, oder wollen Sie mir das jetzt auch noch verbieten?«

Der Drang, in ihre blonden Haare zu greifen, wurde mittlerweile beinahe übermächtig. Er ballte die Hände in seinen Hosentaschen zu Fäusten. Wusste sie eigentlich, dass sie viel weicher und weiblicher aussah, wenn sie die Haare offen und nicht so streng zurückfrisiert trug wie sonst?

Sie rollte mit den Augen. »Gehen Sie nach Hause, Hammond.«

»Sonst was?« Er starrte auf ihre Lippen, seine Stimme klang rau, wie er selbst bemerkte. Verdammt, er hatte sich sowas von gar nicht mehr im Griff, und gleichzeitig gefiel ihm diese kleine Plänkelei mit ihr sehr. Ein bisschen zu sehr. Er musste sich endlich zusammenreißen. Jetzt aber wirklich.

»Sonst gar nichts.« Sie stöckelte davon.

Er seufzte und lehnte sich mit dem Rücken gegen die kühle Wand.

»Zu schade«, murmelte er und kehrte nach einer Verschnaufpause zu Nate und Elijah zurück.

Kapitel 5

Erin saß mit Liv Fields in einer Hochzeitstortenbackstube und studierte das Angebot. Die Bäckerin hatte sich zurückgezogen, sodass Liv in Ruhe noch einmal von allen Torten probieren konnte, die sie bereits beim letzten Treffen in die engere Auswahl genommen hatte und die jetzt zur Verkostung bereitstanden.

Erin hatte Liv schon vor einigen Monaten bei einer Charity-Veranstaltung zugunsten des Bostoner *Women's Shelter* kennengelernt und auf Anhieb gemocht. Liv war eine herzensgute Person, die ein einnehmendes und ehrliches Wesen besaß. Nate konnte sich glücklich schätzen, dass Liv ihm nichts nachgetragen hatte, als er ihr seine Vergangenheit verheimlicht hatte. Wenn man die freudestrahlende Braut heute ansah, konnte man sich kaum vorstellen, dass Nate und Liv viele Hürden hatten meistern müssen, bis sie sich ihrer gegenseitigen Liebe sicher gewesen waren. Erin freute sich umso mehr, dass sie heute hier bei Liv sein konnte, während sie zwischen rosa Fondant und Buttercremetörtchen entscheiden musste, auch wenn etwas Ähnliches für sie selbst niemals infrage kam. Sie war niemand, der unbedingt mit jemandem zusammenleben musste, das blieb Frauen wie Liv und ihrer Freundin Cat vorbehalten, und das war gut so, sie hatte sich vor langer Zeit damit abgefunden, dass für die Liebe in ihrem Leben kein Platz war.

»Das ist alles zu viel.« Liv stöhnte und rieb sich die Schläfen. »Das bin ich nicht, aber Nate wünscht sich so sehr eine Traumhochzeit mit allem Pipapo.«

»Aber soll es nicht auch Ihre Traumhochzeit werden?« Obwohl es ihr nicht zustand, war ihr diese Frage rausgerutscht. Zum Glück schien Liv damit kein Problem zu haben, dass sie direkt aussprach, was ihr auf den Lippen lag.

»Ich habe mir über das Wie noch gar keine Gedanken gemacht, wenn ich ehrlich bin. So ein Aufhebens um meine Person, das liegt mir gar nicht.«

»Aber man heiratet doch nur einmal im Leben«, warf Erin ein, obwohl sie genau wusste, dass in den meisten Fällen – oder genau genommen in fünfzig Prozent der Fälle – die Ehen früher oder später wieder geschieden wurden. Die Statistiken logen nicht, trotzdem wünschte sie den beiden, dass sie zur glücklichen anderen Hälfte gehörten, bei denen ›lebenslänglich‹ etwas Positives bedeutete und keine Strafe.

»Ich stehe einfach nicht gerne im Mittelpunkt.«

»Ist das denn überhaupt möglich, neben einem Mann wie Nate? Entschuldigung«, beeilte sie sich zu sagen. »Das geht mich gar nichts an.«

Liv lachte und winkte ab. »Ach, Sie haben recht. Es geht nicht, und mir ist das auch klar. Ich möchte ja auch, dass wir mit all unseren Freunden und der Familie feiern. Trotzdem bin ich gerade ein wenig überfordert. Haben Sie sich mal angesehen, wie viele Füllungen alleine bei so einer Torte infrage kommen?«

Erin lachte. »Ich habe zum Glück keinerlei Erfahrung in diesen Dingen.«

»Sie sind nicht verheiratet?«

»Nein, nicht mal liiert.«

»O«, machte Liv. »Hat vermutlich was mit Ihrem Job zu tun?«

Erin dachte einen Moment darüber nach. »Nicht nur, ich bin vielleicht einfach nur realistisch.«

Dass sie einen Bruder hatte, der gepflegt werden musste, die Kosten dafür monatlich Unsummen verschlangen und sie deshalb ackern musste wie ein Pferd, behielt sie für sich. Sie wollte das Mitleid anderer nicht.

Liv hielt sich die Hände an die Wangen. »O Gott, Sie finden das alles bestimmt total albern, oder?«

»Quatsch, das finde ich überhaupt nicht. Es ist sogar eher das Gegenteil, ich bewundere Menschen, die noch an das Gute glauben.«

Liv sah sie einen Augenblick sehr eindringlich an, so eindringlich, dass Erin fast meinte, Liv würde erkennen, warum und wie Erin zu der Einsiedlerin geworden war, die niemandem über den Weg traute.

»Was ist Ihnen widerfahren?«, fragte Liv sanft.

Erin schüttelte den Kopf. »Das Leben.« Sie rang sich ein Lächeln ab. »Sagen wir es einfach so.«

»Ich bin zu neugierig, entschuldigen Sie bitte. Natürlich habe ich schon mit Nate über Sie gesprochen. Er hat mir nichts verraten, falls er mehr weiß, aber er schätzt Sie sehr.«

»Danke, das tue ich auch. Er ist ein feiner Kerl.«

»Ich fürchte«, Liv lachte erneut, »dass ich so neugierig bin, ist eine Berufskrankheit. Ich möchte immer und überall helfen. Manchmal auch denen, die gar keine Hilfe wollen.«

»Na, bei Nate hat es ja geklappt.« Nun lachte auch Erin.

»Das stimmt. Womit wir wieder beim Thema wären. Welche dieser Millionen Füllungen nehmen wir für die Torte? Soll ich Ihnen mal ein Geheimnis verraten?«

»Na klar.«

»Ich esse viel lieber Käsekuchen.«

»Wieso bestellen Sie dann nicht einen gigantischen Käsekuchen? Da gibt es doch auch diverse Möglichkeiten.«

»Aber das wäre dann so gar nicht traditionell.«

»Genau«, stimmte Erin zu. »Das ist doch genau das, was Sie eben meinten, oder?«

Liv nagte an ihrer Unterlippe, dann hellte sich ihr Gesicht auf. »Sie haben recht, Erin. Danke! Mir fällt ein Stein vom Herzen. Wir nehmen einfach Käsekuchen! Ich liebe Käsekuchen.«

»Wie schön, dass das Problem gelöst ist.« Sie wünschte, man könnte ihre Probleme auch so einfach mit einem Backwerk beseitigen. Aber nichts und niemand würde ihren Bruder wieder zu dem gesunden jungen Mann machen können, der er einmal gewesen war.

»Jetzt haben wir genug über mich geplaudert, wir hatten uns doch aus einem ganz bestimmten Grund verabredet. Wollen Sie mir sagen, worum es geht?«

Erin holte tief Luft und berichtete von ihrer Nachbarin Jessica, die von ihrem Freund immer wieder misshandelt wurde.

»Denken Sie, dass Sie mir helfen könnten?«, wollte Erin schließlich wissen, nachdem sie einige von Livs Fragen beantwortet hatte.

»Nennen Sie mich doch einfach Liv, lassen wir die Förmlichkeiten.«

»Sehr gern, was schlägst du also vor, Liv?«

»Wie wäre es denn, wenn du mal mit Jessica zu uns ins *Women's Shelter* kommen würdest? Ich könnte ihr ein paar Dinge erklären, Hilfe anbieten oder einfach nur zuhören. Manchmal hilft sowas schon, manchmal aber auch nicht. Ich kann dir da leider nicht zu viel versprechen. Auch wenn ich gerne allen Menschen helfen würde, so muss doch jeder dies erst einmal zulassen.«

»Ein Gespräch wäre auf jeden Fall ein guter Anfang.«

»Absolut, glaubst du, sie wird mitkommen?«

»Ich hoffe es.«

Sie plauderten noch eine Weile, dann verabschiedete sich Erin. Mittlerweile war es beinahe dunkel geworden, die Dämmerung legte sich über die Stadt wie ein Schleier aus Kälte und Schwärze. So schön dieser Märztag auch gewesen war, so sehr machte die eisige Nacht klar, dass der Frühling noch nicht Einzug gehalten hatte.

* * *

Brandon saß in seinem Wagen und starrte in die Dunkelheit. Sein Brummschädel hatte sich zum Glück langsam wieder beruhigt, er hatte gestern tatsächlich ein paar Gläser zu viel gehabt. Anders konnte er sich seine Reaktion auf Erin im knappen Kleidchen auch nicht erklären. Egal, er schob den Gedanken beiseite, jetzt ging es nicht um ihn, sondern um seine Mandantin, oder vielmehr deren betrügerischen Ehemann.

Brandon war sich nicht sicher, was er hier vor Burkes Haus eigentlich machte. Im ganzen Leben war er noch keinem seiner Privatermittler gefolgt oder gar schon vor ihm da gewesen. Auf dem Kopf trug er eine Baseballmütze, den Kragen seines Mantels hatte er nach oben geklappt.

Und wo zur Hölle steckte Erin? Sollte nicht *sie* seinen Kunden observieren? Am Mittag hatte er noch mit ihr telefoniert, sie hatte erklärt, dass Burke gestern mit einer Blondine aus dem *Red* gekommen sei und Erin sich in dieser Nacht näher bei ihm umsehen wolle, wenn er wieder um die Häuser zog. Burke hatte sein Anwesen vor einer guten Stunde verlassen, vermutlich auf der Suche nach einem weiteren Abenteuer.

In dieser Sekunde sah er einen Schatten an der Hausmauer entlanghuschen, einen sehr schmalen Schatten. Gut, das musste Erin sein. Burkes Frau hatte ihnen einen Schlüssel zur Veranda dagelassen, über die sie unbemerkt ins Haus eintreten konnte. Brandon hielt den Atem an, sein Herz klopfte schnell.

Die Minuten verstrichen, aber nichts passierte. Verdammt, wie lange wollte sie denn da drin bleiben? Da stimmte doch was nicht.

Er wartete noch ein paar Minuten, dann stieg er aus seinem Wagen aus und hastete ums Haus. So leise und unauffällig wie möglich, er sah sich einmal verstohlen um, ehe er durch die Verandatür schlüpfte und sie leise hinter sich zuzog. Ein Glück, dass Erin sie nicht von innen abgeschlossen hatte. Es war still und dunkel im Haus, Brandon nahm sich einige Sekunden, um seine Augen an die Lichtverhältnisse zu gewöhnen. Es war angenehm warm und roch ganz leicht nach einem dieser Raumdüfte, die gerade so angesagt waren. Vorsichtig und möglichst ohne ein Geräusch zu verursachen tapste er durch die Küche in den Wohnbereich. Alles ruhig.

Wo steckte Erin? Er kniff die Augen zusammen, aber konnte trotzdem nicht besser sehen. Das sanfte Licht des Mondes schimmerte durch die Vorhänge und warf lange Schatten auf das Parkett. Plötzlich krachte etwas auf seine Stirn. Brandon war nicht darauf vorbereitet, angegriffen zu werden, er sackte in die Knie und stöhnte vor Schmerz.

»Hammond?«, hörte er eine leise weibliche Stimme. »Ich dachte, Sie wären ein Einbrecher!«

Er ächzte und hielt sich den Kopf. »Erin?«

»Mein Gott, was machen Sie hier? Ich hätte Sie beinahe umgebracht, Sie haben Glück, dass ich nicht richtig zugeschlagen habe.«

Er stöhnte noch einmal. »Es hat so lange gedauert, ich wollte sehen, ob alles in Ordnung ist.« Ihm war schwindelig, dennoch rappelte er sich auf und versuchte von sich abzulenken. »Haben Sie was gefunden?«

»Ich war gerade dabei … Dann sind Sie hier aufgetaucht. Warum sabotieren Sie meine Arbeit?«

Verdammt, sie hatte recht.

»Ich habe mir nur Sorgen gemacht«, wandte er mit fester Stimme ein.

Erin schnaubte, dann fragte sie: »Sind Sie okay?«

Brandon betastete seinen dröhnenden Kopf. Er spürte etwas Warmes an seinen Fingern. »Ich glaube, ich blute.«

Sie stieß einen sehr derben Fluch aus. »Kommen Sie mit, ehe Sie hier noch alles einsauen.«

So viel zum Thema, sie hätte ihn beinahe umgebracht. Mitgefühl schien sie jedenfalls nicht für ihn übrig zu haben. Erin zupfte ihn am Ärmel, und er trottete wie ein Welpe hinter ihr her. Sie gingen die Treppe nach oben ins Badezimmer. Glücklicherweise hatte sie eine kleine Taschenlampe dabei, die ihnen dabei half, den Weg zum Bad zu finden, ohne dass man von außen Licht wahrnehmen würde.

»Lassen Sie mich mal sehen«, forderte sie und schob ihn auf einen Hocker, der vor der Dusche stand. Dass sich darauf Kleidungsstücke der Eigentümer befanden, interessierte gerade niemanden.

Brandon setzte sich, und Erin drückte ihm ein paar Kleenex-Tücher in die Hand, die sie aus einer silbernen Box zupfte. »Machen Sie sich die Hände sauber, ehe Sie was anfassen.«

»Jawohl, Ma'am.«

Ihre sanften Finger untersuchten seine Stirn. »Ist eine Platzwunde, halb so wild, aber am Kopf blutet es immer stark.«

Er schwieg und nahm nur ihre Nähe, die Wärme, die von ihr ausging, und ihren süßen Atem wahr, der über sein Gesicht fächelte. Wäre ihm nicht ohnehin schon leicht schwindelig, wäre es spätestens jetzt so weit.

»Halb so wild«, brummte er. »Können wir dann weitermachen?«

»Wir?«, wiederholte sie lakonisch und schnaubte dann abfällig. »Sicher nicht. Ich suche jetzt nach einem Pflaster, das pappe ich Ihnen auf die Wunde, und dann verschwinden Sie, ehe Sie noch mehr Unsinn anrichten.«

Er atmete hörbar aus. »Tut mir leid.«

»Sie rennen Ihrem anderen Ermittler doch auch nicht ständig hinterher, oder?«

»Ständig?«

»Gestern ... heute ...«

»Gestern war Zufall.«

»Ja, klar.« Sie lachte humorlos. »Wenn Sie kein Vertrauen in mich haben, wieso haben Sie mich dann engagiert?« Sie trat zurück und stemmte ihre Hände in die Hüften.

»Das stimmt so nicht.«

»Kommen Sie, Hammond. Seien Sie ehrlich.«

»Na gut. Trotzdem ist es nicht so, dass ich Ihnen nicht vertraue. Ich war einfach besorgt.«

Die Taschenlampe strahlte auf den Boden, dennoch konnte er sehen, dass ihr Mund aufklappte, so, als ob sie nicht fassen konnte, dass jemand sich Gedanken um sie machte.

»Das ist doch albern«, protestierte Erin, ihre Stimme klang ein wenig zu hoch.

Brandon fragte sich, warum sie so reagierte. Gab es in ihrem Leben etwa niemanden, den es kümmerte, wie es ihr ging? Das war doch kaum möglich. Sie war süß, liebenswert und ...

Stopp.

Der Schlag auf seinen Kopf musste härter gewesen sein, als er gedacht hatte.

Ihnen blieb keine Zeit, das weiter zu diskutieren, denn ein Auto kam über die Auffahrt zum Haus, sie hörten den Kies unter den Reifen knirschen, Scheinwerfer strahlten an die Wand.

»Fuck«, stieß Erin hervor und schaltete die Taschenlampe aus. »Nehmen Sie die vollgebluteten Tücher und kommen Sie.«

Brandon brauchte eine Sekunde, dann begriff er.

»Na los, machen Sie schon! Hoffentlich haben wir keine Blutflecken hinterlassen.«

Er stand auf, und ein metallisches Klirren auf den Fliesen des Badezimmers durchbrach die plötzliche Stille.

»Was war das?«, fragte Erin.

Brandon seufzte. »Ich fürchte, das war ein Knopf von meinem Mantel.«

»Was?«, rief sie alarmiert.

»Der war schon länger lose, ich wollte ihn immer annähen, aber wie das so ist …«

Erin atmete gepresst. »Gott, Sie werden noch mein Todesurteil sein.«

Dann zog sie an seinem Ärmel, als unten die Haustür aufgeschlossen wurde.

»Keinen Mucks mehr«, warnte sie ihn leise, aber eindringlich.

Er hatte keine Ahnung, wie sie ihren Weg fand und was sie vorhatte, aber irgendwie schaffte sie es, ihn dahin zu bugsieren, wo sie ihn haben wollte. Eine Tür wurde geöffnet und hinter ihnen geschlossen.

»Hinsetzen und leise sein«, flüsterte sie. »Hoffen wir, dass das Mrs. Burkes Klamotten sind und nicht seine.«

Brandon ließ sich neben Erin auf den Teppichboden im Wandschrank sinken. Er atmete gepresst, dennoch nahm er ein Damenparfum wahr, das nicht nach Erin roch. Puh, vielleicht hatten sie Glück gehabt und waren tatsächlich im Schrank der Ehefrau gelandet. Hoffentlich war der Typ nicht pervers und zog gerne die Klamotten seiner Gattin an, wenn diese nicht zu Hause war. Sein Herz raste, ihm war höllisch warm, und tausend Gedanken schossen durch seinen Kopf.

»Wo ist er?«, flüsterte er, als sie eine ganze Weile nichts hörten. War Burke alleine gekommen?

»Schht«, machte Erin, und in der Dunkelheit des Wandschranks konnte er rein gar nichts erkennen. Ein Glück, dass er nicht klaustrophobisch war.

Und dann hörte er es auch, ein weibliches Lachen, das gedämpft von unten heraufdrang.

O Gott, dachte er. *Was passiert als Nächstes? Hoffentlich werden wir nicht entdeckt, dann kann ich einpacken.* Er hatte außerdem wenig bis gar keine Bedürfnisse, Zuhörer der nächtlichen Aktivitäten von Robin Burke zu werden. Innerlich verfluchte er sich, dass er es vermasselt hatte. Erin hatte jedes Recht, sauer auf ihn zu sein.

In seiner Jackentasche vibrierte es, dann wurde es laut.

Scheiße. Scheiße. Scheiße. Sein Telefon bimmelte.

Auch das noch! Wieso hatte er es bloß nicht auf lautlos gestellt?

Mit bebenden Fingern fischte er in seiner Manteltasche danach, es dauerte gefühlte Jahre, bis er es ausgeschaltet hatte.

»Hammond.« Erin seufzte resigniert.

»Tut mir leid«, murmelte er.

»Ja, ja«, gab sie leise zurück.

Brandons Herz pochte so heftig in seiner Brust, dass er glaubte, alle im Haus müssten es hören können. Sein Atem kam unregelmäßig, er schwitzte. Wenn er hier von Burke erwischt wurde, war er geliefert, dann konnte er seine Karriere an den Nagel hängen. Vielleicht nicht gleich das, aber sein Ruf würde erheblichen Schaden davontragen. Jemand wie Burke würde ihn auf jeden Fall anzeigen, da war er sich sicher.

Die Sekunden verstrichen, und nichts passierte. Irgendwann merkte er, dass auch sein Herzschlag sich allmählich beruhigte. Er war allerdings in kaltem Schweiß gebadet.

»Wir sitzen fest«, bemerkte Erin genervt.

Er war sich dessen deutlich bewusst, auch der Tatsache, dass sie Schulter an Schulter saßen, vor ihnen hingen unzählige Kleider. Seine Schenkel lagen neben ihren, jetzt nahm er sogar einen Hauch von ihrem Shampoo wahr, das inmitten des Parfumdufts der Eigentümerin herrlich frisch und unverblümt anmutete. Brandon schloss die Augen, obwohl das in der Dunkelheit unnötig war, und stellte sich vor, wie es wäre, seine Nase in ihren Haaren zu vergraben.

»Tut es sehr weh?«, fragte sie leise.

»Was?«

»Na, der Kopf. Du hast schon wieder gestöhnt.«

Himmel! Er atmete scharf ein. Wenn sie wüsste.

Was war nur mit ihm los? Vielleicht war der Schlag doch härter gewesen, und er hatte eine Gehirnerschütterung, wenn er jetzt schon Wahnvorstellungen hatte.

Na ja, als Wahnvorstellung konnte man seine Phantasie ja beim besten Willen nicht bezeichnen.

»Es geht«, brummte er.

Schweigend kauerten sie nebeneinander, hin und wieder drangen Gelächter oder Wortfetzen nach oben, etwas später hörten sie, wie das Paar kichernd die Treppen heraufkam.

Brandon rollte mit den Augen, hoffentlich wurden sie nicht doch noch Zeugen einer Peep-Show, die sie nicht gebucht hatten. Der Masterbedroom befand sich direkt angrenzend zu diesem Ankleidezimmer mit den eingebauten Wandschränken, wovon sie in einem festsaßen. Leider hatten sie Pech, denn Burke und seine Begleitung waren auf dem Weg nach nebenan ...

»Uns bleibt auch nichts erspart«, flüsterte Erin in sein Ohr. Ihr heißer Atem ließ kleine Schauer über seine Wirbelsäule rieseln. Völlig unpassend, wie er fand, aber verhindern konnte er es leider auch nicht.

»Bleibt zu hoffen, dass er beim Liebesspiel nicht so ausdauernd ist wie auf dem Feld«, versuchte Brandon zu scherzen.

Erin gluckste unterdrückt und stieß ihm ihren Ellenbogen in die Seite. Nur wenige Minuten später drangen sehr eindeutige Geräusche zu ihnen in ihr dunkles Gefängnis.

»... O Baby ... ja, mach's mir ... härter ... gib mir deinen Schwanz.«

Ein Grunzen, ein Stöhnen und das rhythmische Federn der Matratze unterstrichen die Absurdität des Augenblicks. Das Pärchen packte sein ganzes Repertoire an Dirty-Talk aus, was Brandon heiße Ohren bescherte. Er war beim Sex zwar kein Kind von Traurigkeit, aber er musste nicht jede Sekunde des Akts mit Kommentaren ausschmücken. Wo blieb denn da die Zeit für Sinnlichkeit und ...

Egal, das hier war nicht sein Schlafzimmer, nicht sein Sex. Dennoch fragte er sich angewidert, wie lange diese Show noch dauern würde. Erin dachte vermutlich das Gleiche, denn er spürte, wie sie sich genervt mit der Hand über das Gesicht rieb. »Und wir können das nicht mal gegen ihn verwenden«, murrte sie. »Ich könnte natürlich ...«

»Auf gar keinen Fall«, unterbrach er sie. »Du bleibst hier im Schrank.«

Spitze weibliche Schreie wurden immer lauter, in immer kürzeren Abständen. Das machte Hoffnung ... auf ein baldiges Ende. Es sei denn, Burke würde seiner Besucherin multiple Orgasmen bescheren, was er dem Kerl eigentlich nicht zutraute. Aber wer konnte das schon sagen, wenn man dem Geschrei der Dame glauben mochte, war er als Liebhaber gar nicht mal so übel.

»Ehe wir gehen, sollte ich eine Kamera installieren«, flüsterte Erin. »Dann haben wir das Thema morgen abgehakt.«

»Das ist nicht mit Mrs. Burke abgesprochen.«

»Wie soll ich es sonst beweisen? Ich werde mich nicht mit einem Fotoapparat aufs Fensterbrett hängen.«

Brandon sparte sich einen Kommentar. Im Grunde hatte sie recht. Die Erlaubnis der Ehefrau konnte er sich noch immer einholen.

Endlich! Laute, die eher an Tiere erinnerten, verkündeten, dass für den Herrn des Hauses die Nummer gelaufen war. Es wurde auch Zeit.

Die plötzliche Stille war seltsam, aber doch irgendwie eine Wohltat. An diesen Abend würde er noch lange denken. Sehr lange. Irgendwann würde er vielleicht sogar darüber lachen können, aber erst, wenn er mit Erin hier raus war. Leider sah es nicht so aus, als ob das bald der Fall sein würde. Nach dem lautstarken Akt regte sich jetzt nichts mehr.

Schliefen sie?

»Was sollen wir machen?«, flüsterte Brandon.

»Warten.«

»Das habe ich befürchtet.«

Vorsichtig bewegte er seine Beine, die eingeschlafen waren. Er presste die Zähne aufeinander, um keinen Mucks von sich zu geben. Er rieb sich die Waden und atmete flach. Nach einigen Minuten lehnte er sich wieder zurück.

»Geht's?«, fragte Erin.

»Muss ja.«

Sie lachte leise. »Ist schon absurd irgendwie.«

»Allerdings.«

Es wurde eine lange Nacht. Eine sehr lange Nacht. Da sich im Schlafzimmer nichts mehr regte, aber auch keiner ging, konnten sie nicht verschwinden, das Risiko, dass im falschen Moment jemand aufwachte, war einfach zu groß. Also blieben sie im Wandschrank sitzen.

Sehr spät, es musste mitten in der Nacht sein, spürte Brandon Erins Kopf an seiner Schulter. Sie atmete ruhig und gleichmäßig. Ihre Nähe empfand er als tröstlich und angenehm, allerdings konnte er sich nicht entspannen. Es war nicht nur die Tatsache, dass er sich zu ihr hingezogen fühlte, sondern auch der Punkt, dass für ihn eine Menge auf dem Spiel stand, wenn er hier entdeckt würde. Je länger er neben ihr ausharrte, desto hoffnungsvoller wurde er, dass er am nächsten Tag irgendwann hier rauskam. Allerdings gesellte sich noch ein anderes Problem hinzu: Seine Blase drückte. Im Auto hatte er einen großen Becher Kaffee getrunken, ehe er Erin ins Haus gefolgt war.

Die herannahende Dämmerung nahm er nach langen Stunden erleichtert wahr, sein Martyrium hatte hoffentlich ein baldiges Ende. Sanftes Licht drang unter der Tür des Wandschranks hindurch. Irgendwo bellte ein Hund in der Nachbarschaft. Ein neuer Tag erwachte und hoffentlich auch der Besitzer des Hauses, der dann mit seiner Liebschaft verschwinden würde. Hoffentlich! War er wirklich so skrupellos, dass er seine Affäre ohne schlechtes Gewissen im Ehebett nächtigen ließ? Was für ein mieses Schwein.

Erin schreckte hoch. Er hielt sie am Arm. »Sch, alles gut. Sei leise. Du bist eingenickt.«

»Wie ist die Lage?«, murmelte sie verschlafen. »Ich muss pinkeln.«

Brandon musste unwillkürlich schmunzeln. Die Frauen, mit denen er sonst unterwegs war, würden sich anders ausdrücken. Ihre etwas raue Art gefiel ihm immer mehr, denn sie war echt.

»Wir kommen bald hier raus«, versprach er. Ohne dass er darüber nachdachte, hob er seine Hand und strich ihr sanft eine Strähne aus dem Gesicht. Sie rührte sich nicht, hob aber ihren Blick und traf seinen. Brandon ließ seine Hand an ihrer Wange ruhen, ihre Haut fühlte sich kühl und seidig unter seiner an.

Er verlor sich in ihren Augen, die in der Dämmerung wie tiefe, schillernde Seen wirkten. Ein See, in den er eintauchen wollte, um nie mehr an die Oberfläche seines trostlosen Daseins zurückzukehren. Bis jetzt hatte er sein Leben nie so empfunden, aber mit einem Wimpernschlag hatte sich etwas Gravierendes verändert. Brandon schluckte, sein Mund fühlte sich staubtrocken an. Er blendete aus, dass er mit ihr in einem Schrank saß, in einem fremden Haus. Die Innigkeit des Augenblicks erschreckte ihn ein wenig, aber nicht genug, um ihn zu durchbrechen.

Erin legte ihre Hand über seine, für eine Sekunde glaubte er, dass sie sie wegschieben wollte. Vielleicht überlegte sie genau das in diesem Moment. Dennoch ruhte ihre Hand auf seiner, hielt sie umfangen, hielt sie fest. Langsam, ganz langsam näherte er sich ihren Lippen mit seinen. Nach dieser schlaflosen Nacht fühlte er sich wie berauscht, aufgeputscht und herrlich fremd. Nur noch wenige Zentimeter trennten ihre Gesichter, als ein schrilles Klingeln ertönte.

Mit einem leisen Ächzen fuhren sie auseinander. Sein Herz setzte einen Schlag lang aus, um im nächsten doppelt so schnell weiter zu klopfen.

Es kehrte Bewegung und Leben ins Haus ein. Murmeln und Schimpfen tönten aus dem Schlafzimmer, das Rascheln von Kleidung und Bettwäsche, sich schnell entfernende Schritte. Die Haustür wurde geöffnet, es wurde geredet, dann herrschte Stille.

»Sind sie alle weg?«, fragte Brandon.

Erin hob die Hand. »Warte.«

Sie sah ihn nicht an, sondern blickte auf den Boden, konzentriert, lauschend – oder vielleicht wollte sie ihm auch nur ausweichen, weil sie begriffen hatte, was beinahe geschehen wäre.

Einerseits trauerte Brandon dem Moment hinterher, andererseits war er dankbar, dass es nicht zu einem Kuss gekommen war. Es hätte alles zwischen ihnen geändert – er konnte sich nicht mit einer Geschäftspartnerin einlassen, auf keinen Fall. Er hatte seine Prinzipien, die er für einige schwache Sekunden verdrängt hatte.

Jemand kam die Treppe nach oben. Es waren schwere Schritte, vermutlich Burke, der jetzt alleine im Haus war. Er ging ins Bad und drehte das Wasser in der Dusche auf.

»Sollen wir?«, fragte Brandon nach einigen Minuten.

Erin nagte an ihrer Unterlippe. »Ja, ich glaube schon. Es kann ja sein, dass er den ganzen Tag hier herumhängt …«

»Was ist mit dem Mantelknopf?«

»Mist, ja, den muss ich noch finden. Ich kehre einfach später zurück …«

»Du willst noch mal herkommen?«

»Ja, und dieses Mal spitzelst du mir nicht so stümperhaft hinterher.«

Brandon hatte das Du schon in der Nacht ganz selbstverständlich benutzt, sie schien nichts dagegen zu haben, also beließ er es dabei. »Nein, Erin, das werde ich nicht.«

Sie nickte. »Dann los. Ich gehe vor. Und bitte«, sie sah ihn streng an, »sei leise.«

Er konnte es ihr nicht übelnehmen, nein. Deswegen nickte auch er.

Vorsichtig, auf allen Vieren, öffnete sie die Schranktür und stand auf, dann winkte sie Brandon zu sich. Sein Blutdruck lag – mal wieder – weit über der gesunden Grenze. Dieses Mal ging alles gut, niemand tauchte plötzlich auf. Sie verschwanden wieder über die Veranda.

»Wo steht dein Auto?«, fragte er, nachdem sie um die Ecke verschwunden waren. Brandon war schon wieder schweißgebadet, er hatte eine Dusche und eine Toilette nötiger als alles andere.

»Welches Auto?«

»Wie bist du hergekommen?«

»Das lass mal meine Sorge sein.«

»Soll ich dich nach Hause bringen? Das ist doch das Mindeste.«

Sie blickte zu ihm auf, mit einem unergründlichen Ausdruck. »Nein, danke. Das ist nicht nötig. Ich setze das Taxi mit auf die Liste.«

Er schwieg, dann atmete er tief ein. Es war gut, dass sie etwas Distanz zwischen sie brachte. Warum störte es ihn dann so, dass sie sich nicht von ihm fahren lassen wollte? »Es ist kein Problem, ich fahre dich gerne.«

»Nein, danke«, sagte sie bestimmt. »Und bitte, behindere meine Arbeit nicht noch einmal.«

»Es tut mir leid, wie kann ich das wiedergutmachen?«

O Gott, was tat er da? War er im Begriff, sich vollkommen zu blamieren?

Sie sah ihn mit gerunzelter Stirn an. »Einfach nicht mehr irgendwo auftauchen, wo ich zu tun habe.«

»Verstanden. Dann … gehe ich jetzt besser.«

»Ich melde mich. Das mit der Kamera geht klar?«

»Du willst da wirklich wieder einsteigen?«

»Brandon …«

Es war das erste Mal, dass sie seinen Vornamen aussprach, und er war so geschockt von dessen Klang aus ihrem Mund, dass er scharf einatmete. Ihre Stimme war ein wenig rau, er mochte es, wie sie sich anhörte. Brandon blinzelte ein paarmal, um die Bilder aus seinem Kopf zu vertreiben, die in ihrer Gegenwart immer häufiger auftauchten und wirklich, wirklich unpassend waren.

»… ich muss, das ist mein Job«, fuhr sie fort. »Je eher wir das erledigt haben, desto besser.«

Wie meinte sie das? Wollte sie ihn loswerden?

Er zuckte mit den Schultern, sie sollte nicht bemerken, wie verwirrt er nach dieser schlaflosen, nervenaufreibenden Nacht war. »Ich warte auf deinen Anruf.«

»Bis dann.« Sie verzog ihre Lippen zu einem schmalen Lächeln und verschwand über die Straße um die nächste Ecke.

Er schaute ihr noch eine Weile hinterher, bis er sich an seine volle Blase erinnerte, die äußerst schmerzhaft brannte. »Mein Gott«, er seufzte und hastete zu seinem Auto, »was für eine Nacht.«

Kapitel 6

Obwohl Erin hundemüde war, hatte sie sich nur eine halbe Stunde Schlaf gegönnt, ehe sie unter die Dusche gesprungen und wieder aus dem Haus gegangen war. Sie hatte viel zu tun, trotzdem hatte sie auch nach ihrem Bruder schauen wollen. Sein Zustand war unverändert. Leider. Es gab für ihn keine Hoffnung auf Besserung. Obwohl er, wie es die meisten beurteilten, selbst verantwortlich für sein Schicksal war, tat es jedes Mal aufs Neue weh, ihn so zu sehen. Aus dem starken, selbstbewussten jungen Mann war ein mageres Etwas geworden, das weder selbst essen noch bewusst leben konnte. Dazu kamen die Schulden, die man ihm nach dem Unfall anlastete und für die Erin nun geradestand. Irgendwann, sagte sie sich immer wieder, würde das alles hinter ihnen liegen, dann waren sie und Lenny frei. Auch wenn er es nicht mehr wirklich mitbekam, ihr bedeutete es viel, dass er in guten Händen war und dass sie in Frieden leben konnte.

In einem anderen Leben, unter anderen Umständen, hätte sie studiert, sich etwas Eigenes aufgebaut. Manchmal träumte sie noch immer davon, aus ihren Zeichnungen, die sie viel zu selten auf dünnes Papier kritzelte, etwas Besonderes zu machen. Sie hatte sich stets gewünscht, Kinderbücher zu illustrieren und zu veröffentlichen, aber Zeit war etwas, wovon sie nie genug hatte. Außerdem kamen ihre

Vorstellungen von damals ihr im Vergleich zu den Anforderungen, die sie in ihrem jetzigen Leben zu meistern hatte, mittlerweile auch ein Stück weit naiv vor. Erin atmete aus und konzentrierte sich wieder aufs Hier und Jetzt. Sie hatte genug zu tun und konnte sich den Luxus, zu jammern oder gar zu träumen, nicht erlauben – vielleicht wollte sie es auch nicht. Weder das eine noch das andere würde etwas an ihrer Situation verändern.

Nach einem langen Tag folgte noch eine lange Nacht, aber es gelang ihr, in Burkes Anwesen zu kommen, die Kamera zu installieren und auch noch Brandons Knopf im Badezimmer an sich zu bringen. Außerdem suchte sie das Haus nach Blutspuren ab, fand aber zum Glück keine, ehe sie wieder aus der Villa verschwand und endlich schlafen ging.

Drei Tage später hatte sie die Ergebnisse der Kamera abgerufen und selbige wieder abgebaut. Ehe die Gattin nach Hause zurückkehrte, war alles wie zuvor.

Erin saß jetzt in Brandons Wohnung und wartete, dass er nach Hause kam. Ihr war klar, dass ihr Verhalten gegen jede Regel verstieß, aber irgendwie hatte es sie gereizt, ihn zu überraschen.

Als schließlich gegen einundzwanzig Uhr die Haustür geöffnet wurde, saß sie schon eine Weile bei einem Glas Wasser in der Küche. Sie hörte, wie er etwas abstellte – vermutlich eine Tasche, wie etwas klirrte, vielleicht seine Schlüssel, die er irgendwo hinlegte, ehe er in ihre Richtung kam.

»Guten Abend«, rief sie und warnte ihn vor. Obwohl das Licht brannte, konnte sie nicht davon ausgehen, dass er wusste, dass er ›Besuch‹ hatte.

»Erin?«, gab er zurück, und dann tauchte er vor ihr auf. Er hatte die Krawatte gelöst, die Weste gelockert und das

Jackett bereits losgeworden. Seine Frisur saß tadellos, wie immer. Auf der Nase trug er seine Brille. »Was, zur Hölle, machst du hier?«, fragte er überrascht, setzte sie ab und legte sie beiseite.

Sie formte ihre Lippen zu einem schmalen Lächeln. »Ich dachte, dass es besser ist, dich privat zu treffen als im Büro.«

»Und von klingeln oder vorher anrufen hältst du nicht viel?«

»Ich wusste ja nicht, wann du zuhause auftauchen würdest.«

Er war sichtlich perplex, was sie amüsierte.

»Aha«, war alles, was er dazu sagte.

»Ist nicht schwierig, hier reinzukommen. Wie wäre es mit einer Alarmanlage?«

»Habe ich bislang nicht benötigt.« Er schaute sie mit hochgezogenen Augenbrauen an.

»Solltest du mal drüber nachdenken.«

»Ich kann auch einfach den Concierge anweisen, dass er dich nicht mehr vorbeilassen soll.«

»An dem kam ich gar nicht vorbei.« Sie grinste.

Er fuhr sich über die Stirn. »Okay, was willst du mir eigentlich mitteilen?«

Sie zuckte die Schultern, denn sie wusste es selbst nicht. Sie hatte impulsiv gehandelt, und eher würde sie sterben, als ihm zu verraten, dass sie noch nie einfach aus einer Laune heraus bei einem Kunden eingebrochen war, um ihn zu überraschen. Sie hatte es nur getan, um ihn zu ärgern, sagte sie sich, weil er Anfang der Woche hinter ihr herscharwenzelt war. Sonst hatte es nichts zu bedeuten.

Allerdings – und das konnte sie nicht leugnen – hatte sie öfter, als ihr lieb war, an die elektrisierenden Momente neben ihm im Wandschrank gedacht. Ob sie es wollte oder nicht, Brandon Hammond hatte etwas an sich, das sie faszinierte und gleichzeitig anzog, obwohl sie so geleckte

Typen wie ihn eher langweilig fand. Nun ja, Ausnahmen schienen wohl doch die Regel zu bestätigen. Dennoch, sie war geschäftlich hier, das versuchte sie sich zumindest einzureden, als sie den USB-Stick mit den Aufnahmen über die kühle Arbeitsfläche seiner Kochinsel auf ihn zuschob. »Das dürfte genügen, um den Richter von Burkes Untreue zu überzeugen – mehrfach.«

Brandon machte große Augen. »Das ist …«

»Von der Kamera, ja«, beendete sie seinen Satz. Dann ließ sie ihre Hand in die Jackentasche gleiten und holte Brandons Mantelknopf hervor. »Pass auf.« Sie warf ihn in seine Richtung. Überraschenderweise fing er ihn, äußerst geschickt für einen Bürohengst wie ihn, auf und machte einen anerkennenden Laut dazu.

»Dann ist also alles erledigt?«

»Sieht so aus, es sei denn, du brauchst noch etwas anderes?«

Gott, das klang jetzt ja fast zu hoffnungsvoll. Sie hatte es doch gar nicht nötig, ihn um einen Auftrag anzubetteln.

»Hast du dir die Aufnahmen angesehen?« Er schaute auf ihr Glas. »Zu trinken hast du ja bereits etwas, ich muss dir also nichts mehr anbieten?«

Sie hob eine Augenbraue. »Ich war so frei.«

Brandon wandte sich zum Kühlschrank, zog die Tür auf und suchte etwas. Erin wusste nicht, was sie erwartet hatte, aber sicher nicht ein so sorgfältig ausgewähltes Sammelsurium an Köstlichkeiten. Obst, Gemüse, Käse und vieles mehr, das sie bei einem Junggesellen, der so schwer beschäftigt war wie er, nicht vermutet hatte. Er nahm ein Bier heraus. »Auch eins?«

Sie zögerte eine Sekunde, dann entschied er für sie und stellte ein zweites auf die Arbeitsfläche. »Also«, meinte er, während er die beiden Flaschen öffnete. »Hast du dir den Inhalt der Kamera angesehen?«

Sie lachte. »Ich habe das Ding nicht auseinandergenommen, aber die Aufnahmen, ja. Ich habe sie kurz überflogen – zu sehr wollte ich nicht ins Detail gehen. Ich bin mir jedoch sicher, dass das Videomaterial genügen wird.«

Er schob ein Bier zu ihr, die Kochinsel trennte sie voneinander. Vielleicht war es ganz gut, einen gewissen Sicherheitsabstand zu wahren, überlegte sie, während sie seinen Blick auf sich spürte.

»Ich kann nicht sagen, dass es mir leidtut, dass der Kerl einen ziemlichen Batzen seines Vermögens an seine Noch-Ehefrau abtreten muss.«

»Was macht dich so sicher? Er könnte ja auch noch was ausgraben.«

»Sie haben einen Ehevertrag, da ist das Thema Fremdgehen seinerseits ziemlich klar und eindeutig geregelt.«

»Die Sache war ja schon fast zu einfach«, meinte Erin.

»Wieso?«

»Keine Ahnung, nach allem, was du über den Kerl gesagt hast, dachte ich, dass es schwieriger sein würde, an ihn ranzukommen.«

»Er war sich seiner Sache einfach zu sicher. Er rechnete wohl nicht damit, dass die Gattin ihm auf die Schliche gekommen ist.«

»Und du bist sicher, dass sie mit ihren Freundinnen und nicht mit einem Neuen unterwegs war?«

Brandon wirkte überrascht. »Wieso sollte ich das infrage stellen?«

Erin verzog ihre Lippen. »Keine Ahnung, ich kenne den Ehevertrag ja nicht. Wie ist es geregelt, wenn sie fremdgeht?«

»Oh verdammt.« Er seufzte. »Hoffen wir mal, dass du nicht recht hast, denn die Klausel gilt auch für sie.«

Sie enthielt sich eines Kommentars, aber sie hatte in ihrem Leben genug gesehen – er vermutlich auch –, weshalb keiner von ihnen an eine komplette Unschuld ihrerseits glaubte.

»Ich war ein bisschen abgelenkt in der letzten Zeit«, gab er zu.

Sie fragte sich, wieso, wollte aber nicht indiskret sein. Also trank sie einen Schluck Bier.

»Es könnte sein, dass ich einen neuen Auftrag für dich habe«, fuhr er dann zögerlich fort, er wirkte so, als ob ihm das Thema unangenehm wäre.

»Was ist das Problem?« Sie hob die Flasche erneut an ihre Lippen.

»Es geht um meine Eltern.«

Erin spuckte ihm das Bier im hohen Bogen ins Gesicht. O Gott, es war ihr sehr peinlich, aber sie hatte nicht erwartet, dass er seine Eltern bespitzeln lassen wollte, beim besten Willen nicht.

»Tut mir leid!«, fügte sie zerknirscht hinzu und sah sich hektisch nach einem Tuch oder einer Küchenrolle um.

Brandon wischte sich schon mit dem Ärmel seines Hemdes über das Gesicht. »Kein Grund, mich anzuspucken.«

»Ich soll deine Eltern beschatten?«, wiederholte sie noch einmal und setzte sich wieder.

Er guckte bedröppelt aus der Wäsche, was unmöglich nur an der Bierdusche liegen konnte. »Ich wünschte, es wäre anders. Aber mein Vater kam diesbezüglich auf mich zu.«

»Aha«, war alles, was sie sagte.

»Könntest du dir das vorstellen?«

Erin zuckte die Schultern. »Was meinst du?«

»Diesen Auftrag zu übernehmen.«

»Im Prinzip spielt es für mich keine Rolle, wem ich nachstelle – alles, was mich interessiert, ist mein Honorar.« Normalerweise stimmte das auch, hoffentlich kaufte er ihr die Kaltschnäuzigkeit ab.

Er nickte, für eine Sekunde meinte sie, dass ein enttäuschter Ausdruck über seine Züge huschte, aber im nächsten Moment war seine Miene nichtssagend, und sie glaubte, sich getäuscht zu haben.

»Du müsstest für ein paar Tage nach Cape Cod reisen«, erklärte er und knibbelte mit dem Fingernagel am Etikett seiner Bierflasche.

»Okay.«

»Meine Eltern haben dort ein Haus und in Boston eine Wohnung, mein Vater pendelt während der Woche nicht, sondern kehrt nur am Wochenende heim.«

»Und was ist der Anlass der … Untersuchung?«

»Das heißt, du machst es?«

»Wie gesagt, Brandon, wenn du mich vernünftig bezahlst, dann ja. Und wie genau soll der Auftrag aussehen? Soll ich ihr vierundzwanzig Stunden am Tag folgen?«

Er wirkte sichtlich überfordert, alleine mit der Vorstellung, dass seine Mutter etwas zu verbergen haben könnte.

»Wenn es nötig ist?«

»Was sind denn die Anhaltspunkte?«

»Sie benimmt sich komisch.«

»Aha.«

Er trank von seinem Bier. »Tut mir leid, es ist schwer zu sagen. Sie ist anders als sonst, irgendwie … fröhlicher und ausgelassener, ist ständig unterwegs und zeitweise nicht erreichbar.«

»Das klingt nach einer gesunden, glücklichen Frau.«

»Im Grunde hast du recht, dennoch schließt sie seit Neustem ihren Schreibtisch ab und macht Geheimnisse aus ihren Unternehmungen. Das ist merkwürdig.«

»Im Prinzip ist es mir egal, was eure Gründe sind. Ich kann allerdings erst übernächste Woche.«

»Warum?«

»Weil ich in der kommenden keine Zeit habe.«

Er guckte sie irritiert an, war aber vermutlich zu höflich, um weiter nachzufragen. »Na schön. Dann eben übernächste Woche.«

»Mein Tagessatz beträgt dreitausend Dollar plus Spesen.«

Brandon seufzte. »Deine Kurse steigen, stelle ich fest.«

Sie zuckte erneut die Schultern. »So ist es. Nimm es hin, oder lass es sein.«

Er schüttelte den Kopf. »Also schön. Du möchtest vermutlich einen Vorschuss?«

»Gut erkannt.«

»Du kannst morgen Abend zum Essen kommen, dann werde ich das Bargeld haben. Wie ich sehe, hast du ja keine Probleme, dich selbst hereinzulassen.«

»Tut mir leid, ich glaube nicht, dass das eine gute Idee ist.«

»Was?«

»Dass ich mit dir esse.«

»Warum? Hast du so schlechte Manieren?« Um seine Mundwinkel spielte ein Lächeln, das ihn verdammt attraktiv wirken ließ. Während sie das feststellte, krempelte er die Ärmel seines weißen Hemdes nach oben, dabei beobachtete sie das Spiel seiner Unterarmmuskeln, die sehnig und trainiert wirkten.

»Wir sind weder Freunde noch … etwas anderes. Ich esse nicht mit meinen Klienten.«

»Du verbringst nur gerne Zeit mit ihnen in Wandschränken.«

»So würde ich es nicht sagen. Ich hätte durchaus andere Pläne für die Nacht gehabt.«

Sein Lächeln erstarb. »Natürlich, ich verstehe. Du kannst auch ins Büro kommen.«

Erin stand auf. »Schon gut. Ich werde morgen gegen neun hier sein.«

»Alles klar. Sind fünftausend in Ordnung?«

»Ja. Allerdings bist du mir noch weitere fünftausend für das Video schuldig.«

Er stieß einen Pfiff aus. »Und ich dachte, *meine* Preise wären gesalzen.«

Sie schnalzte mit der Zunge. »Das Thema hatten wir schon. Mach's gut, Brandon.«

Beim kleinen Supermarkt an der Ecke kaufte sie ein paar Lebensmittel für sich und Mrs. Lincoln, dann schaute sie bei ihrer Nachbarin Jessica vorbei. Deren Freund war zum Glück nicht da, dennoch bat sie sie nicht herein.

»Hast du mit meiner Bekannten gesprochen?«, erkundigte sich Erin.

»Nein, das ist doch gar nicht nötig.«

Erin war mit ihrem Latein am Ende, warum wollte Jessica sich bloß nicht helfen lassen? »Wie oft willst du dich denn noch grün und blau schlagen lassen?«

»In den meisten Fällen gibt es Gründe ...«

»Hör bloß auf damit. Ich wüsste keinen einzigen Grund, keinen, der einem Menschen das Recht gibt, einen anderen zu verletzen.«

Jessica blickte sie ausdruckslos an. »Du übertreibst, Erin.«

Ihr Magen zog sich zusammen, es tat ihr leid für die junge Frau, die den Rettungsanker, den sie ihr zugeworfen hatte, offenbar nicht annehmen wollte oder konnte. »Na schön«, sagte sie deshalb. »Vielleicht überlegst du es dir ja noch.«

Es folgte ein kurzes, betretenes Schweigen, bis Erin ihr eine gute Nacht wünschte und in ihre Wohnung verschwand. Sie schlüpfte gleich in ihren Pyjama und probierte es mal wieder mit einem Fertiggericht. Während sie es vor dem Fernseher in sich hineinschaufelte, versuchte sie an nichts zu denken. Natürlich gelang es ihr nicht, deswegen nahm sie Stifte und Papier zur Hand und fing an zu zeichnen. Zu später Stunde, sie war gerade zu Bett gegangen, wurde es nebenan wieder einmal sehr laut. Sie presste sich die Kissen auf die Ohren, bis irgendwann tatsächlich Stille herrschte.

Müde und schlecht gelaunt stapfte sie am darauffolgenden Nachmittag die Treppe nach unten, auf Höhe von Mrs. Lincolns Wohnung öffnete sich die Tür. »Hallo Erin.«

»Guten Abend, wie geht's?«

»Mir geht's gut, aber Sie haben sicher mitbekommen, dass Jessica sich den Arm gebrochen hat.«

»O nein! Das wusste ich nicht.«

»Ich weiß es auch nur, weil dieser nichtsnutzige Kerl auf der Treppe herumgepoltert und sie angeschrien hat, dass alles ihre Schuld sei.«

Erin schnaubte. »Und wo ist Jessica jetzt?«

»Also, zu Hause ist niemand, ich war vorhin oben.«

»Sie werden sie doch nicht dabehalten haben?«

Mrs. Lincoln zuckte die Schultern. »Kann ich nicht sagen.«

»Mist. Kann ich noch was für Sie tun?«

»Nein, danke, Liebes, Sie machen schon genug für mich.«

»Nächste Woche werde ich kurz verreisen, ist geschäftlich, vorher bringe ich Ihnen noch ein paar Sachen vorbei.«

Die alte Dame lächelte dankbar. »Sie sind ein Goldstück. Einen schönen Tag für Sie.«

Erin fuhr zu einem Abstecher ins *General Hospital*, um zu sehen, ob Jessica vielleicht dort eingeliefert worden war. Und tatsächlich, an der Information bekam sie mitgeteilt, dass sie sich auf Station fünf befand. Kurz entschlossen begab sich Erin auf den Weg. Ihre Nachbarin lag mit zwei weiteren Patientinnen in einem Zimmer.

»Was machst du denn für Sachen?«, fragte Erin, als sie an ihr Bett trat. Nicht nur ihr Arm war gegipst, sie hatte auch neue Schrammen und blaue Flecke im Gesicht. Ihre Lippe war angeschwollen.

»Sie haben mich hierbehalten«, murmelte sie. »Musste operiert werden, der Arm. Jetzt habe ich vier hübsche Schrauben im Handgelenk.«

»So kann es doch nicht weitergehen. Du musst ihn anzeigen.«

»Das hat schon der Oberarzt übernommen.«

Erin atmete erleichtert aus. »Das ist gut.«

Erin umfasste ihre gesunde Hand und drückte sie aufmunternd.

»Es ist gar nicht gut, er wird mich rausschmeißen.«

»Aber das ist doch kein Leben.«

»Wo soll ich denn hin?« Jessicas Stimme war leise geworden.

»Lass mich Liv anrufen, die Sozialarbeiterin. Ich weiß, dass sie dir helfen kann.«

»Meinst du?«

»Ja. Ich bin gleich wieder da.«

Erin verließ das Krankenzimmer und ging zum Ende des Flurs, wo sie Livs Nummer wählte, die auch sofort abhob.

»Entschuldige die Störung«, fing sie an.

»Das ist kein Problem, was gibt's denn, Erin?«

»Du erinnerst dich vielleicht an meine Nachbarin?«

»Jessica, ja. Ist wieder etwas passiert?«

»Ja, und dieses Mal haben sie sie im Krankenhaus behalten.«

»O nein!«

»Nur ein Armbruch, aber … es kann so nicht weitergehen. Sie ist bereit, mit dir zu sprechen, aber ich fürchte, wenn wir bis morgen warten, überlegt sie es sich wieder anders.«

»Ich mache mich gleich auf den Weg. In welchem Krankenhaus liegt sie?«

Erin gab ihr die notwendigen Informationen durch, dann

kaufte sie sich einen Kaffee. Es dauerte nicht lange, bis Liv auf sie zukam. Sie trug eine Jeans und einen dicken Wollpullover, ihre Haare hatte sie zu einem Pferdeschwanz zusammengebunden. Nach einer kurzen Begrüßung brachte Erin Liv zu Jessica und ließ die beiden in Ruhe sprechen. Währenddessen tigerte sie im Gang auf und ab, sie hoffte sehr, dass Jessica ein Einsehen hatte. Beim nächsten Mal würde ihr dieser gewalttätige Typ womöglich noch den Schädel einschlagen und sie umbringen. Es musste aufhören. Sofort.

Nach gefühlten Stunden kehrte Liv zu ihr zurück.

»Und?«, fragte Erin.

»Sie hat eingewilligt.« Liv lächelte traurig. Obwohl es einen kleinen Sieg darstellte, dass Jessica begriffen hatte, dass sie nicht länger bei diesem Mann bleiben konnte, so war doch beiden klar, dass jedes belegte Bett im *Women's Shelter* eins zu viel war. Niemand sollte gegen einen anderen Gewalt ausüben, leider sah die Realität anders aus, und zu viele Frauen und Mädchen wurden misshandelt.

Erin atmete erleichtert aus. »Gott sei Dank.«

»Ich werde gleich mal die Formalitäten klären. Dann kann sie direkt aus dem Krankenhaus bei uns einziehen.«

»Das wäre so großartig. Ich würde ihre Sachen packen und aus der Wohnung schaffen.«

Liv nickte. »Hoffentlich bleibt sie stark.«

»Eben deswegen werde ich das erledigen, damit sie gar nicht erst in Versuchung gerät, sich doch wieder einlullen zu lassen.«

»Du bist großartig, Erin. Es braucht mehr Menschen wie dich.«

Sie lächelte verlegen. »Ach was.«

»Doch, du hast für Nate so viel getan. Und Brandon hast du auch aus der Patsche geholfen, oder?«

»Das ist mein Job«, sagte sie.

»Brandon, Elijah und Nate sind heute zusammen unterwegs, sie wollten sich zumindest nachher noch treffen. So eine Clubnacht startet ja erst ein wenig später.« Sie grinste.

»Ohne Frauen?«

Liv winkte ab. »Die Jungs gehen ins *One*, mir ist es da zu laut und zu voll, außerdem bin ich mit Cat verabredet, wir machen es uns bei Lasagne und Wein gemütlich. Hast du auch Lust, zu kommen?«

»Tut mir leid, würde ich sehr gerne, aber ich kann nicht.« Sie wollte dringend Jessicas Sachen aus der Wohnung bringen und dann noch ihren Vorschuss bei Brandon abholen. Sie musste sich also sputen, wenn sie ihn noch erwischen wollte, ehe er mit Nate und Elijah um die Häuser zog.

»Verstehe, das war ja auch sehr spontan. Vielleicht ein andermal.«

»Ja, gerne«, erwiderte sie freundlich.

Nach einer kurzen Verabschiedung sprach sie noch einmal mit Jessica und machte sich dann auf den Weg, ihr Vorhaben in die Tat umzusetzen. Glücklicherweise war der Mistkerl nicht zu Hause, sodass sie in Ruhe Jessicas Klamotten packen konnte. Bei den restlichen Dingen wusste sie nicht, was davon ihr gehörte. Deshalb nahm sie nur das mit, was eindeutig weiblich war – nicht, dass der Kerl deswegen noch Stress machte. Gegen zehn hatte sie alles in Kisten verpackt und in ihre Wohnung geschafft, da war es fürs Erste gut aufgehoben. Jetzt hatte sie nur noch eines zu tun: ihren Vorschuss und die Restzahlung bei Brandon abzuholen. Morgen war die nächste Rate fällig, und sie brauchte Cash.

Kapitel 7

Erin hatte ihn verpasst.

»Verfluchter Mist«, schimpfte sie und verließ den Wohnkomplex, in dem Brandon sein Apartment hatte. Vielleicht war er ja noch in der Nähe, allerdings war es unwahrscheinlich, dass er einen Umschlag mit der Kohle für sie mit sich herumtrug. Dennoch wählte sie seine Nummer, bei der aber keiner ranging.

Erin atmete tief ein, die kühle Abendluft drang in ihre Lungen. Manchmal, oder eher gesagt, sehr häufig liefen die Dinge nicht nach Plan. Es war kurz nach elf, und sie war zu aufgeputscht, als dass sie jetzt nach Hause gehen wollte. Kurz entschlossen fuhr sie zum *One*, glücklicherweise kannte sie den Türsteher – sie hatte ihm vor einem Jahr mal aus der Patsche geholfen, als er sich mit den falschen Leuten angelegt hatte –, seitdem konnte sie im Club ein- und ausspazieren, wie sie wollte. Dabei war es sogar egal, dass sie nur eine schwarze Hose, ein dunkles Top und kein hautenges Kleidchen mit Pumps trug.

Was machst du eigentlich hier?, fragte ein Stimmchen in ihrem Kopf, während sie sich durch die Menge an die Bar schob. Es roch nach Schweiß, Parfum und Alkohol und war so heiß wie in der Sauna. Dabei sah sie sich verstohlen um, wusste jedoch, dass die drei Männer vermutlich im VIP-Bereich einen Tisch hatten, an dem sie es sich gutgehen ließen. Manchmal hatte es durchaus Vorteile, wenn man wusste, wie die Kunden tickten. Allerdings kam sie sich in diesem Fall blöderweise wie eine Stalkerin vor. Sie würde sicher nicht zu Brandon marschierten und ihn fragen, ob er das Geld ›zufällig‹ mit sich herumtrug. Warum sie dennoch diesem spontanen Impuls gefolgt war, konnte sie nicht genau sagen. Damit sie sich nicht länger mit peinlichen Wahrheiten befassen musste, bestellte sie ein Bier und suchte sich einen Platz mit guter Aussicht, der aber selbst nicht im Fokus lag.

Sie genoss die rhythmischen Beats, die dröhnenden Bässe und die aufgeheizte Stimmung im Club, ließ sich von der Musik davontragen. Es störte sie nicht, alleine unterwegs zu sein, es hatte ihr noch nie etwas ausgemacht. Allerdings war sie keine geborene Tänzerin, deswegen beobachtete sie nur ihre Umgebung, holte sich etwas später ein zweites Bier und merkte, dass ihr der Alkohol schon leicht zu Kopf stieg, weil sie mal wieder vergessen hatte, etwas zu essen.

Und dann entdeckte sie tatsächlich Brandon auf der Tanzfläche, er war nicht allein. Vor ihm gab eine kurvige Rothaarige ihr Bestes, um ihm klarzumachen, dass sie einem Flirt nicht abgeneigt war. Brandon schien ebenfalls ganz angetan. Er trug ein lässiges Shirt und eine dunkle Jeans, was ihn fast wie einen anderen Menschen wirken ließ. Ohne den strengen Anwaltslook, mit Manschetten, Weste und maßgeschneidertem Anzug, war er kaum wiederzuerkennen. Er machte allerdings in beidem eine gute Figur – Freizeit- oder Businesslook.

Erin leerte ihr zweites Bier und entschied dann, dass sie sich das nicht länger ansehen wollte. Sie hätte gar nicht erst hinter ihm her spionieren sollen. Außerdem konnte er tun und lassen, was er wollte, immerhin war er Single und gegenüber niemandem zu etwas verpflichtet. Schon gar nicht ihr. Warum, zur Hölle, war sie dennoch angepisst? Auf dem Weg nach Hause holte sie sich einen Hotdog mit Käse, den sie auf dem Dach ihres Wohnhauses genoss, während sie in den Bostoner Sternenhimmel aufblickte, der heute einmal nicht von Wolken bedeckt war.

Brandon hatte einen dicken Kopf, und ihm war flau im Magen. Es war eine lange Nacht gewesen, aber er hatte sich gut amüsiert. Irgendwann hatte er sich ein Taxi genommen und war nach Hause gefahren, obwohl ihn die Rothaarige, die ihm den ganzen Abend eindeutige Signale gesendet hatte, zu sich eingeladen hatte. Es war nicht so, dass er keine Lust auf Sex hatte, dennoch hatte der gewisse Funken nicht gezündet, und die Vorstellung von dem, was nach dem Akt gefolgt wäre, hatte ihn dazu gebracht, es gar nicht erst so weit kommen zu lassen. Er wollte nicht neben dieser Fremden aufwachen oder sich gar mitten in der Nacht aus ihrer Wohnung schleichen. Denn wenn eins klar war, dann, dass er kein Interesse an Komplikationen hatte, und von denen tauchten aktuell immer mehr in seinem Leben auf.

Und leider war es doch so, egal, was einem die Frauen erzählten, alle wollten am Ende das eine: einen Ring am Finger. Es fing erst an mit einem zweiten Date, dann kam ein drittes, plötzlich wurde von einer Beziehung gefaselt und dann – spätestens da war er sowieso raus aus der Sache – kam der Wunsch nach einer Familie, einem Haus und dem Trauschein. Brandon schüttelte sich.

Er tastete nach seinem Handy, das auf dem Nachttisch lag. Es war kurz nach elf, und er hatte zwei verpasste Anrufe von Erin.

Er fluchte leise. Natürlich, sie brauchte das Geld. Er hatte gestern auf sie gewartet, aber als sie auch eine Stunde nach der verabredeten Zeit nicht aufgetaucht war, hatte er sich mit seinen Kumpels getroffen.

Er wählte ihre Nummer, aber sie hob nicht ab. Vielleicht hatte sie zu tun, überlegte er und fragte sich, was sie an einem Samstag wohl so machte. Mit einem Stöhnen quälte er sich aus dem Bett, schlurfte ins Bad und nahm eine Kopfschmerztablette, ehe er sich unter die Dusche stellte.

Danach fühlte er sich zumindest wieder wie ein halber Mensch, ging in die Küche und begann damit, sich ein Omelett zuzubereiten. Während alles in der Pfanne brutzelte, wählte er noch einmal Erins Nummer.

»Hammond«, beantwortete sie endlich.

»Erin, mein Gott, wo warst du?«

»Bitte?«

»Na, gestern Abend. Ich dachte, wir waren verabredet.«

»Sorry, bin aufgehalten worden.«

»Von wem? Geht es dir gut?« Er verdrehte die Augen. Meine Güte, sie musste ihn wirklich für den größten Langweiler der Stadt halten.

»Ich brauche die Anzahlung«, erinnerte sie ihn.

»Deswegen rufe ich ja an. Wo bist du jetzt?«

»Unterwegs.«

»Okay, gut. Verstanden. Willst du herkommen?«

»Nein, ich denke, das ist keine gute Idee.«

Er fragte sich, wieso. »Schön, wo wäre es dann passend?«

»Im *Boston Common*, an der Ecke Tremont Street.«

»Im Park?«

»Hast du was dagegen?«

»Nein, natürlich nicht. Ich habe dich nur nicht für eine Spaziergängerin gehalten.«

»Bin ich auch nicht.«

Er hob eine Augenbraue. Diese Frau musste er nicht verstehen. »Also gut, dann in einer Stunde?«

»Okay. Bis dann.«

Und schon hatte sie aufgelegt. *Seltsam*, dachte er. War sie sauer? Ja, gut, wortkarg war sie schon immer gewesen, aber so kurz angebunden hatte er sie noch nie erlebt. Hoffentlich hatte sie keinen Ärger.

Zur verabredeten Zeit wartete er an der Ecke auf Erin. Er schaute immer wieder auf sein Handy, aber da hatte er keine Nachrichten von ihr.

Die Sonne schien und verbreitete eine angenehme Wärme, kein Wölkchen trübte den Himmel über Boston. Über Nacht war scheinbar alles aufgeblüht, der Frühling hatte den Winter abgelöst.

»Komm mit«, sprach ihn jemand so plötzlich an, dass er zusammenzuckte.

»Mein Gott, musst du dich so anschleichen?«, japste er. »Guten Tag, Erin.«

Sie trug ihr Haar unter einer Baseballmütze, dazu ein Longsleeve und eine ausgewaschene Skinny Jeans. Außerdem hatte sie eine dunkle Sonnenbrille auf der Nase.

»Versteckst du dich vor jemandem?«, fragte er, und sie atmete hörbar aus.

»Diese Stadt hat überall Augen«, kommentierte sie, während sie einen Kiesweg entlanggingen.

»Warum treffen wir uns dann ausgerechnet hier? Du hättest auch zu mir kommen können – stört dich doch sonst nicht«, merkte er mit einem spöttischen Lächeln an.

»An einem Samstag möchte ich lieber nicht unangemeldet reinschneien – du könntest ja Besuch haben.«

»Wer sollte mich denn besuchen?«

Sie blickte von der Seite zu ihm auf, aber sagte nichts. Ein Jammer, dass er ihre Augen wegen der überdimensionierten Sonnenbrille nicht erkennen konnte. Irgendwas war anders, aber er wusste nicht, was.

»Hast du das Geld?«, fragte sie.

»Herrgott noch mal, Erin. Du klingst ja wie ein Junkie, der sich seinen nächsten Schuss besorgen muss.«

Sie versteifte sich.

»Hey, sorry, das sollte ein Witz sein. Du nimmst doch keine Drogen, oder?«, beeilte er sich zu sagen.

»Selbst wenn, es geht dich rein gar nichts an.«

»Ja, von mir aus.« Er zog einen Umschlag aus der Innentasche seines Jacketts, das er über einem blauen Buttondown-Hemd zu einer Jeans trug. »Was ist dir denn für eine Laus über die Leber gelaufen. Hab' ich irgendwas getan, das dich vor den Kopf gestoßen hat?«

»Nein.«

»Aha. Darf ich dich dann wenigstens zu einem Eis einladen? Schau mal, da vorne ist ein Eisverkäufer.«

»Ein Eis?«

»Ja, das kalte, süße Zeug, kennst du doch sicher.« Er zwinkerte.

Erin zögerte einen Augenblick. »Na gut, wenn es sein muss.«

»Siehst du. Es geht doch.«

Er kaufte ihnen je eine Kugel Eis, sie wählte Erdbeere und er Schokolade, dann schlenderten sie nebeneinander her.

»Wann fährst du raus nach Cape Cod?«, fragte er irgendwann.

»Bin jetzt die Tage anderweitig unterwegs, ich melde mich.«

»Okay, wo wirst du übernachten?«

»Das sehe ich dann. Oder gibt es eine Pension oder Ähnliches, die ich meiden sollte?«

»Nein, nein. Kein Ding. Wir haben auch ein Poolhaus …«

»Das würde deine Mutter wohl seltsam finden, wenn da auf einmal jemand aufkreuzt, den sie nicht kennt.«

»Ja, stimmt natürlich. Nicht gerade unauffällig. Ich wäre wohl ein lausiger Ermittler.«

Erin lachte. »Das hast jetzt du gesagt.«

»Na schön. Haustürschlüssel brauchst du noch.«

»Zu welchem Haus?«

»Na, zu dem meiner Eltern.«

»Brauche ich nicht unbedingt …«

»Ich würde mich echt besser fühlen, wenn du dort nicht einbrechen müsstest.«

Sie zuckte die Schultern. »Wenn es dich glücklich macht.«

»Glücklich würde mich machen, wenn meine Mutter *nicht* fremdgeht.«

»Warum? Im Grunde ist es doch völlig egal, oder? Es ist ihr Leben. Geht es nur darum, dass es sich nicht gehört? Du hast doch gesagt, dass die Ehe deiner Eltern, na ja, nicht so gut läuft.«

»Aber es ging doch über all die Jahre gut, genau so, wie es war.«

»Vielleicht hat sie sich neu verliebt.«

»Erzähl du mir, dass du an die Liebe glaubst«, spottete er.

»Es geht ja nicht um mich. Aber die meisten Menschen suchen doch ihr Leben lang danach, und wenn sie sie gefunden haben, machen sie sie kaputt.«

»Du bist wohl auch schon lange in dem Job, hm?« Brandon war überrascht, dass Erin genauso dachte wie er. Oder nein, er war nicht wirklich überrascht, aber dennoch seltsam berührt von ihrer Betrachtungsweise, die mit seiner übereinstimmte. Alle suchten ständig nach irgendwas, und wenn sie es hatten, war es plötzlich nicht mehr gut genug.

»Nicht nur Scheidungsanwälte sehen die Abgründe hinter den perfekten Fassaden.«

»Da hast du wohl recht.«

»Wie dem auch sei. Ich habe erst mal eine Woche eingeplant.«

»Hoffen wir, dass es nicht so läuft wie bei Burke.«

Erin lachte auf. »Shit. Ja.« Sie biss in die Waffel, dann fuhr sie fort. »Wie läuft's eigentlich mit der Scheidung?«

»Mittwoch ist der nächste Termin, vielleicht kann man sich ja außergerichtlich einigen.«

»Glaubst du daran?«

»Wenn du mich so fragst, habe ich in vielen Belangen den Glauben verloren.«

»Aber es bezahlt deine Rechnungen.«

»Japp«, war alles, was er dazu sagte. Ja, er verdiente sehr gut, doch jeder neue Rosenkrieg hinterließ einen bitteren Nachgeschmack. Aber er war zu gut in dem, was er machte, um damit aufzuhören. Er wäre bescheuert, das, was er sich aufgebaut hatte, aufzugeben – und wofür eigentlich? Er hatte keine Ahnung, was ihn glücklich machen würde. Und seit wann dachte er überhaupt so? Brandon atmete tief durch, dann warf er den Rest seiner Eiswaffel in einen nahegelegenen Mülleimer.

»Schmeckt es nicht?«

»Bin etwas verkatert.«

»Aha. Na schön, dann hätten wir ja alles geklärt. Ich melde mich in vierzehn Tagen mit den Ergebnissen.«

Brandon wurde übel, er wusste nicht genau, ob es am gestrigen Alkoholkonsum lag oder an der Vorstellung, dass Erin bald mit Beweismaterial vor der Tür stehen würde, das dem von Burke ähneln könnte. Nur, dass es dieses Mal seine Mutter betraf.

Sie nickte ihm zu. »Tschüss, Brandon.«

»Bye, Erin.« Ehe er noch etwas hinzufügen konnte, war sie links abgebogen und durch das Gebüsch verschwunden. Er sah ihr kopfschüttelnd hinterher.

»Mein Gott«, murmelte er und fragte sich, was sie sonst noch für Aufträge am Laufen hatte.

Kapitel 8

Feine Sandkörnchen wirbelten durch die Luft und flogen in Erins Augen. Der frische Wind strich durch ihre Haare, und der Geruch von Salz und Meer legte sich um sie wie ein schützender Mantel. Dunkle Wolken zogen über den abendlichen Himmel, der von der untergehenden Sonne in ein kitschiges Rosa gefärbt war. Das Rauschen der Brandung konnte sie von ihrem Standort aus gut hören, die Hammonds wohnten – wie sollte es auch anders sein – äußerst exklusiv auf Ellis Cove, dem nördlichsten Eckchen von Cape Cod. Man konnte es schlechter treffen mit seinem Arbeitsplatz, dachte sie und schob sich eine Haarsträhne aus dem Gesicht.

Getarnt als Touristin saß sie schon eine ganze Weile auf einer Bank und tat so, als studierte sie einen Reiseführer. Die Kamera lag neben ihr. Nicht, dass sie sie in den letzten zwei Tagen gebraucht hätte. An Dorothy Hammonds Stelle hätte sie sich schon längst einen Geliebten gesucht oder wenigstens den Poolboy flachgelegt. Beim Gedanken an den dickbäuchigen Servicemann, den sie gestern bei der Arbeit beobachtet hatte, grinste sie in sich hinein.

»Puh«, stieß sie hervor und fragte sich, ob Brandons Vater nicht einfach nur Gespenster sah. Sie war Dorothy überallhin gefolgt, aber weder beim Tennis noch im Golfclub hatte sie sich irgendwie verdächtig verhalten. Außerdem war sie noch in Provincetown shoppen und beim Friseur gewesen. Diese Frau führte das langweiligste Spießerleben überhaupt. *Vielleicht würde ihr eine Affäre guttun*, dachte Erin und musste schmunzeln.

In diesem Moment ging das Garagentor auf, und die Lichter des Porsches flackerten auf. Erin überlegte – sollte sie hinterherfahren oder sich endlich einmal in Ruhe im Haus umsehen. Sie entschied sich dafür, sich zuerst den verdächtigen Schreibtisch vorzunehmen, den Brandon erwähnt hatte. Jemand, der nichts zu verbergen hatte, schloss nicht plötzlich die Türen und Schubladen ab. Erin glaubte nicht, dass Mrs. Hammond jetzt auf dem Weg zu einem Stelldichein war, dafür hätte sie sich doch ein wenig herausgeputzt, aber sie trug noch immer das geblümte Oberteil, das sie schon den ganzen Tag angehabt hatte. Viel zu langweilig für eine Verabredung mit einem Lover.

Erin wartete einige Minuten, ehe sie ihre Habseligkeiten zusammenraffte und zur Rückseite des Hauses schlich, wo sie sich Zugang über die Veranda verschaffte. Eine Alarmanlage hatten die Hammonds nicht – die Glücklichen lebten ohne Angst und Sorgen. Beneidenswert. Sie dachte an ihr Leben, in dem nie abzusehen war, was als Nächstes passierte. Jessicas Freund oder Ex-Freund, je nachdem, wie man es betrachtete, hatte ihr klar und deutlich zu verstehen gegeben, dass er Erin dafür verantwortlich machte, dass Jessica fort war. Hätte sie nicht so geistesgegenwärtig gehandelt und ihm die Tür vor der Nase zugeschlagen, hätte er seinen Frust vermutlich an ihr ausgelassen. Sie musste vorsichtig sein, der Kerl war unberechenbar.

Erin schloss die Terrassentür leise hinter sich und sah sich um. Sie kam durch einen kleinen Vorraum, in dem ein paar Getränkekisten standen, Jacken an Haken hingen und verschiedene Paar Schuhe in einem Regal aufgereiht waren. Ordnung halten konnte die Frau, das musste man ihr lassen.

Aber natürlich hatte sie jemanden, der regelmäßig nach
dem Rechten sah. Sie ging weiter und kam durch eine Tür
in die offene Küche, von wo aus man zum Ess- und Wohnbereich gelangte. Helles Parkett überall, die Einrichtung
war im Landhausstil gehalten. Gemütliche Sessel, Sofas dominierten den Raum, und hübsche Bilder zierten die weiß
gestrichenen Wände. Es lag nirgends etwas herum, das da
nicht hingehörte. Auf dem Esstisch stand eine durchsichti-
ge Vase mit apricotfarbenen Rosen, es duftete ganz dezent
danach. *Langweilig*, dachte sie und tapste weiter.

Im Kühlschrank stapelten sich Tupperdosen mit Lebens-
mitteln, in der Tür stand eine Milchpackung, eine geschlos-
sene Flasche Weißwein und Orangensaft. Der Kamin im
Wohnzimmer war entweder schon eine Weile nicht mehr
benutzt worden, oder das Hausmädchen fegte immer alles
bis auf das letzte Aschekörnchen weg. Auf dem Sims standen Familienbilder – oh, es gab noch eine Schwester? Von
der hatte Brandon noch gar nichts erzählt, aber die Ähnlich-
keit war unverkennbar. *Amerikas perfekte Familie*, schoss es
ihr durch den Kopf. Sie ging weiter, weil sie das Flattern in
der Magengrube, das sich beim Anblick von Brandons Foto-
Lächeln eingestellt hatte, nicht näher analysieren wollte.

Das Bücherregal war voll bis obenhin, dennoch lag alles
am richtigen Platz. Es wirkte nicht so, als ob viel Bewegung
darin wäre, eher, als ob die Bücher dort schon sehr lange
Zeit ihr Dasein fristeten, ohne weiter beachtet zu werden.
Sie ging nach oben, dort gab es vier Schlafzimmer, drei
Bäder und ein Arbeitszimmer. Das nahm sie sich jetzt vor,
trat ein und schaute sich um.

Es duftete nach einem leichten, aber teuren Parfum.
An den Wänden standen noch mehr Bücherregale, die
ebenso vollgestopft waren wie unten, dennoch wirkte es
hier irgendwie lebendiger. So, als ob das ihr Reich wäre,
wo niemand sonst ihre Lektüre überprüfte. *Komischer*

Gedanke, überlegte Erin und schaute sich die Romane kurz an. Mrs. Hammonds Büchergeschmack war deutlich abenteuerlicher als ihr Lebensstil. Erin schmunzelte und kam dann zum Schreibtisch. Sie konnte sich nicht vorstellen, was die Gute zu verbergen hatte. Vielleicht eine Rechnung vom Schönheitschirurgen, was Besseres fiel Erin beim besten Willen nicht ein.

»O Gott«, spielte sie eine schockierte Lady. »Jemand hat herausgefunden, dass ich mich mit Botox und Hyaluronsäure spritzen lasse.« Sie kicherte und schüttelte den Kopf.

Das schlechte Gewissen, weil sie in den persönlichen Dingen anderer Menschen wühlte, hatte Erin vor langer Zeit abgelegt. Erin rüttelte an Schreibtischtür und Schublade, aber sie waren tatsächlich abgeschlossen und der Schlüssel steckte nicht. Der Arbeitsplatz selbst war aufgeräumt, nicht mal ein Staubkörnchen war zu finden. Auf dem dunklen Holz stand ein Designerbildschirm, einen Laptop sah Erin allerdings nicht. Den hatte sie möglicherweise mitgenommen – wohin auch immer sie gefahren war.

Ohne zu zögern, holte sie einen Dietrich aus dem Rucksack und öffnete die obere Schublade. Dort lagen ein paar Stifte – *gähn* – und anderer Bürokram – *doppelgähn* – und ein paar Belege.

»Immerhin etwas«, murmelte sie und hoffte auf Restaurant- oder Hotelquittungen, stattdessen waren sie allesamt aus einem Geschäft für Papierwaren. Wer hob denn so einen Mist auf? Leicht irritiert packte sie alles wieder zurück, schloss ab und öffnete die anderen Türen. Dort fanden sich einige Unterlagen zu den Finanzen der Familie. Dorothy kümmerte sich anscheinend um alles, was das Haus und Leben der Hammonds auf Cape Cod betraf. *Gut*, dachte Erin, *selbst ist die Frau. Bringt mich aber nicht weiter.*

Sie durchforstete alles, bis sie schließlich ein kleines Notizbuch entdeckte.

»Aha«, stieß sie hervor, und ein Funken Hoffnung, doch noch was Spannendes zu finden, belebte sie. Nein, kein Notizbuch, stellte sie bei näherer Betrachtung fest. Es schaute mehr nach einem Tagebuch aus. Sie schlug die ersten Seiten auf und tatsächlich, die Einträge fingen immer mit einem Datum an.

Erin begann zu lesen:

Montag, 15. Februar

Als er auf meinen Venushügel bläst, flüstert er mir dreckige Worte zu, die meinen trommelnden Herzschlag noch schneller rasen lassen. Während ich unter ihm erschauere, zittere und wimmere, umkreist seine Zunge langsam meine Perle. Meine Oberschenkel hält er beinahe grob mit beiden Händen an Ort und Stelle. Ich seufze, als mein Körper sich unter seinen Liebkosungen aufbäumt.

Wieder und wieder kreist seine Zunge um meine intimste Stelle ...

Halleluja! Erin schnappte nach Luft und blätterte weiter.

Mittwoch, 17. Februar

Er stützt sich auf die Ellenbogen und fixiert mich mit seinen grünen, dunkel schimmernden Augen. Sein Blick versengt mein Fleisch.

»Merkst du, wie gut wir zusammenpassen?«, fragt er, und ich weiß, dass es keine Frage, sondern in Wahrheit ein Versprechen ist. Während er das mit seiner samtigen Stimme haucht, gleiten seine Finger an meinen nackten Waden hinauf und bahnen sich ihren Weg zwischen meine Schenkel zu meiner intimsten Stelle. Ich vibriere

*wie eine Saite unter seinen Berührungen. »Und
wenn du dich mir ganz schenkst, wird es noch
viel ekstatischer für dich. Für mich. Für uns. Viel
intensiver«, beharrt er und stellt Dinge mit mir
an, die mich vollkommen um den Verstand bringen. »Ich kann dich in Sphären katapultieren,
von denen du nicht einmal im Ansatz ahnst, dass
sie existieren.«*

*Mir ist ganz schwindelig von seinen Worten,
seinen Händen und seinem heißen Atem auf meiner Haut. Ich blicke ihn auf der Suche nach einer
Antwort an, dabei weiß ich sie längst. Ich werde
es tun … Ich kann nicht anders …*

Erins Herzschlag hatte sich ebenfalls beschleunigt. Himmel!
In Dorothy Hammond schlummerten also doch Abgründe,
die sie ganz offenbar großartig verbergen konnte. Diese
Frau dokumentierte den Beginn ihrer Affäre in einem Tagebuch, das jedem Leser die Ohren rot werden ließ. Sowas
hatte selbst sie noch nicht gesehen.

Eindeutige Videos, klar.

Dirty Talk, der auf Mailboxen gesprochen oder per
Whatsapp versendet wurde.

Nacktfotos, die keine Zweifel daran ließen, worum es
ging.

Aber ein erotisches Tagebuch? Noch nie.

Erin blätterte weiter.

Dienstag, 23. Februar

*Er schließt die Lider, während seine Hand an
seiner beachtlichen Männlichkeit entlanggleitet.
Ich kann mich nicht rühren, kann nur zusehen,
denn meine Hände sind mit seiner Krawatte ans
Kopfteil seines Bettes gefesselt.*

»Wie schön ist das?«, fragt er, seine Stimme klingt dabei bedrohlich, gleichzeitig aber auch sanft, als er die Augen wieder öffnet. Hungrig, gierig, alles verschlingend sieht er auf mich herab. Ich bin machtlos gegen seine Präsenz und winde mich, sehne mich nach den fiebrigen Berührungen, die er mir verwehrt ...

Erin hatte genug gelesen. Gott, in was für einer perversen Nummer steckte Brandons Mutter da fest? Dass das keine normale Beziehung sein konnte, war offensichtlich.

Donnerstag, 25. Februar

Seine Finger bewegen sich rhythmisch in mir, sein Daumen kreist, drückt und bringt mich beinahe um den Verstand. Mit der anderen Hand hält er die Haare straff aus meinem Gesicht, ich kann mich nicht rühren, bin ihm völlig ergeben. Er drückt seinen Mund auf meine Lippen, dabei ahmt seine Zunge die Bewegungen seiner Finger nach. Immer wieder stößt er in mich, bis ich es kaum noch aushalten kann. Ich zerfließe, stöhne laut und unbeherrscht. Ich erkenne mich selbst nicht wieder, und doch kommt es mir so vor, als hätte ich mich heute zum ersten Mal selbst gefunden. Alle Muskeln in mir sind zum Zerreißen gespannt, während ich mich unter ihm aufbäume, mich seiner Hand entgegenrecke. Ich spüre die ersten Wellen in mir aufsteigen. Ich wimmere. Ich kreische. Ich winde mich. Ich bin so kurz davor, so nah ... und dann verringert er den Druck, sodass ich keine Befriedigung finde.

Nach einer Pause setzt er das Spiel wieder fort ... Erlösung, ich sehne mich so nach Erlösung.

»Holy Shit«, murmelte Erin und legte das Buch wieder an seinen Platz, ganz unten in die Schublade. Sie hatte wirklich genug gelesen. Verdammt.

Aus dem Tagebuch flatterte eine Buchungsbestätigung für ein Hotel in Savannah Ende Mai. Oha, da wollte sie es anscheinend so richtig krachen lassen.

Stille Wasser, da hatte sie es mal wieder. Erin überlegte, wie sie Brandon erklären sollte, was sie entdeckt hatte. Seine Mutter befand sich in einer toxischen Beziehung. Sie war anscheinend irgendeinem Anzugsträger sexuell hörig. Erin atmete hörbar aus, dann verschloss sie die Schreibtischschubladen und ging zum Ankleidezimmer. Sie glaubte nicht, hier Beweise zu finden, wollte aber sehen, ob sie nicht irgendwo Spitzenwäsche oder sonst irgendwelche Sextoys aufbewahrte, ohne dass ihr Mann davon wusste. Irgendwie passten diese perversen Tagebucheinträge nicht so recht ins Bild der biederen Society-Lady, deren täglicher Höhepunkt das Tennis-Match mit der Nachbarin aus Villa sieben des Ortes darstellte.

* * *

Brandon saß in seinem Büro, vor ihm lag ein Haufen Akten, und daneben stand ein dampfender Becher Kaffee. Nach seinem letzten Termin mit den Burkes hatte er genug für heute, musste aber noch einiges abarbeiten. Die Noch-Eheleute konnten sich nicht einigen. Es war ihm beinahe so vorgekommen, als ob sie das Katz-und-Maus-Spiel genossen. Er musste das nicht verstehen, jedenfalls lautete die Anweisung von Mrs. Burke, dass er erst einmal abwarten sollte. Damit hatte er kein Problem. Er hatte längst damit aufgehört, Entscheidungen oder Beweggründe seiner Klienten nachvollziehen zu wollen.

In den letzten anderthalb Wochen hatte Brandon keinen Mucks von Erin gehört, dabei müsste sie längst auf Cape Cod angekommen sein. Hätte sie ihm da nicht Bescheid geben müssen? Seine Mutter konnte er ja schlecht fragen. Er verzog das Gesicht und verdrehte die Augen. Gestern erst hatte sein Vater bei ihm im Büro gestanden, die Tür geschlossen und gefragt, ob er schon etwas herausgefunden hätte.

»Ich bin dabei«, hatte Brandon geantwortet.

»Wie lange soll das denn dauern?«

»Wieso hast du es so eilig?«

»Entschuldige mal, Brandon«, hatte er empört zurückgegeben. »Natürlich möchte ich wissen, ob meine Frau mir treu ist oder nicht.«

»Was ist eigentlich mit dir, Dad?«

»Was soll mit mir sein?«

»Bist du immer treu gewesen?«

Sein Vater riss die Augen auf und ließ sich in einen Stuhl vor Brandons Schreibtisch sinken. »Wieso wird das Verhör jetzt auf einmal umgedreht? Wir sind nicht vor Gericht, Brandon.«

»Es war eine ganz einfache Frage, Dad. Kannst du sie nicht beantworten, oder willst du es nicht?«

Sein Vater legte die Hände auf die Schreibtischplatte und beugte sich ein Stück nach vorn. »Ich habe mir nichts vorzuwerfen.«

»Aber in letzter Zeit hast du schon ein wenig abgespeckt und«, er ließ seinen Blick über das durchgehend dunkelblonde Haar gleiten, das neuerdings keine silbernen Fäden mehr aufwies, »die Haare färbst du dir auch.«

Seinem Vater waren diese Bemerkungen sichtlich unangenehm. »Nicht ich bin derjenige, der damit angefangen hat.«

»Wirst du mir die Frage jetzt beantworten oder nicht?«

Carmichael Hammond erhob sich und straffte seinen Rücken. »Das ist albern, Brandon. Deine Mutter hat Geheimnisse. Nicht ich. Ich will lediglich wissen, was los ist.«

Brandon runzelte die Stirn, die verschiedensten Gedanken schossen ihm durch den Kopf. Es war alles äußerst seltsam und verworren. Was war passiert, dass das Gleichgewicht der elterlichen Ehe auf einmal durcheinandergeraten war? Er hatte keine Ahnung und hoffte, dass Erin dem auf den Grund ging und vielleicht etwas ganz Harmloses aufdecken würde.

Ja, klar, und Schweine können fliegen, dachte er.

Die Tatsache, dass es in den meisten Fällen genau das war, wonach es aussah, ließ seine Laune unter den Nullpunkt sinken. »Ich melde mich, Dad. Ich habe jemanden, der dran ist.«

»Dann mach Druck, dass endlich was passiert.«

»Ja, Dad.«

»Gut, dann höre ich von dir.«

Und schon hatte er sein Büro schnellen Schrittes wieder verlassen. Brandon fuhr sich mit der Hand über das Gesicht. Er saß auf glühenden Kohlen, er wollte ja selbst wissen, ob an den Verdächtigungen etwas dran war oder nicht.

Er warf einen Blick in seinen Kalender, dann fasste er einen Entschluss. »Violet«, rief er. »Könnten Sie einmal kurz zu mir kommen?«

»Natürlich, Augenblick.« Seine Sekretärin trat in sein Büro. »Was gibt es?«

»Sagen Sie alle meine Termine ab, oder arrangieren Sie Telefonate. Ich muss weg.«

»Weg?«, wiederholte sie und blinzelte.

»Fragen Sie nicht«, brummte er. »Ich bin voraussichtlich am Montag wieder da.«

»Äh«, stammelte sie und nickte dann, »ich hoffe, es ist nichts Ernstes?«

»Das hoffe ich auch.« Damit klappte er seine Unterlagen zusammen und packte ein.

* * *

Erin heftete sich an Dorothys Fersen, ohne dass diese es ahnte. Sie ärgerte sich grün und blau, dass sie gestern Abend nicht hinter ihr hergefahren war. Vermutlich hatte sie doch eines ihrer Stelldicheins verpasst, möglicherweise war die Blümchenbluse sogar eine Masche in diesem perversen Unterdrückungsspiel.

»Verflucht«, schimpfte Erin und spähte von ihrem Pensionszimmer auf das Haus der Hammonds. Dorothy saß auf der Veranda und frühstückte ein Müsli, daneben stand ein Glas Orangensaft. Sie las die Tageszeitung und hatte eine große Sonnenbrille auf der Nase. Das passte irgendwie nicht so recht ins Bild der unterdrückten Sexabhängigen, fand Erin, aber sie hatte schon die wildesten Dinge gesehen, sodass sie ihre Entdeckungen nicht weiter infrage stellte. Anscheinend führte Brandons Mutter tatsächlich ein wohl gehütetes Doppelleben, und der Vater hatte den richtigen Riecher gehabt. Erin musste nur noch den passenden Moment erwischen, um einige handfeste Beweise – ein Tagebuch alleine reichte nicht – zu sammeln. Nach dem Frühstück machte sich die Hausherrin an ihren Rosen zu schaffen, mittlerweile trug sie noch einen großen Sonnenhut dazu.

Erin gähnte. Wenn sie es nicht besser wüsste, würde sie die Frau für ihr eintöniges Leben bemitleiden. Einige Stunden und mehrere Tassen Kaffee und Schokoriegel später sah es so aus, als ob Dorothy das Haus verlassen wollte. Erin flitzte aus der Pension und setzte sich in ihren Mietwagen, bereit, die Verfolgung aufzunehmen. Gerade, als sich die Garage öffnete, bog ein anderes Auto in die Auffahrt.

Als Erin erkannte, wer darin saß, stöhnte sie auf. »Mann!«, schimpfte sie. »Dass der Kerl einem auch immer die Tour vermasseln muss. Scheiße.« Sie schlug aufs Lenkrad. »Das ist doch nicht zu fassen.«

Wenn sie Brandon in die Finger bekam, konnte er was erleben!

Brandon stieg aus seinem Wagen, er trug mal wieder einen seiner langweiligen Dreiteiler – wenn der mal wüsste, dass sich seine Mutter von so einem Anzugsträger den Arsch versohlen ließ, würde er seine Garderobe vielleicht überdenken. Die Vorstellung brachte sie zum Schmunzeln. Seine Mom stieg aus ihrem Porsche und kam lächelnd auf ihn zu. Erin ließ die Scheibe herunter, um zu hören, was sie sagten.

»Hallo, mein Lieber«, flötete Dorothy und schloss ihren Sohn in die Arme.

»Hi Mom.«

»Das ist ja eine Überraschung, warum hast du nicht vorher angerufen und Bescheid gesagt, dass du kommst?«

Selbst Erin entging der leichte Vorwurf in ihrer Stimme nicht. Brandon wirkte ein wenig überrascht, er ließ sich jedoch kaum etwas anmerken. »Mom, seit wann muss ich mich anmelden, bevor ich nach Hause komme?«

»Dann hätte ich doch etwas Schönes eingekauft.«

»Das kann man ja jetzt immer noch. Wolltest du weg? Komme ich ungelegen?«

Aha, jetzt wurde es spannend. Dorothy schob sich eine ihrer perfekt blondierten Haarsträhnen aus dem Gesicht und spielte dann mit ihren Ringen. »Ich? Nein!«

»Was hast du dann im Auto gemacht?«

»Ach, stimmt ja. Ich wollte im Supermarkt … äh … Milch und Honig kaufen.« Sie drehte immer wieder ihren Ehering hin und her. Sehr verdächtig, sehr nervös.

»Milch und Honig«, wiederholte Brandon lakonisch.

Sie lügt. Das war klar.

»Ja, aber das mache ich nachher. Komm doch erst mal rein. Was ist los? Es ist doch mitten in der Woche.«

»Es ist Donnerstagabend, Mom. Ich wollte das gute Wetter genießen, mal raus aus dem Stadtmief …«

»Wie schön, ich freue mich. Sonst lässt du dich ja nicht so oft blicken.«

Erin verdrehte die Augen. Sie wusste genau, dass nicht das Wetter Grund seiner plötzlichen Reise war, sondern die Neugier. Er konnte es nicht abwarten und sie einfach ihren Job machen lassen.

Das Problem dabei war nur, dass er ihr die Möglichkeit versaute, sie in flagranti zu erwischen. Die Frau war doch nicht so blöd und ging vor der Nase ihres Sohnes fremd. Garantiert nicht.

»Shit«, stieß sie noch einmal hervor. Sie war so dicht dran gewesen.

Völlig entnervt stieg sie aus ihrem Mietwagen und machte einen langen Spaziergang am Strand. Dazu hatte sie bisher noch keine Gelegenheit gehabt, da sie ihre Zielperson im Auge behalten hatte, was jetzt ja nicht mehr nötig war. Vorerst jedenfalls nicht. Eine sanfte Brise wehte ihr um die Nase, die Sonne schien vom Himmel und wärmte ihr Gesicht. Erin schlüpfte aus ihren Turnschuhen und ging barfuß durch den feinen, kühlen Sand. Über ihr kreisten Möwen, in einiger Entfernung tuckerte ein Fischerboot über das Meer. Sie atmete tief ein und genoss die Freiheit und die Natur.

Nach einer Weile kam sie zu einem alten Leuchtturm, vor dem eine Bank stand. Sie setzte sich dort, vor fremden Blicken und dem Wind geschützt, in die Sonne und ließ einmal alles von sich abfallen. Erst jetzt bemerkte sie, wie verkrampft ihre Schultern waren. Erin konnte sich nicht erinnern, wann sie das letzte Mal etwas nur für sich getan hatte – abgesehen von Körperhygiene und Schlaf. Wann hatte sie sich je einfach in die Sonne gesetzt, um nichts zu tun?

Als sie die Augen wieder aufschlug, hatte sich der Himmel rot gefärbt, und es war deutlich kühler geworden. Die Bank stand mittlerweile im Schatten, stattdessen brannten ihre Wangen. Sie musste eingeschlafen sein, die Quittung trug sie jetzt in Form eines Sonnenbrandes im Gesicht. Sie streckte sich und wollte aufstehen, als ihr Handy bimmelte.

»Hallo?« Ihre Stimme glich einem Krächzen.

»Erin, wo steckst du? Ich dachte, du sollst meine Mom … äh … beschatten.«

»Und deswegen bist du auch gekommen?«

»Oh«, war alles, was er erwiderte.

»Das war saudoof«, tadelte sie ihn.

»Wo bist du denn, hast du schon was rausgefunden?«

»Ich sitze am Leuchtturm.«

»Ah, okay. Gut, geh nicht weg, ich bin gleich bei dir.«

»In Ordnung.« Sie legte auf.

Es dauerte tatsächlich nur ein paar Minuten, bis Brandon – immer noch in Anzug und Weste – bei ihr auftauchte. »Ach, hier steckst du.« Er ging auf sie zu, und dann atmete er scharf ein. »Meine Güte, wie siehst du denn aus?«

»Nette Begrüßung. Kann ich zurückgeben, trägst du auch

zum Schlafen Anzug und Weste? Weiß gestärkte Unterhosen vielleicht noch dazu?«, witzelte sie, aber selbst die Mundwinkel nach oben zu ziehen, tat weh. Sie ahnte, dass es in der Nacht noch schlimmer werden würde und wohl an der Zeit war, nach Hausmitteln gegen Sonnenbrand zu googeln.

»Mensch, das sieht übel aus.« Er tastete ihr Gesicht ab.

»Autsch«, rief sie und schlug seine Hand weg. »Tatschst du immer fremde Frauen an?«

»Hey, ›fremd‹ ist wohl was anderes.« Er ließ sich neben sie auf die Bank gleiten. »Wir haben immerhin schone eine Nacht im Wandschrank zusammen verbracht.«

Sie gluckste. »Ja, da hast du auch wieder recht. Fass mein Gesicht trotzdem nicht wieder an.«

Er guckte einen Moment so, als ob er fragen wollte, ob es an anderen Stellen erlaubt wäre, dann senkte der den Blick und räusperte sich.

»Also, wie ist die Lage?«, erkundigte er sich stattdessen.

»Tut weh«, meinte sie.

»Ist mir klar, du kannst Quark draufschmieren, das kühlt und zieht die Entzündung raus.«

»Lustig, dass du mir Hausfrauentipps gibst.« Sie wollte eine Augenbraue hochziehen, ließ es aber lieber sein, momentan war keine Mimik angebracht, es tat auch so schon genug weh.

»Ich bin Segler, was glaubst du, wie oft ich schon einen Sonnenbrand hatte.«

»Du segelst?«

Er nickte. »Findest du das uncool?«

»Nein, gar nicht. Wie kommst du darauf, dass ich es *uncool* finden würde zu segeln?«

Brandon legte seinen Kopf schief und schaute sie mit einem seltsamen Gesichtsausdruck an. »Glaub nicht, dass ich nicht merke, was du über mich denkst. Du machst dich über meine Anzüge lustig, über meine Unfähigkeit, mich irgendwo anzuschleichen, und all das, was so ein Bad Boy können muss. Ja, kann sein, dass ich kein guter Ganove wäre und nur Privatschulen besucht habe. Aber so bin ich nun mal. Und ich bin immer mit meinem Grandpa segeln gegangen, als ich noch ein kleiner Junge war. Für mich war das das Tollste, was ich mir vorstellen konnte. Das war meine Freiheit, die grenzenlose See und der blaue Himmel über uns.«

Er wandte den Blick ab und schaute in die Ferne. Die Sonne tauchte gerade auf der anderen Seite ins Meer und färbte den Himmel blutrot. Erin konnte seine Sehnsucht förmlich spüren, so menschlich und verletzlich hatte sie Brandon noch nie erlebt.

»Wie ist er gestorben?«

Brandon atmete leise aus. »Krebs, hat nicht lange gedauert. Er fehlt mir. Auch sowas zu sagen ist nicht männlich und stark, ich weiß.«

Erin war versucht, ihm eine Hand auf den Oberschenkel zu legen, aber sie ließ sie wieder sinken, da ihr eine solche Geste zu vertraulich erschien.

»Ich finde gar nicht, dass du uncool bist«, sagte sie stattdessen, und ihr Herz machte einen Hüpfer, während es in ihrem Bauch zu kribbeln begann. Sie fühlte sich seltsam schwerelos, ein bisschen so, als ob sie ein Glas Sekt auf nüchternen Magen getrunken hätte.

Brandon bedachte sie unterdessen mit einem zweifelnden Gesichtsausdruck. »Na ja. Lügen kannst du. Aber lassen wir das Thema, sag mir lieber, was du rausgefunden hast.«

»Also, handfeste Beweise habe ich noch keine«, fing sie an und war froh, dass er das Thema wechselte. »Aber es gibt ein paar Hinweise.«

»Hinweise?«

»Ich habe das Tagebuch deiner Mom gefunden.«

130

»Oh. Und du hast es gelesen?«

Gott, Brandon war süß, wenn er so naiv dreinschaute wie jetzt.

Süß?

Nein! Absolut und überhaupt nicht.

»Ich habe reingeblättert«, gab sie hastig zurück, ein Glück, dass ihr Gesicht ohnehin schon krebsrot war, sonst wäre Brandon vielleicht aufgefallen, dass ihr auf einmal schrecklich heiß geworden war.

»Und?«

»Ich denke, ich erspare dir die Details, aber es klingt so, als ob sie sich regelmäßig mit jemandem treffen würde. Hast du eine Ahnung, wer das sein könnte? Einen Namen konnte ich nicht entdecken.«

Er fuhr sich mit der Hand über das Gesicht. »Beim besten Willen nicht. Das musst du rausfinden.«

»Es ist komisch. Die ganzen Tage habe ich an ihr geklebt wie eine Fliege am Honig, aber da war echt nichts Auffälliges. Tennis, Golf, Shopping. Mehr nicht.« Sie zögerte, dann fuhr sie fort. »Bis auf einen Abend, da ist sie weggefahren.«

»Und wohin?«

»Das weiß ich nicht.«

»Wieso nicht?«

»Weil ich mir irgendwann auch mal das Haus vornehmen musste, und das kann ich wohl kaum, wenn sie daheim ist, oder?«

»O verdammt.«

»Vielleicht ist sie ja auch nur zum Yoga gegangen.«

»Meine Mutter hasst Yoga.«

Erin seufzte resigniert. »Wäre ja auch alles kein Problem, wenn du nicht aufgetaucht wärst.«

Er lachte spitz. »Was? Jetzt ist es meine Schuld?«

»Sie wollte vorhin wegfahren, als du plötzlich aufgetaucht bist.«

»Zum Einkaufen, ja, was sie dann verschoben hat.«

Erin stieß einen Pfiff aus und schüttelte den Kopf. »Gott, wie arglos bist du eigentlich in diesen Dingen, gerade du, der täglich mit Ehebrechern zu tun hat? Hast du nicht gemerkt, wie sie gestottert hat?«

Er wirkte zerknirscht, und Erin begriff, dass er es einfach nicht wahrhaben wollte.

»Ja, kann sein«, sagte er leise.

»Eben. Du hast es vermasselt, ich hätte sie drangekriegt. Aber jetzt bist du hier, da wird sie sich garantiert nicht mit dem kranken Typen treffen, der sie mit der Krawatte ans Bett fesselt und dann nagelt.« Obwohl sie durchaus Verständnis für ihn hatte, ärgerte sie sich immer noch, dass er ihre Arbeit durch seine Neugier sabotierte.

Brandon wurde blass, er hielt die Luft an. »Was?«

Erin winkte ab. »Vergiss es. Ich sag nur: Tagebuch. Lies es lieber nicht, wenn du nicht einen Schaden fürs Leben haben willst, oder stehst du auf so einen Scheiß?«

»Ehrlich gesagt – ich mache es gerne auf die gute alte Art. Ohne Toys und Verhauen.«

Sie sahen sich von der Seite an, dann fingen sie an zu lachen. »Hast du gerade ›verhauen‹ gesagt?«

Brandon wischte sich Tränen aus dem Augenwinkel. »Habe ich.«

»Manchmal bist du echt witzig.«

»Eher selten.«

Ihre Blicke trafen sich, und sie prusteten direkt wieder los. Erin machte vor der Stirn eine kreisende Bewegung mit ihrem Finger. »Ich glaube, ich habe einen Sonnenstich. Bei mir dreht sich alles.«

»So ist das bei mir jeden Tag.« In dieser Art ging es noch eine Weile weiter, bis sich beide den Bauch hielten und die Augen trockneten.

»Puh«, stieß sie hervor. »Das war was.«

»Und was machen wir jetzt? Hast du schon was gegessen?«

»Wenn Schokoriegel und Kaffee zählen?«

»Himmel, Erin. Wie kann sich jemand nur so schlecht ernähren wie du?«

»Das weißt du doch gar nicht.«

»Ich kann es mir jedenfalls vorstellen.«

»Hat halt nicht jeder Zeit und Geld, seinen Kühlschrank mit Biogemüse vollzustopfen und jeden Tag frisch zu kochen. Wann machst du das alles eigentlich?«

»Du weißt, was ich im Kühlschrank habe?«

»Keine Sorge, dich habe ich nicht observiert, das habe ich neulich nur bemerkt, als du das Bier rausgeholt hast. Berufskrankheit.«

Er zuckte die Schultern. »Kochen entspannt mich, und man ist eben, was man isst.«

»Gott, noch so ein Spruch, und ich muss dich leider für komplett irre erklären lassen.«

»Na schön. Also, wollen wir was futtern gehen? Dich erkennt eh keiner mit der Gesichtsfarbe.«

»Sehr lustig. Weiß nicht, ob das so eine gute Idee ist. Was, wenn deine Mutter doch noch auf die Idee kommt –«

Er hob eine Hand und unterbrach sie dabei. »Sag es nicht, das wird sie nicht, denn mein Dad ist gerade angekommen, als ich mich auf den Weg zu dir gemacht habe.«

»Er ist auch da?«

»Ja.«

»Was soll ich dann noch hier? Dann gibt es ja nichts zu tun. Also kann ich zurück nach Boston.«

»Nein, du sollst bleiben.«

»Es ist dein Geld. Wenn du mich fürs Nichtstun bezahlen willst?« Sie zuckte die Schultern und war dankbar, dass ihr auf diese Weise eine kleine Auszeit in dieser wunderschönen Gegend beschert wurde.

»Jetzt will ich vor allem essen, komm.« Er nahm ihre Hand und half ihr auf die Beine, dann zog er seine Schuhe und Socken aus. »Ich kenne eine ganz nette, sehr kuschelige Kneipe, da stört uns niemand.«

»Ach, jetzt bin ich gespannt. Hast du dich da früher heimlich mit deinen Freundinnen getroffen?«

Sie schlenderten durch den Sand, Brandon lief neben ihr her. Tatsächlich fragte sie sich, wie er als Jugendlicher gewesen war.

»Hast du Lust auf *Clam Chowder*?«, wollte er wissen und zeigte auf ein Lokal.

»Ich liebe Muschelsuppe!« Sie klatschte in die Hände und versuchte dabei ihr Gesicht so wenig wie möglich zu verziehen, denn jede Regung tat weh. »Skipper Clam Chowder«, las Erin vom Schild, das über einer grünen, hölzernen Fassade prangte.

»Du kannst natürlich auch einen ganzen Hummer kriegen«, meinte Brandon mit einem Augenzwinkern. »Eigentlich schmeckt alles lecker.«

»Klingt, als wäre es deine Stammkneipe.«

Er zuckte die Schultern. »So viele Möglichkeiten gibt es in der Gegend ja nun auch wieder nicht.« Er legte ihr eine Hand auf den unteren Rücken und schob sie durch die Tür hinein. Der Boden war mit weiß gestrichenen Dielen ausgelegt, es roch nach Knoblauchbutter, Gegrilltem und Zitrone. Erin lief das Wasser im Mund zusammen.

Brandon begrüßte den Wirt mit ein paar netten Worten, dann wurde ihnen ein ruhiger Tisch in einer Ecke am Fenster zugewiesen. Während Erin die Karte studierte, bestellte Brandon schon einmal zwei Bier.

»War doch okay?«, fragte er dann.

Sie nickte. »Gerne. Solange es schön kalt ist.«

»Das kannst du dir auch an die Stirn halten«, schlug er mit einem verschlagenen Grinsen vor.

»Ich hau dir die Flasche vielleicht an den Kopf, wenn du nicht aufhörst, dich über mich lustig zu machen.«

»Schon gut, du kannst wohl nicht so gut einstecken, wie?«

Erin bedachte ihn mit einem bösen Blick, dann legte sie die Karte zur Seite. »Bleibe bei Clam Chowder, obwohl hier alles irre gut aussieht, was die anderen so essen.«

Etwa zwei Drittel der Tische waren besetzt, niemand schenkte ihnen größere Beachtung, und auch Brandon schien außer dem Chef keinen zu kennen, was ganz gut war, denn Leute tratschten ja ganz gerne – genau das, was sie nicht gebrauchen konnte.

Erin war überrascht, wie umgänglich Brandon war und dass er überhaupt nicht nur langweilige Themen draufhatte. Es war sogar das Gegenteil, er entpuppte sich, je länger sie mit ihm zusammen war, als witziger und schlagfertiger Kerl, der auch noch gut aussah.

Verknall dich bloß nicht in ihn, sagte ein Stimmchen in ihrem Kopf, das sie gleich zum Schweigen brachte. Sie würde den Teufel tun!

Nach dem Essen waren sie bei einem kleinen Supermarkt vorbeigelaufen und hatten Quark gekauft. Jetzt standen sie in Erins Badezimmer, und Brandon zog die Folie von der Packung.

»Setz dich hin«, forderte er sie auf.

»Ich kann das alleine vor dem Spiegel«, wehrte sie ab.

»Wenn ich jetzt gehe, dann machst du es bestimmt nicht.«

»Das weißt du doch gar nicht«, protestierte sie.

Brandon zog sein Jackett aus und krempelte die Ärmel seines Hemdes nach oben. »Ich kenne dich vielleicht noch nicht lange, aber ich weiß, dass du das sturste Weibsstück bist, das mir je begegnet ist.«

»Das ist ja wohl ein Witz, oder?«

Er verzog seine Lippen zu einem spöttischen Grinsen. »Schön wär's, und jetzt runter mit dem Popo auf den Badewannenrand. Oder willst du dich lieber aufs Klo setzen?«

»Nein!« Sie hob die Hände und drückte sich an ihm vorbei in das kleine Badezimmer. »Ist ja schon gut. Kommst du jetzt, oder was?«

Brandon schaute ihr dabei zu, wie sie sich leise fluchend auf dem Rand der Wanne niederließ, ihr Kinn herausfordernd anhob und ihn anfunkelte.

»Weißt du was, ab jetzt nenne ich dich nur noch Krebschen«, neckte er sie.

Erin sah sich um, schnappte sich ein Handtuch und warf es nach ihm. »Wehe!«

Brandon ging zu Erin und stellte fest, dass es eine saublöde Idee gewesen war, sie zum Sitzen aufzufordern. Sie war ohnehin schon so klein, er würde sich einen kaputten Rücken holen, wenn er sich herunterbeugte. Deswegen kniete er sich vor ihr auf den Boden.

»Wow, hätte ich geahnt, dass du gleich vor mir auf die Knie fällst, hätte ich mich nicht so geziert.«

»Sehr lustig«, kommentierte er und holte etwas Quark mit zwei Fingern aus der Packung. »Warte, willst du nicht erst die Haare zusammenbinden?«

Die blonden Strähnen hingen ihr, von Wind und Salz ganz zerzaust, um das knallrote Gesicht. Sie sah wundervoll aus.

»Äh, ja.« Sie stand auf und beugte sich zum Waschbecken. Dabei streifte ihr Shirt seine Wange, und er atmete unbewusst tief ein. Sie roch unwahrscheinlich gut, nach Seife und ihrem ganz eigenen Duft, der nicht durch ein teures Parfum überlagert wurde. Lust schoss durch seine Lenden, und er merkte, wie sein bestes Stück erwartungsvoll pochte.

Scheiße, was war das denn? Wenn er an Märchen und Elfen glauben würde, würde er es jetzt auf irgendwelche geheimen Pheromone schieben können, die das zarte Persönchen über ihm ausstrahlte, aber da er ein Realist war, fragte er sich, ob er einfach nur untervögelt war. Das war definitiv Fakt, er hatte schon seit Ewigkeiten keinen Sex mehr gehabt – außer mit sich selbst, was nicht wirklich zählte.

Erin saß längst wieder vor ihm. »Was ist? Stimmt was nicht?«

Brandon räusperte sich und hoffte, dass sie nicht bemerkte, was mit ihm los war. »Doch, alles super. Mach die Augen zu.«

»Du schmierst mir das Zeug aber nicht auf die Lider«, warnte sie ihn.

»Nein, natürlich nicht, und jetzt halt still.«

»Ja, Boss.«

»Endlich hast du das kapiert«, witzelte er, während er vorsichtig Quark auf ihr verbranntes Gesicht auftrug. Hin und wieder atmete sie scharf ein, aber sie beschwerte sich nicht. Als er fertig war, fragte er: »Und? Wie ist es jetzt?«

»Fühlt sich irgendwie gut an. Wie lange muss das Zeug drauf bleiben?«

Er stand mit einem Ächzen auf – die Knie taten ihm weh – und wusch sich die Hände. »Zwanzig Minuten. Ich stelle den Rest dann in den Kühlschrank. Du kannst das jederzeit wiederholen.«

»Ja, klar. Werde ich sicher machen«, meinte sie und stand ebenfalls auf.

Erin legte ihre Hände auf seine Hüften und drückte sich hinter ihm vorbei. Scheiße, warum musste dieses Badezimmer auch so winzig sein? Und irgendwie war es doch viel zu groß.

Er war nicht mehr Herr seiner Sinne. Wenn er sich noch länger in ihrer Nähe aufhielt, würde er womöglich noch Sachen tun, die er bereute. Er hatte a) keine Lust, sich eine

Abfuhr von Erin zu holen, und b) arbeitete sie für ihn, das waren schon mal zwei handfeste Gründe, warum er schleunigst aus diesem Raum verschwinden musste. Hastig trocknete er sich die Hände ab und entschuldigte sich mit einer fadenscheinigen Ausrede, ehe er ihr Zimmer verließ.

Als Brandon draußen vor dem Haus stand, rieb er sich die Stirn.

»Was war das denn?«, murmelte er und schlenderte mit sehr verwirrenden Gedanken im Kopf nach Hause. Der Himmel war sternenklar, die Nachtluft kühl genug, um seine Körpertemperatur wieder auf Normalniveau zu senken. Es war doch nicht möglich, dass er scharf auf Erin war? Im Club hatte er es auf den Alkohol geschoben, im Wandschrank auf die Tatsache, dass er nur ein Mann war, der auf die Nähe einer Frau reagierte. Aber das jetzt? Nein, er konnte es nicht länger leugnen. Er wollte sie. Und wie.

Kapitel 9

Erin blinzelte verschlafen und streckte sich. Ihr Gesicht fühlte sich seltsam an, vorsichtig tastete sie mit den Fingern, und dann wurde ihr mit einem Schlag klar, dass sie mit dem Quark auf der Haut eingeschlafen war. Tatsächlich hatte sie, nachdem die erste Maske getrocknet war, gleich noch eine zweite aufgetragen, denn es hatte ihr Linderung verschafft. Tja, und nach der dritten Runde war sie dann anscheinend weggedämmert und hatte die ganze Nacht durchgeschlafen. Unfassbar, und das, nachdem sie zuvor am Leuchtturm schon ein sehr ausgiebiges Nickerchen gehalten hatte.

Andererseits konnte sie sich nicht erinnern, wann sie zuletzt einen wirklich freien Tag in einer schönen Umgebung verbracht hatte. Und hier kam noch die frische Seeluft hinzu, die auch dazu beigetragen hatte, dass sie müde geworden war. Jetzt fühlte sie sich jedoch ausgeschlafen und bereit für den Tag. Sie warf einen Blick auf ihr Telefon, die Uhr zeigte kurz nach acht an. Erin schwang sich aus dem schmalen Bett ihres Einzelzimmers und tapste ins Bad, wo sie die Überreste der Sonnenbrand-Rettung abspülte, ehe sie unter die Dusche stieg.

Da das Frühstück in der Pension nicht inklusive war, zog sie sich Shorts und T-Shirt über – es war ein weiterer sonniger Tag auf Cape Cod, der milde Temperaturen versprach –

und schlenderte los. Ihr Handy verstaute sie in der Gesäß-
tasche der abgeschnittenen Jeans, nur für alle Fälle, man
wusste ja nie. Im Coffeeshop besorgte sie sich Kaffee und
ein Sandwich mit Krebsfleisch, Avocado und Frischkäse,
dann ging sie zum Strand.

»Ich hätte mir einen Hut kaufen sollen, oder zumindest
Sonnencreme«, murmelte sie, als sie ihr Frühstück aus-
packte und herzhaft zubiss. Die Schreie einiger hungriger
Möwen drangen über das Meer zu ihr hinüber, eine leichte
Brise zupfte an ihren Haaren und ihrem Shirt. Der Sand
unter ihrem Hintern fühlte sich kühl und weich an, es roch
nach Algen und Meersalz. Ein unglaubliches Glücksgefühl
durchströmte sie, während sie die für ihre Verhältnisse üppige Mahlzeit genoss.

Herrlich, dachte sie, *hier könnte ich für immer bleiben.*

Dennoch machte sie sich keine Illusionen, natürlich nicht,
aber sie war durchaus bereit, etwas ohne schlechtes Gewissen zu genießen, das sie sich sonst nie hätte erlauben
können. In der nächsten Sekunde brummte das Handy an
ihrem Hintern.

Erin seufzte und schaute nach, wer etwas von ihr wollte.

Guten Morgen, schrieb Brandon. *Wie geht es deinem Gesicht?*

Ihre Mundwinkel bogen sich nach oben, und ein warmes
Gefühl, das nicht allein vom Kaffee herrührte, breitete sich
in ihrem Magen aus. Brandon war vielleicht ein bisschen
steif, hielt sich gerne an Regeln und lebte nach anderen
Grundsätzen als sie, aber er war ein fürsorglicher Kerl, der
sich nicht nur um seine eigenen Belange kümmerte. Das war
etwas, das sie sehr überraschte, denn diesbezüglich hatte sie
im Lauf der Jahre andere Erfahrungen gemacht. Männer, im
Speziellen die reichen und erfolgreichen, dachten in erster
Linie nur an sich, an ihren Geldbeutel, ihr Vergnügen, ihre
Interessen.

Danke, besser, antwortete sie, während der Wind ihr eine Haarsträhne in die Augen pustete.

Was hast du heute vor?, wollte er dann wissen.

Erin konnte mit ihrer unerwarteten Freizeit noch nicht viel anfangen und hatte daher auch noch keine Pläne geschmiedet.

Vermutlich werde ich ein wenig vor eurem Haus abhängen.
Während sie das schrieb, kam ein Pärchen mit einem Labrador an ihr vorbeigelaufen, sie gingen Arm in Arm, lachten und warfen immer mal wieder das Stöckchen für den apportierfreudigen Hund. Sie waren gut gekleidet, die Hosenbeine hatten sie bis zur Mitte der Waden hochgekrempelt und wirkten wie eine Insel des Glücks auf sie. Erin spürte einen kleinen Stich in der Magengrube, den sie sich nicht erklären konnte. Das Vibrieren ihres Handys riss sie aus ihren Gedanken.

Komm doch mit mir raus, dann zeige ich dir, wie schön segeln sein kann.

Ihr Herz machte einen freudigen Hüpfer, noch ehe die Nachricht vollständig bis zu ihrem Hirn durchgesickert war. Er wollte sie zu einem Segeltörn einladen?

Bin mir nicht sicher, ob ich seefest bin, schrieb sie zurück. *Was unternehmen deine Eltern? Soll ich nicht lieber da nach dem Rechten sehen?*

Seine Antwort folgte sofort.

Das Meer ist heute spiegelglatt, du kannst gar nicht seekrank werden. Meine Eltern sind zum Golfen verabredet, die werden den ganzen Tag nicht da sein.

Dann hatte sie wirklich keine Ausrede, warum sie nicht mitkommen konnte. Außerdem klang es nach einem Abenteuer, obwohl sie sich schon fragte, wie er ohne Wind segeln wollte, aber er musste es ja wissen.

Also gut, tippte sie. *Wo soll ich hinkommen?*
Aufregung machte sich in ihr breit, sie packte den Rest

ihres Frühstücks zurück in das Papier und trank den Kaffee aus.

Nicht nur du bist eine gute Ermittlerin, dreh dich mal um.

Sie lächelte. Ganz langsam wandte sie sich um und sah Brandon, der hinter ihr auf einer Düne stand. Seine Sonnenbrille hatte er in die Haare geschoben, sodass sie das amüsierte Funkeln seiner Augen sogar auf die Entfernung hin erkennen konnte. Er trug braune Bootsschuhe, ein Leinenhemd, dessen Ärmel er aufgekrempelt hatte, und eine khakifarbene Shorts, die bis zu den Knien reichte. Seine Unterschenkel waren muskulös, und goldene Härchen glänzten in der Sonne.

Obwohl es sie nicht interessieren sollte, fand sie es gut, dass er nicht zu der Sorte Mann gehörte, die neuerdings jede Form von Körperbehaarung entfernte. Es gab sogar eine Bezeichnung dafür, die sie mal irgendwo gelesen hatte. Aber in ihrem Kosmos war kein Raum für Modezeitschriften oder Kosmetiktrends – egal ob für Männlein oder Weiblein. Jetzt hob er seine Hand und winkte ihr zu. Es kam ihr vor, als würde all das in Zeitlupe geschehen, eine Bö zerzauste ihre Haare, und sie musste blinzeln. Erin nickte ihm zu und lächelte jetzt breit. Mit langen Schritten verringerte Brandon die Distanz zwischen ihnen.

»Guten Morgen«, begrüßte er sie und ließ sich neben ihr in den Sand fallen. Er roch nach Duschgel und einem herben Aftershave. Auf die Rasur hatte er heute Morgen verzichtet, stellte sie erstaunt fest. Der helle Bartschatten und der Freizeitlook ließen ihn wie einen lässigeren Zwilling seines Anwalts-Ichs erscheinen, den sie – das musste sie sich eingestehen – wirklich attraktiv fand.

»Hi.« Sie bemerkte, dass ihre Stimme ein wenig piepsig klang. Erin räusperte sich und spielte mit dem Deckel ihres Kaffeebechers.

»Lass mal sehen«, sagte Brandon jetzt und schob ihr eine

Haarsträhne aus der Stirn. Plötzlich tauchte sein Gesicht sehr dicht vor ihrem auf, seine Hand lag halb in ihrem Nacken, eine federleichte Berührung, während seine grünen Augen forschend über ihre Züge glitten. Er war so nah, dass sie seinen heißen Atem auf ihrer Haut fühlen konnte. Unwillkürlich schnellte ihr Puls in die Höhe, sie öffnete die Lippen, um besser Luft zu bekommen. Es war seltsam, was hier mit ihr geschah. Sie war normalerweise alles andere als für männliche Reize empfänglich, die Brandon selbst in keiner Weise bewusst zu sein schienen.

»Sieht immer noch rot aus«, stellte er mit dunkler Stimme fest, die ihr eine Gänsehaut bescherte. Sie konnte sich gerade noch beherrschen, ihr Erschaudern nicht zu zeigen.

»Ist nur halb so wild«, murmelte sie.

Jetzt war sein Blick mit ihrem verhakt, und für einen Wimpernschlag stand die Welt um sie herum still.

Grün, mit goldenen Sprenkeln, stellte sie fasziniert fest, als sie sich in seinen Augen verlor. Sie schluckte. Ob er dieses Knistern auch spürte?

»Du solltest auf jeden Fall Sonnencreme benutzen.« Er zog seine Hand zurück und richtete seinen Blick auf das Meer.

Erin unterdrückte ein Seufzen, das Verlustgefühl, das sich nach seinem Rückzug in ihr ausbreitete, konnte sie jedoch nicht vollständig verdrängen. Was war nur mit ihr los? Sie musste sich dringend wieder in den Griff bekommen. Diese fürchterlich schöne Umgebung musste schuld an ihrer Hormonexplosion sein. Sie nahm sich vor, sich besser zu beherrschen. Vielleicht war es folglich keine so gute Idee, mit ihm alleine auf ein Segelboot zu steigen?

»Wollen wir?«, fragte Brandon jetzt.

Gedanken lesen schien er zumindest nicht zu können, dachte sie amüsiert.

»Ich weiß echt nicht, ob das eine gute Idee ist«, wandte

sie als letzten Versuch, doch noch aus dem vermeintlichen Date herauszukommen, ein.

»Ach was, wer ist jetzt der Hasenfuß? Und was ist das? Wieso hast du das Sandwich nicht aufgegessen? Ist es nicht gut?«

»Keine Angst, das Wetter wird nicht schlecht, wenn man was übrig lässt. Es war lecker, aber ich bin einfach satt.« Dass ihr die Aufregung auf den Magen geschlagen war, behielt sie lieber für sich. »Möchtest du?«, bot sie ihm an und war überrascht, als er nickte.

»Wieso nicht? Sieht doch gut aus.« Er nahm ihr Sandwich entgegen, faltete es aus dem Papier und biss zu. »M-mh. Das ist lecker«, sagte er mit vollem Mund.

Schon wieder eine Seite an ihm, die sie nicht kannte. Ein Mann wie er, wohlerzogen und aus gutem Haus, redete doch nicht mit vollem Mund. In welcher Hinsicht hatte sie ihn wohl noch falsch eingeschätzt?

»Lass es dir schmecken«, hörte sie sich sagen, während ein Lächeln an ihren Mundwinkeln zupfte.

»Sonnencreme«, meinte er dann noch. »Hast du welche mit?«

»Sehe ich so aus?« Sie lachte und schaute an sich herunter.

»Dachte ich mir, ich hab' da was im Auto.«

»Du hast vorgesorgt, warum überrascht mich das nicht?«

»Wie ich gestern schon sagte, bin ich öfter mit einem schlimmeren Sonnenbrand nach Hause gekommen, als du dir vorstellen kannst. Und es tut saumäßig weh, wie du jetzt aus eigener Erfahrung weißt. Und du solltest vorsichtig sein, sonst könnte das mit deinem Gesicht noch richtig unangenehm werden.«

»Na schön, halten wir fest, dass du besser organisiert bist als ich.«

Er wackelte mit den Augenbrauen, dann gab er ihr einen

spielerischen Klaps auf den Oberschenkel. »Komm schon mit.«

»Denkst du nicht, es wäre seltsam, wenn ich mit zu dir latsche und dann in dein Auto einsteige?«

»Wieso?«

Erin verdrehte die Augen. »Weil das auffällig ist, vielleicht?«

»Meine Eltern sind schon weg.«

»Und die Nachbarn?«

Er seufzte. »Dann geh doch bis zum Supermarkt, und ich sammele dich dort ein. Zufrieden?«

»Jawohl, Sir«, witzelte sie und hielt sich die Hand an die Stirn, als würde sie militärisch grüßen.

Brandon stand auf und klopfte sich den Sand vom Hintern, dann nahm er ihren Kaffeebecher und das Sandwichpapier. »Ich bringe das mal weg.«

»Sehr vorbildlich«, lobte sie und stand selbst auf.

Zehn Minuten später traf Brandon in seinem Wagen am Supermarkt ein, er pfiff einen Song mit, der gerade im Radio lief. *Sweet but psycho.* Erin stand mit dem Handy am Ohr am Rande des Parkplatzes, den er jetzt ansteuerte. Sie hob ihre Hand zum Gruß, als sie ihn entdeckte. Nachdem sie das Telefonat beendet hatte, kam sie auf ihn zu. Schon an ihrem Gesichtsausdruck konnte er erkennen, dass etwas nicht stimmte. Das Leuchten in ihren Augen war erloschen, die Lippen schmal. Sie stieg nicht auf der Beifahrerseite ein, sondern kam zu ihm herum.

Er stellte den Motor ab und stieg aus. »Ist was passiert?«

Sie wirkte sogar unter ihrer geröteten Haut blass. »Könnte man so sagen. Ich muss dringend nach Boston zurück. Wäre das ein Problem? Ich komme so schnell wie möglich wieder, die Kosten für die Extra-Fahrten mit dem Mietwagen werde ich natürlich ersetzen …«

»Hey, mal langsam, Erin. Das ist doch das kleinste Problem. Vergiss die Kosten für den Mietwagen.«

Sie schluckte und sah zu ihm auf, und eine Welle der Sorge schwappte über ihn. Er wollte sie halten, sie beschützen und ihr diesen Schmerz nehmen, der in ihren hellen, blauen Augen schimmerte.

»Dann ... ist es okay?«, stammelte sie.

»Willst du mir nicht sagen, was los ist? Soll ich dich fahren? Du wirkst völlig durch den Wind.«

»Nein, nein, nicht nötig. Ich komme schon klar. Jemand, der mir sehr viel bedeutet –« Ihre Stimme brach. »Ein Anfall, sie wissen noch nicht genau, was der Auslöser war oder ist. Ich habe nur Nachricht aus dem Krankenhaus bekommen.«

Brandon legte ihr eine Hand auf die Schulter, und doch fragte er sich, wer dieser Jemand wohl war. Familie? Freunde? Ein Freund?

»Mach dir keine Sorgen, das wird schon wieder«, versuchte er sie aufzumuntern.

»Ich komme so bald wie möglich zurück, es gibt ja noch einiges zu tun ...«

»Lass uns telefonieren, okay? Beim Frühstück hat mein Vater erzählt, dass er sich die kommende Woche freigenommen hat, es sieht also so aus, als hätte meine Mutter erst einmal keine Gelegenheit für das, was sie sonst ... Na ja, du verstehst ...«

Erin nickte. »In Ordnung.«

»Wo steht der Mietwagen? Lass mich dich hinbringen, oder noch besser, wir geben den zurück, und ich fahre dich nach Boston. Ich habe hier ja offenbar auch nichts weiter zu tun ...«

»Aber, du wolltest doch segeln?«

Er lächelte schief. »Alleine macht es nur halb so viel Spaß, wir ... äh, ich hole das nach.«

»Ich muss noch meine Sachen aus der Pension ins Auto bringen.«

»Steig ein.«

Erin widersprach nicht, eine halbe Stunde später hatten sie den Mietwagen an einer Servicestation zurückgegeben, Erins und seine Sachen gepackt und waren auf dem Weg zurück nach Boston. Die Sonne schien vom Himmel, unbeirrt von der neuerlichen Katastrophe, die über Erins Leben hereingebrochen war. Er fragte nicht nach, was genau los war, wenn sie hätte antworten wollen, hätte sie das längst getan. Seine Eltern würden sich vermutlich aufregen, weil er schon wieder so überstürzt aufgebrochen war, aber er konnte es immer auf eine dringende Angelegenheit in der Kanzlei schieben. Dass sein Vater Urlaub hatte, bedeutete ja vielleicht, dass sie sich als Paar zusammenraufen würden – allerdings wusste sein Dad ja noch nichts von Erins Entdeckung. Vorerst, beschloss Brandon, würde er das für sich behalten, solange sie noch keine weiteren Beweise gegen seine Mom gesammelt hatten. Ein Tagebuch alleine reichte dafür längst nicht aus.

Während der Fahrt unterhielten sie sich nicht viel, Erin starrte stumm aus dem Fenster und war tief in Gedanken versunken. Er war froh, dass er sie bringen konnte, nicht, dass sie noch einen Unfall gebaut hätte, so abwesend wie sie war.

»Wo genau musst du hin?«, wollte er wissen, als sie sich Boston näherten.

»Du kannst mich am *General Hospital* rauslassen.«

»Und deine Sachen?«

»Nehme ich mit.«

»Ich kann dich auch erst nach Hause bringen, kein Problem.«

»Du hast schon genug getan.«

Er grübelte, wieso sie es als so ungewöhnlich empfand,

dass man jemandem half, der in Schwierigkeiten war – Job hin oder her. Noch so ein Ding an ihr, das er sich nicht erklären konnte. »Hast du eigentlich Familie?«

»Bitte, Brandon.« Sie schaute ihn kurz von der Seite an. »Ein andermal gern, aber ich möchte jetzt nicht darüber reden.«

»Okay. Ich wollte nicht …«

»Lass es einfach gut sein. Ich bin dir sehr, sehr dankbar, aber im Augenblick habe ich keinen Kopf für gar nichts.«

»Schon gut. Dann also zum Krankenhaus.«

»Außerdem sollte man mit einem Auto wie deinem lieber nicht nach Roxbury fahren.«

»Mein Gott, Erin. Das ist keine Gegend für eine Frau wie dich.«

»Wach auf, Brandon. Nicht jeder kann sich eine teure Ecke Bostons leisten.«

Ja, das war ihm auch klar, dennoch … In Roxbury gab es fast täglich Schießereien und üble Verbrechen. Ihm war unwohl bei dem Gedanken, sie dort zu wissen. Aber jetzt war nicht der richtige Zeitpunkt, um über ihre Wohnsituation zu sprechen. Ohne weiter darauf einzugehen, steuerte er das Krankenhaus an. Nach einer kurzen Verabschiedung hastete sie davon. Den Rucksack mit ihren Habseligkeiten auf dem Rücken. Brandon sah ihr mit einem Stirnrunzeln hinterher. Es gab also doch jemanden in ihrem Leben, der ihr etwas bedeutete, und er fragte sich noch einmal, wer dieser Jemand war.

Kapitel 10

B randon trat aus dem Gerichtssaal, zum Glück war die Verhandlung heute ohne weitere Zwischenfälle abgelaufen. Eine Klientin, an deren Scheidung er seit beinahe einem halben Jahr arbeitete, hatte die Hälfte des Vermögens ihres sehr wohlhabenden Ehemannes zugesprochen bekommen. Obwohl es für ihn einen Sieg darstellte, fühlte er sich nicht als Gewinner. Was einst als angebliche Liebesheirat begonnen hatte, war nun, neun Jahre später, in Hass und Habgier getrennt worden. Aus einer Kellnerin war eine Millionärin geworden, fast eine Geschichte für einen Roman, wenn da nicht der bittere Beigeschmack bliebe, während er sich fragte, wer hier eigentlich wen betrogen hatte. Egal, sagte er sich, mit dem heutigen Urteil hatte er sich einen Haufen Geld in Form seines Honorars gesichert, von dem die meisten Anwaltskollegen nur träumen konnten.

Auf dem Weg aus dem Gerichtsgebäude dachte er an Erin, wie viel zu oft in den letzten Tagen. Seit er sie am Krankenhaus abgesetzt hatte, hatte er nichts von ihr gehört, obwohl er ihr zweimal eine Nachricht auf die Mailbox gesprochen hatte. Offenbar war die Lage angespannt, oder was auch immer. Diese Ungewissheit nagte an ihm, und er konnte sich nur schlecht auf irgendwas konzentrieren.

Als er aus der großen Eichentür trat, musste er blinzeln,

denn die hoch stehende Mittagssonne blendete ihn. Es war ein warmer Tag, der sommerlich anmutete. Er fing sofort an zu schwitzen, denn die Luft war schwül und flirrte auf der aufgeheizten Straße. Am Horizont zogen bereits dunkle Wolken auf, vermutlich würde es schon bald regnen oder sogar gewittern.

»Hallo«, sprach ihn jemand von der Seite an.

Er schirmte die Hände gegen das helle Licht ab und sah, dass es Erin war, die an ihn herangetreten war.

»Erin, hallo«, begrüßte er sie und forschte in ihrem Gesicht, aber sie wirkte so verschlossen und ihre Miene so undurchdringlich wie bei ihren ersten Begegnungen. Es war, als hätte es diese kurzen sinnlichen Momente zwischen ihnen nie gegeben. Vielleicht hatte er sich all das ja auch nur eingebildet.

Ihr schlanker Körper steckte, wie so oft, wenn sie geschäftlich unterwegs war, in einer hellen Bluse und einem Bleistiftrock, als sei das ihre Art einer Uniform.

»Alles in Ordnung?«, fragte er.

»Können wir das vielleicht anderswo besprechen?«

»Woher wusstest du überhaupt, dass ich hier bin?«

Ein müdes Lächeln huschte über ihr Gesicht, und er sah die dunklen Schatten unter ihren hellen, blauen Augen.

»Berufsgeheimnis«, antwortete sie.

Er zog einen Mundwinkel in die Höhe, dann ging er die ersten Stufen hinab, und sie folgte ihm.

»Wie wäre es mit einem Essen?«, schlug er vor.

»Wenn ich so viel essen würde wie du, wäre ich kugelrund.«

»Okay, also dann wenigstens einen Kaffee?«

Sie nickte und stöckelte neben ihm her. »Gern.«

Sie gingen einige Häuserblocks und setzten sich in einem ruhigen Café unter einen Sonnenschirm. Brandon bestellte einen Espresso und Erin einen Eistee.

»Wie geht es dir?«, fragte er.

Sie blinzelte irritiert, als wäre sie nicht auf eine persönliche Frage vorbereitet gewesen, dann erwiderte sie: »Sehr gut, vielen Dank. Ich muss mich entschuldigen, dass ich die letzten Tage nicht erreichbar gewesen bin.«

Verschlossen und reserviert, dachte er. *Warum?* Brandon glaubte nicht, dass es an ihm lag, er war sich mittlerweile fast sicher, dass Erin etwas belastete, das sie vor allen anderen verstecken wollte.

»Kein Problem.« Er runzelte die Stirn und forschte in ihrem Gesicht. Sie war blass und wirkte abgespannt. Der Sonnenbrand hatte keine Spuren hinterlassen, im Gegenteil, sie sah aus, als ob sie in den letzten Tagen zu viel Zeit in geschlossenen Räumen verbracht hätte.

»Wie gehen wir weiter vor?«, fragte sie jetzt und riss ihn aus seinen Grübeleien.

»Was meinst du?«

»Na, deine Eltern? Du erinnerst dich? Der Auftrag?«

Ihre Bestellung wurde gebracht, und Brandon war froh über eine Sekunde, in der er sich wieder fangen konnte. Er hatte tatsächlich, seit Erin auf ihn zugetreten war, keinen Atemzug an seine Eltern gedacht, sondern nur daran, wie es ihr ging, was los war und warum sie nicht mit ihm reden wollte. Er war verwirrt über seine eigenen Gedanken und die seltsamen Gefühle, die in ihm gegeneinander ankämpften. Während er sich sammelte, riss er ein Tütchen Zucker auf und ließ es langsam in seinen Espresso rieseln, nahm dann einen Löffel und rührte um.

»Der Auftrag. Richtig.« Er trank einen Schluck. Bitter und süß rann das heiße Gebräu seine Kehle hinunter. »Meine Eltern sind unterwegs diese Woche.«

»Ich erinnere mich.«

»Und in der folgenden Woche ist meine Schwester zu Besuch, sie hilft mit den Vorbereitungen für die Party.«

»Party?«

»Sie planen jetzt doch eine Feier anlässlich des sechzigsten Geburtstags meines Vaters.«

»Ah, okay. Stimmt ja.«

»Ich denke nicht, dass bis dahin … nun, also, dass meine Mutter …«

»Du glaubst, dass deine Mutter sich nicht mit ihrem Liebhaber trifft, während Besuch da ist?«

Er zuckte die Schultern. »Ich habe keine Ahnung, ich weiß nicht. Nein.«

Erin nahm den Strohhalm in den Mund und saugte daran. Brandon sah weg, denn die Bilder, die dabei in seinem Kopf auftauchten, waren alles andere als professionell.

Er räusperte sich. »Dennoch habe ich mir Gedanken gemacht und glaube, dass es jemand aus ihrem Umfeld sein muss.«

»Wie kommst du darauf?«

»Sie bewegt sich doch in einem eher kleinen Kreis, du warst auf Cape Cod, du hast die Gemeinde gesehen, ich denke, es müsste jemand aus dem Golf- oder Tennisclub sein. Ach«, er fuhr sich mit der Hand über das Gesicht, »keine Ahnung. Irgendwie sagt mir das einfach mein Bauch – und meine Erfahrung. Meine Mom ist es gewohnt, sich in gewissen Kreisen zu bewegen – und da wird sie auch bleiben. Ich glaube nicht an eine Gärtner-Geschichte oder sowas. Ich hoffe nur, dass es nicht jemand ist, mit dem sie beide als Paar befreundet sind, oder so.«

»Hm. Was würde das denn für einen Unterschied machen?«

»Keine Ahnung, wenn es zum Beispiel ein Freund meines Vaters wäre, könnte ich mir vorstellen, dass das noch höhere Wellen schlüge.«

»Sprich nicht so im Konjunktiv«, meinte Erin.

»Mir ist es lieber so, ehrlich. Ich kann das alles sowieso

noch gar nicht glauben und hoffe, dass sich das irgendwie aufklärt.«

»Das verstehe ich. Allerdings erklärt sich daraus nicht, was ich jetzt machen soll.«

»Ich würde dich bitten, dass du am Wochenende der Feier wieder nach Cape Cod fährst. Und bis dahin könntest du in der Woche, in der meine Mom mit der Organisation beschäftig ist, ein wenig meinen Dad unter die Lupe nehmen. O Gott, ich komme mir selbst vor wie in einer schlechten Komödie. Der Scheidungsanwalt lässt seine Eltern bespitzeln.«

»Nimm es nicht so persönlich, immerhin ist dein Vater auf dich zugekommen. Und ehrlich gesagt, deine Bedenken sind begründet.«

»Wieso? Hast du schon was?«

»Nein, aber wie es schon in der Bibel steht, wer den ersten Stein wirft ... Dein Vater ist vielleicht nur misstrauisch, weil er selbst keine reine Weste hat.«

»Jetzt sag bloß, du bist bibelfest.«

»Das Zitat kennt ja wohl jedes Kind.«

Schon wieder wich sie auf eine halbwegs persönliche Frage aus. »Geht das dann klar?«

»Im Prinzip schon. Es kann allerdings sein, dass ich zwischendurch noch mal nach Atlanta muss.«

»Gibt es da was Neues?«

»Schätze, da musst du Nate fragen.« Sie lächelte amüsiert. »Du weißt schon ...«

»Ja, gut. Mache ich. Sind wir uns dann einig?«

»Kannst du mir noch mal das genaue Datum der Party per SMS schicken?«

»Natürlich.« Er schaute sie an. »Wird es immer so sein, dass du unangemeldet auftauchst und ebenso plötzlich wieder verschwindest?«

Sie hob eine Braue. »Warum, was stört dich daran?«

Ja, was störte ihn eigentlich? »Ich habe die Dinge gerne geordnet.«

Und dann tat Erin etwas völlig Unerwartetes, sie lachte. Sie lachte laut und herzlich. »Ja, das habe ich schon gemerkt.«

»Was ist daran so komisch?«

»Ach, ich weiß nicht. Du bist manchmal ein bisschen seltsam.«

»Ich? *Ich* bin seltsam? Das musst du mir erklären.«

»Ich habe mich öfter schon gefragt, wie ihr befreundet sein könnt, Nate, Elijah und du.«

Brandon ahnte, was sie meinte, zogen seine Freunde ihn nicht oft genug damit auf?

»Ein Rätsel, nicht?« Etwas in seinem Magen zog sich schmerzlich zusammen.

»Ich glaube«, sie stützte sich auf die Ellenbogen, »diese Anzugssache und das steife Verhalten sind nur Fassade.«

»Fassade, um was zu verbergen?«, forderte er sie heraus, das Gleiche könnte er nämlich über sie sagen. Sie spielte die kühle, unnahbare, taffe Frau, aber tief drin, da war sie sehr verletzlich und einsam. *Ja*, dachte er. *Das muss es sein. Jetzt muss ich nur noch herausfinden, warum.*

Sie blickte ihn offen und geradewegs an, ihre Augen leuchteten, aber es war keine Belustigung, die er darin erkannte, es war viel mehr ... Sehnsucht.

Aber konnte das denn sein?

Sein Herz schlug schneller.

»Sag du es mir.« Ihre klare Stimme hallte noch lange in seinem Kopf nach.

Das hier war kein guter Ort, um über etwas so Tiefsinniges zu sprechen, aber er wusste, wenn er sie bat mitzukommen, sie einladen oder einfach nur nach Hause bringen wollte, würde sie ihm wieder entgleiten, und der Augenblick wäre dahin.

»Das wäre ja wohl zu einfach, wenn ich aussprechen würde, was ich erkannt habe, oder?«

Für einige Sekunden passierte nichts, dann wehte von einem anderen Tisch eine Serviette über sie hinweg, und der Bann war gebrochen.

»So«, Erin schob ihr leeres Glas beiseite, »dann hätten wir ja alles geklärt, nicht?«

»Absolut.«

Und überhaupt nicht, fügte er im Stillen hinzu.

»Ich melde mich, und du schickst mir noch die Daten.«

»Ist gut. Brauchst du noch einen weiteren Vorschuss?«

Sie zog ihre Stirn kraus. »Ich denke, da ich die letzte Reise vorzeitig abgebrochen habe, sind wir momentan quitt.«

Brandon nickte, dann warf er einen Zehner auf den Tisch und stand auf. Mit einem Händedruck – den er als seltsam förmlich und absolut unpassend empfand – verabschiedete sich Erin und stöckelte davon.

Er wurde nicht so richtig schlau aus ihr, und das wurmte ihn. Er wollte ihre Geheimnisse lüften, auf die Frage, warum, gab er sich lieber keine Antwort. Erin war anders als jede Frau, die ihm bisher begegnet war, und das fand er erfrischend und ... anziehend. Seine Reaktion auf sie irritierte ihn, und eigentlich konnte er sich Ablenkung jetzt nicht leisten, sein Schreibtisch war voll, sein Privatleben auch nicht gerade geordnet, und dann sorgte er sich neuerdings um eine Privatermittlerin, die offenbar selbst Probleme hatte. Um einen klaren Kopf zu bekommen, fuhr er nach Hause, zog sich Sportklamotten über und drehte eine lange Runde am Charles River.

Nachdem sie sich von Brandon verabschiedet hatte, war Erin zum Krankenhaus gefahren, um nach ihrem Bruder zu sehen. Auf dem Weg zu seinem Zimmer desinfizierte sie sich wie immer die Hände und wappnete sich innerlich für seinen Anblick. Sie klopfte leise an die Zimmertür, ehe sie eintrat.

Lächerlich, dachte sie, denn natürlich war klar, dass ihr niemand antwortete. Außer ihm lag noch ein weiterer Patient, der nicht selbstständig atmete, im Zimmer. Erin seufzte und ging zum Bett ihres Bruders. Ihre Absätze verursachten ein leises Quietschen auf dem Linoleumboden. Sie nahm Lennys Hand in ihre, sie fühlte sich kühl und trocken an.

Leblos, obwohl sie wusste, dass noch immer Blut durch seine Adern floss, sein Herz selbstständig schlug. Nach sieben Jahren Wachkoma hatte er nun einen Hirninfarkt erlitten, die Ärzte bezweifelten, dass er sich davon erholen würde.

»Was würde es ändern«, murmelte sie und schluckte schwer. Bis jetzt hatte sie immer noch einen Funken Hoffnung gehabt, dass er aus diesem Dämmerzustand erwachen würde. Dass es möglich war, dass es Wunder gab. Sie hatte viel zu dem Thema gelesen und recherchiert, hatte die beste Einrichtung für ihn gefunden, die ihm alle möglichen Therapien hatte angedeihen lassen. Die Kosten dafür waren horrend gewesen, aber sie hatte jede Chance nutzen wollen.

Auf den Nachttisch hatte sie ein Foto aus besseren Zeiten platziert, das sonst im Pflegeheim stand. Es zeigte sie zusammen, Arm in Arm an einem warmen Sommertag. Sie lachten unbedarft und fröhlich in die Kamera, er hatte die gleichen hellblauen Augen wie sie. Die hatte er immer noch, nur, dass er sie nicht mehr öffnete.

Nach dem Unfall, bei dem Lennys Freund Taylor gestorben war, hatte sie versucht, den Kontakt mit der Familie aufrechtzuerhalten. Sie hatte gedacht, dass man sich gegenseitig stützen könnte. Aber Taylors Eltern hatten nichts mit ihr zu tun haben wollen. Auf eine gewisse Weise konnte Erin das verstehen. Dass Lenny Taylors Sportwagen gefahren und die Kontrolle verloren hatte, war grauenvoll.

Sie selbst hatte kaum Erinnerungen an die Nacht und die Tage danach, sie hatte im Schock agiert und reagiert. Eigentlich hätte ihre Mom für sie da sein sollen, aber statt sich dem Sturm zu stellen – Presse, Eltern, Bekannte und Polizei –, hatte sie ihre Sachen gepackt und war zu ihrem Freund nach Arizona abgehauen und nicht mehr wiedergekommen. Erin hatte nicht versucht sie zu erreichen, sie war zu verletzt gewesen, dass sie ihr in der schwersten Stunde nicht zur Seite gestanden hatte, wie es gute Mütter tun würden, die beinahe ein Kind verloren hatten. Dieses Verhalten hatten weder Lenny noch sie verdient, aber ihre Mom war noch nie besonders liebevoll gewesen. Nachdem ihr Mann sie kurz nach Erins Geburt verlassen hatte, hatte sie die Kinder auf eine gewisse Weise dafür verantwortlich gemacht, dass sie alleinerziehend war. Erin und Lenny hatte das nur umso enger zusammengeschweißt. Sie waren immer ein Herz und eine Seele gewesen, hatten sich Trost gespendet, sich in guten Zeiten gemeinsam gefreut. Bis zu diesem Unfall.

Erin konnte sich nicht erklären, was vorgefallen sein musste, um ihn auf die schiefe Bahn zu bringen. Sie hatte keine Ahnung gehabt, dass Lenny Drogen genommen hatte, dass er anscheinend in üble Geschäfte verwickelt gewesen war. Das passte nicht zu ihm, und doch war es passiert. Die Polizei hatte ihr gesagt, es sei häufiger der Fall, dass gerade die nächsten Angehörigen nicht viel vom Drogenmissbrauch mitbekamen. Erin hatte es nicht glauben wollen, aber irgendwann hatte sie es akzeptieren müssen, denn Lenny konnte keine Antworten geben, und Taylor war tot.

Was für ein Leben ist das noch, fragte sie sich, als sie das Krankenhaus verließ. Sie war zu erschöpft und ausgelaugt, um mit der U-Bahn zu fahren, deswegen gönnte sie sich ein Taxi. Sie zahlte mit einem Zwanziger, als sie in Roxbury angekommen waren, stieg aus dem Fond, schlug die Tür zu und ging auf das Wohnhaus zu. Eine Ratte huschte dicht an ihren Füßen vorbei. Sie schreckte kurz auf, aber es war ein gewohnter Anblick, so beruhigte sie sich gleich wieder. Erins Nacken prickelte, sie drehte sich noch einmal um. Im fahlen Schein der Straßenlaterne konnte sie aber nichts Ungewöhnliches entdecken, also setzte sie ihren Weg fort. Und dennoch, da war ein seltsames, beklemmendes Gefühl, das sie bis hinauf zu ihrer Tür verfolgte. Sie verriegelte sie doppelt hinter sich und schimpfte sich eine Idiotin.

Auch am nächsten Tag in der River Street, als sie aus dem Taxi ausstieg, kam sie sich ein wenig merkwürdig vor. Sie sah am roten Backsteingebäude hinauf, in dem sich das Geschäft befand, wo sie sich mit Liv treffen wollte.

»Störe ich auch wirklich nicht?«, hatte Erin kurz zuvor am Telefon gefragt, als sie mit ihr über Jessica gesprochen hatte.

»Aber nein, Erin. Komm bitte vorbei, es dauert nicht mehr lange, und dann plaudern wir noch ein wenig, okay?«

Livs Stimme hatte so ehrlich und herzlich geklungen, dass sie schließlich Ja gesagt hatte. Nun stand sie vor dem Brautmodenladen und zweifelte, ob es wirklich passend war, Liv jetzt zu belästigen. Einen Rückzieher wollte sie aber auch nicht machen, denn dann würde Liv sich versetzt vorkommen, und das hatte sie nicht verdient.

»Also gut«, murmelte sie und trat in den Laden. Ein helles Glöckchen bimmelte, als sie die Tür öffnete. Es roch nach Rosenblüten und war angenehm kühl. Der Boden war mit hellem Parkett ausgelegt, außer einem Verkaufstresen, einem Beistelltisch, auf dem ein riesiger Strauß weißer Rosen stand, und einigen Modepuppen, die Brautkleider trugen, befand sich nichts in dem Verkaufsraum. Nur eine schmale Treppe führte nach oben. Von dort aus hörte sie weibliche Stimmen und Kichern. *Aha*, dachte sie, *da muss ich hin.* Ihre Hände fühlten sich ein wenig feucht an. Das war eine ungewohnte Situation; in jemandes Privatleben einzudringen, machte ihr sonst nichts aus, aber das war ein wenig anders.

»Hallo?«, rief sie, während sie die Treppe nach oben ging. Die Absätze ihrer Pumps hallten auf den Stufen wider. Oben angekommen entdeckte sie eine Blondine, die sich an einem Glas Champagner festhielt, auf einem Chesterfieldsofa, das vor den bodentiefen Fenstern aufgestellt worden war. Hier gab es mehrere Kleiderständer mit Brautmoden, aber auch Mode für die Brautjungfern in allen Formen und Farben. Daneben befand sich ein Vorhang, hinter dem lautes Rascheln zu hören war, vermutlich die Umkleide.

Die Blondine nickte lächelnd, grüßte zurück und stand auf. »Hi«, sagte sie. »Liv zieht gerade noch etwas über. Ich bin übrigens Catherine, meine Freunde nennen mich Cat.«

Erin zeigte mit dem Daumen hinter sich. »Ich bin Erin, und ich kann gern auch unten warten …«

»Kommt nicht in die Tüte, eine zweite Meinung wäre gut«, tönte Livs Stimme durch den Vorhang.

»Gläschen Schampus?«, wollte Cat wissen, die Frage schien aber nur pro forma gewesen zu sein, denn sie schenkte ihr direkt in ein leeres Glas ein und reichte es ihr.

Erin blinzelte überrascht, lehnte jedoch nicht ab, weil sie nicht unhöflich sein wollte.

»Cheers«, sagte sie zu Cat und nippte von ihrem Drink.

In diesem Moment wurde der Vorhang zurückgezogen, und Liv trat in einem bodenlangen Kleid hervor, das einen tiefen V-Ausschnitt hatte, die Schultern jedoch bedeckte. Es schmiegte sich um ihre Kurven, als hätte es ihr jemand auf den Leib geschneidert. Die Farbe war nicht ganz cremeweiß, einen Tick dunkler, und über dem Satin glänzte eine Lage aus edelster, Spitze. Erin verschluckte sich und fing an zu husten, sie hatte noch nie im Leben eine schönere Braut gesehen – und dabei war Liv noch nicht einmal frisiert oder geschminkt. Aber das hatte sie auch gar nicht nötig, sie war einfach umwerfend.

»So schlimm?«, fragte Liv und stellte sich vor den Spiegel. »Schön, dass du da bist, Erin.«

Erst jetzt entdeckte Erin die Mitarbeiterin des Ladens, die hinter ihr aus der Kabine kam und an der kleinen Schleppe herumzupfte, die sie um Livs Füße drapierte.

»Das müsste noch einen Tick gekürzt werden«, meinte sie.

Cat hatte die Stirn gerunzelt und ließ ihren Blick auf und ab gleiten. »Ganz und gar nicht«, meinte sie schließlich. »Es ist schlicht, aber irgendwie doch … ganz entzückend.«

Livs Wangen färbten sich zartrosa. »Ich finde auch, das ist bis jetzt das Beste.«

Cat seufzte. »Ich wusste doch gleich, dass du nicht auf Tüll und Rüschen stehst.«

»Warum hast du mich dann erst diese krassen Dinger anprobieren lassen?«

Cat lächelte verschlagen, Erin war sie sofort sympathisch. »Hätte ja sein können, dass du doch …«

Liv winkte ab. »Nie im Leben. Was soll ich mit meinen Haaren machen?«

»Ich würde sie locker hochstecken, vielleicht ein paar Blüten einflechten oder so. Ganz romantisch und verspielt, so wie du eben bist.«

Liv grinste. »Ich hoffe, du meinst das als Kompliment.«

Cat drückte ihr ein Küsschen auf die Wange. »Natürlich.«

»Erin, was denkst du?«

Es kam nicht oft vor, dass sie verlegen war, dies war einer der Momente. »Ich finde, es sieht ganz wundervoll aus. Als wäre es für dich gemacht.«

Liv lächelte und senkte den Blick. »Das finde ich auch.«

Die Verkäuferin hielt sich dezent im Hintergrund, offenbar wusste sie, wann man die Kunden in Ruhe lassen musste.

»Soll ich die anderen noch anprobieren?«, fragte Liv.

Cat ließ sich wieder aufs Sofa fallen. »Aber klar doch, wo wir schon mal hier sind? Erin, möchtest du dich nicht auch setzen?«

»Gern.« Sie nahm neben Cat Platz und genoss ihren Champagner und diese kleine Auszeit von ihrem Alltag in ein Leben, das sie nie selbst führen würde.

Während Liv noch zwei Kleider anprobierte, die aber nicht an das erste heranreichten, schenkte Cat Erin und sich noch einmal Champagner nach.

»So kann man es sich auch gutgehen lassen«, scherzte Erin.

Cat gluckste. »Absolut.«

Irgendwann stand Liv in ihrer Alltagskluft vor ihnen, sie trug ein geblümtes Kleid und Ballerinas, ihre Augen leuchteten, und die Wangen waren von der Aufregung – und dem Alkohol – gerötet. Erin fühlte sich ebenfalls beschwingt und seltsam gelöst.

»So, Mädels«, meinte Liv, nachdem sie die Bestellung des Kleides unterzeichnet hatte. »Vielen, vielen Dank, dass ihr mir geholfen habt.«

Erin wollte gerade widersprechen, dass sie gar nicht wirklich etwas beigetragen hatte, hielt jedoch den Mund, da es nichts zur Sache tat.

»Und jetzt fahren wir zum Bowling? Auf dem Weg dahin kannst du mir erzählen, wie es mit Jessica für dich ergangen ist?«

»Ich möchte euren Abend nicht stören«, protestierte Erin.

»Ach, wir freuen uns, wenn du mitkommst. Stimmt doch, Cat, oder?«

Die nickte und stieß ihr leicht den Ellenbogen in die Seite. »Unbedingt, eine Frau wie dich können wir gut in unserer Mitte gebrauchen.«

Erin verstand nicht ganz, was sie meinte, aber mit dem leichten Schwips fiel es ihr nicht schwer, sich auf einen entspannten Abend unter Frauen einzulassen. Sie war nicht im Dienst, und warum sollte sie sich nicht auch einmal amüsieren? Gleichzeitig spürte sie einen kleinen Stich in der Magengrube. Echte Freunde hatte sie schon lange keine mehr, Bekanntschaften ja, aber nach der Sache mit ihrem Bruder hatte sich alles, was einmal gewesen war, in Schall und Rauch aufgelöst. Sie war wie eine heiße Kartoffel fallen gelassen worden, und danach hatte sie weder Zeit noch den Mut gehabt, neue Freundschaften aufzubauen.

»Oder hast du schon was vor?«, frage Liv, die ihr Zögern bemerkte.

»Nein, nein, ich habe nichts vor.«

»Dann ist es abgemacht, du kommst mit.«

Cat winkte ein Taxi heran. Auf der Fahrt erzählte Erin von der Begegnung mit Jessica, dass sie sich im *Shelter* zwar wohlfühlte, aber ihren Freund vermisste.

»Das ist häufig so. Sich ganz zu lösen ist schwierig. Handy, Social Media machen es um einiges leichter, wieder in Kontakt zu treten, ohne dass wir darauf Einfluss hätten. Letzten Endes sind wir ja auch kein Gefängnis oder Krankenhaus, wo wir das einschränken würden.«

Erin war bedrückt. »Verstehe.«

»Wir können leider nicht jedem helfen, aber ich hoffe, dass Jessica erst einmal eine Weile bei uns bleibt. Abstand hilft schon manchmal dabei, dass sich diese toxischen Beziehungen nicht auf ewig fortführen lassen.«

»Ich werde auf jeden Fall versuchen, sie davon zu überzeugen.«

»Hoffen wir das Beste.«

Die meisten der Bahnen im *Lucky Strike Bowling Center* waren besetzt, aber Liv hatte reserviert. Nachdem sie ihre Straßen- gegen Bowlingschuhe mit glatter Sohle getauscht hatten, wurden sie zu ihren Plätzen begleitet. Vor der Bahn standen dunkle Ledersessel mit kleinen Tischen in der Mitte. »Darf ich euch schon was bringen?«, fragte die Bedienung. »Ich bin Brooke. Heute Abend bin ich für euch da.«

»Drei Bier?«, fragte Cat in die Runde.

Erin wollte nichts mehr trinken, sie war Alkohol nicht gewöhnt, aber es war schon zu spät. Danach würde sie auf Cola oder Wasser umsteigen.

»So, dann wollen wir uns mal warm machen«, scherzte Cat und ließ ihre Finger knacken.

Liv lachte und warf den Kopf in den Nacken. »Ich bin so schlecht, bei mir ist Hopfen und Malz verloren. Wie sieht es mit dir aus, Erin?«

Sie zuckte die Schultern. »Geht so.«

»Die Kugeln sind so schwer«, jammerte Cat, als sie eine blaue anhob. »Da hat man als Frau ja echt schon verloren, bevor man angefangen hat.«

»Ah, da kommen sie ja«, rief Liv und strahlte wie ein Weihnachtsbaum mit Lichterkette. Erin warf einen Blick über die Schulter, und ihr Herz setzte einen Schlag aus, als sie Nate, Elijah und Brandon auf sie zukommen sah. Verdammt, das hatte sie nicht erwartet. Ihr Puls schnellte in die Höhe, und sie versuchte sich so lässig wie möglich zu geben. Warum stellte sie sich überhaupt so an? Es musste am Schwips liegen. Ja, bestimmt.

»Hey Erin, altes Haus«, begrüßte Elijah sie mit einer festen Umarmung, nachdem er Cat einen Kuss auf die Lippen gedrückt hatte. »Gut, dich zu sehen.«

»Ja, dich auch.«

Dann klopfte Nate ihr auf die Schulter. »Hey, wie geht's?«

»Gut, danke.« Er zwinkerte ihr zu, und seine Augen blitzten amüsiert.

Nein, das konnte nicht sein, er konnte doch neuerdings nicht Gedanken lesen? Oder war es so offensichtlich, dass sie überrascht war?

»Hallo Erin«, begrüßte sie nun Brandon und hielt ihr seine Hand hin.

»Hallo Brandon«, sagte sie.

Als sich ihre Finger berührten, vibrierte ihr ganzer Körper. Seine Wärme übertrug sich auf sie, ihr Mund war mit einem Mal staubtrocken und ihr Gehirn wie leergefegt. Zu allem Unglück fühlten sich ihre Beine auch noch an, als wären sie aus Gummi.

»So, Ladys«, jauchzte Elijah und klatschte in die Hände. »Bilden wir Teams, oder spielt jeder gegen jeden?«

»Wenn du jetzt mit *Männer gegen Frauen* kommst, gehe ich gleich«, warnte Cat mit einem entwaffnenden Lächeln.

Hastig ließ Erin Brandons Hand los, die sie noch immer festgehalten hatte.

Er aber auch, wie sie mit Genugtuung feststellte. Also, vielleicht hatte Nate gewusst, dass sie hier sein würde, aber Brandon wirkte mindestens genauso überrumpelt, wie sie sich fühlte.

Kapitel 11

Wusstest du, dass Erin hier sein würde?«, raunte Brandon Elijah zu und hielt sich an seinem Bier fest, während Erin gerade eine Kugel auswählte und sich für ihren Wurf bereit machte. Leider hatte Brandon einen ausgezeichneten Blick auf ihre Kehrseite, die in diesem verflucht engen Rock einfach perfekt zur Geltung kam.

Elijah zuckte mit der Schulter. »Wieso? Hast du was gegen sie? Ich dachte, sie arbeitet jetzt für dich. Wie läuft's eigentlich?«

»Ich habe natürlich nichts gegen sie.«

»Warum fragst du dann?«

»Nur so.«

»Komm schon, Alter. Nur so?« Elijah lachte.

Brandon presste die Lippen aufeinander. »Vielleicht möchte ich Berufliches und Privates schlicht und einfach trennen?«

Elijah hob eine Augenbraue und musterte ihn argwöhnisch, dann grinste er breit. »Alter!«, rief er für Brandons Geschmack viel zu laut. »Du stehst auf die Kleine. Na ja, wem kann man das verdenken, sie hat schon was. Hab' nur nicht gedacht, dass sie mit ihrer Art dein Typ sein könnte. Oder na ja, vielleicht gerade deswegen. Wie geil ist das denn?«

»Könntest du freundlicherweise deine Stimme etwas senken?«

Elijah grunzte und schlug sich auf den Schenkel.

»Und nein«, fuhr Brandon fort. »Da ist gar nichts.« Dann trank er einen tiefen Schluck von seinem Bier und hoffte, dass Elijah endlich die Klappe halten würde. Manchmal konnte einem der Kerl echt auf den Zeiger gehen. Brandon wurde abgelenkt und schaute Erin zu, die gerade ausholte, einige Schritte machte sich dann nach vorne beugte und warf. Die Kugel raste mit einer deftigen Geschwindigkeit auf die Kegel zu und – Rumms – fegte alle weg.

»Strike!«, schrie sie, reckte beide Arme in die Luft und führte einen kleinen Siegestanz auf, als hätte sie das Match schon gewonnen.

Elijah rammte ihm seinen Ellenbogen in die Seite. »Und bowlen kann sie auch noch.«

Brandon verdrehte die Augen und leerte sein Bier.

»M-mh«, machte er deshalb nur.

Erin klatschte derweil alle mit High-Five ab, und Brandon musste zugeben, dass sie wirklich heiß war. Nicht nur das, sie war witzig und attraktiv. Verdammt attraktiv. Als sich ihre Blicke beim Abklatschen trafen, prickelte es in seinem Magen, als hätte er eine Achterbahnfahrt hinter sich. Gott, was war nur mit ihm los! Leicht irritiert krempelte er sich die Ärmel seines Hemdes nach oben. Er war direkt aus dem Gerichtssaal hergekommen, denn der Abend hatte sich spontan so ergeben, und er hatte nicht nach Hause fahren wollen, um Zeit zu sparen. Seine Jacke lag hinter ihm, die Weste hatte er noch an, aber ihm war jetzt schon unglaublich heiß, und sie hatten gerade erst mit dem Spiel angefangen.

Als ob es am Bowling liegen würde, merkte ein spöttisches Stimmchen in seinem Kopf an.

»Träumst du?«, machte sich jetzt Nate über ihn lustig. »Oder willst du schon aufgeben?«

Brandon schnaubte leise, dann stand er auf. »Aufgeben, dass ich nicht lache! Schau hin! Ich zeige dir, wie man es macht.«

Mit gestrafftem Rücken und voller Konzentration wählte er seine Kugel aus und begab sich in Position. Er visierte die Kegel an, trippelte ein paar Schritte bei der Ausholbewegung, ging leicht in die Knie und setzte zum Wurf an. Die Kugel schlingerte leicht auf ihr Ziel zu, er erwischte nur sieben.

»Verdammt«, fluchte er leise, ehe er sich umdrehte und den Mund verzog.

Nate hustete in seine Hand. »Loser.«

Liv kicherte, während Cat in Position ging. Brandon setzte sich wieder auf seinen Platz, doch statt Elijah saß nun Erin neben ihm. Brandon sah, wie Elijah von seiner neuen Sitzposition aus zwinkerte.

Gott, dem Kerl hatte wohl schon lange niemand mehr die Fresse poliert.

»Na, wie läuft's?«, neckte Erin ihn.

»Nächste Runde werde ich alle abräumen.«

Sie lachte und warf den Kopf in den Nacken. »Träum weiter! Vielleicht solltest du das nächste Mal den feinen Zwirn gegen Klamotten tauschen, in denen man sich bewegen kann.«

Eine neue Runde Bier wurde gebracht, Erin stieg auf Cola um, wie er feststellte.

»Cola?«, fragte er.

»Muss noch einen klaren Kopf behalten.«

»Alles Taktik, hm?« Sie sah ihn von der Seite aus an.

»Es kann nur einer gewinnen.«

»Du meinst ernsthaft gegen mich eine Chance zu haben?«

Erin deutete auf die Anzeigentafel. »Mein Lieber, derzeit bist du eher im hinteren Mittelfeld – Elijah liegt vorne, dann kommt Nate und dann ich.«

Brandon seufzte. »Tja, sieht nicht gut aus für mich.«

»Du willst mir doch nicht erzählen, dass du jemals gewonnen hast.«

Machte sie das absichtlich, oder meinte sie das ernst? »Oft genug, oder, Nate?«

Der war gerade nicht ansprechbar, denn er hing an Livs Hals und war gar nicht bei der Sache. Cat hatte vorbeigeworfen, sie fluchte wie ein Kutscher und setzte sich dann auf Elijahs Schoß.

»Tröste mich«, forderte sie ihn auf, und Elijahs Hände legten sich bereitwillig auf ihre Hüften.

»Sind wohl alle beschäftigt«, stellte Erin amüsiert fest.

»Scheint so.« Schlagartig kam er sich saublöd vor, neben ihm turtelnde Pärchen, in deren Mitte er mit Erin saß. Am Bowling schien niemand von den anderen rechtes Interesse zu haben, es ging auch in den nächsten Runden nur schleppend voran. Mit jedem weiteren Bier wurden Brandons Würfe schlechter – was keine wirkliche Überraschung war.

Das erste Spiel ging an Nate, das zweite an Elijah. Erin wurde beide Male Dritte, und Brandon und die beiden anderen Mädels hatten das Nachsehen.

»Nicht mein Sport«, sagte er und stand auf.

Die Pärchen waren mit Knutschen beschäftigt, was Brandon mit einem resignierten Seufzen bemerkte.

»So läuft das hier in letzter Zeit ständig«, versuchte er zu scherzen, aber es lag sehr viel Wahrheit darin, er fühlte sich immer öfter wie das fünfte Rad am Wagen.

»Ja, ich werde dann mal«, meinte Erin und blickte zu ihm auf.

Es war einer dieser Augenblicke, in denen er keine Ahnung hatte, was er äußern oder tun sollte. Er könnte sie fragen, ob sie noch was mit ihm trinken wollte, aber das könnte man leicht missverstehen. Oder richtig. Sollte er sie zu einem Taxi begleiten – oder sie nach Hause bringen? Er wusste nicht mal selbst, was er wollte.

»Wir telefonieren dann in den nächsten Tagen«, hörte er sich sagen, und im gleichen Moment wollte er sich eine reinhauen. Aber es war zu spät, und jetzt noch etwas anderes Dämliches hinzuzufügen, würde es auch nicht besser machen.

Sie nickte. »Aber klar doch. Ciao.«

Sie hob die Hand zum Gruß und wandte sich dann um.

»Bye, Erin.« Brandon blickte ihr hinterher und vergrub die Hände in den Hosentaschen.

»Was ist aus deiner guten Erziehung geworden?«, sprach Elijah ihn von der Seite an.

»Oh, hat deine Zunge wieder den Weg in deinen eigenen Mund gefunden?«, stichelte Brandon.

»Bloß kein Neid, Mann. Im Ernst, wieso bringst du Erin nicht nach Hause?«

Brandon hob zweifelnd eine Augenbraue. »Ich denke, sie kommt gut alleine klar. Oder wer hat dich noch mal vor diesem Kriminellen de la Roche gerettet?«

»Tja … können und wollen sind zwei Paar Schuhe.«

»Willst du mir jetzt sagen, dass ich hinterherlaufen und sie in ein Taxi setzen soll?«

»Das wäre nur angemessen.«

Brandon wusste, dass Elijah recht hatte, auch wenn er ihm das saublöde Grinsen gerne aus dem Gesicht gewischt hätte. »Ich schau' mal, ob ich sie noch erreiche.«

Sein Freund klopfte ihm auf die Schulter. »Mach das.«

Brandon schnappte sich seine Jacke und nahm die Treppen nach unten. Als er nach draußen kam, atmete er tief ein. Nach einem warmen Tag hatte es etwas abgekühlt, der Himmel war bedeckt, man konnte weder Mond noch Sterne sehen. Wen er ebenfalls nicht sehen konnte, war Erin. Er schaute sich um, da entdeckte er sie in einiger Entfernung und beobachtete, wie sie sich mit einem Mann unterhielt. Im nächsten Moment drückte sie der Typ gegen eine Hauswand.

Wow, sie ließ ja nichts anbrennen. Wo hatte sie den so rasch gefunden?

Seltsam, dabei hatte er vermutet, dass Erin eher nicht so drauf war. Zumindest hatte sie ihm nie den Eindruck vermittelt, als wäre sie auf ein schnelles Abenteuer aus.

Oder nur nicht auf ein Abenteuer mit ihm?

Die Erkenntnis ließ seine Stimmung unter den Nullpunkt sinken. Er hatte noch nie Schwierigkeiten gehabt, Frauen kennenzulernen, es war nur noch keine dabei gewesen, mit der er sich wirklich hatte einlassen wollen. Auf mehr als eine Nacht oder eine kurze Affäre jedenfalls. Aber das war auch mit Erin nicht der Plan gewesen. Es hatte gar keinen Plan gegeben, erinnerte er sich selbst, weil er es anscheinend nicht kapieren wollte. Sie arbeitete für ihn, mehr nicht.

Scheiß doch drauf, hatte es den ganzen Abend immer wieder in ihm rumort, denn die flüchtigen Blicke, die kurzen Berührungen ... das hatte ihm gefallen.

Vielleicht hatte er sich das auch alles nur eingebildet, und die Hormone seiner verliebten Freunde hatten auf ihn abgefärbt. Tja, sie hatte sich längst anderweitig getröstet – oder was auch immer.

Er wollte sich gerade wieder abwenden und reingehen, als er sah, dass sie ihren Kopf wegdrehte und versuchte sich aus der Umarmung zu winden. Erin verpasste ihm einen Tritt, aber dem Angreifer gelang es, auszuweichen.

Oh!

Sein Herz stockte.

Erin wollte nicht von diesem Typen angemacht werden,

er bedrängte sie. Wieso hatte er das nicht gleich erkannt? Sie verpasste ihm noch eine, aber der andere war viel größer und stärker als sie. Brandons Magen krampfte sich zusammen. Niemand durfte Erin ungefragt anfassen!

Zorn ließ ihn rotsehen, und er stürmte auf sie zu, riss den Typen am Kragen zurück. »Hey, Arschloch«, sprach er den überrumpelten Kerl an, »hast du nicht gemerkt, dass die Dame nicht von dir belästigt werden möchte?«

Der andere ächzte. »Die Dame? Hast du mal ihre Nuttenschuhe und den Rock gesehen? Die sucht doch nach Befriedigung.«

Wut schäumte in ihm hoch wie Luft in einem Überdruckventil. »Sag das noch mal.«

»Oh, ist das etwa deine kleine Hure? Hast du schon bezahlt?«

Brandon rammte den Typen gegen die Wand. Der Kerl stöhnte gequält auf.

»Lass gut sein, Brandon. Ist ja nichts passiert«, hörte er Erins bebende Stimme wie aus weiter Ferne.

Seine Zähne knirschten, er war zu wütend, um sprechen zu können. Er holte aus und schlug in das Gesicht des Grapschers. Sein Kiefer knackte. »Und beim nächsten Mal hörst du besser hin, wenn eine Dame dir sagt, dass sie kein Interesse hat. Ist das klar?«

Ein dünnes Rinnsal Blut lief aus der Nase des anderen, der zunächst überrascht war und dann handelte. Der Kerl schlug zurück. Brandon war vorbereitet, konnte aber nicht mehr ganz ausweichen. Die Faust traf ihn am Jochbein. Er ächzte, positionierte sich neu und parierte einen weiteren Schlag, bis er selbst ausholte und einen Kinnhaken platzierte, der den anderen endgültig zu Boden gehen ließ.

»Erin, bist du in Ordnung?«, rief Brandon und wandte sich zu ihr um. Den Typen ignorierte er, der hatte offensichtlich genug, krabbelte davon und murmelte etwas Unmissverständliches.

»Bist du okay?«, fragte sie und trat auf ihn zu. Sie legte ihre Hände auf seine Wange. »Du blutest ja.«

»Nur ein Kratzer, nicht der Rede wert«, brummte er. Die Welt um sie herum stand still, es gab nur noch Erin und ihre blauen, ausdrucksstarken Augen, aus denen sie ihn sehnsüchtig anblickte.

»Tut es sehr weh?«

Er schüttelte den Kopf.

»Ist dir was passiert?«, wollte er noch einmal wissen.

»Nicht doch, die kleine Ratte ... Aber du ... du hast dich für mich geprügelt«, stellte sie mit einem Hauch Stolz und Ungläubigkeit in der Stimme fest. Ihre Hände lagen noch immer heiß und seidig auf seinen Wangen.

»Ich bin mal so richtig ausgeflippt«, scherzte er mit zuckenden Mundwinkeln.

»Wow«, hauchte sie, und ihr unverkennbarer Duft stieg ihm in die Nase, worauf seine Lenden mit einem lustvollen Ziehen reagierten. Wie gebannt starrte er auf ihre roten, vollen Lippen, die ihm nie verführerischer vorgekommen waren als jetzt. Zu allem Überfluss leckte sie jetzt leicht darüber und löste damit das letzte bisschen Beherrschung in Rauch auf.

Scheiß drauf, sagte er sich und senkte seinen Mund auf ihren. Es war kein zärtlicher Kuss, er war roh und besitzergreifend und genau das, was er für sie in dieser Sekunde empfand. Sie war alles, was er wollte. Sie war sein, und das sollte sie spüren.

Seine Zunge teilte ihre Lippen und erforschte ihren Mund, Erin reagierte mit einem leisen Seufzen und drängte ihren weichen, schmalen Körper an seinen. Alles Blut wich aus seinem Gehirn und schoss in tiefere Regionen. Brandon vergrub seine Hände in ihren Haaren und legte alles in diesen Kuss, all die unterdrückte Lust, die er schon seit Längerem für Erin empfand. Es schien ihr zu gefallen, denn sie erwiderte seine Liebkosungen mit einer Intensität, die ihm den letzten Funken Verstand raubte.

Neben ihnen ertönte eine Sirene, die sie auseinanderfahren ließ. Das Polizeiauto war längst um die Ecke abgebogen, als sie sich noch immer schwer atmend gegenüberstanden. Niemand rührte sich, niemand sagte ein Wort.

»Da seid ihr«, hörte Brandon eine Stimme hinter sich.

Verdammt, dachte er. *Warum ausgerechnet jetzt?*

Erin trat einen Schritt zurück und fasste sich mit den Fingern an die vom Küssen geschwollenen Lippen. Brandon atmete hörbar aus, wollte etwas zu ihr sagen, aber er zögerte, war sich nicht sicher. Da leider auch die zwei Pärchen auf sie zukamen, hielt er die Klappe. *Komm mit zu mir*, hatte ihm auf der Zunge gelegen, aber der Moment war vorbei.

Dieses Timing war einfach beschissen.

»Was ist denn mit dir passiert?«, fragte Liv und eilte auf ihn zu. »Du blutest ja!«

»Es gab eine kleine Schlägerei«, erklärte Erin und strich sich ihren Rock glatt, die Bluse war herausgerutscht und ein Knopf abgerissen.

»O Gott!«, stieß Cat hervor und kam auf sie zugelaufen. »Seid ihr in Ordnung?«

»Erin, du hast ihm doch keine verpasst, oder?«, wollte Elijah wissen und erhielt dafür von seiner Freundin gleich einen Stoß in die Seite.

»Elijah!«

Er zuckte die Schultern. »Hätte ja sein können.«

Brandon richtete sich die Weste. »Ein dahergelaufener Trottel hat Erin belästigt.«

»Und dann hast du ihm die Fresse poliert?«, ergänzte Nate.

»So ist es«, gab Brandon zu und vermied es, Erin anzusehen. Warum, wusste er selbst nicht.

»O mein Gott, wie romantisch«, rief Liv aus und hielt sich die Hände ans Herz. »Er hat sich für Erin geprügelt. Unser Brandon! Wer hätte das gedacht.«

Brandon presste nach diesem Kommentar die Lippen zusammen und schnaufte aus.

Erin hob eine Hand. »Es ist nur halb so schlimm, wie es aussieht. Ich bin okay, und er hat nur einen Kratzer. Stimmt doch, Brandon?«

Er nickte und schob seine Hände in die Hosentaschen.

»Ich werde jetzt ein Taxi nehmen, tut mir leid, dass es wegen mir so eine Aufregung gegeben hat«, meinte sie noch.

»Brandon, du wirst sie doch wohl nach Hause bringen, oder?«

»Das muss er nicht«, antwortete sie für ihn.

»Ist doch wohl das Mindeste, dass du ihn verarztest«, warf Elijah ein.

Irgendwann würde Brandon dem Kerl Klebeband auf den Mund pappen! Er biss die Zähne zusammen.

»Das kann ich durchaus selbst«, sagte Brandon.

»Seht ihr, er kann es selbst.« Erin richtete sich die Haare.

»Und trotzdem werde ich dich jetzt nach Hause bringen«, bestimmte er und fasste sie sanft am Ellenbogen an. »Wäre ja noch schöner, dass ich dich nach der Nummer alleine fahren lasse.«

Erin verdrehte die Augen. »Soll das ein Scherz sein? Ich kann gut auf mich selbst aufpassen, ich brauche keinen Babysitter.«

Brandon ließ sich nicht beirren und rief seinen Freunden im Gehen zu: »Schönen Abend noch. Wir hören uns.«

»Und dir erst«, schickte Elijah ihnen belustigt hinterher, und Brandon wusste genau, was er damit meinte.

Gott, vielleicht sollte er seine Freundesauswahl für die Zukunft überdenken.

Erin protestierte noch einmal kurz, aber er hörte nicht hin, sondern schob sie in ein Taxi.

»Adresse?«, wollte er stattdessen wissen.

Erin war peinlich berührt, dass Brandon sie vor seinen Freunden wie ein hilfloses Püppchen abgeführt und in ein Taxi verfrachtet hatte. Noch schlimmer fand sie allerdings, dass es ihr gefiel, umsorgt zu werden. Dass zum ersten Mal seit sehr langer Zeit jemand für sie eingestanden war, dass Brandon seine gute Kinderstube vergessen hatte, um sich für sie zu schlagen. Jetzt verstand sie endlich, warum Nate und Elijah sich einhundert Prozent auf ihn verließen, denn Brandon war loyal und grundehrlich. Wenn er eine Frau gefunden hatte, die er liebte, würde er treu und fürsorglich sein. Dass sie nicht diejenige war, war klar. Unterschiedlicher konnten sie nicht sein, Brandon brauchte jemanden, der seine Lebensweise akzeptierte und mochte, jemanden, der ihm ebenbürtig war. All das war Erin nicht, sie war eine Einzelgängerin, lebte am Rande des Gesetzes, umging Regeln und brach ethische Grundsätze – all das, was Brandon niemals tolerieren könnte. Schon alleine aus beruflichen Gründen. Dass sie dieses Leben nicht freiwillig führte, stand auf einem anderen Blatt und tat nichts zur Sache.

In ihrem Kopf drehte sich alles, in ihrem Bauch war noch immer das süße Ziehen zu spüren, das seine Küsse bei ihr ausgelöst hatten. Himmel, also, das konnte er mindestens genauso gut wie Scheidungsprozesse gewinnen. Wenn nicht sogar besser.

Nie hatte jemand sie so geküsst, jedenfalls hatte sie es noch nie als so ... erregend empfunden wie mit ihm. Vielleicht hatte es an der Situation, dem Alkohol oder der

Stimmung gelegen. Sie hatte keine Ahnung. Aber sie war enttäuscht gewesen, als es vorbei war.

Dass es sich nicht wiederholen durfte, stand allerdings außer Frage. Sie hatte sich zu etwas hinreißen lassen, das nicht richtig war. Ein wundervoller, lustvoller Fehler.

Ein Fehler, den sie kein zweites Mal begehen würde.

»Was ist?«, fragte Brandon.

O Scheiße. Hatte sie etwa geseufzt?

Anscheinend.

»Es ist unerträglich, wie ein Kind behandelt zu werden, das nicht alleine nach Hause zurückfindet.«

Brandon bedachte sie mit einem zärtlichen Blick, der die Schmetterlinge in ihrem Bauch direkt wieder aufflattern ließ.

»Ich glaube nicht, dass ich dich wie ein Kind behandelt habe.« Seine Stimme war ein wenig rau. Dunkel und verheißungsvoll. Wie die Sünde.

Sie hatte längst vermutet, dass unter dieser dicken Schicht aus Anstand und Wohlerzogenheit noch etwas schwelte. Pure, leidenschaftliche Lust. Und nun hatte sie einen Vorgeschmack darauf bekommen und wollte mehr.

Aber es ging nicht.

»Es hätte nicht passieren dürfen«, brachte sie hervor, ihre Stimme war kaum mehr als ein erbärmliches Krächzen. Sie knetete ihre Hände im Schoß.

Sag, dass es okay ist, sag, dass du mehr willst.

Brandon holte tief Luft und atmete langsam aus. Seine Finger trommelten auf das Plastik unter dem Fenster. Als ob er seine innerliche Krawatte gerichtet hätte, versteifte er sich jetzt auch äußerlich. »Du hast recht, Erin.«

Sie schluckte.

Richtig fühlte sich manchmal einfach total beschissen an, egal wie man es drehte oder wendete.

Die restliche Fahrt verlief weitestgehend schweigend, und sie war froh, als das Taxi zum Stehen kam.

»Ich nehme an, du möchtest nicht, dass ich dich nach oben begleite?«, fragte er. Kühl und beherrscht, beinahe so, als ob er sauer auf sie wäre.

Oder sie war ihm einfach nur gleichgültig.

Vermutlich Letzteres.

»Vielen Dank, dass du mich hergebracht hast. Ich komme wirklich alleine zurecht.« Sie schaute zu ihm auf und musste schlucken. Die Blutung hatte aufgehört, aber ein dünnes Rinnsal war auf einer Wange getrocknet. Ein Bluterguss hatte sich auf dem Jochbein gebildet, der jetzt angeschwollen war. Ihr Herz zog sich schmerzhaft zusammen, das Verlangen, ihre Finger noch einmal auf seine warme Haut zu legen, wurde beinahe übermächtig. Er würde sie vermutlich nur auslachen, das wollte sie vermeiden. »Du solltest Eis drauflegen«, schlug sie vor.

Er nickte. »Werde ich machen. Schlaf gut.«

»Komm gut nach Hause.« Dann stieg sie aus und hastete zum Haus.

Erin hatte gerade den Schlüssel ins Schloss gesteckt, als sie Schritte hinter sich hörte.

»Warte«, sagte er.

Sie wandte sich um und hielt die Tür auf. »Wenn du dich traust, kannst du mit raufkommen, dann kann ich dir was zum Kühlen geben.«

Etwas in ihr jubilierte, dass er nicht einfach weitergefahren war. Ein sehr dummer Teil von ihr, der naiver war, als sie sich selbst zugetraut hätte. Sie war nicht stark genug, ihn wegzuschicken, denn insgeheim freute sie sich sehr, dass er noch hier war. Gleichzeitig hoffte sie, dass er keine weiteren Kommentare zum Thema, wie und wo sie lebte, abgeben würde. Ihr war durchaus selbst klar, wie schäbig und dreckig das Haus aus seiner Sicht wirken musste.

Überraschenderweise schwieg er, während sie gemeinsam nach oben gingen.

»So, da wären wir.« Sie öffnete ihre Wohnungstür. »Falls du dich traust«, fügte sie mit einem leicht spöttischen Unterton hinzu.

Er hob eine Augenbraue. »So viel Mut braucht man nun wirklich nicht, um mit dir nach Hause zu gehen.«

Erin blinzelte, dann musste sie lachen.

»Setz dich doch, warte.« Sie schob die Unterlagen und Fotos beiseite, die unordentlich auf Sofa und Tisch verteilt waren.

»Danke, kann ich was tun?«

»Du hast schon genug geholfen, vielen Dank noch mal.« Während sie das sagte, lief sie zum Kühlschrank und nahm eine Packung Erbsen heraus, beim letzten Einkauf hatte sie mehrere besorgt – wegen Jessica. Sie wollte jetzt nicht an ihre Nachbarin denken, also setzte sie ein Lächeln auf, schnappte sich dazu noch ein sauberes Küchentuch und kehrte zu Brandon zurück. »Bitte, leg das Tuch drunter, sonst gibt es Erfrierungen.«

Er nahm ihr das Tiefkühlgemüse aus der Hand, dabei berührten seine Finger ihre. »Danke.«

Erin musste schlucken, so intensiv war sein Blick. »Sehr gern.«

Sie setzte sich auf einen Klappstuhl, der neben dem Fenster stand.

»Darf ich fragen, wer das ist auf den Bildern?«

Erins Magen zog sich zusammen, sie hatte in der Eile überhaupt nicht daran gedacht, die Fotos von Lenny wegzuräumen. Sie hatte sie vor ein paar Tagen in einer melancholischen Stimmung herausgeholt, und seitdem war sie kaum zu Hause gewesen – und aufräumen war noch nie ihr Ding gewesen.

»Das ist mein Bruder.«

»Deswegen musstest du zum Krankenhaus? Hatte er einen Unfall?«

»Ja, aber das ist lange her. Es gab allerdings neulich weitere Komplikationen.«

»Ist er ...« Brandon führte den Satz nicht zu Ende, sie verstand es auch so.

»Nein«, gab sie zurück und knetete ihre Hände im Schoß. »Er wurde damals ziemlich schwer verletzt. Körperlich hat er sich erholt, aber ... na ja. Er ist nicht mehr der Alte.«

»Tut mir leid.«

Sie winkte ab. »Schon in Ordnung.«

»Und neulich?«

Erin atmete tief ein und nickte. »Er hatte einen Hirninfarkt.«

»O nein!«

»Ich weiß.« Sie seufzte und schaute auf ihre Hände. »Es ist so schrecklich. Lenny war so ein glücklicher junger Mann, dem alles nur so zuflog. Er hatte viele Freunde und war sehr beliebt.«

»Was ist passiert?«

»Er war mit einem neuen Kumpel in dessen Auto unterwegs. Die Polizei sagt, dass er mit erhöhter Geschwindigkeit gefahren ist, außerdem hatte er einen heftigen Drogencocktail im Blut.«

Brandon hörte aufmerksam zu, also fuhr Erin fort. Sie wusste selbst nicht, warum sie ihm das jetzt alles erzählte, es war das erste Mal, dass sie überhaupt mit jemandem darüber sprach. Nach dem Unfall war sie von allen fallengelassen worden, Freunde hatten sich abgewandt, und sie hatte seitdem niemandem mehr wirklich vertraut. »Sein Freund hat den Unfall nicht überlebt.«

»Stand er auch unter Drogen?«

»Ja. Sie haben auch welche im Fahrzeug gefunden,

angeblich hätten die auch Lenny gehört. Ich kann es mir zwar nicht vorstellen, aber alles sprach gegen ihn.«

»Wieso?«

»Im Polizeibericht hieß es, dass sie in Lennys Sporttasche gefunden wurden, er ist gefahren, er hat den Jungen auf dem Gewissen.«

Brandon runzelte die Stirn und nahm ein Foto in die Hand, das Lenny einige Tage nach dem Unglück im Krankenhaus zeigte. »Was ist das da am Oberkörper?«

»Er hatte sich das Schlüsselbein gebrochen, das ist eine Art Schlinge, um den Arm ruhig zu stellen. Unnötig im Prinzip, denn er lag im Koma.« Die Erinnerungen an den Tag und die Wochen danach lösten Panik in ihr aus. Sie bekam kaum noch Luft, ihr war übel, und ihr Herz raste. Dieser Unfall hatte nicht nur ihr, sondern das Leben vieler Menschen zerstört, und Lenny war schuld, ihr Lenny, ihr geliebter Bruder, mit dem sie so viel geteilt hatte. Am schlimmsten war, dass sie nicht mehr mit ihm sprechen konnte, er war auch ihr bester Freund gewesen. Erin schluckte schwer.

»Aber wieso das Rechte? Müsste es nicht das Linke sein? Hier, schau dir das an, vielleicht hat die Polizei einen Fehler gemacht. Normalerweise hätte der Fahrer das linke Schlüsselbein gebrochen haben müssen, wegen des Gurts, verstehst du?«

Erin verstand überhaupt nicht, worauf Brandon hinauswollte, sie war jetzt nicht in der Lage, näher darauf einzugehen. Erin hatte sich nie mit den Einzelheiten von Lennys Unfall befasst, es war einfach zu schmerzhaft gewesen und auch jetzt brachte sie das Thema an den Rand des Erträglichen. Sie war damals jung und naiv gewesen, was Brandon ihr jetzt erzählte fügte sich in ihrem Kopf noch nicht als etwas Logisches zusammen. Sie brauchte alle Kraft, um ihre Selbstbeherrschung zu bewahren. Sie konnte und wollte nicht mehr darüber reden. Es tat auch nach all den Jahren noch zu weh. Erin sprang auf, sammelte hastig alle Bilder zusammen und warf sie in die alte Box, aus der sie sie neulich herausgeholt hatte. Sie wollte nicht mit ihm über Lenny sprechen. Sie konnte es nicht.

»Bitte nicht, Brandon. Es ist lange her, und niemand wird mehr lebendig oder gesund, wenn wir in alten Wunden stochern. Sei mir nicht böse.« Dabei wich sie seinem Blick aus.

»Ja, ja. In Ordnung. Ich verstehe dich.«

»Mein Leben ist zusammengefallen wie ein Kartenhaus«, murmelte sie. »Ich kann einfach nicht darüber reden. Tut mir leid, Brandon, aber ich würde jetzt gerne allein sein.«

Er nickte. »Kann ich etwas für dich tun?«

»Nein. Und hör endlich auf, so fürsorglich zu sein«, blaffte sie ihn an. Im nächsten Moment tat es ihr leid. Dennoch schwieg sie. Nachdem Brandon sich kurz verabschiedet hatte, lehnte sie sich gegen die Innenseite ihrer Wohnungstür und bedeckte ihr Gesicht mit beiden Händen. In ihrem Kopf drehte sich alles, ihr war schwindelig, und sie wusste nicht, warum ihr Leben auf einmal noch komplizierter geworden war.

rin war auf dem Weg nach Cape Cod. Es war nicht viel los auf der Landstraße, der blassblaue Himmel war von einigen Wolken bedeckt. Hohes Gras säumte den Weg, immer wieder blitzte das Meer hinter Hügeln und Häusern auf. Mit Brandon hatte sie alles Nötige per SMS geklärt – viel hatte es nicht gegeben. An einem Punkt hatte sie ihn fragen wollen, ob er den Auftrag canceln wollte, es aber nicht über sich gebracht. Sie konnte es sich nicht leisten, auf das Honorar zu verzichten, nur weil es einmal eine unangenehme Situation gegeben hatte. Wobei sie natürlich alles andere als unangenehm gewesen war. Leidenschaftlich, berauschend ... Schnell verdrängte sie die Erinnerungen und steckte sie in die Schublade ›Wird nicht noch mal vorkommen‹. Dumm nur, dass sie diese Schublade doch immer wieder aufzog und daran dachte.

»Puh«, stieß sie hervor und umklammerte das Lenkrad etwas fester, als ob das etwas nützen würde.

Als Erin am frühen Nachmittag in Ellis Cove eintraf, stand die Sonne noch hoch am Himmel, einige Wolken, die wie Wattebäusche ausschauten, zogen langsam weiter. Sie parkte den Wagen vor der Pension, stellte den Motor ab und stieg aus. Sie schloss die Augen, ließ sich die Sonne aufs Gesicht scheinen, atmete tief ein und streckte sich.

Sie genoss den Geruch von Meer, Salz und Algen, der vom Strand heraufzog. *Herrlich*, dachte sie und fühlte sich sofort ein wenig freier und gelöster.

Die letzten vierzehn Tage waren von Krankenhausbesuchen und kleineren Aufträgen, die nicht viel eingebracht hatten, geprägt gewesen. Gestern war Lenny dann wieder ins Heim zurückverlegt worden. Sein Zustand hatte sich stabilisiert, dennoch war seine Verfassung mehr als traurig. Er war ohne Bewusstsein, konnte nach wie vor nur mit einer Sonde ernährt werden und hatte nichts mehr unter Kontrolle. Erin schüttelte den Kopf, als ob das etwas ändern würde. Mit einem leisen Seufzen nahm sie ihre Reisetasche aus dem Kofferraum und ging zur Anmeldung der Pension.

»Guten Tag«, grüßte Erin die alte Dame, Mrs. Bancroft, die auf einem Lehnstuhl saß und mit einem faltigen Lächeln zu ihr aufblickte.

»Oh, Guten Tag, Miss.«

»Erin Lark, ich habe eine Reservierung.«

Mrs. Bancroft rückte sich ihre dicke Brille auf der Nase zurecht und schaute in ihr Reservierungsbuch. »Lark?«

Erin war versucht mit einem Fuß ungeduldig auf den Boden zu tippen, hielt sich aber zurück, denn so eilig hatte sie es ja nicht. Sie war einfach nur überspannt, kein Grund, jetzt ungeduldig zu werden. »Ja, genau. Ich habe das Zimmer für eine Woche reserviert.«

»Hm«, die Alte rieb sich die Stirn, dann blickte sie aus wässrigen, hellgrünen Augen zu ihr auf. »Tut mir leid, ich habe hier nichts.«

Erin blinzelte. »Wie bitte?«

Vielleicht hatte sie sich ja verhört.

»Hier ist keine Reservierung auf den Namen Erin Lark.«

»Was? Wie ist das denn möglich? Ich habe vor zehn Tagen angerufen.«

Mrs. Brancroft nahm die Brille von der Nase und kratzte sich mit dem Bügel am Kopf. »Mit wem haben Sie denn gesprochen, Kindchen?«

»Das weiß ich nicht mehr.«

»War es zufällig Sally?«

Erin zuckte die Schultern. »Eine Frau, ja.«

Die Eigentümerin machte ein bedröppeltes Gesicht. »Ich musste sie entlassen, sie hat in letzter Zeit ein paar Fehler gemacht ...« Sie blätterte im Reservierungsbuch. »Ah, sehen Sie, da haben wir es. Sie sind erst in vierzehn Tagen eingetragen. Typisch.«

Das nützte Erin leider auch nichts. »Und was machen wir jetzt?«

Sie zuckte die Schultern. »Also, bei mir ist ausgebucht, tut mir leid. Das Wetter ist ja so schön, da wollen auf einmal alle an die Küste.«

»Hm«, machte Erin und überlegte. »Können Sie mir eine andere Pension in der Nähe empfehlen?« Der Vorteil von dieser hier war natürlich der direkte Blick auf das Hammond-Haus, aber in der Not musste es eben anders gehen. Außerdem hatte sie vor, sich bei der Feier als Servicekraft einzuschleusen, sie brauchte also gar nicht unbedingt die Aussicht aufs Haus, weil sie unmittelbar dabei sein würde, wenn Brandons Mutter sich eventuell verdächtig verhielt.

»Versuchen Sie es doch mal bei der *Blue Lobster Lodge*, das liegt an der Hauptstraße ein Stückchen weiter in diese Richtung.« Sie machte eine entsprechende Handbewegung.

»Und Sie sind sicher, dass Sie nichts frei haben?«, versuchte sie es ein letztes Mal.

Mrs. Bancroft schüttelte bedauernd den Kopf. »Tut mir wirklich, wirklich leid, aber ... die Zimmer sind alle schon bezogen. Ich kann ja niemanden rauswerfen.«

»Nein, natürlich nicht. Dann ... vielen Dank.«

»Viel Glück.«

Erin verließ die Pension, suchte die Nummer der *Blue Lobster Lodge* im Internet und rief an. Leider hatte sie dort auch kein Glück, alles war voll.

»Mist«, schimpfte sie leise und bemühte ein Online-Buchungsportal um Hilfe. »Ach du Schande, dann kann ich ja auch gleich zurück nach Boston fahren.« Das nächste freie Zimmer lag fünfunddreißig Meilen entfernt von Ellis Cove. Das ging gar nicht, eher würde sie im Auto schlafen.

Sie wählte Brandons Nummer.

»Hallo Erin«, antwortete er nach einigen Sekunden.

»Hallo Brandon. Wie geht's?«

»Danke gut. Und dir?«

»Ja, auch. Hör mal, ich bin gerade in Ellis Cove angekommen.«

»Super, wie sieht's aus?«

»Im Prinzip gut, ich habe nur ein Problem. Die Pension hat meine Buchung irgendwie falsch notiert.«

»Aha.«

»Ja, und das nächste freie Bett ist ziemlich weit weg, das ist echt ein Mist.«

»Hm«, hörte sie ihn sagen. »Das ist ja wirklich ungünstig.«

Sie schmunzelte, natürlich war er kein Typ, der wild fluchte. Aber er hatte sich sogar für sie geprügelt. Beinahe kam ihr sein leidenschaftlicher Ausbruch schon unwirklich vor.

»Jap«, war alles, was sie kommentierte.

»Also, sag nicht gleich Nein, lass mich erst mal erklären«, bat er.

»Ja?«

»Wie wäre es mit dem Poolhaus?«

»Ist das nicht ziemlich riskant? Man würde doch merken, wenn da jemand – also ich – nächtigt.«

Brandon räusperte sich, und Erin begriff, dass er dazu schon einen Plan hatte. »Ja, daran habe ich auch gedacht, aber es würde keinen Verdacht erregen, wenn ich mein Quartier offiziell im Poolhaus aufschlage. Das mache ich öfter, wenn ich noch arbeiten muss zum Beispiel, damit ich meine Ruhe habe.«

»Du willst auch dort schlafen?«

»Ja, was Besseres fällt mir jetzt auch nicht ein, und keine Sorge – es gibt durchaus genug Platz. Ich würde dir sicher nicht zu nahe kommen.«

Fast hätte sie laut aufgelacht. Nein, natürlich nicht. Der Gentleman würde sich einen weiteren Fehltritt sicher nicht erlauben.

»Ja, ist gut«, sagte sie schließlich und hoffte, dass er ihr die leichte Irritation nicht anmerkte.

»Okay, ich texte dir dann, wann und wo wir uns treffen. Ich muss jetzt leider Schluss machen, bis später, Erin.«

Und dann legte er auf, und sie schaute ungläubig aufs Display. Planänderungen waren kein Problem, sie kam damit klar, alles gut. Dennoch konnte sie nicht leugnen, dass ihr Puls beim Gedanken, mit Brandon unter einem Dach zu schlafen, höherschlug.

Die Zeit bis zu seinem Eintreffen vertrieb sie sich damit, das Haus seiner Eltern zu beobachten. Etwa eine halbe Stunde nachdem sie davor Position bezogen hatte, ging die Garage auf, und Dorothy brauste los. Erin folgte ihr unauffällig und fragte sich, wo sie wohl hin wollte. *Hoffentlich nicht nur zum Supermarkt.* Als sie den passierten, ohne auf den Parkplatz einzubiegen, stieß Erin ein »Yes« hervor und verringerte die Geschwindigkeit, um nicht zu dicht aufzufahren. Eine Viertelstunde später erreichten sie ein Wohnhaus, die Gegend war nicht ganz so exklusiv wie die, in der die Hammond-Villa stand, aber immer noch hochpreisig – wie alles auf Cape Cod.

Erin parkte in einer der wenigen freien Lücken am Straßenrand und beobachtete, wie Dorothy mit einem kleinen Rucksack durch die Verandatür das Haus betrat, ohne vorher zu klingeln oder zu klopfen. Sie wurde also erwartet.

»Bingo«, murmelte Erin und wartete gespannt, was als Nächstes passierte. Die Jalousien waren leider so gestellt, dass man von außen nicht sehen konnte, was drinnen vor sich ging. Sie überlegte, ob sie aussteigen sollte. Am helllichten Tag war es immer riskant, um fremde Häuser zu schleichen, aber so eine Chance wurde ihr sicher so bald nicht wieder geboten.

Mit geschärften Sinnen und der Handykamera in der Hand verließ sie ihren Mietwagen, um sich umzuschauen. Am Briefkasten las sie den Namen Wexler, den sie sich gedanklich notierte, um später etwas über diese Familie – oder den Herrn – herauszufinden, den Brandons Mom gerade besuchte. Unauffällig trat sie näher und suchte nach einer Lücke in den Jalousien, dabei musste sie vorsichtig sein, denn die Menschen, die im Haus waren, konnten sie jederzeit entdecken, nicht nur die Nachbarn. Glücklicherweise war das Grundstück an dieser Stelle von hohen Bäumen gesäumt, sodass sie relativ gut vor fremden Blicken geschützt war. Vielleicht war das auch ein Grund, warum sie sich hier trafen.

Um die Ecke hatte sie mehr Glück, eine Jalousie war nicht ganz heruntergelassen, sodass Erin darunter ins Innere spitzen konnte. Ihr Herz klopfte schnell, als sie Brandons Mom, die ein Etuikleid mit Pumps trug, auf einem Stuhl entdeckte. Die Beine hatte sie überschlagen, in der Hand hatte sie ein Stück Papier, von dem sie vorlas. Leider konnte sie nicht mehr erkennen, auch nicht, wer noch anwesend war. Die Situation erschien ihr rätselhaft, Dorothy las möglicherweise einfach eine Reihe von Regeln und Anweisungen vor, die ihr der Liebhaber schriftlich gegeben hatte. Vielleicht gehörte das zu ihren seltsamen Liebesspielen, dass sie neue Vereinbarungen vor ihrem Dom laut vorlesen musste? Ja, das könnte es sein. Erin machte ein paar Bilder mit dem Handy, die sie dann Brandon zeigen konnte.

Schnellen Schrittes kehrte sie zum Mietwagen zurück und wartete auf dem Fahrersitz, bis Dorothy knappe zwei Stunden später mit geröteten Wangen und einem leisen Lächeln auf den Lippen in ihr Auto stieg und davonfuhr. Sie sah definitiv glücklich und belebt aus.

Brandons Vater hatte also den richtigen Riecher gehabt. Erin blieb noch ein paar Minuten, ehe sie auch zum Haus der Hammonds zurückfuhr.

Sie glaubte nicht, dass Dorothy sich auf der Party ›danebenbenehmen‹ würde. Erin war sich jedoch sicher, dass sie auf brauchbare Beweise ihrer Untreue stoßen würde, wenn sie ihr zu dem gebuchten Wochenende nach Savannah nachreiste.

Brandon fühlte sich befangen, als er Erin gegen halb zehn auf einem Parkplatz abholte. Er hatte einige Stunden zuvor mit einem Cop gesprochen, den er aus einem vergangenen Fall ganz gut kannte, und ihn gebeten, einmal einen kurzen Blick in die Akte Lenny Lark zu werfen. Seit er die Bilder bei Erin gesehen hatte, ging ihm der Verdacht nicht aus dem Kopf, dass etwas bei diesem Unfallhergang nicht ganz korrekt protokolliert worden sein könnte. Es war nur eine Vermutung, ein Bauchgefühl, aber er war es nicht wieder losgeworden. Vielleicht war er ja, seit er Erin kennengelernt hatte, einfach nur selbst von dem Gedanken infiziert, dass womöglich nicht immer alles so war, wie es den Anschein hatte.

Er wollte Erin vorerst nichts davon sagen, denn höchstwahrscheinlich lag er mit seinem Bauchgefühl daneben – er war doch nur ein Bürohengst und wollte sich von ihr nicht sagen lassen, wie dämlich er war. Scott Blair wollte sich die Akte vornehmen und sich dann wieder bei ihm melden, bis dahin würde er das Ganze auf jeden Fall für sich behalten.

»Hi.« Er nahm ihr die Tasche ab.

»Hallo«, erwiderte sie.

In der Dämmerung wirkten ihre Augen dunkel und unergründlich. Ihre Haare hatte sie, wie so oft, zu einem strengen Knoten gedreht. Sie trug eine luftige Bluse, darüber eine Strickjacke und eine ausgewaschene Jeans. Es war ein kühler Abend, er sah, wie sie die Arme um sich schlang.

»Komm«, bat er sie sanft und öffnete die Beifahrertür für sie.

Kurz darauf fuhren sie die letzten paar hundert Meter zum Haus der Eltern.

»Ich habe heute etwas entdeckt«, sagte sie irgendwann.

»Ach ja?« Ihm wurde flau im Magen, er wusste nicht, ob er es überhaupt hören wollte, was absurd war, denn das war ja der einzige Grund, warum Erin hier war. Oder?

»Ja. Sollen wir kurz darüber sprechen, oder lieber später in Ruhe?«

»Hast du was gegessen?«

Erin zuckte mit den Schultern, was wohl so viel heißen sollte wie ›nein‹. Er unterdrückte ein Seufzen. »Warum überrascht mich das nicht?«, meinte er nur. »Ich bringe dich zum Poolhaus, dann gehe ich kurz Bescheid sagen, dass ich da bin, und danach reden wir.«

Und er würde auch noch etwas Vernünftiges zu essen auftreiben, denn er hatte ebenfalls Hunger.

»In Ordnung.«

Er parkte seinen Wagen in der Auffahrt, schnappte sich sein und Erins Gepäck und bat sie, ihm zu folgen. Sie huschten über den kurz gemähten Rasen, der Pool war beleuchtet, im Garten strahlten einige Spots. Jeder, der aus dem Haus hinausschaute, würde erkennen, dass zwei Leute unterwegs waren. Brandon hoffte, dass das nicht der Fall war, sonst würden sie auffliegen. Er atmete erleichtert auf, als sie durch die Tür ins Gästehaus der Familie traten. Brandon knipste zwei Lampen an, die sanftes Licht spendeten, und zog die Vorhänge zu. »Da wären wir. Fühl dich wie zu Hause.«

Erin schaute sich um, sie wirkte auf einmal ungewöhnlich schüchtern. So kannte er sie gar nicht.

»Alles okay?«, fragte er.

»Aber sicher, ich wundere mich nur immer wieder, in welchem Luxus manche Leute so leben.« Sie sah zu ihm auf, und ihr Blick sagte etwas anderes als ihre Worte.

»Niemand kann sich aussuchen, in welche Familie er oder sie geboren wird.«

Erin übte eine Anziehungskraft auf ihn aus, die er sich beim besten Willen nicht erklären konnte. Und doch war es so. Das Verlangen, sie in seine Arme zu ziehen und besinnungslos zu küssen, wurde beinahe übermächtig. Blut rauschte in seinen Ohren, und er öffnete den Mund, um besser Luft zu bekommen. Verdammt, wie sollte er die Nacht mit ihr unter einem Dach aushalten? Er ahnte, dass an Schlaf vermutlich nicht zu denken war.

»Wolltest du nicht Bescheid sagen, dass du da bist?«, erinnerte sie ihn.

»Stimmt. Schau mal, hier gibt es einen Kühlschrank, vermutlich sind da nur ein paar Getränke drin, da kannst du dich gerne bedienen.« Er zeigte auf eine kleine Kochnische, die selten benutzt wurde, denn selbst wenn sie Gäste hatten, kamen die in der Regel zu den Mahlzeiten ins Haupthaus. Die Getränke lagerten dort, damit man, wenn man baden war, nicht so weit laufen musste.

»In Ordnung.« Sie trat neben ihn und inspizierte den Inhalt. Brandon konnte den Blick nicht von ihr abwenden. Ihre Züge waren ebenmäßig und fein, sie hatte lange, dunkle Wimpern, die schwache Schatten auf ihre Wangen warfen.

Sie nahm sich eine Dose Dr. Pepper und öffnete den Verschluss mit einem zischenden Knacken. Erin setzte sie an ihre Lippen an und trank genüsslich. Er sah, wie sie schluckte, und sein Mund wurde so trocken wie die Steppe Nevadas im Hochsommer. Er fuhr sich mit der Hand über die Stirn, räusperte sich und schlüpfte aus dem Jackett, unter dem ihm schrecklich heiß geworden war. Ein Sprung in den Pool wäre jetzt vermutlich das Richtige, aber so ein seltsames Verhalten würde seine Mutter garantiert misstrauisch werden lassen, denn so warm war diese Nacht weiß Gott nicht.

»Bin dann mal kurz weg«, verkündete er im Gehen.

»Ist gut«, hörte er Erin noch sagen, dann knallte er die Tür hinter sich zu und schloss die Augen.

Himmel Herrgott, dachte er und atmete hörbar aus. Er musste sich und seine Hormone irgendwie in den Griff kriegen. Dass diese blöde Pension auch ausgebucht sein musste! Er war Erin die letzten beiden Wochen so erfolgreich aus dem Weg gegangen, dabei hatte er viel zu oft an sie gedacht. Tagsüber war es kein Problem, er hatte, wie immer, genug zu tun. Aber nachts lag er oft wach und wurde von Bildern und Erinnerungen gequält, die ihn beinahe in den Wahnsinn trieben. Er war scharf auf Erin, das ließ sich nicht leugnen, und nichts half dagegen.

Außerdem wurmte ihn die Tatsache, dass Scott Blair ihm vorhin auf die Mailbox gequatscht hatte. Im Garten hörte er seine Nachricht ab. Er hatte sich die Akte vorgenommen, und da gab es tatsächlich ein paar Ungereimtheiten. Brandon wollte sich mit ihm treffen, um die Sache persönlich zu besprechen. Fakt war jedenfalls, dass der Vater des Opfers, Taylor Reynolds, ein angesehener Beamter in Bostons Stadtverwaltung war. Scott hatte das bei ihrem letzten Telefonat vor ein paar Stunden zwar nur in einem Nebensatz erwähnt, aber bei Brandon hatten alle Alarmglocken geschrillt.

Es war allerdings noch viel zu früh, Erin davon zu erzählen, er wollte die Pferde nicht scheumachen, ohne konkrete Beweise zu haben. Sie würde sonst vielleicht denken, dass er sich aufspielen wollte, was definitiv nicht der Fall war. Er brauchte etwas Handfestes, vorher konnte er nicht mit ihr darüber reden. Kopfschüttelnd ging er ins Haus und begrüßte seine Eltern.

»Hallo mein Liebling, da bist du ja«, stieß seine Mutter hervor, als sie ihn entdeckte, und sprang vom Sofa auf, wo sie gelesen hatte. Er gab ihr einen Kuss auf die Wange und begrüßte dann seinen Vater, der im Fernsehen ein Baseballspiel verfolgte, mit einer kurzen Umarmung.

»Ich habe meine Sachen schon ins Poolhaus gebracht, ist doch in Ordnung, oder?«

Sie runzelte die Stirn. »Hm, denkst du, das ist eine gute Idee? Die Cateringfirma fängt morgen schon ganz früh an, willst du nicht ausschlafen? Das stört dich doch bestimmt, wenn die Leute da im Garten herumwuseln?«

»Ach was, nein. Kein Problem. Ich habe selbst auch zu tun, das ist schon in Ordnung. Allerdings würde ich heute früh schlafen gehen, damit ich morgen fit bin.«

»Natürlich.«

»Wo ist eigentlich Shannon?«

»Deine Schwester wird erst morgen anreisen. Ich habe mich ganz schön aufgeregt, dass sie mich so hat hängen lassen, wo sie mir doch versprochen hatte, mir zu helfen.«

Brandons Gewissen regte sich, denn er hatte sich in dieser Hinsicht auch nicht mit Ruhm bekleckert. Shannon und er hatten zugesagt zu helfen, aber keiner von beiden hatte sich blicken lassen.

»Die Party fängt ja auch erst am Nachmittag an«, brummte er und hoffte, dass die ›Unzuverlässigkeit‹ der Kinder von seiner Mom nicht weiter thematisiert wurde.

»Ja, aber knapp ist es schon.« Dass sie nicht erfreut war,

mit allen Vorbereitungen alleingelassen zu werden, war allerdings nicht zu übersehen.

»Kann ich was tun?«, fragte er und hoffte, einen möglichst unbefangenen Gesichtsausdruck aufzusetzen.

»Hast du nicht eben gesagt, dass du noch arbeiten musst?«

»Mom, ja, das stimmt, für dich würde ich natürlich eine Ausnahme machen.« Er legte einen Arm um ihre Schulter. »Es tut mir leid, dass ich jetzt erst da bin, diese Woche war einfach die Hölle.«

»Ist schon gut, mein Junge. Das ist lieb, ich habe jetzt sowieso alles im Griff. Du könntest dich morgen allerdings ein wenig um Theresa kümmern.«

Brandon unterdrückte ein Augenrollen. Es war keine Überraschung, dass die Tochter von Moms Freundin auch eingeladen war. Sie waren alte Sandkastenfreunde – mehr auch nicht, wobei er wusste, dass Theresa einem *Mehr* nicht abgeneigt wäre. Sie hatte Yale mit Auszeichnung verlassen und arbeitete ebenfalls als Anwältin, sehr erfolgreich, und sie war noch Single. Wenn es nach seiner Mom ginge, wäre sie die perfekte Partnerin für Brandon. Leider, und das schien seine Familie nicht zu begreifen, wollte er keine Beziehung, weder mit Theresa noch mit sonst jemandem. Wohin eine solche Liaison am Ende führte, wusste kaum einer besser als er. Er glaubte nicht an dieses Konzept. Sex ja. Freundschaft ja. Beziehung nein. Bedauerlicherweise fand er Theresa nicht einmal sexuell anziehend, sie war hübsch, war immer perfekt der Mode entsprechend gekleidet, hatte jedoch kaum eine eigenständige Persönlichkeit. Sie war eine der Frauen, die es zuhauf in der Society gab. Der Gedanke an sie löste bei ihm gerade mal ein leises Gähnen aus, aber keine Erregung. Beim besten Willen nicht.

»Werde ich machen«, log er, weil er wusste, dass er sich jede andere Erwiderung sparen konnte, da seine Mom ihn ohnehin nicht verstand – oder verstehen wollte. Vermutlich beides.

»Sie ist noch Single«, teilte sie mit einem unschuldigen Augenaufschlag mit. »Wie du. Oder hat sich da in letzter Zeit etwas geändert?«

Er lachte. »Nein, Mom. Und ehrlich gesagt – ich denke auch nicht, dass sich da was ändern wird.«

»Du kannst doch nicht ewig so ein Junggesellendasein führen.«

Gott, jetzt fing sie doch wieder damit an. Zeit für ihn, zu gehen.

»Ich mache mir noch kurz ein Sandwich, ja?« Und schon war er auf der Flucht in die Küche.

»Du weichst mir aus!«, rief sie ihm hinterher.

»Gar nicht, ich habe nur Hunger.« Er schnaufte leise und öffnete den Kühlschrank, der glücklicherweise gut gefüllt war. Während er Mayonnaise, Käse, Tomaten und Schinken auf die Arbeitsfläche legte und vier Scheiben Brot dünn mit Majo bestrich, dachte er darüber nach, was Erin im Gegensatz zu Theresa so besonders machte. Bei ihr hatte er überhaupt keine Probleme, sein Blut in Wallung geraten zu lassen. Im Gegenteil. Es ging eher zu leicht. Sie musste sich nur in seiner Nähe aufhalten, und schon spielten seine Hormone verrückt.

Brandon drückte die Käsescheiben etwas zu fest auf das Brot, sodass ein wenig von der Creme herausfloss. Er konzentrierte sich auf seine eigentliche Aufgabe, packte alles auf einen Teller und nahm noch eine Packung Süßkartoffelchips mit Dip mit.

»Gute Nacht«, rief er seinen Eltern im Vorbeigehen zu und verschwand eilig im Garten.

Erin saß im Schneidersitz auf einem der beiden Sessel in der Wohnecke des Poolhauses. Neben ihr auf einem Beistell-

tisch verbreitete eine Lampe mit grünem Schirm sanftes
Licht. Auf dem weißen Dielenboden lag ein Perserteppich,
dessen Fransen jemand kürzlich gekämmt hatte. Bei einer
flüchtigen Inspektion des Hauses hatte sie erleichtert festgestellt, dass es zwei Schlafzimmer gab und auch beide Betten
bezogen waren. Die Bettwäsche war unter bestickten Tages-
decken versteckt, aber es duftete leicht nach Waschmittel,
was nur heißen konnte, dass sie frisch zurechtgemacht worden waren. Anscheinend war Dorothy Hammond gerne auf
alles vorbereitet, eine Eigenschaft, die sie wohl an ihren
Sohn weitergegeben hatte.

Der Gedanke ließ sie schmunzeln, Brandon wirkte immer so korrekt und steif, dennoch reizte es sie sehr, seine
andere Seite zum Vorschein zu bringen. Ob er häufiger die
Beherrschung verlor, oder nur, wenn Frauen ungerecht behandelt wurden? Sie gab sich einen Augenblick der romantischen Vorstellung hin, dass er nur ihretwegen die vornehme
Zurückhaltung verlor und Kerle verprügelte, während er
ansonsten in jeder Lebenslage kühl und rational reagierte.

Moment mal. *Romantische Vorstellung?*

Sie schlug sich mit der flachen Hand gegen die Stirn. An
der Sache hier war gar nichts romantisch. Wenn sie sich das
öfter vorsagte, würde sie es vielleicht irgendwann glauben.

»So, da bin ich wieder.« Damit betrat Brandon den Raum
und kickte die Tür hinter sich ins Schloss. Er stellte einen
Teller mit zwei Sandwiches auf den Tisch und legte eine
Tüte Chips mit Dip daneben. »Willst du noch was trinken?«

»Gerade nicht.« Eben wollte sie fragen, ob er den restlichen Abend im Anzug bleiben wollte, bis sie merkte, dass
es sie gar nichts anging, wie er in seiner Freizeit herumlief.

»Dann warte, bis ich noch mal frage«, scherzte er und
holte sich eine Dose Cola. Er schaute in ein paar Küchen-
schränke, die leer waren. »Sorry«, brabbelte er, während er
sich auf den zweiten Sessel fallen ließ. »Geschirr gibt's hier

nicht, ich hoffe, es stört dich nicht, wenn wir von einem Teller essen?«

Sie wollte auflachen und entgegnen, dass sie ihn bereits geküsst hatte, da konnte sie sogar guten Gewissens von seinem Teller naschen. Aber weil sie den Kuss nicht erwähnen wollte, biss sie sich auf die Lippe, ehe sie antwortete: »Mach dir mal keine Umstände, ich brauche kein Porzellan mit Goldrand.«

»Dachte ich mir. Guten Appetit. Du bist nicht plötzlich Vegetarierin geworden oder so?«

Jetzt lachte Erin doch. »Nein, echt nicht. Ich esse so ziemlich alles, wenn es schmeckt.«

Sie nahm ein Sandwich und biss über dem Teller ab, etwas Majo tropfte heraus und lief über ihr Kinn. »Ups«, sagte sie mit vollem Mund. »Gar nicht so leicht zu essen.«

Sie bemerkte, dass Brandon kurz schluckte und seine Pupillen sich weiteten, dann nahm auch er sein Brot und kaute schweigend.

»Göttlich«, meinte sie, als sie fertig war, und lehnte sich zurück, die Finger wischte sie sich an einem Taschentuch ab, das in ihrer Hosentasche gesteckt hatte.

»Ich kann dir noch eins machen«, bot er an und trank von der Cola. Er hatte seinen Snack längst aufgefuttert.

»Nee, ich bin satt.«

Brandon riss die Chipstüte auf und stellte den Dip daneben. »Nur keine falsche Bescheidenheit.«

»Sicher nicht.«

Er lächelte schwach, ehe er sich ein paar Chips in den Mund steckte. »Was wolltest du mir vorhin eigentlich erzählen?«

Erin rückte sich auf ihrem Sessel zurecht. Es war ihr bewusst, dass Brandon ihre Entdeckung vermutlich nicht mit großer Freude aufnehmen würde, hoffentlich köpfte er nicht den Überbringer der schlechten Nachrichten. »Ähm, wie bereits erwähnt, ich bin ihr heute gefolgt, dachte erst, dass sie zum Supermarkt fahren will, und war dann erstaunt, als es in ein anderes Wohngebiet ging, eine Viertelstunde von hier.«

Brandon wirkte angespannt, seine Kiefer mahlten, er erwiderte nichts.

»Ich habe also den Mietwagen am Straßenrand geparkt und sie beobachtet, wie sie durch die Veranda in ein Haus gegangen ist.«

»Weißt du, wem es gehört?«

»Familie Wexler stand auf dem Briefkasten.«

»May und Harry?«

»Du kennst sie?«

»Meine Eltern sind mit dem Paar befreundet.«

»Kann es sein, dass sie einfach mit May Wexler verabredet war? Leider konnte ich nicht erkennen, mit wem von beiden sie sich getroffen hat, da die Jalousien zugezogen waren.«

Brandon rieb sich das Kinn, das leichte Kratzen seiner Haut auf den Bartstoppeln durchdrang das angespannte Schweigen. »Bin mir nicht sicher, eigentlich arbeitet May im *Cape Cod Hospital* als Chirurgin.«

»Vielleicht hatte sie Urlaub?«

»Möglich. Aber ihr Mann ist Hausmann.«

»Oh, das ist ungewöhnlich.«

»Ja, er hat früher als Texter für eine Agentur gearbeitet, May hat mehr verdient, und so ist er wegen der Kindererziehung zu Hause geblieben.«

»Sehr fortschrittlich, wie alt sind die Kinder?«

»Dürften mittlerweile aufs College gehen.«

»Hier.« Sie zog das Handy hervor und zeigte ihm das Foto.

»Nach Kaffeetrinken sieht es nicht aus.«

»Es ist nicht eindeutig das eine oder das andere.«

»Dann sind wir keinen Schritt weiter«, stellte Brandon resigniert fest. Tatsächlich war Erin sich nun auch nicht mehr so sicher wie zuvor. »Eine Sache noch, das hatte ich vergessen, dir zu sagen.«

»Was?«

»Als ich neulich den Schreibtisch durchsucht habe, habe ich doch diese Hotelbuchung gefunden.«

»Ja?«

»Ich denke, dass ich die nötigen Beweise dort auf jeden Fall festhalten kann. Ist doch dein Wunsch, dass ich ihr hinterherreise?«

Brandon wischte sich gedankenverloren mit einer Hand über die Augen. Er wirkte abgeschlagen und erschöpft. »Ja, ja«, murmelte er. »Mach das.«

»Ist alles okay?«, fragte sie zaghaft.

Er atmete tief durch, dann blickte er zu ihr auf. »Ich weiß es nicht, ehrlich gesagt. Die ganze Zeit habe ich das irgendwie verdrängt, mir eingeredet, dass nichts wäre. Aber jetzt sind die Zweifel wieder da. Es ist so absurd, weißt du?«

»O ja, ich verstehe dich schon.«

»Ich glaube, ich gehe einfach schlafen, wenn dich das nicht stört. Morgen wird sicher ein langer Tag.«

»Es stört mich nicht, nein! Geh nur ins Bett. Ich überlege, noch einen kurzen Spaziergang zu unternehmen. Ich schleiche mich natürlich raus.«

Brandon schaute sie mit einem unergründlichen Blick an, der ihren Magen Achterbahn fahren ließ. »Pass auf dich auf, Erin. Es ist dunkel.«

Sie wollte ihn auslachen, ihm sagen, wie albern seine Warnung auf sie wirken musste, da sie in einer der übelsten Gegenden Bostons lebte, aber kein Laut kam aus ihrer trockenen Kehle. Sie nickte nur. »M-mh«, machte sie, dann stand sie auf, schlüpfte in ihre Turnschuhe und wandte sich noch einmal zu ihm um. »Schlaf gut.«

Er saß noch immer regungslos im Sessel. Brandon wirkte so verloren, so einsam, dass es sie innerlich zerriss. Sie wollte ihn trösten, ihn umarmen und seine Sorgen fortküssen, aber das ging nicht. Sie war Erin Lark, Privatermittlerin ohne Gewissen, ohne Skrupel, dafür mit einem Leben geschlagen, in dem Romantik und Zärtlichkeit keinen Platz fanden – egal wie sehr sich ihr Innerstes seit Neustem danach sehnte, sobald Brandon den Raum betrat.

»Bis dann, Erin.«

Sie nickte und wandte sich dann ab, ehe sie den Kampf verlor und sich ihm womöglich an den Hals warf. Vorsichtig schaute sie sich um. Als sie nichts Verdächtiges entdeckte, verließ sie das Poolhaus und rannte zum Strand, wo sie ihre Schuhe auszog und bis zu den Waden ins Wasser watete. Sie blickte auf zum Himmel, freute sich über die sternenklare Nacht und den hell leuchtenden Mond. Der Geruch von Freiheit und endloser Weite stieg ihr in die Nase, sanft rauschte die Brandung an den dunklen Strand. Sie würde hier verdammt noch mal keine Dummheiten begehen, die sie später bereute. Auf gar keinen Fall.

s war ein Leichtes für Erin, sich am folgenden Morgen unter die eintreffenden Servicekräfte zu mischen. Es dauerte ebenfalls nicht lange, bis sie Kleidung gefunden hatte, die sie anziehen konnte. Gute Caterer hatten einige zusätzliche Sets dabei, falls sich der ein oder andere bekleckerte. Wenn eines nicht ging, dann schmutzige Kellner oder Kellnerinnen. Sie hatte gerade die Schürze mit einem Knoten festgebunden, als sie von einem dunkelhaarigen Typen mit dicker Brille angesprochen wurde.

»Hey, du da, was machst du da?«

»Ich äh, habe mir eben eine frische Schürze geholt, die andere hatte einen Fleck.«

»O, dios mio. Die Party hat noch nicht mal angefangen, und du hast dich schon bekleckert.«

»Wird nicht mehr vorkommen, Sir.«

»Wie heißt du überhaupt? Und wo ist dein Namensschild?«

»Callie«, antwortete sie. »Namensschild?« Sie betastete ihren Oberkörper. »Mist, das muss abgefallen sein.« Jetzt entdeckte sie seines, auf dem Pedro Marcelo stand. Vermutlich war er so etwas wie der Chefkellner, da er Smoking mit Fliege trug und nicht wie die anderen einfach weiße Hemden mit schwarzer Hose und Schürze.

»Komm mit«, stieß er mit einem theatralischen Seufzen

aus und stellte ihr ein neues aus, das er ihr dann mit einem »Pass besser drauf auf!« in die Hand drückte.

»Selbstverständlich, vielen Dank, Sir.«

»Und jetzt mach dich im Garten nützlich, die Gläser müssen noch einmal durchgewaschen werden. Irgendein Trottel hat sie vollkommen verstauben lassen.«

»Natürlich, bin schon unterwegs.«

Die Sonne schien von einem wolkenlosen Himmel, die Caterer waren bereits geschäftig dabei, mehrere weiße Pavillons aufzubauen, ein Gärtner arrangierte hier und da Vasen und Gestecke mit bunten Sommerblumen. Runde Tische mit weißen Deckchen und Stühle mit Hussen standen ebenfalls auf dem Rasen. Erin fügte sich in die Reihe der Gläserwäscher ein und schnappte sich ein Handtuch. Dorothy Hammond tauchte mit Lockenwicklern auf dem Kopf und in einen Bademantel gehüllt auf der Veranda auf und inspizierte alles, während sie mit ihrem Mann sprach, der sichtlich unbeeindruckt von allem war. Sie wirkten vertraut miteinander, aber trotzdem nicht besonders zärtlich oder herzlich. Erin konnte sich natürlich auch täuschen, kaum jemand würde wohl vor den Angestellten herumturteln, schon gar nicht nach über zwanzig Jahren Ehe.

»He du«, die rundliche Brünette neben ihr schubste sie in die Seite. »Du sollst nicht glotzen, sondern abtrocken.«

»Ja, klar.« Erin kümmerte sich wieder um ihre Aufgaben und fragte sich, wo Brandon wohl steckte. Als sie am Morgen aufgewacht war, hatte er das Poolhaus schon verlassen. Er hatte ihr eine Nachricht aufs Handy geschickt, dass er am Nachmittag zur Feier wieder da sein würde. Wo er hinwollte, hatte er nicht geschrieben.

Weil es dich nichts angeht.

Aber es interessierte sie eben doch, was nicht nur an ihrer neugierigen Ader lag. Andererseits sollte sie vielleicht dankbar sein, dass er ihr keine Gelegenheit geboten hatte, sich danebenzubenehmen – oder sich ihm in die Arme zu werfen. Ein wenig verwundert war sie schon, dass sie nicht mal gehört hatte, wie er das Haus verlassen hatte. Er musste sich wirklich Mühe gegeben haben, leise zu sein. Oder sie schlief in dieser wundervollen Umgebung einfach besser als in ihrem schrecklichen kleinen Apartment in Boston, das den Namen kaum verdient hatte.

Die nächsten Stunden verbrachte sie in eifriger Geschäftigkeit und war ganz froh über die Ablenkung. Am frühen Nachmittag trudelten die ersten Gäste ein. Auf den Rasen hatte man ein Klavier geschoben, an dem jetzt eine junge Frau saß, die sanfte Töne anschlug. Man konnte diese Geburtstagsparty nicht anders als stilvoll nennen, das musste Erin anerkennen, auch wenn sie niemals selbst so feiern wollte. Wo steckte Brandon?

Seine Mom trug ein mintgrünes, knielanges Seidenkleid, das ihre Figur zwar betonte, aber dennoch sehr elegant wirkte. An ihrem Hals baumelte eine zweireihige Perlenkette, die passenden Stecker blitzten an ihren Ohren. Das Haar fiel ihr in sanften Wellen über die Schultern, das Makeup war dezent gehalten. Sie hatte ein Glas Champagner in der Hand, während sie gerade jemanden begrüßte. Höflich lächelnd, freundlich, aber nicht zu überschwänglich. Sie beherrschte den *Ton* perfekt.

Ihr Ehemann trug einen hellgrauen Anzug mit Weste, Einstecktuch und blauer Krawatte. Sein Haar war ordentlich frisiert, er wirkte lässig, aber nicht wirklich fröhlich. Ein angespannter Zug lag um seinen Mund, als ob ihm etwas gegen den Strich ginge. Ein Ausdruck, den Erin auch von seinem Sohn kannte. Überhaupt sah Carmichael Hammond wie eine ältere Ausgabe Brandons aus.

Erin lief mit einem Tablett über den Rasen und bot den Gästen Champagner oder Orangensaft an, als sie Brandon schließlich entdeckte. Sein athletischer Körper steckte in einem cremefarbenen Sommeranzug, unter dem er ein rosafarbenes Hemd mit gestreifter Krawatte trug. An jedem anderen hätte dieser Look peinlich gewirkt, aber er sah sogar damit attraktiv aus. Neben ihm lief eine blonde Frau, die ein rotes, fließendes Kleid trug. Sie sagte gerade etwas zu ihm, lachte und warf den Kopf in den Nacken, während sie ihm beiläufig ihre Hand auf den Oberarm legte. Die beiden wirkten so vertraut miteinander, dass Erin stolperte, weil sie ihren Blick nicht abwenden konnte. Sie konnte sich gerade noch fangen.

»Nichts passiert«, murmelte sie, als sie die aufgerissenen Augen der neben ihr stehenden Gäste bemerkte. Sie setzte ihren Weg fort und schlug eine andere Richtung ein als die, in der sie Brandon wähnte. Es dauerte trotzdem nicht lange, bis er vor ihr stand, die Dame im roten Kleid war immer noch an seiner Seite.

»Champagner?«, fragte sie und sah ihn mit – hoffentlich – ausdrucksloser, aber freundlicher Miene an.

»Gerne, zwei Gläser, eins für mich und eins für meine bezaubernde Schwester.« Er wandte sich an seine … Schwester.

Erin war überrascht, wie sehr sie diese Neuigkeit erleichterte. Es war beinahe peinlich, denn Hitze kroch über ihren Hals in ihre Wangen.

»Sehr gerne«, antwortete sie hastig.

»Schönes Wetter heute, da kann man sich leicht einen Sonnenbrand holen«, plauderte Brandon.

Sie sah das amüsierte Funkeln in seinen Augen. Aha, er hatte also mitbekommen, dass sie rot geworden war, hoffentlich begriff er nicht, warum.

»In der Tat«, antwortete Erin und reichte ihm erst ein und dann ein zweites Champagnerglas. »Bitte.«

Als sich ihre Finger flüchtig berührten, verspürte sie

einen leichten elektrischen Schlag, der sie kaum merklich zusammenzucken ließ. Brandon musste es auch gefühlt haben, denn er schaute sie mit großen Augen an. Nach einer endlosen Sekunde, in der sich niemand rührte, trat Erin einen Schritt zurück und senkte den Blick. »Sonst noch etwas, das ich für Sie tun kann?«

»Nein, vielen Dank«, erwiderte er. Seine Stimme klang rauer als sonst.

Sie versuchte, ihr pochendes Herz zu vergessen und kümmerte sich weiter um die Gäste. Eine halbe Stunde später trat jemand von hinten an sie heran. »Das da drüben sind May und Harry Wexler.«

Erin schrak zusammen, sodass sie beinahe das Tablett in hohem Bogen weggeworfen hätte. »Hilfe!«, zischte sie. »Musst du dich so anschleichen?«

Er grinste und reichte ihr ein leeres Glas. »Sorry. Kann ich einen Refill bekommen?«

»Natürlich.«

»Mach langsam, dann können wir kurz reden. Kannst du die Wexlers im Auge behalten? Vielleicht ergibt sich ja eine Situation ...«

Sie verstand, was er meinte, und nickte. »Das Outfit«, sagte sie schließlich und musste ein Kichern unterdrücken, »ist das dein Ernst?«

»Ja, wieso?«

»Fehlt nur noch der Strohhut.«

»Es ist ein ganz normaler Sommeranzug.«

»Mit einem rosa Hemd.«

»Ist gerade sehr modern.«

»In meiner Welt ist es einfach nur urkomisch.«

Brandon trank einen Schluck. »Tut mir leid, dass ich deinen Geschmack nicht getroffen habe.«

Dann ging er davon, und Erin ärgerte sich, dass sie ihre Klappe nicht hatte halten können, dabei hatte es nur ein

Scherz sein sollen. Der war wohl ordentlich in die Hose gegangen. Mist.

Der Garten füllte sich immer mehr, es wurde gelacht, getrunken und gegessen. Die Sonne wanderte immer tiefer, bis sie den Horizont in ein sanftes, schrecklich kitschiges Rosa tauchte, das offenbar das Markenzeichen Cape Cods war. Erin öffnete gerade eine weitere Flasche Champagner, als sie Brandon neben einer dunkelhaarigen Schönheit entdeckte. Die beiden waren ins Gespräch vertieft. Sie trug ein zitronengelbes, bodenlanges Kleid, das ihre Kurven grandios in Szene setzte. Ihre Haut war leicht gebräunt, die Lippen leuchteten sogar bis zu ihr herüber in einem hellen Rot. Brandon lachte gerade über etwas, das sie sagte.

Noch eine Schwester wird er nicht haben, das wusste sie, und der Stachel der Eifersucht bohrte sich tief in ihr Fleisch. Erin war klar, nachdem sie ein wenig über ihn recherchiert hatte, dass er nie als Einsiedler gelebt hatte, sondern hin und wieder Affären einging. Das war okay, aber einen Flirt so direkt vor Augen zu beobachten, gefiel ihr nicht. Überhaupt nicht.

Sie atmete tief ein und konzentrierte sich wieder auf ihre Aufgaben. Das Ehepaar Wexler trennte sich keine Sekunde, und auch Dorothy Hammond war fast die ganze Zeit über unter die Gäste gemischt, plauderte hier, lächelte da. Es lag nicht der Hauch eines Verrats in der Luft dieser Party, und Erins Anwesenheit war nach ihrem Ermessen völlig überflüssig. Natürlich würde sie nicht einfach gehen, möglicherweise passierte ja doch noch etwas Spannendes.

Kurz bevor die Sonne im Meer versank, schlug jemand mit einem Löffelchen an ein Glas. Es war Carmichael Hammond, seine Frau eilte an seine Seite. »Vielen Dank, liebe Gäste, dass ihr so zahlreich zu meinem Ehrentag erschienen seid ...«

Es folgte das übliche Blabla reicher Leute, die sich selbst feierten, dann wurde angestoßen und das Buffet eröffnet.

Gegen dreiundzwanzig Uhr, ihre Füße spürte sie trotz bequemen Schuhwerks kaum noch, brummte es an ihrem Hintern. Sie zog sich etwas zurück und schaute auf ihr Handy. Es war eine Nachricht von Brandon. *Triff mich bitte in zwanzig Minuten am Leuchtturm.*

Sie runzelte die Stirn. Diese SMS konnte alles bedeuten; warum er jetzt mit ihr plaudern wollte, erschloss sich ihr allerdings nicht.

Er braucht sicher das Poolhaus in dieser Nacht für sich und die Tussi, schoss es ihr durch den Kopf. Sie biss die Zähne zusammen und schnappte sich ein Glas Champagner, das sie hastig leerte, ohne dass jemand es mitbekam.

Ja, das konnte er haben. Aber er sollte es ihr persönlich sagen. Erin gab ihren Posten auf, legte die Schürze ab und verließ das Anwesen über die Rückseite. Sie stolperte über eine Wurzel, der Alkohol war ihr gleich zu Kopf gestiegen. Mittlerweile war es so dunkel, dass nur der Mond und die Sterne den Strand beleuchteten. Den gedämpften Lärm der Party hörte sie noch bis hier herüber, er wurde aber, je weiter sie sich entfernte, immer leiser, bis er schließlich ganz verstummte. Als sie um den Leuchtturm herumging, sah sie Brandon bereits auf der Bank sitzen. Neben ihm standen eine Flasche Veuve Clicquot und zwei Sektflöten.

»Oh, entschuldige, ich wollte nicht stören«, sagte sie.

Er hob den Kopf und neigte ihn zur Seite. »Was meinst du?«

Sie deutete neben ihn. »Erwartest du jemanden?«

Wie dumm von ihr. Natürlich, sonst hätte er das Zeug wohl nicht über den Strand hergeschleppt.

»Ja«, war alles, was er sagte. Seine Füße steckten im Sand, die Schuhe und Socken lagen daneben.

»Dann gehe ich besser wieder.« Aber wieso hatte er ihr die SMS geschrieben? Oder war es ein Versehen gewesen?

Hitze schoss in ihre Wangen. Schon wieder. Aber ja, das musste es sein.

»Erin, sei nicht albern. Komm her!«

»Was?«

»Na los«, bat er, und sie sah, dass er schief grinste. War er betrunken? Er wirkte irgendwie … gelöster als sonst, obwohl sein Anzug noch immer tadellos saß. Menschen wie er bekamen sowas wohl mit in die Wiege gelegt.

»O-kay«, gab sie langgezogen zurück und setzte sich mit Herzklopfen auf die Bank. Sie trennten die Flasche und die Gläser. »Nette Party«, kommentierte sie, weil sie nicht wusste, was sie sonst sagen sollte.

»Immer das Gleiche.«

»Hast du dich nicht amüsiert?« *Es sah ganz danach aus, als ob du Spaß hattest.*

»Es hält sich in Grenzen. Konntest du was rausfinden?« Er ließ den Korken der Flasche ploppen und fing den über-schäumenden Champagner mit einem Glas auf, das er ihr reichte.

»Danke, aber ich weiß nicht, ob ich trinken sollte.«

»Vergiss die Party, du musst nicht zurück.«

»Nicht?«

»Nein. Bleib hier bei mir.« Seine Stimme klang dunkel und ein wenig heiser.

O Gott, ihr wurde schwindelig, und sie bekam eine Gän-sehaut.

»Ich habe dich beobachtet«, sagte er dann, und sie glaub-te, sich verhört zu haben.

»Mich?«

»Ja, oder siehst du hier sonst noch jemanden?« Er trank selbst einen Schluck. »Tut mir leid, ich bin nicht mehr ganz nüchtern. Stört dich das?«

Sie lächelte, beinahe hätte sie gesagt, dass er ruhig öfter mal einen Schwips haben sollte, wenn er dann so locker war wie jetzt. »Nein.«

»Weißt du eigentlich, wie bezaubernd du bist?«

Erin verschluckte sich und fing an zu husten. Er musste echt einen sitzen haben. Was erzählte er da für einen Unsinn?

»Du weißt es gar nicht, oder?«, fragte er, und ein Schauder lief an ihrer Wirbelsäule entlang.

»Was meinst du?«, entgegnete sie mit klopfendem Herzen.

»Wie begehrenswert du bist, wie du alle mit deiner Natürlichkeit in deinen Bann ziehst.«

»Das stimmt doch gar nicht.«

Brandon stellte die Flasche und sein leeres Glas in den Sand, dann nahm er ihr Handgelenk und zog Erin ein Stück zu sich heran. Ihr wurde immer heißer, sie wusste nicht, was zu tun war, also nippte sie noch einmal an ihrem Champagner, als er ihr schließlich auch das Glas abnahm und es beiseitelegte.

»Stört dich das?«, fragte er rau, als er seine Finger mit ihren verflocht.

Sie konnte nicht sprechen, schüttelte nur den Kopf. »Ich bin betrunken, tut mir leid, aber das ist nicht der Grund, warum ich dich gebeten habe herzukommen.«

»Nicht?«

»Ich sollte mich nicht nach dir sehnen«, sagte er, und in ihren Ohren klangen diese Worte wie das schönste Lied. »Schließlich arbeitest du für mich.«

»Ich weiß. Und ich sollte nicht mit Klienten …« Das Wort ›Rummachen‹ stand auf ihren Lippen, aber sie sprach es nicht aus.

»Ich will dich«, sagte er und nahm ihr Gesicht zwischen seine Hände, sodass sie zu ihm aufschauen musste.

Erins Herz donnerte gegen ihre Rippen, der Sauerstoff schien sich zu verflüchtigen, ihre Lungen drohten zu zerspringen. Das Rauschen des Meeres und die sanfte Brise nahm sie nur noch am Rande wahr, alles, was sie denken konnte, war: *Küss mich doch endlich.*

»Ich will dich so sehr«, murmelte er an ihren Lippen, sein heißer Atem dicht an ihrem Mund. »Ich weiß nicht, was das mit uns ist, aber es fühlt sich verdammt gut an, und gleichzeitig ist es wie die schlimmste Folter.«

Sie schluckte, denn er sprach ihr aus der Seele.

»Ich habe versucht mich zu beherrschen, aber jetzt ist es genug!«

Roh, beinahe schon brutal nahm er ihre Lippen in Besitz, und sie genoss jede Sekunde davon. Der Kuss war wütend und zärtlich zugleich. Noch nie hatte sie so deutlich spüren können, was jemand empfand, und ihr ging es genauso. Erin stöhnte in Brandons Mund, schlang ihre Arme um seinen Nacken und erwiderte die Schläge seiner Zunge, bis auch er heiser keuchte und sie auf seinen Schoß zog. Seine Erektion drückte sich durch den Stoff seiner Hose, und ihre eigene Erregung wuchs mit jeder Sekunde, die sie in seinen Armen lag und sich von ihm schwindelig küssen ließ.

Brandons Hände schoben sich unter ihr Shirt und strichen über ihren Rücken, während er sie weiter liebkoste. Sie zerzauste seine Haare – das hatte sie schon so lange tun wollen – und rieb sich an ihm.

Er knurrte etwas Unmissverständliches, biss spielerisch in ihre Unterlippe, um sie dann erneut zu küssen. Erin zog ihm das Jackett aus, dann fing sie an, die Knöpfe seines Hemdes zu öffnen. Sie streichelte seinen glatten Oberkörper, während seine Lippen an ihrem Hals entlangglitten und eine heiße Spur auf ihrer Haut hinterließen. Brandon knetete ihre Brüste und spielte durch die Spitze ihres BHs mit ihren Brustwarzen, bis sie glaubte, vor Lust zu zergehen.

»Mehr«, raunte sie an seinem Ohr und drängte sich gegen seine Erektion, seine Reaktion darauf gefiel ihr. Er stöhnte und fing an, ihr die Hose auszuziehen. Leichter Wind kühlte ihre erhitzten Körper, deren Feuer durch immer intensivere Liebkosungen weiter angefacht wurde. Erin half ihm, sie zu entkleiden, dann war er an der Reihe. Sie nestelte an der Gürtelschnalle, schaute dabei in sein Gesicht. Die Lippen hatte er geöffnet, sein Blick war auf ihre Hände gerichtet, während er sich leicht zurücklehnte und sein Oberkörper sich schnell hob und senkte. Sie streichelte kurz über die Ausbuchtung unter dem Stoff, was ihn zischend einatmen ließ. Es war berauschend, wie leidenschaftlich er auf sie reagierte. Es gefiel ihr sehr und verstärkte das sehnende Ziehen in ihrer Mitte. Er hob seine Hüften leicht an, als sie ihm Hose und Shorts herunterzog, bis auch er nackt war. Erin kniete sich vor ihm in den Sand und umfasste seinen Schaft mit ihren Händen.

»O Gott«, stieß Brandon hervor. »Nicht, Erin.« Er wollte sie sanft von sich schieben, aber sie ließ sich nicht davon abbringen.

»Sch«, sie drückte ihn zurück, »lass mich ...«

Sie leckte sanft über die feucht glänzende Spitze, dann umfing sie ihn mit ihrem Mund, und Brandon stöhnte lauter.

»Du machst mich fertig«, prophezeite er heiser.

Es dauerte nicht lange, bis seine Hüften sich ihr ungeduldig entgegenreckten, seine Hände lagen auf ihren Schultern. Er murmelte unzusammenhängende Worte, die, gepaart mit seiner Lust, Erins eigenes Verlangen nach ihm anfachten.

Irgendwann ließ sie sich auf ihren Hintern zurückgleiten und schaute ihn für einige Sekunden an. Brandon lehnte mit dem Rücken an der Bank, sein Schwanz ragte imposant in die Höhe. Er atmete heftig, sein Körper war von Schweiß bedeckt, obwohl die Kühle der Nacht sie beide umfing. Seine

Augen waren geschlossen, aber jetzt öffnete er die Lider und sah sie mit glühendem Blick an.

Endlich, dachte sie. *Endlich hat er seine Maske vollständig abgelegt.* Hier gab es nur sie beide, sonst nichts. Er streckte seine Hand nach ihr aus, die sie ergriff, um sich von ihm auf die Beine ziehen zu lassen.

»Das war haarscharf«, brummte er, während er eine ihrer Brustwarzen mit dem Mund umfing und daran saugte. Seine Hände kneteten ihren kleinen, runden Hintern. Schließlich schob er sie auf seinen Schoß, pochend und erwartungsvoll ließ sie ihn in ihre feuchte Hitze gleiten. Er keuchte auf, sie atmete scharf ein und schloss die Augen. Er füllte sie vollständig aus, es dauerte einen Moment, bis sie sich daran gewöhnt hatte.

»Alles okay?«, fragte er mit heiserer Stimme.

»Es ist besser als okay«, gab sie halb im Scherz, halb verrückt vor Lust zurück. Dann begann sie ihre Hüften zu bewegen.

Brandon hielt sie in seiner Umarmung gefangen, ließ sie das Tempo bestimmen, bis es ihm nicht mehr genügte.

»Ich kann nicht mehr«, knurrte er und legte sie sanft auf dem Boden ab, übernahm die Kontrolle und gab ihnen beiden, wonach sie verlangten. In einem uralten Rhythmus, immer wieder, immer tiefer, immer schneller drang er in sie ein. Die süße Qual steigerte sich ins Unermessliche, immer öfter stieß sie kleine spitze Schreie aus, die er mit tief aus der Kehle grollenden Lauten quittierte.

»Erin«, schrie er irgendwann und versteifte sich. Mehr brauchte es nicht, um sie mit über die Klippe zu reißen. Sie verschränkte ihre Schenkel hinter ihm, krallte ihre Nägel in seinen Rücken, stöhnte ihre Lust heraus und verlor sich in einem Meer aus Empfindungen und Leidenschaft. Irgendwann, ganz allmählich, kehrten sie in die Realität zurück. Träge ließ Brandon sich zur Seite gleiten und zog sie in

seine Arme. Ihr Kopf war auf seiner Schulter gebettet, Erin
legte einen Oberschenkel über seinen. Der keuchende Atem
hatte sich langsam wieder beruhigt.

»Erin?«, fragte er. »Bist du in Ordnung?«

Sie grinste erschöpft. »Das ist dezent untertrieben.«

»Ich … Es tut mir leid, ich habe komplett die Beherrschung verloren. Eigentlich wollte ich, … ich wollte, dass du
zuerst kommst, aber … ich konnte einfach nicht aufhören.«

Seine Worte waren Balsam für ihr Ego, für alles.

»Das … das ist okay, schätze ich.« Sie lächelte leise.

»Schätzt du?«

Sie nickte. »Absolut.«

Für alles andere fehlten ihr die richtigen Worte, entweder würde es zu banal oder zu pervers klingen. Lächerlich
eigentlich, nachdem er sie eben um den Verstand gebracht
hatte. Zur Bestätigung ließ sie ihre Finger über seinen festen
Bauch gleiten und streichelte ihn.

»Wenn du nicht aufhörst, geschieht das Gleiche noch
mal.«

Sie gluckste. »Ich hätte nicht das Geringste dagegen.«

»O Gott.«

»Was ist?«

»Kondom.« Er richtete sich ruckartig auf. »Wir haben
kein Kondom benutzt.«

»Ich vögele nicht wild durch die Gegend«, beruhigte sie
ihn. »Jedenfalls nicht normalerweise, also keine Angst.«

»Ich auch nicht … Du wirst es vermutlich nicht glauben,
aber das ist mir noch nie passiert. Shit.« Er fuhr sich durch
die Haare. »Ich habe mich einfach komplett vergessen.«

»Und wie war das?« Sie wollte es wirklich wissen und
war gleichzeitig überrascht und auch ein bisschen stolz,
dass sie es gewesen war, deretwegen er so kopflos gehandelt hatte. Ihn hatte die Lust überrannt, und Erin fand
das ganz großartig, obwohl sie insgeheim seit der ersten

Begegnung gehofft hatte, es könnte so sein. Die Erkenntnis traf sie nicht so hart, wie es ihrer Meinung nach hätte sein müssen. Obwohl es lange gedauert hatte, bis sie begriffen hatte, dass sie sich zu Brandon hingezogen fühlte, war es jetzt in Ordnung, es zu akzeptieren. Ein bisschen Sex hatte noch niemandem geschadet. Dass aus ihnen niemals mehr werden würde, stand außer Frage. Weder sie noch er hatte Interesse an etwas Festem, das ohnehin in Bitterkeit und Trennung enden würde – wie die meisten Beziehungen.

Er schwieg einen Augenblick, dann legte er sich wieder zu ihr. »Es war das Großartigste, das ich jemals erlebt habe.«

Kapitel 14

Am liebsten wäre er die ganze Nacht mit Erin am Strand geblieben, es war herrlich, draußen zu sein, die Sterne und den Mond über dem Meer leuchten zu sehen, aber es war kühl geworden. Außerdem klebte überall an ihren Körpern Sand, was mittlerweile unangenehm kitzelte. Brandon trug die Flasche und Gläser, die Finger seiner Linken hatte er mit Erins verschränkt. Hand in Hand liefen sie über den Strand zurück. Er war froh, dass die Party mittlerweile ein Ende gefunden hatte, nur noch ein paar vereinzelte Servicekräfte räumten zusammen, ehe sie auch in den wohlverdienten Feierabend gingen. Niemand beachtete sie, so schlüpften sie unbemerkt durch die Haustür ins Poolhaus. Dort stellte er Flasche und Gläser ab, nahm Erins Gesicht zwischen seine Hände und küsste sie erneut. Gott, es fühlte sich so großartig an, wie sie ihren schmalen Körper an seinen schmiegte.

»Wie wäre es mit einer kleinen Dusche, um den Sand abzuspülen«, raunte er an ihren Lippen, ehe er zärtlich daran knabberte.

»Klingt verlockend«, hauchte sie und war schon dabei, den Gürtel seiner Hose zu öffnen und ihn auszuziehen.

Auf dem Weg zum Badezimmer fiel ein Kleidungsstück nach dem anderen auf den Boden. Blind tastete er nach dem Wasserhahn in der Dusche und drehte ihn auf. Dass sie vermutlich überall Sand verstreut hatten, war ihm egal. Sanft schob er Erin unter den warmen Wasserstrahl, nahm etwas Duschgel und verteilte es zwischen seinen Handflächen. Er seifte erst sie und dann sich ein, dabei ließ er sich Zeit und genoss es, jeden Zentimeter ihres herrlichen Körpers zu berühren. Erin war eine kleine Genießerin, was er mit Genugtuung und Eifer zur Kenntnis genommen hatte.

Nachdem sie den Schaum abgespült hatten, kniete er sich vor Erin, legte sich einen ihrer Oberschenkel über seine Schulter und umfasste ihre Pobacken.

»Brandon«, keuchte sie, als er seinen Mund auf ihre intimste Stelle presste und seine Zunge kreisen ließ. Erin schmeckte göttlich, schon bald krallte sie sich in seinen Haaren fest und drängte ihm ihr Becken entgegen. Den Rücken hatte sie gegen die kühlen Fliesen gelehnt. Brandons eigene Lust steigerte sich mit jedem ihrer spitzen Schreie ins Grenzenlose. Als sie sich versteifte und völlig im Rausch des Moments verlor, stöhnte er heiser. Die Wellen des Höhepunkts ebbten langsam ab, und Erin sank kraftlos zusammen. Brandon empfing sie in seinen Armen, drehte das Wasser ab und schlang ein Handtuch um sie.

»O Gott«, murmelte sie träge lächelnd. Er schaute zärtlich auf sie herab, die nassen Haare klebten an ihrem Kopf, die Wangen waren gerötet und die Lippen vom Küssen geschwollen. Sie war nie schöner gewesen als in diesem Augenblick. Die Lider hatte sie geschlossen, während sie noch immer schwer atmete. Er trug sie zum Bett, und es überraschte ihn nicht, dass sie sich in seinen Armen leicht wie eine Feder anfühlte. Sie war so zart, so zerbrechlich, und er begriff noch immer nicht, was eine Frau wie sie dazu antrieb, diese Art von Arbeit zu erledigen. Sie sollte sich den schönen Dingen des Lebens widmen können, nicht den Abgründen der Menschheit.

Er nahm sich vor, die Ungereimtheiten im Zusammenhang mit dem Unfall ihres Bruders aufzuklären, Erin hatte es verdient, die Wahrheit zu kennen – sofern es eine andere Version als die offizielle überhaupt gab. Sicher war diesbezüglich noch gar nichts. Brandon schob die Gedanken beiseite, es würde jetzt zu nichts führen, er wollte die Zeit mit ihr genießen und sich nicht mit den traurigen Umständen eines Betrugs befassen, der womöglich noch aufgedeckt werden musste.

Er schlug die Decke zurück, legte sie sanft aufs Bett ab und küsste sie auf den Mund.

»Müde?«, fragte er.

»Noch nicht«, gab sie zurück und sah ihn aus halb geschlossenen Lidern an. »Komm her.«

Sie streckte die Arme nach ihm aus und zog ihn zu sich herab. Brandon legte sich zwischen ihre Beine und widmete sich ausgiebig ihren sinnlichen Lippen, bis sie sich ungeduldig unter ihm wand und mit ihren kleinen Händen seinen Schaft umfasste. Er atmete scharf ein und ließ sich von ihr in ihre feuchte Hitze dirigieren. Quälend langsam drang er in sie ein. Er presste die Zähne aufeinander und kratzte das letzte bisschen Selbstbeherrschung zusammen, um nicht sofort zu kommen. Es war absurd, denn es war noch nicht lange her, seit sie es am Leuchtturm getan hatten. Brandon gab sich den Empfindungen hin, während Erin ihm schmutzige Worte zuraunte, die ihn in den Wahnsinn trieben. Aus einem langsamen, bedächtigen Rhythmus wurde sehr schnell mehr, so viel mehr, bis er glaubte, es keine Sekunde länger aushalten zu können. Erin wand sich unter ihm, reckte ihm ihre Hüften entgegen und klammerte sich an ihn. Das qualvolle, süße Ziehen in seinen Lenden steigerte sich, bis er Laute ausstieß, die ihm seltsam fremd vorkamen.

»Mehr!«, forderte sie ungeduldig.

»Scheiße!«, brummte er und spürte, wie die ersten Wellen des Orgasmus bereits über ihm zusammenschlugen. Es passierte erneut – er wollte innehalten, nur eine kleine Sekunde, einen Augenblick, damit er sich wieder fassen konnte –, aber es gelang ihm nicht. Sein Körper schien neuerdings ein Eigenleben zu führen. Immer schneller, immer drängender glitt er in ihre Nässe, es war so gut, so erotisch, so perfekt.

Und dann war es zu spät. Er schrie auf, dann presste er seinen Mund auf ihren, und sein Körper ging in Flammen auf. Wie aus weiter Ferne spürte er, wie sich Erins Muskeln rhythmisch um ihn zusammenzogen, sie ihre Nägel tief in sein Fleisch grub und somit sein eigenes Vergnügen noch verstärkte. Er war im Himmel gelandet – oder in der Hölle. Vielleicht etwas von beidem. Es war unglaublich, so ekstatisch, dass er regungslos auf ihr liegen blieb und nach Atem rang. Erin keuchte unter ihm, und er fürchtete sie zu erdrücken.

»Himmel«, murmelte er schwer atmend und versuchte sich zu bewegen.

Sie hielt ihn fest. »Noch nicht ... bleib in mir ... nur einen Augenblick.«

Er wollte nie wieder gehen, nie wieder diese innige Verbindung lösen, was ein völlig absurder Gedanke war, den er ihm Nebel der Erschöpfung nicht weiterführen konnte. Irgendwann glitt er doch aus ihr und rollte sich neben Erin. Aus einem Impuls heraus zog er sie in seine Arme, sie schmiegte sich an ihn. Er wollte etwas sagen, aber das Sprechen war ihm unmöglich, kein Laut verließ seine Lippen. Er schwebte in einem Raum ohne Zeit, und sein Bewusstsein verschwamm ... Er war so müde. Brandon hasste das verdammte Klischee, dass Männer nach dem Sex sofort einschliefen, er war keiner von den Typen, die sich um sich kümmerten und dann schnarchend ins Kissen glitten. Und doch ... seine Lider wollten sich einfach nicht mehr öffnen, sein Herzschlag wurde ruhiger, und sein Atem kam immer gleichmäßiger ... *Erin*, dachte er und entglitt in einen tiefen, traumlosen Schlaf.

»Brandon, guten Morgen«, rief eine weibliche Stimme aus weiter Ferne.

Er wollte noch nicht aufwachen, er war müde. Völlig entspannt. Unbewusst zog er Erin enger in seine Arme.

»Brandon!«, kam es jetzt energischer. »Wie sieht es hier denn aus!«

O Gott. Seine Mutter.

Er riss die Augen auf und schaute geradewegs in ihr Gesicht. Sie stand im Türrahmen und war offensichtlich von dem sich ihr bietenden Bild überrascht.

Erin regte sich, aber er hielt sie fest.

»Mom, was machst du hier?«, gab er resigniert zurück.

Warum hatte er nur die Tür nicht abgeschlossen, das hatte er jetzt davon. Aber wer konnte auch ahnen, dass seine Mutter ihn, mit was auch immer, überraschen wollte. Er war davon ausgegangen, dass sie ihn in Ruhe lassen würde, bis er irgendwann im Haus auftauchte. Tja, falsch gedacht. Innerlich stieß er zehn Flüche aus.

»Ist das, ... ist das diese Kellnerin?«, fragte sie jetzt, ihre Stimme klang schrill. »Das ist doch nicht dein Ernst.«

»Nein, sie ist keine ...«

Erin trat ihn gegen das Schienbein, sodass er sich gerade noch zusammenriss. Natürlich konnte er seiner Mutter schlecht sagen, dass Erin eine Privatermittlerin war, die ihr hinterherschnüffelte. Es wäre auch keine Erklärung dafür, warum er nackt mit ihr im Bett lag. Andererseits ging es seine Mutter so oder so nichts an, mit wem er schlief.

»Bin gleich wieder da«, flüsterte er in Erins Ohr, die sich die Decke bis zum Kinn gezogen hatte. Er seufzte leise und schlüpfte aus dem Bett.

Seine Mom stieß einen spitzen Schrei aus. »Mein Gott, Brandon, zieh dir was an!«

Er schnappte sich seine Boxershorts, die auf dem Boden gelegen hatte. »Ich bin dabei, wenn du so nett wärst und vielleicht rausgehen würdest?«

»Natürlich.« Endlich kehrte Bewegung in ihren vor Schock – oder Entrüstung – erstarrten Körper. Brandon fand es irgendwie lustig, gleichzeitig aber auch schrecklich nervig. Außerdem brauchte er dringend Kaffee, ehe er dieses Gespräch mit seiner Mom führen konnte, was auch immer sie von ihm wollte.

»Du rührst dich nicht von der Stelle, okay? Ich bringe Frühstück«, sagte er noch zu Erin, ehe er in sein Hemd von gestern und die zerknitterte Anzugshose schlüpfte und dann seiner Mutter zum Haus hinüber folgte.

Sie hatte nur ein leises »Geht klar« gemurmelt und sich dann noch mal umgedreht. Beim Gedanken daran, dass sie nicht so leicht aus der Ruhe zu bringen war, musste er schmunzeln. Erin war einfach cool, das musste man ihr lassen. Jede andere Frau wäre entweder total entsetzt davongelaufen oder hätte sich schrecklich aufgeregt. Die Vorstellung, dass Erin einfach noch eine Runde weiterschlief, bis er zurückkam, fand er großartig.

Bevor er die Küche über die Veranda betrat, fuhr er sich durch die Haare, aber das rettete wahrscheinlich auch nichts. Egal, sagte er sich. Er straffte seinen Rücken und steuerte geradewegs auf die Kaffeemaschine zu, wo er sich einen doppelten Espresso zubereitete.

»Ach, hier bist du«, sagte seine Mom hinter ihm. »Kommst du bitte ins Esszimmer?«

»Gleich«, brummte er.

»Was hast du dir nur dabei gedacht?«, gab sie mit einem Seufzen von sich, und er hörte mit Genugtuung, dass sich ihre Schritte entfernten.

»Halleluja«, stieß er hervor und schnappte sich die Tasse, ehe er ihr folgte.

Am Esstisch saß bereits die ganze Familie, seine Schwester und ihr Mann Greg, sein Dad, der sich gerade eine Traube in den Mund steckte, und seine Mutter, die sich mit Eifer ein Brötchen mit Butter beschmierte. Die Tafel war hübsch gedeckt, ein Strauß Sommerblumen zierte die Mitte, ansonsten hatte sie Lachs, Käse, Schinken mit Melone, gekochte Eier und frisches Obst, sowie herrlich duftende, kürzlich gebackene Brötchen und Bagel aufgetischt. Brandon fragte sich, wie spät es überhaupt war. Mitten in der Nacht waren sie vermutlich auch nicht aufgestanden.

»Morgen«, sagte er und setzte sich.

»Wow«, meinte Shannon und grinste. »Da sieht aber jemand ramponiert aus.«

»Wusste nicht, dass ein Familienfrühstück auf dem Programm steht.«

Greg schmunzelte und schenkte sich Orangensaft nach. »Du auch?«

Brandon nickte. »Gern.«

»Kannst du mir verraten, was diese Kellnerin in deinem Bett macht?«, fing seine Mom an.

Shannons Augen wurden groß, sein Vater lehnte sich im Stuhl zurück, und Greg tat so, als wäre er gar nicht da.

»Willst du das wirklich wissen?«, gab Brandon zurück und unterdrückte ein Grinsen. Irgendwie war diese Situation zu absurd, um sie ernst nehmen zu können.

»Wir können uns das alle denken. Die Frage ist, musste das wirklich sein?«

»Darling«, mischte sich Carmichael ein. »Der Junge ist erwachsen, lass ihn doch seinen Spaß haben.«

Dorothy ließ das Messer klirrend auf den Tisch fallen. »Er kann anderswo Spaß haben, aber nicht in meinem Poolhaus.«

»In *unserem* Poolhaus«, erinnerte ihr Mann sie mit einem milden Lächeln.

Eigentlich wirkten die beiden nicht wie ein Paar, das Probleme hatte, dachte Brandon und trank einen Schluck von seinem Espresso. Bitter und heiß rann er seine Kehle hinab, und er hoffte, dass die Wirkung des Koffeins bald einsetzte.

»Du hast die Kellnerin geknallt?«, fragte Shannon und prustete los.

»Wie drückst du dich denn aus!«, tadelte Dorothy.

»Moment mal«, fuhr Brandon dazwischen. »Wärst du nicht – ohne zu klopfen, wohlgemerkt – in mein Schlafzimmer geplatzt, hättet ihr gar nichts davon erfahren.«

»Eben. Denkst du nicht, es ist an der Zeit, aufzuhören, durch die Gegend zu vögeln? Solltest du nicht endlich daran denken, zu heiraten.« Diese Worte aus dem Mund seiner Mom zu hören, überraschte ihn. Seit wann benutzte sie dieses Vokabular? Durch die Gegend zu vögeln?

Er presste die Zähne zusammen, als er sich erinnerte, dass sie diese und schlimmere Worte in ihrem Tagebuch notierte. Gepresst antwortete er. »Ich entscheide immer noch selbst, wen und wann ich heirate.«

»Was ist denn mit Theresa? Ihr habt euch doch so gut unterhalten?«

»Das heißt doch nicht gleich, dass ich mehr von ihr will.«

»Zu schade.«

»Dorothy, Liebling, erzwingen kann man wirklich nichts.«

Seine Mom straffte ihre Schultern.

»Warum bist du überhaupt rübergekommen?«, fragte Brandon nun und runzelte die Stirn.

»Ich wollte dich bitten, heute hier zu sein, wenn die Leute vom Catering noch mal kommen, um die restlichen Sachen abzuholen.«

»Und wo wirst du dann sein?«

Täuschte er sich oder errötete sie? Nein, tatsächlich. Ihre Wangen färbten sich rosa.

»Ich werde mit deinem Vater nach Boston fahren, wir haben dort ... äh ... ein paar Termine.«

»Termine?« Er schaute zu seinem Dad, der auf einmal sehr damit beschäftigt war, einen Fussel von seiner Hose zu klauben.

»Ich würde ja bleiben«, meinte Shannon, »aber wir haben heute Abend eine Verabredung, die möchte ich ungern absagen.«

Brandon verzog seine Lippen. »Klar, kein Ding. Ich kann hier sein. Dann fahre ich später erst zurück.«

Oder er würde noch ein wenig Zeit mit Erin verbringen, vielleicht den Segeltörn nachholen, oder ... Ja, das war ein guter Plan.

»Möchtest du nichts essen?«, wechselte seine Mom das Thema und hielt ihm den Brotkorb hin.

»Ehrlich gesagt ... ich möchte mit meiner ... äh ... Kellnerin frühstücken. Wäre doch unhöflich, wenn ich das nicht einmal anbieten würde, oder?«

Shannon kicherte in ihre Serviette.

»Der wird ein ewiger Junggeselle bleiben«, meinte sie dann.

Er zuckte die Schultern. »Aus gutem Grund. Da ich an so vielen Scheidungen partizipieren durfte, erscheint mir das einfach als das Klügste.« Brandon warf seinem Dad noch einmal einen Blick zu, aber der schien ihn völlig zu ignorieren.

Was war denn da im Busch? Er begriff es nicht, und es war auch noch viel zu früh für ihn, um irgendwelche versteckten Zusammenhänge kombinieren zu können. Während er überlegte, stapelte er Lachs, Käse, Weintrauben, Brot und Butter auf seinem Teller.

»Darf ich?«, fragte er und nahm die Karaffe mit Orangensaft an sich.

Dann stand er auf. »Bis später.«

Er sah, wie seine Mom den Mund aufmachte, um etwas zu sagen, und wie ihr Mann ihr eine Hand auf den Oberarm legte, dann verließ er das Haus seiner Eltern und kehrte mit einem erleichterten Seufzer zu Erin zurück.

Er stellte das Frühstück auf dem kleinen Esstisch ab, dann setzte er sich auf die Bettkante und schob ihr eine Strähne aus der Stirn. »Hey.«

Er genoss es für ein paar Sekunden, sie anzusehen und dabei zu beobachten, wie sie aufwachte. Sie atmete tief ein, streckte sich, und dann flatterten ihre Lider.

»Guten Morgen«, grüßte er mit einem Lächeln auf den Lippen.

»Morgen.«

»Gut geschlafen?«

»Du schnarchst.«

»Nie im Leben.«

Erin lachte und gab ihm einen spielerischen Boxer in den Bauch. »Du siehst ganz schön ramponiert aus.«

»Sehr lustig. Genau das meinte meine Familie eben auch.«

Sie stützte sich auf die Ellenbogen und schaute ihn direkt an. Sehr zu seinem Wohlgefallen rutschte die Decke nach unten und bot ihm einen hervorragenden Blick auf ihre kleinen, festen Brüste. Sein Lächeln wurde breiter, dieser Morgen konnte doch noch eine gute Wendung nehmen …

»Was wollte sie denn eigentlich hier? Oder kontrolliert sie dich immer?«

Er verzog seinen Mund. »Wenn es nach ihr ginge, sollte ich längst verheiratet sein. Aber sie wollte mich nur darum bitten, heute das Cateringpersonal beim Abbau zu beaufsichtigen.«

»Aha.«

»Ja, und sie war nicht erfreut, dass ich mit einer Kellnerin«, er lachte, »im Bett war. Wenn es nach ihr ginge, dann hätte es Theresa sein müssen.«

»Die Dunkelhaarige?«

Er hob eine Augenbraue. »Dir entgeht wohl gar nichts.«

»Ist mein Job, schon vergessen?« Sie zwinkerte.

Irgendwo, tief in ihm, freute sich ein Teil, dass sie ihn genug mochte, um zu verfolgen, mit wem er sich auf der Party unterhalten hatte.

»Und, warum bist du nicht mit ihr im Bett gelandet?«, fragte sie jetzt.

Er stupste Erin auf die Nase. »Weil ich was Besseres vorhatte, und zweitens will ich nicht heiraten. Weder Theresa noch überhaupt jemanden.«

»Das hat deine Mutter noch nicht mitbekommen? Sie weiß doch, dass du mit Scheidungen und Rosenkriegen ein Vermögen verdienst.«

»Doch, klar hat sie das mitbekommen, ich sage es ihr oft genug, glaub mir. Aber sie ist felsenfest davon überzeugt, dass ich meine Meinung noch mal ändere, weil ich ja einen Stammhalter brauche.«

»Gott, was bist du? Ein Zuchtbulle?« Sie lachte.

»Manchmal komme ich mir so vor. Na ja, nicht ganz so schlimm. Trotzdem kann sie nicht nachvollziehen, dass ich keine feste Beziehung möchte.«

»Seltsam, dass die Menschen, die einem nahestehen, oft nicht begreifen, was wirklich in einem vorgeht, hm?«

Er nickte und fragte sich, was in Erin vorging. Er hatte das Gefühl, er wusste gar nichts von ihr. »Was ist mit dir?«

»Was meinst du? Nein, ich will auch nicht heiraten.«

Er lachte. »Dann sind wir uns ja einig.«

»Sonst wäre das hier wohl nicht passiert.« Sie schaute auf das Bett.

Er legte ihr eine Hand an die Wange. »Wird es noch mal ›passieren‹?«

»Ich hätte nichts dagegen, allerdings halte ich nicht viel von Verpflichtungen. Solange es kein Zwang wird, ... verstehst du? In meinem Leben ist kein Platz für all den Quatsch.«

Obwohl es genau die Worte waren, die aus seinem Mund hätten stammen können, wollte er wissen, was ihre Gründe waren. »Warum?«

Sie setzte sich auf und kletterte aus dem Bett. »Vielleicht erzähle ich es dir irgendwann.« In ihrer vollkommenen Nacktheit spazierte sie durch das Poolhaus und schnappte sich eine Traube. »Frühstück! Wie nett von dir.«

Brandon schaute Erin nachdenklich hinterher. Was hatte diese Frau zu verbergen? Wieso war sie so verschlossen und vertraute niemandem? Er hatte gedacht, dass ... Nein, er hatte gar nichts gedacht.

Das hier war rein sexuell, natürlich musste sie ihm am Morgen danach nicht ihre Lebensgeschichte auftischen, als wäre sie ein Croissant mit Marmelade.

* * *

Erin saß auf dem Deck des Segelboots, die Sonne schien auf ihr Gesicht. Brandon hatte mit Lichtschutzfaktor fünfzig vorgesorgt, sodass sie nicht befürchten musste, wieder eine Quarkmaske auflegen zu müssen. Überhaupt hatte sie an nicht viel gedacht den Tag über. Es war herrlich gewesen, an seiner Seite im Segelboot über das glitzernde, spiegelglatte Meer zu gleiten und einfach Fünfe gerade sein zu lassen. Erin konnte sich nicht erinnern, jemals so einen wundervollen, nahezu perfekten Tag erlebt zu haben. Sie liefen gerade in den kleinen Hafen ein, einige Möwen kreisten über ihnen. Sie gingen wohl fälschlicherweise davon aus, dass bei ihnen was zu holen war. Der Gedanke ließ sie schmunzeln. Sie hatten das Picknick bis auf den letzten Krümel verspeist, nachdem sie zuvor in einer einsamen Bucht gebadet hatten. Diese Seite von Brandon kennenzulernen, war wie ein Geschenk für Erin. Sie hätte nie gedacht, dass jemand wie er auch ohne Alphagehabe so sexy sein könnte.

»Was ist jetzt eigentlich mit deiner Mutter?«, fragte sie ihn, nachdem er das Schiff sicher vertäut hatte.

»Was meinst du?«

»Denkst du, es ist noch nötig, dass ich sie weiter observiere? Das Paar scheint sich ja wieder anzunähern.«

Er zuckte die Schultern. »Die waren beim Frühstück schon irgendwie seltsam. Ich würde sagen, dass wir zu diesem Wochenende reisen, das sie da gebucht hat.«

»Wir?« Sie hob eine Augenbraue.

»Hast du was dagegen, wenn ich mitkomme?«

Noch vor einigen Wochen hätte sie definitiv mit ›ja‹ geantwortet, sie erinnerte sich gut daran, dass sie seinetwegen bei Burke fast aufgeflogen wären. »Nein, es stört mich nicht. Ist ja deine Mutter.«

Er verzog seine Lippen zu einem schiefen Grinsen. »Komische Frage vielleicht, aber ... ein oder zwei Zimmer?«

Erin konnte nicht anders, sie musste lachen. »Du bist großartig. Also, wieso nicht das Angenehme mit dem Nützlichen verbinden. Allerdings sage ich dir gleich, ich bin dann ja zum Arbeiten dort ...«

Brandon ließ seine Hände unter ihr Shirt gleiten, die sich heiß auf ihrer kühlen Haut anfühlten. »Ich werde dich sicher nicht davon abhalten ...«

Ihr Puls schnellte in die Höhe. »Du bist so ein mieser Lügner.«

Und dann stellte sie sich auf die Zehenspitzen, schlang die Arme um seinen Nacken und küsste ihn. Das Boot wiegte sich sanft in den Wellen, die Sonne schien auf sie herab. *Wenn das Leben nur immer so sein könnte*, dachte sie und verlor sich in seinen Armen.

Hand in Hand waren sie über den Steg zum Parkplatz gelaufen. Brandon wollte nicht, dass Erin ging, aber er wusste, wenn er es aussprach, würde sie es falsch interpretieren, deshalb schwieg er und senkte seine Lippen auf ihre.

Bedauerlicherweise war der letzte Kuss viel zu schnell vorüber, wie der ganze Tag.

»Tut mir leid, so gerne ich auch weiter bleiben würde, aber ich muss Geld verdienen.« Erin blickte zu ihm auf, und sein Herz stolperte. Brandon hatte gedacht, dass sie nach dem großartigen Segeltörn vielleicht noch in ein hübsches, kleines Restaurant fahren konnten. Erin hatte offenbar andere Pläne, er hoffte, dass man ihm seine Enttäuschung nicht ansah.

Er versuchte zu lächeln, wusste allerdings nicht, ob es ihm gelang.

»Dann sehen wir uns, wenn wir uns sehen.«

»Bye, Erin.« Es fühlte sich seltsam an. Wie sollte er sich jetzt verhalten, sollte er sich mit einem Kuss oder mit einer Umarmung verabschieden?

Wie machst du es denn bei deinen anderen Affären?, fragte das Stimmchen in seinem Kopf.

Aber das hier war doch irgendwie etwas anderes, das Warum wollte er nicht näher analysieren. Weil er spürte, dass sie sein Zögern bemerkte, gab er ihr einen kurzen Kuss auf die Stirn. »Fahr vorsichtig.«

Sie lächelte, stieg in den Mietwagen und brauste davon. Brandon hob die Hand und winkte ihr hinterher, während sich in seinem Bauch ein seltsames Gefühl breitmachte. Obwohl sie eben erst losgefahren war, fühlte er sich jetzt schon einsam. Wie absurd.

Er schüttelte den Kopf und schlenderte durch die Dünen zurück zum Haus.

Kapitel 15

Schlaf gut, mein Süßer.« Erin streichelte über das Gesicht ihres Bruders.

Er zeigte keine Regung. Natürlich nicht.

Seine Augen waren geschlossen, sein Körper ausgemergelt und schwach. Sie hatte aufgehört mit dem Schicksal zu hadern, obwohl sie manchmal noch überlegte, was wohl aus ihnen geworden wäre, wenn all das niemals passiert wäre. Wenn er nicht an die falschen Freunde geraten wäre, die falschen Entscheidungen getroffen hätte. Würde er dann möglicherweise als Arzt im *Boston General Hospital* arbeiten? Das war sein Traum gewesen. Wäre er verheiratet, hätte er womöglich eine Tochter oder einen Sohn, eine großartige Frau und eine Zukunft vor sich? Letzteres ganz sicher. Aber niemand konnte die Zeit zurückdrehen und falsche Entscheidungen zu richtigen machen.

Erin erinnerte sich an den Abend nach dem Bowling-Spiel, als Brandon mit zu ihr gekommen war und sich Lennys Bilder angesehen hatte. Bis eben hatte sie seinen Kommentar verdrängt, dass Lenny als Fahrer das andere Schlüsselbein gebrochen haben müsste. War eventuell doch nicht alles so abgelaufen, wie es den Anschein hatte? Sollte sie noch einmal Einsicht in die Polizeiakten verlangen? Aber was sollte das bringen? Taylor war tot. Für Lenny war es ebenfalls zu spät. Sein Leben war vorbei gewesen, ehe es richtig angefangen hatte.

Eine Träne rollte aus ihrem Augenwinkel. Wütend wischte sie sie weg. Weinen hatte noch niemandem geholfen.

»Bis bald«, murmelte sie und wusste, dass sie nie mehr eine Antwort von ihm bekommen würde. Dann verließ sie sein Zimmer in der Pflegeeinrichtung und fuhr nach Hause.

Wie weit lag das letzte Wochenende gedanklich schon zurück; es war einfacher, sich vorzustellen, auf den Mond zu reisen, als zu glauben, dass sie diese schönen Stunden an Brandons Seite in dieser wundervollen Umgebung wirklich erlebt hatte.

Hör auf, mahnte sie sich innerlich, ehe sie sich in etwas verrannte.

Das Glück war so flüchtig wie ein Windhauch im Sommer. Wenn jemand das begriffen haben sollte, dann sie. Mochte das Leben auch noch so trostlos sein, solange man atmete und das Herz schlug, gab es immer ein kleines Licht am Horizont. Das war nur eine Redensart, aber vielleicht war ja doch etwas daran. Sie hatte lange kein Licht gesehen, aber in seinen Armen, da hatte sie es gefühlt. Warm und zärtlich, so rein und hell, dass sie sogar jetzt noch die Augen bei der Erinnerung schloss und erschauderte.

Seufzend stieg sie kurz darauf in ein Taxi nach Roxbury und starrte aus dem Fenster. Je trostloser die Gegend wurde, desto klarer wurde sie im Kopf. Die Realität holte sie immer wieder ein, und das war auch gut so.

Auf dem Weg nach oben schaute sie bei Mrs. Lincoln vorbei, es ging ihr gut, und Erin versprach morgen für sie einzukaufen. In ihrer Wohnung schob sie sich ein Fertiggericht in die Mikrowelle, das sie vor dem Fernseher bei einer Serie essen wollte. Sie hob gerade die Gabel, als sie Poltern und Geschrei auf der anderen Seite hörte.

»O nein«, stieß sie hervor. Das konnte doch nicht wahr sein.

Erin schrieb eine SMS an Liv.

Ist Jessica nicht mehr im Shelter?

Ihre Antwort kam sofort.

Tut mir leid, sie hat gestern ihre Sachen gepackt. Wir haben alles versucht, aber sie wollte nicht mehr bleiben.

Erin ließ das Telefon sinken und boxte in das Sofakissen.

»Verdammt, warum manövrieren sich Leute nur immer wieder in Situationen, die sie am Ende umbringen?«, schimpfte sie.

Sie verharrte einige Minuten regungslos, dann sprang sie wütend vom Sofa auf. Unruhig lief sie in ihrer Wohnung hin und her. Was sollte sie tun? Rübergehen und sie an den Haaren herauszerren?

Nein, dass das nichts nützen würde, war klar. Immerhin war sie freiwillig zu ihm zurückgekommen. Erin konnte es einfach nicht fassen. Sie raufte sich die Haare, zog Turnschuhe an, dann schnappte sie sich Handy, Schlüssel und Tasche und rauschte aus der Wohnung.

Erst, als sie im Hausflur vor Brandons Wohnungstür stand, kam sie zur Besinnung.

Shit, dachte sie. *Was suche ich eigentlich hier?*

Was, wenn er gar nicht da war? Oder noch schlimmer, wenn er nicht alleine war?

Sie überlegte, auf dem Absatz kehrtzumachen, doch die Aussicht, einsam in ihrem Apartment zu liegen, während sich Jessica verprügeln ließ, zermürbte sie. Also drückte sie den Klingelknopf. Es dauerte ein wenig, aber dann öffnete Brandon. Ein zarter Duft von Knoblauch und Kräutern strömte aus der Wohnung, sie hörte klassische Musik. Die Ärmel seines weißen Hemdes hatte er hochgekrempelt, er war barfuß, trug dabei immer noch seine Anzugshose.

O Gott. Er sah heiß aus.

Er hatte bestimmt Besuch. Ein ungutes Gefühl breitete sich in ihrer Magengrube aus, das sich fast wie Eifersucht anfühlte.

»Erin?«, stieß er hervor. »Das ist ja eine Überraschung.«

Ihr wurde heiß und kalt zugleich. Verdammt, was hatte sie sich nur dabei gedacht, unangemeldet bei ihm aufzutauchen? Natürlich hatte ein Typ wie er ein Privatleben. Sie hätte nicht kommen sollen.

»Tut mir leid, ich dachte … Ich wusste nicht … ach, ich melde mich später. Tschüss, Brandon.«

Sie wollte sich gerade umdrehen und gehen, aber er hielt sie am Ärmel fest. »Hey. Was ist los? Komm rein, es ist gut, dass du da bist. Ich wollte sowieso mit dir sprechen.«

Sie blickte zu ihm auf, und die Wärme, die aus seinen Augen strahlte, überwältigte sie. Erin schluckte. »Echt?«

Er lächelte. Ein entwaffnendes und herzliches Lächeln, das offen und echt war. »Ja, echt. Bitte komm doch erst mal rein.«

Sie atmete tief ein. »Okay. Danke.«

Er nahm ihr die Tasche ab und stellte sie auf die Anrichte im Flur. Sie wartete darauf, dass er sie noch einmal fragte, was sie hier wollte, aber er dachte wohl gar nicht daran. Sie folgte ihm in die Küche, wo er ein zweites langstieliges Glas aus dem Schrank nahm – okay, er hatte anscheinend doch keinen Besuch –, Rotwein eingoss und es ihr reichte.

»Möchtest du?« Es war keine wirkliche Frage, und sie musste über seine großartige Höflichkeit schmunzeln.

»Du hast gekocht?«, äußerte sie überrascht und nahm ihm das Glas ab. Dass ihre Fingerspitzen seine berührten und in ihr das Gefühl aufkam, sich ihm an den Hals werfen zu wollen, ignorierte sie für den Moment. Auch, weil ihr Magen lautstark knurrte.

»Ja, habe ich.«

»Wow.« Sie guckte in eine Schüssel, in der Spaghetti in

einer Tomatensoße mit frisch gezupftem Basilikum lagen. »Sieht lecker aus.«

Während er einen Teller aus dem Schrank nahm und ihr eine Portion auffüllte, fragte er: »Willst du kosten?«

»Und du?«

»Ich habe eben gegessen, ich wusste ja nicht, dass ich Gesellschaft bekommen würde. Setz dich doch.«

Erin ließ sich auf einen der Barhocker gleiten und stellte das Glas vor sich ab. »Tut mir leid, ich hätte vorher anrufen sollen.«

»Hey, das war kein Vorwurf«, erwiderte er sanft, und alleine dafür hätte sie ihn küssen mögen. »Sonst sitzt du ja immer schon in meiner Bude, wenn ich hier ankomme, also ist das bereits ein Fortschritt. Anrufen wäre dann wirklich übertrieben«, scherzte er. Als er sah, dass sie nicht reagierte, fuhr er fort: »Du wirkst ein wenig durch den Wind, wenn ich das mal so salopp formulieren darf.«

»Du darfst.« Sie seufzte und hob ihr Glas an. »Cheers.«

Er schlug seines leicht gegen ihres. Ganz der wohlerzogene Gentleman hielt er es am Stiel fest und nicht wie sie am Bauch. Obwohl sie in verschiedenen Welten lebten, fühlte sie sich bei ihm wohler als irgendwo sonst. Ihr war klar, dass es nicht an der exklusiven Wohnungseinrichtung lag. Es war die Selbstverständlichkeit, mit der Brandon Dinge, die sie betrafen, einfach hinnahm. Er verurteilte sie nicht für das, was sie tat, oder zumindest hatte sie nicht den Eindruck.

»Kochst du immer für dich allein?«, wollte sie wissen und ging doch nicht auf seine Frage ein. Wenn sie ehrlich war, wollte sie nicht über Dinge reden, die sie nicht ändern konnte. Das bedeutete nicht, dass sie sich damit abfinden musste, aber für den Moment wollte sie einfach Abstand von allem.

»Ja.« Er zuckte die Schultern. »Ist das verwerflich?«

»Und die Musik?«

Er zog eine Grimasse. »Du magst *Fantaisie Impromptu* von Chopin nicht?«

»Bitte was?«

»Chopin, so heißt der Komponist.«

»Und das Stück heißt?«

»Fantaisie Impromptu.«

Sie verdrehte die Augen. »Nie gehört.«

»Gefällt es dir nicht?«

Erin lauschte den dramatischen Klavierklängen und wunderte sich, dass jemand so etwas komponieren konnte. Es überstieg absolut ihre Vorstellungskraft, zumal sie nicht mal Noten lesen konnte. »Na ja«, fing sie an. »Es ist schon irgendwie interessant.«

Brandon seufzte. »Hey, ist ja gut. Ich kann auch was anderes anmachen.« Er ging zu seinem Smartphone, das in einer Halterung steckte. »Was hörst du so?«

Das Stück wurde unterdessen sanfter, lullte sie mit seinen feinen Klängen ein. »Nein«, murmelte sie und trank noch einen Schluck. »Lass nur ... Ich würde es mir gern weiter anhören.«

»Muss ja nicht sein, Erin. Ehrlich. Keiner meiner Freunde, der nicht über sechzig ist, mag Klassik.«

Sie sah ihm tief in die Augen. Ihr Magen zog sich sehnsuchtsvoll zusammen, und der Hunger war vergessen. Erin stand auf und ging auf ihn zu. Sanft nahm sie seine Hand vom Handy weg und verschränkte ihre Finger mit seinen.

Sie blickte zu ihm auf. »Mach lauter.«

Brandons Pupillen weiteten sich, und er verstand.

»Oh.« Er atmete scharf ein.

»Es ist mal Zeit für was Neues ...«

Und obwohl sie die Musik ganz gut fand, hörte sie ab jetzt nur noch mit halbem Ohr zu. Ihre ganze Aufmerksamkeit war auf Brandon und seine Liebkosungen gerichtet, die sie mit völliger Hingabe erwiderte. Sein Keuchen, ihr Stöhnen vermischte sich mit Chopins Komposition und endete in einer Explosion der Sinne.

Erin lag nackt in seinen Armen, aus den Lautsprechern tönte immer noch leise Klaviermusik, er hatte das Stück geändert, und nun lief das *Rondo Alla Turca* von Mozart. Die Beleuchtung hatten sie gedimmt, alleine Kerzen spendeten ein sanftes Licht. Erins Finger tippelten im Takt auf seiner Brust. Er grinste. »Das ist irgendwie neu für mich.«

Er küsste sie auf den Scheitel.

»Oh, glaub mir. Für mich auch.«

Er drehte lauter und wippte mit seinem linken Fuß mit.

»Du magst es wirklich?« Er war fasziniert und irgendwie glücklich, dass Erin sich nicht über seinen Musikfaible lustig gemacht hatte und dass es ihr offenbar gefiel.

Sie lachte. »Es macht mich ganz kribbelig, eigentlich möchte ich aufstehen und tanzen. Aber ich habe keine Ahnung, ob man auf sowas tanzt.«

»Müsste schon ein ziemlich schneller Breakdance werden. Es ist ja eine Klaviersonate im Dreivierteltakt, gewissermaßen ein Marsch.«

»Also Walzer?«

»Nein, eher nicht. So schnell kann sich niemand drehen. Willst du tanzen?«, fragte er mit hochgezogener Augenbraue.

»Würdest du? Mit mir?« Sie hob ihren Kopf.

»Habe ich noch nie versucht, also ... wieso nicht?«

»Heute scheint ein guter Tag für neue Erfahrungen zu sein.« Ihr verschmitztes Lächeln rührte etwas tief in ihm an, das ihn verwirrt blinzeln ließ.

»Lass mal überlegen«, sagte er, um seine Irritation zu überspielen. Gleichzeitig fühlte sich sein Bauch an, als hätte er zu viele Tütchen Brausepulver genascht. »Wie wäre es mit dem hier?«, schlug er mit schnell klopfendem Herzen vor und wählte den *Liebestraum* von Franz Liszt aus.

Erin neigte ihr Gesicht zu ihm und lauschte, als die ersten Takte erklangen. Zu seiner Überraschung schloss sie die Lider und atmete ganz ruhig. »Das ist schön, es ist … irgendwie so gefühlvoll. Was ist das? O Gott«, sie schüttelte ungläubig den Kopf, »ich kann mir super gut vorstellen, wie hier zwei Liebende für ihr Glück kämpfen, alle Hindernisse überwinden …« Sie stockte und riss die Augen auf. »Puh, ich überdramatisiere ein bisschen, oder?«

Eine Welle an Emotionen schwappte über ihn, als er sich in ihrem Blick verlor. »Nein, du übertreibst kein bisschen. Ich …« Er griff nach ihrer Hand und führte sie zu seinen Lippen. »Das trifft es genau. Das Stück heißt *Liebestraum.*«

»Krass!«

Er lachte, denn er liebte ihre herzlich offene Art. Erin war wie eine Insel aus Ehrlichkeit in einem Meer von Neid, Missgunst und Betrug, das sonst seinen Alltag bestimmte. Es brach ihm beinahe das Herz, dass auch sie mit hoher Wahrscheinlichkeit betrogen worden war. Brandon hatte sich am Vormittag mit Scott Blair getroffen, und der Cop war sich nach einigen Ermittlungen beinahe sicher, dass jemand die Indizien und Dokumente und damit die ganzen Untersuchungen manipuliert hatte. Der Verdacht lag nahe, dass Lenny die Schuld in die Schuhe geschoben werden sollte, um Taylors Weste reinzuwaschen. Die einzige Person, die dafür infrage kam, war dessen Vater Ted Reynolds. Allerdings fehlten Scott noch konkrete Beweise dafür.

Nach dem Gespräch war Brandon drauf und dran gewesen, Erin sofort anzurufen, hatte dann jedoch gezögert, und als sie vorhin vor seiner Tür stand, hätte er es ihr am liebsten gleich erzählt. Jetzt war er sich nicht mehr sicher. Würde sie die Information, die weder bestätigt noch bewiesen war, nicht vollkommen aus der Bahn werfen? Immerhin hatte

Erin alles verloren, nicht nur menschlich, auch finanziell. Die Folgen, die für sie aus einer Lüge entstanden waren, waren immens, und er konnte nicht abschätzen, ob sie zusammenbrechen oder wie sie sonst reagieren würde.

Er hatte Angst, und er war auch ziemlich egoistisch, er wollte den innigen Moment mit ihr nicht verderben. Er wollte sie nur noch ein wenig für sich haben, ihre Nähe, ihre Zärtlichkeiten.

»Komm her.« Seine Stimme klang belegt. Er zog Erin auf die Beine und begab sich mit ihr in Tanzposition. Sein Herz schlug bis zum Hals hinauf, und dieses eine Mal lag es nicht daran, dass sie beide nackt waren. Sie waren viel mehr als zwei Körper, die sich aneinanderschmiegten, es fühlte sich an, als ob ihre Seelen sich zum ersten Mal berührten und einander Worte zuflüsterten, die niemand wirklich aussprechen musste, und doch wurden sie verstanden.

»Ist das nicht albern, was wir da machen?«, fragte sie unsicher.

»Alles andere als das«, gab er heiser zurück.

Erin schaute zu ihm auf, und wieder stellte er fest, dass sie für so eine kleine, zarte Person unfassbar stark war. Viel stärker als alle, die er kannte. Und dann tanzten sie, langsam und eng umschlungen, nackt in seinem Penthouse. Obwohl er nicht betrunken war, fühlte er sich wie berauscht. Berauscht von ihrer Nähe, den Klängen der Musik und von dem Gefühl tiefen Verständnisses, das zwischen ihnen lag.

Brandon schnarchte leise neben Erin, seinen Arm hatte er besitzergreifend um sie gelegt. Er roch männlich herb und dezent nach seinem Aftershave. Sie nahm einen tiefen Atemzug, dann wand sie sich vorsichtig aus seinen Armen und kletterte aus dem Bett. Es musste noch sehr früh sein, die Sonne leckte jedoch schon an den Jalousien. Sie wäre gerne noch geblieben, doch das konnte und wollte sie sich nicht erlauben. Ihr war klar, dass das hier nur ein Ausflug war, eine weitere Ausflucht aus ihrer Realität in eine andere, zu der sie niemals gehören würde.

Bis vor Kurzem hatte sie nie das Bedürfnis gehabt, aus ihrem Leben zu entfliehen. Sie hatte sich damit abgefunden, dass es so gekommen war, dass Geld das Einzige war, was zählte, um die Rechnungen für die Behandlung ihres Bruders zu bezahlen und seine Schulden zu begleichen. Doch jetzt, nachdem sie in Brandons Armen erfahren hatte, wie schön das Leben sein konnte, verspürte sie immer öfter die leise Hoffnung, dass es so bleiben könnte. Diese verführerische Stimme in ihrem Kopf war leider nicht die der Vernunft, sondern die der Versuchung. Obwohl sie nicht bibelfest war, wusste sogar sie, dass die Versuchung schon Adam und Eva aus dem Paradies katapultiert hatte. Bei ihr würde es nicht anders sein, und sie hasste es, zu fallen. Dieses Mal würde sie nicht wieder aufstehen, das wusste sie. Deswegen schlüpfte sie so leise wie möglich in ihre Kleidung und verschwand aus Brandons Wohnung. An der Tür sah sie sich ein letztes Mal um.

Das hier durfte nicht wieder passieren. Wenn es einfach nur Sex gewesen wäre, hätte sie kein Problem. Aber für sie war es längst mehr geworden. Irgendwie hatte es dieser verdammt korrekte Anwalt geschafft, sich in ihr Herz zu schleichen. Er durfte niemals davon erfahren.

Erin hastete aus dem Gebäude, ging auf dem Weg nach Hause noch für Mrs. Lincoln einkaufen und buchte sich dann einen Flug nach Atlanta. Die folgenden Tage verbrachte sie damit, Nates Auftrag zu erfüllen und Brandons Nachrichten und Anrufe zu ignorieren.

Es war besser so, sagte sie sich immer wieder, und doch zerriss es ihr fast das Herz. Sie wollte seine Stimme hören, aber es würde ihr nur noch mehr Schmerz zufügen. Während der Zeit, in der sie nicht an Brandon dachte oder auf seine Worte starrte, observierte sie Henry M. Bowers, Nates leiblichen Vater und Mörder von Nates Mutter, der vor ein paar Wochen aus der Untersuchungshaft entlassen worden war. Leider erwies sich diese Aufgabe mehr als langweilig, denn er schien wirklich nichts weiter zu tun, als in seinen eigenen vier Wänden die Zeit abzusitzen. Er bekam keinen Besuch, telefonierte selten, und auch seine Interaktionen per E-Mail oder Messenger waren so gut wie nicht vorhanden.

Am Ende der Woche musste sie sich eingestehen, dass hier absolut und gar nichts weiter für sie zu tun war. Aber immerhin, sie würde Nate mitteilen können, dass er von seinem Erzeuger nichts zu befürchten hatte. Vermutlich ahnte er nicht einmal, dass Nate zu einem Teil mit verantwortlich war, dass alle seine Vergehen aufgedeckt worden waren. Es war längst überfällig gewesen, und hoffentlich bekam das Schwein, was er verdiente. Er hatte nicht nur das Leben einer Frau ausgelöscht, das einer anderen – seiner Ehefrau – hatte er ruiniert, bis sie sich vor Kurzem das Leben genommen hatte. Eine unheilbare Krebserkrankung hatte Adriana Bowers' Schicksal besiegelt, Erin hatte sie noch kennengelernt und für ihren Mut und ihr Durchhaltevermögen bewundert.

Als Erin in Boston aus dem Flieger stieg, bimmelte ihr Handy schon wieder. Es war Brandon.

»Hallo«, beantwortete sie, weil sie ihn nicht ewig ignorieren konnte. Immerhin war er ein zahlender Kunde ...

Gott, sie konnte sich nicht mal selbst belügen. Ihr Puls schnellte in die Höhe.

»Hey Erin. Mein Gott, ich dachte, es wäre was passiert. Wieso meldest du dich denn nicht?«

»Was soll mir denn passieren?«, erwiderte sie und freute sich doch, dass er sich um sie sorgte.

»O, da würde mir eine ganze Menge einfallen. Du lebst

in einem Rattenloch und schleichst hinter zwielichtigen Gestalten her.«

»Das mache ich seit Jahren.«

»Du solltest damit aufhören.«

Sie verdrehte die Augen. Nichts lieber als das, aber sie wäre mit einem normalen Job schlicht und ergreifend niemals in der Lage, die Pflege für ihren Bruder zu finanzieren.

»Sei nicht albern«, meinte sie dazu nur.

»Ja, ja, entschuldige. Ich weiß, es geht mich verdammt noch mal nichts an.« Er seufzte, und sie konnte sich bildlich vorstellen, wie er sich mit der Hand durch die Haare fuhr und vor seinem Fenster auf und ab ging.

»Schon okay. Warum rufst du an?«

»Warum ich anrufe?« Seine Stimme war beinahe schrill. »Ich wache auf, und du bist weg. Danach erreiche ich dich nicht mehr und höre kein Wort von dir. Ich habe mir Gedanken gemacht, okay? Aber gut, ich habe es begriffen. Du legst keinen Wert auf das, was in meinem Kosmos als völlig normal gilt. Schon in Ordnung.«

Sie schluckte.

»Brandon –«, fing sie an, aber er unterbrach sie.

»Hör zu. Geht es klar, dass du zu diesem Wochenende fliegst, das meine Mom gebucht hat?«

»J-ja, natürlich«, stammelte sie. »Ich war die letzten Tage in Atlanta – für Nate. Dass ich nach Savannah fliege, hatten wir ja besprochen, ich maile dir dann meine Flugzeiten und so weiter.«

»In Ordnung.«

Ob er seine Meinung geändert hatte und jetzt doch nicht mitkommen wollte? Sie wagte nicht, danach zu fragen. »Gut, äh, war sonst noch was?«

»Nein, das war alles.«

Sie atmete tief durch und schloss für eine Sekunde die Augen. »Also dann ...«

»Mach's gut, Erin.«

Damit legte er auf. Sie hatte ihr Handy noch nicht wieder weggesteckt, als es schon wieder klingelte. Es war Nate.

»Hallo?«, beantwortete sie.

»Erin! Wo steckst du?«

»Bin gerade aus dem Flieger gestiegen, warum, was ist los?«

»Dann weißt du es nicht?«

»Was?«

»Es ist überall in den Nachrichten. Mein, ähm, Erzeuger hat sich das Leben genommen. Zumindest sieht es danach aus. Kopfschuss, man hat ihn in seinem Arbeitszimmer gefunden.«

»Ach du Schande.«

»Ich könnte nicht sagen, dass es mir leidtut. Du hast nichts damit zu tun?«

»Ich? Nein, sicher nicht. War gestern Abend das letzte Mal dort, da war er noch quietschlebendig, und heute Morgen bin ich zum Flughafen gefahren und habe nicht noch einmal nach ihm gesehen.«

»Es gab einen Abschiedsbrief, die Polizei geht also davon aus, dass es Suizid war.«

»Was anderes kann ich mir auch nicht vorstellen, der Typ hat nur noch ins Leere gestarrt. Na, immerhin bist du den Sack los. Es wundert mich irgendwie nicht, dass jemand wie er an der Einsamkeit zugrunde geht, wobei er dafür ja selbst verantwortlich war. Er wirkte depressiv, saß nur rum, ungeduscht, alleine. Keine Sau interessierte sich mehr für den ehemals so wichtigen Generalstaatsanwalt. Freunde und Familie haben sich von ihm abgewandt, ehemalige Gönner natürlich ebenso. Sein Leben war ruiniert.«

Nate schwieg, und Erin fürchtete, dass sie vielleicht zu viel gesagt hatte. Immerhin war der Kerl sein leiblicher Vater.

»Alles okay?«, fragte sie.

»Sicher.« Er atmete aus. »Es ist nur so … komisch, dass es auf einmal vorbei ist. Ich bin erleichtert, aber ehrlich gesagt, ich kann es noch gar nicht glauben. Und da ist auch noch ein dumpfes Gefühl in mir, das ich nicht wirklich in Worte fassen kann.«

»Das ist nur natürlich, Nate.«

»Magst du im Büro vorbeikommen? Dein Honorar abholen.«

»Gerne morgen, wenn es recht ist.«

»Natürlich. Danke, Erin.«

»Nichts zu danken, ich habe nur meine Arbeit getan.«

»Dein Herz sitzt am rechten Fleck. Hast du schon mal überlegt, in einer anderen Branche unterzukommen?«

Was war nur mit den Kerlen los? Oder hatte Brandon mit ihm gesprochen? Nein, bestimmt nicht.

»Übertreib mal nicht, Nate. Wenn du mir nicht eine Stange Geld zahlen würdest, hätte sich meine Selbstlosigkeit sicher in Grenzen gehalten«, log sie. Denn mittlerweile waren auch Elijah, Nate und ihre Partnerinnen irgendwie zu mehr geworden als nur zu einfachen Klienten. Sie hatte die wichtigste Regel ignoriert: Lass dich emotional auf nichts ein. Nun, es war zu spät dafür, und in nicht allzu ferner Zeit würde sie den Preis der Einsamkeit dafür zahlen. Sie gehörte nicht zu ihnen, und das würde sich auch niemals ändern. Wenn ihre Arbeit beendet war, würde sie wieder die üblichen Aufträge annehmen müssen. Aufträge, die nicht immer dem entsprachen, was sie moralisch unter normalen Umständen vertreten würde – aber sie hatte keine Wahl, und das Wohl ihres Bruders ging nun mal vor. Für ihn würde sie alles tun und alles geben. Er hatte es verdient.

»Also dann bis morgen.« Sie legte auf.

Kapitel 16

Erin saß auf der Veranda des Hotels in Savannah und wartete. Sie hatte in den letzten Tagen gehofft, dass Brandon vielleicht zufällig bei Nate auftauchen würde. Natürlich war ihr klar gewesen, dass die Wahrscheinlichkeit sehr gering war, aber dennoch, diese blöde Hoffnung – seit sie einmal aufgetaucht war, hörte sie ständig dieses lästige Stimmchen in ihrem Kopf – machte ihr zu schaffen.

Tja, selbst schuld, sagte sie sich, während sie aus Langeweile etwas auf eine Serviette zeichnete. Brandon war nicht am Flughafen gewesen, und auch auf ihre Mail mit den Infos zur Reise hatte er sich nicht gemeldet. Das hieß wohl, dass er es ihr überlassen wollte, seine Mutter auf frischer Tat zu ertappen.

Es war besser so, das war ihr klar, trotzdem ...

»Gott, ich bin so dumm«, schimpfte sie leise und schüttelte den Kopf über sich selbst.

Es war passiert, sie hatte sich verliebt, in die letzte Person, von der sie es für möglich gehalten hatte. Erin machte sich nichts vor, natürlich träumte sie auch jetzt nicht von einem Leben als angetrauter Ehefrau des erfolgreichen Anwalts mit drei Kindern am Rocksaum. Daran hatte sich nichts geändert. Und doch sehnte sie sich nach seinen Berührungen, nach seinen Küssen, nach seinen Scherzen und seiner leicht steifen Art, die ihn umso liebenswerter machte, weil er sich so sehr bemühte, seine Wohlerzogenheit zu überspielen.

Ein leises Lächeln zupfte an ihrem Mundwinkel, sie schloss für eine Sekunde die Augen und sah sein Gesicht vor sich. Wie er unrasiert und barfuß neben ihr im Sand gestanden hatte, ihr Sandwich aufgegessen und sie dann nach Boston chauffiert hatte, weil er sich um sie gesorgt hatte. All das war Brandon, hilfsbereit, zuvorkommend und dabei so heiß wie die Sünde.

Sie bestellte sich einen Drink, obwohl sie wusste, dass es bei der schwülen Hitze Savannahs keine allzu schlaue Idee war. Aber sie brauchte etwas, um ihre Nerven zu beruhigen. Vielleicht konnte sie sich dann endlich wieder auf ihren Job konzentrieren, und der bestand ganz klar darin, nach Brandons Mom und ihrem Lover Ausschau zu halten. Ihr Blick fiel auf ein Banner, das gerade im Hotel vor der Treppe aufgehängt wurde. ›Creative Writing Congress Savannah‹, sie dachte sich nichts weiter dabei und nippte an ihrem Wodka-Martini, den sie wie James Bond gerührt und nicht geschüttelt mit einer Olive bestellt hatte.

Erin wischte sich mit der Serviette über die feuchte Stirn und zerknüllte sie dann. Zum Glück saß sie im Schatten, ansonsten wäre die Hitze kaum auszuhalten. Ihr war nach der Hälfte des Drinks ein wenig schwindelig, aber ihr Kopf fühlte sich leichter an.

»Tut mir leid«, hörte sie jemanden neben sich sagen, »ich bin zu spät, bin in Boston aufgehalten worden.«

Erin blinzelte und hob ihren Blick, obwohl sie wusste, wer neben ihr stand.

»Du!«, stieß sie hervor.

Brandon trug eine weiße Leinenhose, ein hellblaues Leinenhemd und braune Bootsschuhe. Er fügte sich perfekt in die sommerliche Umgebung ein, seine breiten Schultern wurden durch den geraden Schnitt des Hemdes betont, sein

Teint war leicht gebräunt. Es sollte verboten gehören, so gut auszusehen – was ihm nicht mal klar war. Glücklicherweise war er keiner der Schönlinge, die sich in jedem Spiegel betrachten mussten, ehe sie ihre Umwelt registrierten.

»Hast du mit jemand anderem gerechnet?«, fragte er mit einem Schmunzeln. »Darf ich?« Er zeigte auf den Stuhl neben ihr, was Erin beinahe auflachen ließ. Seine Höflichkeit überraschte sie auch nach all den Wochen, die sie sich nun schon kannten, immer wieder.

»Bitte«, erwiderte sie. »Setz dich doch.«

»Es tut mir echt leid, dass ich erst jetzt komme.«

»Mir war gar nicht klar, ob du überhaupt auftauchen würdest.«

Er runzelte die Stirn. »Nicht? Ich dachte, das hätten wir so abgesprochen?«

»Äh«, machte sie.

Ja, klar, sie hatten darüber geredet, aber seitdem war eine Menge passiert.

Andererseits hatte sich für ihn vermutlich nicht so viel verändert wie für sie. Erin versuchte sich nichts anmerken zu lassen.

»Stimmt.« Sie rang sich ein Lächeln ab. »Einen Drink für dich? Die Dinger sind fantastisch.« Sie hielt ihr beinahe leeres Glas hoch.

»Warum nicht. Ich muss zugeben, die Tatsache, dass ich meine Mutter hier mit dir möglicherweise mit ihrem Lover entlarven werde, macht mich nervös. Da kann ich mir ruhig ein bisschen Mut antrinken.«

»Kann ich gut verstehen.«

»Möchtest du auch noch einen?«

Sie überlegte. »Ich sollte eigentlich nicht, bei der Hitze …«

»Dann etwas anderes?«

»Ein Eistee wäre gut.«

Brandon setzte sich und winkte einen Kellner heran, bestellte und wandte sich dann wieder an Erin. »Alles okay?«

»Ja, sicher.«

»Wie geht es deinem Bruder?«

»Unverändert. Können wir bitte über was anderes reden?«

Brandon sah sie einen Moment mit einem unergründlichen Ausdruck an, dann räusperte er sich. »Okay, kümmern wir uns dieses Wochenende um das Ding mit meiner Mom, dann sehen wir weiter.«

Sie verstand nicht ganz, worauf er hinauswollte, aber fragte nicht weiter nach. Als die Getränke gebracht wurden, hielt sie sich am eiskalten Glas fest.

»Eine Hitze ist das hier«, sagte sie schließlich.

Brandon nickte und prostete ihr zu. »Ist auch nicht mein Klima, muss ich zugeben. Aber wenn man nicht arbeiten muss, geht's.«

»Sehr lustig«, kommentierte sie mit einem schiefen Lächeln. Und dann fragte sie sich, ob er sich ein Zimmer gebucht hatte. Bei ihrem letzten Gespräch hatten sie sich geeinigt, dass eins genügen würde, aber sie wusste nicht, wo sie in dieser Hinsicht standen. »Wo ist eigentlich dein Gepäck?«

»Habe ich drinnen bei der Rezeption abgegeben. Wieso?«

»Ach, nur so.«

Brandon nahm ihre Hand, und in ihrem Bauch flogen die Schmetterlinge auf. »Hast du es dir anders überlegt?«

Sein eindringlicher Blick raubte ihr den Atem.

»N-nein«, stammelte sie.

Er ließ seinen Daumen über ihren Puls gleiten.

»Gut«, war alles, was er dazu sagte.

Erin atmete schneller, in ihrer Mitte meldete sich ein sehnsuchtsvolles Ziehen. Verdammt, dieser Mann hatte eine einzigartige Wirkung auf sie.

»Möchtest du die Sachen jetzt raufbringen?«

Gott, sie war erbärmlich, aber sie würde tatsächlich direkt mit ihm in die Kiste springen.

»Gleich.« Er grinste anzüglich. »Lass mich nur erst austrinken.«

»Sicher, so war das doch gar nicht gemeint.«

Sein wissender Blick sagte mehr als tausend Worte. Erin spürte, dass sie rot wurde, und trank einen großen Schluck ihres Eistees. Sie schaute an ihm vorbei und entdeckte voller Schrecken, dass Brandons Mutter gerade auf dem Weg zu den Aufzügen war. Neben ihr lief ein Mann, der einen Strohhut auf dem Kopf trug.

»O Gott«, stieß sie hervor.

»Was ist?«, fragte Brandon.

»Deine Mutter ist da, wir haben ihre Ankunft verpasst.«

In dieser Sekunde öffneten sich die Lifttüren, und sie verschwand mit ihrem Begleiter dahinter. Sein Gesicht blieb verdeckt, und Erin ärgerte sich grün und blau, dass sie sich von ihren Hormonen so weit hatte ablenken lassen, dass sie ihren Job vernachlässigt hatte.

Sie fluchte leise und stellte ihr Glas mit einem Scheppern ab. »Sie sind uns entwischt.«

»Schon gut«, meinte Brandon, der mit einem Mal sehr blass war. »Wir finden sie sicher später noch.«

Erin nahm seine Hand. »Entschuldige bitte, mir ist klar, dass das für dich schwierig ist.«

Er zuckte die Schultern. »Schon gut. Man muss es eben schauen, wie es ist. Du hast ja mal erwähnt, dass meine Mutter erwachsen ist und tun und lassen kann, was sie möchte.«

»Hey«, wisperte sie sanft. »Hör auf damit.«

»Was meinst du?«

»Du darfst enttäuscht und wütend sein, Brandon.«

Ihre Blicke trafen sich, und für einige Sekunden sagte

niemand ein Wort. Die Stimmung veränderte sich zwischen ihnen, seine Pupillen verdunkelten sich, Erin leckte sich über die Lippen. ›Ich will dich‹, drückte seine ganze Mimik aus, und Erin wurde noch heißer. Sie stand auf und zog ihn mit sich.

»Komm«, murmelte sie, und dann verschwanden auch sie nach oben.

Das Hotel war im typischen Südstaatenstil eingerichtet, üppige Teppiche, dunkle Möbel, schwere Vorhänge und tropische Grünpflanzen prägten das Bild. Sie sprachen kein Wort, die knisternde Spannung zwischen ihnen wuchs mit jedem Schritt. Brandon warf die Tür hinter ihnen ins Schloss, dann zog er sie an sich. Ihr Zimmer hatte einen kleinen Balkon, auf dem Geländer lag ihr Fernglas. Den Koffer hatte Erin noch nicht ausgepackt, und auch jetzt hatte sie Besseres zu tun.

»Endlich«, sagte er rau und senkte seine Lippen auf ihre, ehe sie etwas erwidern konnte. Brandons Hände wanderten über ihren Rücken, umfassten dann ihre Pobacken und schoben ihr luftiges Kleid nach oben. Sie stöhnte in seinen Mund und drängte sich noch enger an ihn. Zufrieden stellte sie fest, dass sie seine harte Erektion an ihrem Bauch spüren konnte. Schrittweise näherten sie sich dem Bett, auf dem ein grüner Überwurf lag. Niemand hatte Zeit oder scherte sich überhaupt darum, das blöde Ding zu entfernen. Brandon streifte ihr das Kleid über den Kopf und ließ es achtlos auf den Boden fallen, dann drückte er sie sanft auf die Decke und zog sich sein Leinenhemd aus, das er ebenfalls fallen ließ. Sein Oberkörper glänzte feucht, Erin schwitzte ebenso, doch jetzt war es ihr egal, während sie ihren BH öffnete und wegwarf. Beim Anblick ihrer Brüste atmete er scharf ein und biss sich auf die Unterlippe. Brandon legte sich zwischen ihre Beine und küsste sie fordernder, noch leidenschaftlicher. Sie zerrte ungeduldig an seiner Hose, schob sie über seine schmalen Hüften und streifte gleich die Boxershorts mit ab. Er bedeckte ihr Dekolleté mit heißen Küssen, ließ seine Zunge um ihre Brustwarzen kreisen, bis sie sich vor Lust unter ihm wand.

»Mehr«, forderte sie und reckte ihm ihr Becken entgegen. Seine Hände schienen überall gleichzeitig zu sein, ihr Atem kam stoßweise. Als er seine Zunge um ihre intimste Stelle kreisen ließ, schrie sie leise auf und vergrub ihre Finger in seinen Haaren. Brandon hielt ihre Hüften umfasst, sodass sie sich nicht bewegen konnte. Er folterte sie auf die köstlichste Weise, mit seinen gekonnten Zungenschlägen trieb er sie in einem Höllentempo auf einen explosiven Höhepunkt zu. Sie warf ihren Kopf hin und her, stöhnte, atmete, rief seinen Namen und bog ihren Rücken durch. Unnachgiebig und bestimmt liebkoste er sie, bis Erin unter ihm zerfloss und von der Welle des Orgasmus davongetragen wurde. Ihr Herzschlag dröhnte, das Blut rauschte in ihren Ohren, es dauerte lange, bis sie wieder ins Hier und Jetzt zurückkam.

Brandon lag mit einem selbstzufriedenen Grinsen neben ihr und wickelte sich eine Haarsträhne um den Finger. Sein Schwanz war aufgerichtet und sein Körper von Schweiß bedeckt. Erin stützte sich auf die Unterarme und befeuchtete sich ihre Lippen, die sie zu einem trägen Lächeln verzogen hatte.

»Das war ...« Ihr fehlten noch immer die Worte, sie fühlte sich schwindelig und trunken vor Leidenschaft. Gleichzeitig war sie wie elektrisiert und ließ ihre Finger über seinen glatten Oberkörper gleiten.

»Erin«, murmelte er und umfasste ihre Hand mit seiner.

Ihre Blicke trafen sich, und als sie die Emotionen in seinen Augen sah, wurde ihr warm ums Herz. Sie wollte nicht, dass irgendjemand oder irgendetwas die Innigkeit des Moments mit den falschen Worten zerstörte, deshalb legte sie sich auf

ihn und verschloss seine Lippen mit ihren. Sie spielte mit
seiner Zunge und rieb sich an ihm, bis er unter ihr keuchte
und schwer atmete. Sie war längst bereit für ihn und ließ
seinen Schwanz in ihre Nässe gleiten. Brandon keuchte auf
und hielt sie an den Hüften fest. »Himmel«, er stöhnte, »du
bringst mich um den Verstand.«

Sie liebte es, wenn er so auf sie reagierte. Mit einem leisen
Kichern fing sie an, sich auf ihm zu bewegen, ließ ihr Becken
auf- und abgleiten und legte seine Hände auf ihre Brüste.
Brandons Miene war angespannt, er kämpfte sichtlich mit
seiner Erregung, was sie antrieb, ihn weiter zu reiten, bis er
sie anflehte, ihm mehr Zeit zu geben. Sie dachte gar nicht
daran, sondern genoss ihre eigene Lust, die seine Erektion
in ihr auslöste. Immer schneller, immer weiter trug sie sie
beide davon, bis sie Brandons Finger wahrnahm, die sich
in ihr Fleisch gruben. Er hatte die Augen weit aufgerissen
und rief ihren Namen. Sie spürte, wie er sich in ihr ergoss,
wurde vom zweiten Höhepunkt dieses Nachmittags erfasst
und ertrank in seinem Blick, der so viel Liebe und Intimität
ausstrahlte, dass ihr Herz aus ihrer Brust zu springen drohte.
Erin warf den Kopf in den Nacken und kostete die letzten
Sekunden des Orgasmus aus, ehe sie völlig erschöpft auf
ihm zusammenbrach.

Erin lag in Brandons Armen, über dem Bett rotierte ein Ven-
tilator, die Tür zum Balkon war geöffnet. Heiße Luft strömte
über ihre erhitzten Körper, er fühlte sich so entspannt wie
schon lange nicht mehr.

»Das habe ich vermisst«, sagte er, meinte aber eigentlich:
›Ich habe dich vermisst.‹

Er sprach es nicht aus, denn er wusste, dass Erin schrei-
end davonlaufen würde. Er kannte ihre Einstellung zum Thema Beziehungen, und seine ähnelte der. Umso absurder war
es, dass er sich immer öfter wünschte, er könnte häufiger

mit Erin zusammen sein, sie besser kennenlernen und erfahren, wovon sie träumte.

Über ihre Familie hatte er dank Scott Blair einiges herausgefunden, die Umstände des Unfalls waren nach wie vor mysteriös, es gab aber diese Unklarheiten in den Akten, die sehr nach einem Vertuschungsversuch aussahen. All das musste er mit Erin besprechen. Einmal hatte er es schon versucht, aber war dann nicht dazu gekommen. Jetzt schien ihm auch nicht der richtige Zeitpunkt dafür. Er wusste, dass es sie aufwühlen würde, und er wollte sie nicht in einem verletzlichen Moment damit eiskalt überrumpeln.

»Wir sollten das definitiv öfter tun«, murmelte sie und ließ ihre Finger über seinen Torso gleiten.

Brandons Lippen verzogen sich zu einem zufriedenen Grinsen. »Dem kann ich nur zustimmen.«

»Allerdings würde ich dafür plädieren, dass wir, wenn wir es öfter tun, vielleicht mal an Verhütung denken.«

Brandon setzte sich ruckartig auf. »Was?«

»Dir ist wohl nicht entgangen, dass wir bisher keine Kondome benutzt haben?«

»Du, ... du hast doch auf Cape Cod gesagt, dass ich mir keine Sorgen machen solle, weil du nicht mit vielen ...« Er fuhr sich mit der Hand über die Stirn.

»Ja, das ist richtig, aber da habe ich über Krankheiten gesprochen, nicht über Verhütung.«

Ihm wurde übel, was Erin anscheinend lustig fand.

»O Gott. Bist du ...«, stammelte er. »Bist du vielleicht schwanger?«

Sie drückte seine Schulter und ihn damit zurück aufs Bett. »Nein, keine Sorge.«

»Wie willst du das wissen? Hast du etwa einen Test gemacht?«

»Brauchte ich gar nicht, ich hatte letzte Woche meine Tage.«

»Aber das heißt doch, dass du schwanger werden könntest. Jetzt.«

Sie nickte. »Eben, deswegen schlage ich vor, dass wir ab sofort Kondome benutzen.«

»Dios mio«, stieß er hervor und blies zischend die Luft aus. »Du hast mir eben einen halben Herzinfarkt beschert.«

»Sorry, das wollte ich nicht.«

»Gut, also dann Kondome. Hast du welche?«

»In meinem Koffer.«

»Das fällt dir ja früh ein.«

»Hey, daran bist du schuld.« Sie tippte ihm auf die Brust. »Du hast mich wahnsinnig gemacht, ich habe es vergessen.«

Brandon seufzte und schloss die Augen. »Eigentlich ja ein Kompliment.«

Sie stupste ihn leicht an. »Angeber.«

Er grinste und schwieg zufrieden.

»Denkst du, ich sollte nicht mal langsam das tun, wofür ich bezahlt werde?«, fragte sie irgendwann, anscheinend hatte sie nicht die Ruhe, einfach noch ein wenig neben ihm im Bett zu dösen. Leider.

Er seufzte in ihr Haar. »Noch nicht.«

»Vielleicht verpassen wir sie dann wieder. Außerdem möchte ich wissen, was es mit diesem Creative-Writing-Ding auf sich hat.«

»Wieso? Möchtest du ein Buch schreiben?«, scherzte er.

»Ich muss zumindest ausschließen, dass sie deswegen hergekommen ist.«

»Aber das mit dem Mann war doch eindeutig, oder? Die beiden wirkten sehr vertraut.«

»Ja, das stimmt. Vielleicht haben sie sich ja so kennengelernt.«

Brandon seufzte. »Du bist echt eine Spielverderberin.«

»Tut mir leid, ... aber willst du es nicht auch wissen?«

»Ehrlich gesagt weiß ich gar nicht, ob ich es wirklich

wissen möchte. Mein Vater ruft mich nicht zurück, seit der Geburtstagsparty habe ich ihn nicht erreicht. Es wirkt auf mich nicht so, als ob ihm noch viel an den Informationen gelegen wäre.«

»Brandon, jetzt sind wir schon mal hier, ich ziehe das durch. Du musst ja nicht mitkommen.«

»Du meinst, ich soll hier im Bett auf dich warten?« Er wackelte anzüglich mit den Augenbrauen.

»Ja, wieso nicht.« Sie gab ihm einen Kuss auf die Stirn. »Ich gehe kurz duschen, so verschwitzt kann ich nicht unter Leute.«

Er stützte sich auf die Unterarme und sah ihr nach.

»Zu schade«, murmelte er und ließ sich wieder in die Kissen sinken. Als er das nächste Mal die Augen aufschlug, war Erin verschwunden. Verdammt, er war tatsächlich eingeschlafen. Er streckte sich, dann stand er auf und duschte kurz, ehe er sich anzog und nach unten stapfte. Es dämmerte, die sengende Hitze des Tages hatte sich in einen warmen Sommerabend gewandelt. Als er durch einen langen Gang lief, der zur Terrasse führte, zog ihn jemand in eine Nische.

»Gott«, stieß er hervor. »Mach das doch nicht immer mit mir.«

Erin gluckste. »Du träumst beim Laufen.«

»Mag sein«, erwiderte Brandon und drängte Erin gegen die Wand, ehe er sie küsste.

Sanft schob sie ihn von sich. »Wow«, hauchte sie. »Wenn man dann so begrüßt wird, erschrecke ich dich häufiger.«

»Kannst du gerne haben.« Dann wurde er ernst. »Hast du was rausgefunden?«

»Sie haben den Room-Service bemüht, das Zimmer ist auf den Namen deiner Mutter bestellt – einen zweiten Namen hat keiner angegeben. Und …«

Brandon hielt den Atem an.

»Und sie ist tatsächlich in dieses Creative-Writing-Ding eingeschrieben«, erklärte Erin.

Brandon fuhr sich durch die Haare. »Das ist doch bestimmt nur Tarnung, oder?«

Erin zuckte die Schultern. »Kann sein, aber was, wenn diese Tagebucheinträge nur Schreibübungen sind?«

»Du meinst, meine Mutter arbeitet an ... äh ... erotischen Texten?«

»Wäre das denn so abwegig?«

Brandon brummte. »Keine Ahnung, du hast mir doch immer die Ansicht vertreten, dass in den meisten Fällen jede komplizierte Erklärung falsch ist, dass es meistens genau das ist, wonach es aussieht: Ehebruch.«

»Ich sage ja weder das eine noch das andere, das hier sind Fakten, Brandon. Mehr nicht. Sie kann hier am Kurs teilnehmen *und* deinen Dad betrügen, meinst du nicht?«

»Stimmt.« Er seufzte leise.

»Wir können nur warten.«

»Oder zu Abend essen. Hast du keinen Hunger?«

»Du willst einfach so essen gehen?«

Er grinste. »Stell dir vor. Ja.«

»Und wenn sie uns sehen?«

»Hast du nicht selbst gesagt, dass sie den Room-Service bemüht haben?«

Erin nickte. »Na gut, aber vielleicht essen wir dann nicht im Hotel.«

»Das klingt hervorragend.«

Sie fanden ein nettes, kleines Lokal im historischen Teil Savannahs und aßen in einem der schönen restaurierten Häuser Süßkartoffeln, Fisch, Truthahn und Erbsen. Dazu tranken sie eine Flasche Rotwein und plauderten über alles und nichts. Es gab keine Sekunde, in der er sich gelangweilt oder überfordert fühlte. Zu keiner Zeit bedrängte Erin ihn oder stieß ihn von sich. Er hatte selbst keine Ahnung, womit er gerechnet hatte, aber ganz sicher nicht damit, dass sich alles mit ihr so anfühlte, als wären sie schon seit Ewigkeiten die besten Freunde, die gleichzeitig den besten Sex *ever* hatten. Es war wie ein absurder, rosaroter Traum, von dem er einfach nicht genug bekommen konnte.

Nachdem er das Essen bezahlt hatte, spazierten sie Hand in Hand durch den Forsyth Park, dessen Hauptwege mit bunten Lampions beleuchtet waren. Irgendwo spielte jemand ein Liebeslied auf einer Gitarre.

»Es ist fast schon kitschig«, sprach Erin das aus, was er selbst dachte.

»Hast du das arrangiert?«, scherzte er und erntete dafür einen seitlichen Boxhieb.

»Autsch.«

»Tu doch nicht so, deine Bauchmuskeln sind stahlhart, da müsste eher *ich* jaulen.«

»Selbst schuld, niemand hat dich gezwungen, mich zu schlagen. Sag mal, beherrschst du eigentlich sowas wie Krav Maga?«

»Äh, nein. Wieso?«

»Keine Ahnung, war nur so ein Gedanke.« Er behielt lieber für sich, welche Gedanken er sich schon um sie gemacht hatte, seit er sie kannte. Er wusste, dass sie es nicht mochte, wenn sich jemand fürsorglich verhielt, zumindest glaubte er, dass es so war. Insgeheim spürte er doch, dass sie sich bei ihm wohlfühlte, vielleicht – oder gerade deshalb – weil er sich nicht von ihrer rauen Art hatte abschrecken lassen. Erin war etwas ganz Besonderes, das war ihm längst klar geworden. Aber sie war auch ganz besonders verschlossen, und man musste gewisse Themen mit Samthandschuhen behandeln, wenn man nicht wollte, dass sie davonlief wie scheues Wild.

Er blieb stehen und stellte sich vor sie, hielt ihr Gesicht

zwischen seinen Händen. »Ich bin gern mit dir zusammen, weißt du das eigentlich?«

Sie schaute zu ihm auf und schluckte. »Du meinst, du schläfst gerne mit mir?«

»Das auch.« Und dann küsste er sie, ehe sie vor ihm davonlief, weil sie Angst hatte, dass er ihr gleich eine Liebeserklärung machen würde.

Es war tatsächlich kurz davor gewesen.

Brandon verdrängte den Gedanken, so schnell er aufgetaucht war, denn er wusste selbst noch nicht so recht, was er mit dieser Idee anfangen sollte. Einerseits ängstigte er sich fürchterlich, andererseits genoss er die Gefühle, die Erin in ihm hervorrief, viel zu sehr, als dass er sie abstellen wollte.

Kapitel 17

*N*ach einer sehr kurzen, sehr lustvollen Nacht nahm Erin die Verfolgung wieder auf. Brandon bestand darauf, sie zu begleiten, und weil es sich um seine Eltern handelte, ließ sie es zu, auch wenn sie ahnte, dass er in einem wichtigen Moment irgendwas vermasseln würde. Immerhin trug er einen Hut und eine Sonnenbrille, damit seine Mutter ihn nicht sofort erkannte, falls sie ihnen begegnete. Hoffentlich konnte der Kerl sich einmal unauffällig verhalten.

Der Gedanke ließ sie schmunzeln. Er war eben einfach, wie er war, genau das mochte sie so an ihm, und es machte sein Wesen aus. Wer hätte gedacht, dass er so ein leidenschaftlicher und fähiger Liebhaber sein würde? Erin war immer noch überrascht, wie gut der Sex mit ihm war, und konnte nicht genug von ihm bekommen. Glücklicherweise schien es ihm genauso zu gehen, weshalb sie sich keine Sorgen machen musste, dass es einem von ihnen zu viel wurde. Und so ein Wochenende fernab des Alltags war ja leider schnell vorbei. Viel zu schnell.

Sie hatten die Treppe nach unten genommen, weil der Aufzug ewig nicht gekommen war. Als sie durch die Tür traten, zupfte Brandon an ihrem Ärmel.

»Da!«, rief er nur und wies mit dem Kopf in Richtung Lift.

»Nicht schon wieder«, stieß Erin verärgert hervor, als sie sah, wie Dorothy mit dem Mann mit Strohhut einstieg und sich die Türen schlossen, bevor sie sein Gesicht erkennen konnten. »Verdammt.«

»Das darf doch nicht wahr sein.«

»Pass auf«, warnte sie. »Der Kurs fängt gleich an. Ich werde dran bleiben, und du wartest in der Lobby. Wir wissen jetzt immerhin, wie der Mann angezogen ist. Irgendwann taucht er vielleicht alleine hier unten auf, dann machst du ein Foto, okay? Schaffst du das?«

Brandon schaute sie böse an. »Du hältst mich für vollkommen unfähig, oder?«

»Nicht in allen Dingen«, scherzte sie und klimperte mit den Wimpern.

»Nicht witzig«, knurrte er. »Natürlich wird es mir gelingen, den Kerl zu knipsen. Zufrieden?«

»Gut. Also, dann haben wir einen Plan? Ich begebe mich zu dem Kurs. Bis später.« Sie überlegte, ob sie ihm einen Abschiedskuss geben sollte, entschied sich dann dagegen. Das wäre doch zu viel des Guten, Pärchengetue war wohl nicht angebracht.

Brandon saß auf der Terrasse des Hotels im Schatten und hielt ein Glas Eistee in den Händen. Von hier aus hatte er die Lobby und den Aufzug sehr gut im Blick, aber schon seit zwei Stunden passierte so gut wie gar nichts. Anscheinend nahmen an diesem bescheuerten Kongress fast alle Hotelgäste teil, sodass derzeit niemand sonst unterwegs war. Gerade wollte er aufstehen und zur Toilette gehen, als sich der Lift öffnete und ein Mann mit Strohhut heraustrat. Er hielt den Atem an und stellte das Glas ab. Während er dabei war, sein Handy zu zücken, um ein Foto zu schießen, erhaschte er einen Blick auf das Gesicht des Liebhabers seiner Mutter.

»Ich fasse es nicht«, stieß Brandon hervor und ließ das Telefon sinken. »Das darf doch nicht wahr sein.«

Er hatte mit vielem gerechnet, aber nicht damit, dass sein Vater hier auftauchen würde. War er es die ganze Zeit gewesen? Was für ein krankes Spiel trieben seine Eltern bloß mit ihm? Brandon sprang auf und hastete in die Lobby.

»Dad?«, rief er, als er fast bei ihm angekommen war.

Carmichael Hammond blinzelte irritiert und war ganz offensichtlich sehr überrascht, seinen Sohn zu sehen. »Brandon?«

»Was machst du hier?«

»Das Gleiche könnte ich dich fragen.«

Brandon hob eine Augenbraue und studierte das Gesicht seines Vaters. Er wirkte nicht nur überrascht, sondern beinahe schon peinlich berührt, seinem Sohn zu begegnen.

»Du hast mich doch gebeten, Mom auf die Schliche zu kommen«, erinnerte er ihn und konnte nicht verhindern, dass sein Ton vorwurfsvoll klang.

»Sag sowas doch nicht.«

Er runzelte die Stirn. »Wie soll ich es sonst ausdrücken?«

Sein Vater zupfte an Brandons Hemd und zog ihn mit sich.

»Nicht hier«, zischte er, und Brandon folgte ihm hinaus auf die Terrasse.

»Wir können uns hier hinsetzen«, schlug er vor und zeigte auf seinen Eistee. »Möchtest du auch was bestellen?«

Sein Vater nahm Platz und lehnte sich zurück. »Ein Brandy wäre mir lieber.«

»Um diese Uhrzeit?«

»Herrgott noch mal. Es ist mir scheißegal, welche Tageszeit wir haben.«

»Dad? Willst du mir nicht langsam mal erklären, was hier los ist? War das alles nur ein schlechter Witz, oder wie?«

»Nein, so ist es nicht.«

»Dann erzähl es mir.«

»Wie du weißt, habe ich bemerkt, dass sich deine Mom komisch verhalten hat.«

»So kann man es auch ausdrücken«, brummte Brandon und erntete dafür einen bösen Blick, also schwieg er wieder.

»Jedenfalls dauerte es mir irgendwie zu lange, bis ich von dir was erfahren habe.«

Brandon machte große Augen und fragte sich, welche Maßnahmen sein Dad stattdessen wohl ergriffen hatte. Dieser fuhr fort: »Ich war mir sicher, dass sie etwas vor mir verbirgt. Also habe ich sie an meiner Geburtstagsfeier einfach direkt darauf angesprochen und sie in ihrem Arbeitszimmer zur Rede gestellt.«

»Aha. Und, was hat sie gesagt?«

»Sie …« Sein Vater zögerte, und konnte es wirklich sein, wurde er rot? Brandon rieb sich die Stirn, während Carmichael weitersprach. »Sie hat mir ihr Notizbuch gezeigt. Brandon, deine Mutter hat sich in einer Schreibgruppe angemeldet und dann angefangen, eigene Texte zu verfassen. Du weißt doch, sie hat immer schon gerne und viel gelesen, und irgendwann hat sie sich gelangweilt und wollte es selbst versuchen.«

»Und das muss man heimlich machen?« Er erinnerte sich, dass Erin erzählt hatte, wie krass die Aufzeichnungen seiner Mom waren. Damals hatte sie noch gedacht, es wären Tagebucheinträge und nicht literarische Notizen oder Kurzgeschichten. Brandon begriff allmählich, worauf sein Dad hinauswollte.

Dieser rang indes sichtlich mit seiner Verlegenheit. »Nun ja, äh, sie schreibt erotische Geschichten.«

Um ein Haar hätte Brandon laut aufgelacht. Seine überkorrekte Mutter schrieb explizite Sexszenen, kaum vorstellbar. Warum hatte sie dann nur so prüde reagiert, als sie ihn mit Erin im Poolhaus entdeckt hatte? Ganz offensichtlich unterlagen Realität und Fiktion bei ihr unterschiedlichen moralischen Maßstäben … Er konnte es nicht fassen, gleichzeitig war er doch sehr erleichtert.

»Dann betrügt sie dich also nicht? Was ist mit den heimlichen Treffen?«

»Ihre Schreibgruppe.« Carmichael stand der Schweiß auf der Stirn, er winkte einen Kellner herbei und bestellte zwei Gläser Brandy.

»Und das war's? Wieso bist du dann mit hier? Sag bloß, dass du neuerdings auch schreiben möchtest?«

»Nun ja«, antwortete sein Vater. »Wir … äh … haben gedacht, dass wir unsere Beziehung ein wenig aufleben lassen, nach der Verwirrung der letzten Zeit.« Er räusperte sich.

Brandon überlegte, was er damit meinen könnte. »Deswegen bist du dauernd bei ihr oder sie mit dir in Boston? Ihr … O mein Gott.« Endlich verstand er. »Ihr … erlernt neue Praktiken.«

Brandon wusste nicht, ob er lachen oder peinlich berührt sein sollte. Abwehrend hob er beide Hände. »Erzähl es mir nicht, bitte, diese Info genügt mir vollkommen.«

Das war es also, warum sein Dad unbedingt diesen Drink brauchte, ihm ging es jetzt genauso. Als sie beide die Brandys in den Händen hielten, sagte niemand etwas.

»Dann … ist die Ehe also gerettet«, stellte Brandon irgendwann fest und leerte sein Glas.

»Absolut. Bist du alleine hier? Hast du etwa selbst … ermittelt?«

Brandon überlegte, was er darauf antworten sollte. Einerseits war es kein Geheimnis, dass er mit Erin hier war, aber seine Mom hatte sie im Poolhaus gesehen und würde sie erkennen. Es war ihm unangenehm, dass sie eins und eins zusammenzählen würde, wenn er seinem Dad erzählte, dass Erin die Ermittlerin war. Immerhin war Erin von ihm engagiert worden, sein Verhalten war unprofessionell, und seine Mom würde ihm garantiert wieder die Leviten lesen – Erotik-Schreibkurs hin oder her. Dass für ihren Sohn andere Maßstäbe galten, hatte er längst kapiert, auch wenn er es bescheuert fand. Andererseits wollte er, dass sein Liebesleben genau das blieb, privat.

»Bin alleine da«, log er deshalb. »Die Sache war mir doch zu heikel, ich habe mich also selbst umgesehen.«

»Gut. Sehr gut. Also … ich weiß jetzt nicht, wie ich deiner Mom deine Anwesenheit erklären könnte.«

»Du willst also, dass ich verschwinde und so tue, als hätte ich keine Ahnung, dass ihr beide hier seid und was in den letzten Wochen zwischen euch gewesen ist?«

Brandon kämpfte gegen ein Grinsen an. Sein Vater schwitzte noch immer stark. »Also, wenn du mich so direkt fragst: Ja, genau das.«

»Verstehe. Dann werde ich mich mal verkrümeln.«

»Du reist doch ab, oder?«

Beinahe hätte er die Augen verdreht. »Natürlich, Dad. Mach dir keine Sorgen. Mom wird mich nicht zu Gesicht bekommen. Dann ist zwischen euch wirklich alles geklärt?«

Er nickte. »Ja, absolut und zu hundert Prozent. Eigentlich hatte die ganze Sache letztlich sogar ein Gutes, wir wissen endlich wieder, was wir aneinander haben.«

»Dann … funktioniert eure Beziehung wirklich?«

Carmichael runzelte die Stirn. »Ja, was meinst du?«

»Na ja, dieses Leben, das ihr führt – du in Boston, sie auf Cape Cod.«

»Aber Brandon, jemanden zu lieben, heißt doch nicht, dass man vierundzwanzig Stunden, sieben Tage die Woche aneinanderkleben muss.«

»Du warst ihr also immer treu?«

»Selbstverständlich.«

Brandon musste wohl so einiges an dem Bild geraderücken, das er sich von seinen Eltern gemacht hatte. »Gut«, sagte er und verabschiedete sich von ihm. »Dann sehen wir uns irgendwann in Boston.«

»Oder auf Cape Cod, du kannst ja auch mal wieder rausfahren. Tut dir doch sicher auch gut, bisschen frische Luft zu tanken. Deine Mom wird jetzt häufiger mal in Boston sein, sie wird dort an ihrem Roman arbeiten.«

Brandon machte große Augen. »Das sind ja Neuigkeiten.«

»Keine Sorge, sie schreibt unter einem Pseudonym.«

»Na dann.« Er schmunzelte, und ganz sicher würde er nicht lesen, was sie veröffentlichte.

Auf dem Weg ins Zimmer rief er Erin an, die ihn wegdrückte. Dann schickte er eine SMS an sie, in der er ihr mitteilte, dass sich alles aufgeklärt hatte und er mit ihr reden wolle.

Während er auf Erin wartete, überlegte er, ob sie wirklich abreisen wollten. Er stellte sich auf den Balkon, stützte sich auf das Geländer ab und schaute ins Grüne. Obwohl es heute wieder ein heißer, schwüler Südstaatentag werden würde, fand er es im Grunde ganz großartig, mit Erin hier zu sein. Fernab von allem, was sie sonst belastete. Er hatte nicht vergessen, dass er ihr noch von seinen Entdeckungen zum Fall ihres Bruders berichten musste, aber schließlich entschied er, dass er damit bis nach dem Wochenende warten wollte. Ja, er war egoistisch und mochte sie gut gelaunt und nicht besorgt oder grüblerisch bei sich haben. Der Alltag würde sie früh genug wieder einholen, spätestens, wenn sie in Boston aus dem Flieger stiegen.

»Hey, da bist du ja«, hörte er ihre Stimme hinter sich, dann schmiegte sich Erins weicher, zarter Körper an seinen Rücken. Sie legte ihre Arme um seine Hüften und schnurrte

leise. Sofort schoss Lust durch seine Adern, er atmete tief
ein.

»Ich habe was herausgefunden, und ich wette, du kommst
nicht darauf.«

»Schieß los.« Er hörte das Grinsen aus ihrer Stimme.
»Kommt mir ganz so vor, als ob du langsam Geschmack
daran findest, selbst den Ermittler zu spielen.«

Sie hatte ja keine Ahnung, wie dicht sie mit ihrem Scherz
an der Realität war. Er räusperte sich. »Willst du nun raten
oder nicht?«

»Es ist vermutlich nicht Mr. Wexler.«

»Nein, der ist es nicht. Es ist mein Dad.«

»Was?«

Brandon drehte sich um und lachte. »Du kannst dir
nicht vorstellen, wie überrascht ich war, als er mit seinem bescheuerten Strohhut – sowas hat er bislang noch
nie getragen – aus dem Lift stieg und durch die Lobby
spazierte.«

»Das ist ja ein Ding. Hast du ihn zur Rede gestellt?«

»Ja, natürlich.«

»Und?«

»Er war es die ganze Zeit, also, das heißt, nein, anders.
Meine Mutter hat sich nie mit einem Mann getroffen, sondern mit einer Schreibgruppe.«

»Also doch.« Erin schüttelte ungläubig den Kopf. »Wow,
die Frau hat echt eine Phantasie.«

»Ich bin froh, dass ich es nicht gelesen habe.«

»Das kann ich mir denken, aber ja, sie hat Talent.«

Brandon hob eine Augenbraue und schnitt eine Grimasse.
»Sie wird einen Roman schreiben. Unter Pseudonym.«

»Und mit deinen Eltern ist alles okay?«

»Meinem Vater war es sowas von unangenehm, mich
zu sehen. Die sind hier, um ein Liebeswochenende zu verbringen ... Sie steckten seit der Party ja dauernd zusam-

men. Anscheinend haben sie ihre Liebe füreinander neu entdeckt.«

»Das klingt doch gut«, meinte Erin. »Findest du nicht?«

Brandon nickte. »Ja, schon. Ich bin nur überrascht, die beiden haben tatsächlich aus Liebe geheiratet und sind auch immer noch verliebt, nach all den Jahren. Mir scheint es sogar so, als erlebten sie gerade den zweiten Frühling miteinander. Schätze, ich muss meine Meinung über die Ehe meiner Eltern revidieren.«

»Du klingst irgendwie schockiert.«

Er lachte. »Ja, ich muss zugeben, das bin ich irgendwie. Aber lass uns nicht weiter von ihnen sprechen, reden wir über uns ...«

»Du willst reden?« Sie warf ihm einen Blick zu, der sein Blut zum Kochen brachte.

»Sprechen wird vielleicht auch überbewertet. Mein Vater weiß nicht, dass du hier bist, und meine Mutter soll mich auch nicht sehen. Wir sind also quasi an dieses Zimmer hier ... äh ... gefesselt.«

»Warum kommt es mir nur so vor, als würdest du das gar nicht so schlimm finden?« Ihre Augen funkelten.

Brandon legte ihr eine Hand in den Nacken. »Ich finde es sogar ganz großartig«, raunte er und beugte sich zu ihr herunter. »Und du?«

»Es gibt in der Tat schlechtere Orte, an denen man festsitzen könnte.«

»Absolut, und ich muss zugeben, dass ich die Nacht im Wandschrank doch irgendwie gut in Erinnerung habe. Soll ich dir verraten, dass ich damals schon scharf auf dich war? Ich wollte es nur nicht wahrhaben.«

»Wirklich?«

Sein Herz schlug schneller. »Wirklich.«

Und dann küsste er sie zärtlich. Es dauerte nicht lange, bis beide mehr wollten. Schwer atmend und kopflos arbeiteten

sie sich bis zum Bett vor, warfen nach und nach alle Kleider
von sich, bis sie nackt und erhitzt übereinander herfielen.
Brandon genoss jede Sekunde mit ihr, und er glaubte, dass
Erin genauso empfand.

Kapitel 18

In den letzten vierundzwanzig Stunden hatten sie das Hotel nur einmal kurz verlassen, um essen zu gehen, für alles andere war der Zimmer-Service ausreichend gewesen. Brandon ließ Erin beim Ausstieg aus der Boeing 747 den Vortritt. Es war eine laue Nacht in Boston, der Himmel war von Wolken bedeckt, sodass keine Sterne zu sehen waren. Verglichen mit der Südstaatenhitze kam es ihm hier schon beinahe kühl vor. Da sie beide nur Handgepäck hatten, mussten sie nicht wie andere Fluggäste am Band auf ihre Koffer warten, sondern gingen direkt zum Taxistand.

»Kommst du noch mit zu mir?«, fragte Brandon, als sie an der Reihe waren.

Unwillkürlich schlug sein Herz schneller, er hoffte, dass sie Ja sagen würde. Er konnte einfach nicht genug von ihr kriegen, es kam ihm fast so vor, dass seine Obsession, je länger er mit ihr zusammen war, immer schlimmer wurde.

»Ich weiß nicht«, gab sie zögerlich zurück. »Ich wollte eigentlich noch bei meinem Bruder vorbeischauen.«

»Ich könnte dich begleiten«, schlug er vor. »Das *General Hospital* liegt auf dem Weg.«

»Er ist nicht mehr dort, sie haben ihn zurück ins Pflegeheim verlegt.«

»Verstehe, aber das macht doch nichts. Es sei denn natürlich, dir ist es zu viel.«

Erins Miene blieb beinahe ausdruckslos, aber da er sie nun schon eine Weile kannte, bemerkte er, dass sie ihre Lippen ein wenig zu fest aufeinanderpresste. Sie rang mit sich, und alleine das stellte schon einen kleinen Sieg für ihn dar. Vor nicht allzu langer Zeit hätte sie den Vorschlag sofort abgewehrt.

»Na schön«, hörte er sie zu seiner Überraschung sagen.

Er freute sich, aber versuchte das zu verbergen. Es war albern, aber er wollte nicht, dass sie erfuhr, wie sehr er ihre Nähe brauchte. Die Vorstellung, diese Nacht ohne sie in seinem Bett zu liegen, hatte ihm nicht behagt. Es war schön, sie bei sich zu haben, wenn sie sich in seine Armbeuge kuschelte und leise im Schlaf seufzte. Es war nicht nur der Sex, überlegte er, während er ihr Handgepäck in den Kofferraum eines Taxis warf. Es waren die kleinen Gesten, das zaghafte Lächeln, oder wie sie ihn sanft küsste, ehe sie aufstand und im Bad verschwand. Liebevoll und doch völlig zwanglos. Einfach natürlich, wie alles an ihr.

»Soll ich dem Taxifahrer sagen, dass er warten soll?«, erkundigte sich Brandon, als sie beim Pflegeheim angelangt waren.

»Ja, gerne. Ich möchte nur kurz nach Lenny schauen, leider bekommt er ja nicht mehr viel mit.« Er entdeckte den traurigen Ausdruck auf ihren weichen Zügen. Obwohl das Verlangen, sie zu trösten und in den Arm zu nehmen, groß war, tat er es nicht, denn er wusste, dass Erin Mitleid hasste. Sie war noch nicht so weit.

Vielleicht würde sie es niemals sein. Die Erkenntnis stellte etwas mit ihm an, das er nicht greifen oder definieren konnte, dennoch spürte er eine gewisse Beklemmung, die vorher nicht da gewesen war. Und dann tauchte die Frage auf, ob jetzt womöglich der richtige Zeitpunkt war, ihr von seinen Nachforschungen zu erzählen.

»Kommst du mit?«, wollte sie wissen.

»Ja, gern«, sagte er und informierte den Fahrer, dass er kurz warten sollte, sie wären in wenigen Minuten wieder da.

»Ist Ihr Geld, Mann«, gab dieser zurück und wandte sich seinem Smartphone zu.

Erin und Brandon gingen gemeinsam in das Gebäude, sie fuhren in den siebten Stock. Erin wurde von einer Pflegerin in weißer Kleidung freundlich begrüßt, sie wechselten ein paar Höflichkeitsfloskeln, ehe Erin und Brandon weitergingen. Es roch nach Desinfektionsmittel und Einsamkeit. Niemand, der hier landete, hatte die Hoffnung, jemals wieder ein normales Leben zu führen. Das wusste Brandon auch, ohne dass er schon einmal hier gewesen wäre.

Eine Welle der Zuneigung für Erin erfasste ihn. Was diese zierliche Person in den letzten Jahren alles hatte aushalten müssen. Welche Mutter verließ ihre Kinder in so einer Situation und dachte nur an sich? Er war seinen Eltern dankbar, dass sie vielleicht manchmal ein wenig seltsam waren, aber er war sich ihrer Liebe immer sicher gewesen, wohingegen Erin in ihrer dunkelsten Stunde alleine hatte kämpfen müssen.

Sie wirkte in sich gekehrt, aber dennoch auf eine Weise gefestigt, die ihn beeindruckte, als sie die Klinke zu Lennys Zimmer herunterdrückte. Ihr Bruder lag in einem Bett, das an den Seiten gesichert war. Die Augen waren geschlossen, es brannte eine kleine Nachttischlampe. Brandon sah das Foto, das Erin mit ihrem Bruder zeigte, erst beim Näherkommen.

»Darf ich«, fragte er und sah sie erst schlucken, dann nicken. »Ihr seid euch sehr ähnlich«, stellte er fest, als er das Bild betrachtete. »So schöne Augen.«

Erin stand an Lennys Seite und streichelte seine Hand. Sie murmelte etwas, das Brandon nicht verstand, wusste aber, dass es an ihren Bruder und nicht an ihn gerichtet war. Er trat einen Schritt zurück und ließ ihr Raum.

»Apallisches Syndrom«, erklärte sie irgendwann. »Manche sagen auch Wachkoma dazu.«

»Ja.«

»Es ist eine schwere Störung des Bewusstseins, aber es ist kein einfaches Koma, da besteht immer noch die Hoffnung, dass derjenige gesund wieder aufwacht. Bei Lenny sieht es anders aus. Bereits vor dem Infarkt, den er kürzlich hatte, war sein Gehirn geschädigt. Er hatte ja diesen Autounfall vor sieben Jahren.«

Brandon wusste das bereits, aber er wollte sie reden lassen, ja, er war sogar dankbar, dass sie endlich einmal von sich aus etwas erzählte. »Ein Schock für alle Beteiligten.«

Erin sah ihn nicht an. »Es war grauenhaft. Zuerst hofften wir, dass sich sein Zustand verbessern würde, dass er aufwachen und dass alles normal sein würde. Er hatte von dem Unfall schwere Verletzungen davongetragen, Knochenbrüche, Milzriss und Schädel-Hirn-Trauma. Sein vegetativer Zustand veränderte sich nicht, bis uns die Ärzte nach einiger Zeit mitteilten, dass das der Status quo sei, dass wir nicht auf ein Wunder hoffen konnten. Gleichzeitig wurde Lenny wegen weiterer Dinge beschuldigt, gegen die wir uns wehren mussten. Meine Mom – sie hat es nicht ausgehalten.«

Auch das wusste er bereits, aber es aus ihrem Mund zu hören war doch anders, als es in einer Akte zu lesen. »Wie hat sie reagiert?«

»Nach dem ersten Schock ist sie geflüchtet. Sie führte schon länger eine Fernbeziehung mit einem Künstler aus Arizona. Eines Tages kam ich aus der Klinik nach Hause, da trug sie gerade zwei Koffer aus der Tür.«

»Wie schrecklich.«

»Schon gut, mittlerweile habe ich es verdaut. Aber anfangs war ich natürlich wütend und enttäuscht. Unsere Mom hat uns Kinder immer schon für alles verantwortlich gemacht, was in ihrem Leben schiefging. Aber Lenny und ich, wir haben zusammengehalten. Na ja, und dann gab es irgendwie nur noch mich.«

Er wollte sie in die Arme nehmen, wusste aber nicht, ob sie bereit dafür war, deswegen zögerte er. Erin legte ihrem Bruder eine Hand an die Wange. »Ich weiß nicht, wie oft ich an seinem Bett stand und mir gewünscht habe, dieser Alptraum möge ein Ende haben.« Sie lachte humorlos. »Das ist lange her. Ich weiß jetzt, dass manche Leute einfach Pech haben. So ist das nun mal. Letzten Endes ist er selbst schuld, auch wenn ich ihm das nie zugetraut hätte, aber im Laufe der Jahre habe ich mitbekommen, dass viele Menschen Dinge vor ihren Lieben verbergen.« Sie zuckte mit den Schultern. »Ich liebe ihn trotzdem.« Erin atmete tief durch. »Er fühlt sich so heiß an.« Sie legte auch ihre andere Hand an seine Wange. »Er hat Fieber. Verdammt. Ich muss mit einer Pflegerin sprechen. Dass sie das nicht gemerkt haben!«

»Soll ich jemanden rufen?«

»Nein, lass nur. Brandon.« Sie blickte zu ihm auf. »Ich glaube, es ist doch besser, wenn du jetzt gehst.«

»Ich kann warten, das macht mir nichts aus.«

Sie schüttelte bedauernd den Kopf, und er sah es an ihren Augen, die ihn traurig anblickten. »Geh bitte, ich ... ich hätte dich gar nicht mit hierher bringen sollen. Tut mir leid. Danke für das Wochenende, es war sehr schön mit dir.«

Brandon schluckte. Wie sie das sagte, klang endgültig, wie eine beschlossene Sache.

»Erin –«, fing er an, aber sie unterbrach ihn.

»Nicht jetzt, bitte. Ich muss mich um Lenny kümmern. Wir telefonieren.«

Ja klar, dachte er, wollte jedoch nicht aufdringlich sein. Er verstand, dass sie sich Sorgen machte. Dass es ihr vielleicht zu viel wurde. »Wenn du mich brauchst, ich bin für dich da. Ich hoffe, du weißt das.«

Sie hielt inne und schaute zu ihm auf. Für einen Moment glaubte er, dass sie sich in seine Arme werfen und hemmungslos weinen würde, in der nächsten Sekunde straffte sie sich und lächelte, aber es erreichte ihre Augen nicht. »Du bist der perfekte, loyalste Freund, den man sich wünschen kann, Brandon. Aber das kannst du mir leider nicht abnehmen.«

Es fühlte sich an, als hätten sie gerade fünfhundert Schritte zurück gemacht, aber er wollte nicht protestieren oder diskutieren. Auf eine gewisse Weise verstand er sogar, dass Erin niemanden emotional näher an sich heranließ als bis zu einem bestimmten Punkt. Nach ihren Erfahrungen würde ihm das vermutlich genauso gehen.

»Ruf mich an«, sagte er ein letztes Mal, dann drehte er sich um und schlenderte davon.

* * *

Müde stieg Erin aus dem Taxi und schlich auf ihr Zuhause zu. Was ein paar Stunden für einen Unterschied machen konnten, vorhin hatte sie noch mit Brandon im Flugzeug gescherzt und geturtelt – anders konnte man das Geplänkel zwischen ihnen beim besten Willen nicht nennen. Tja, sie seufzte, und jetzt war sie alleine und bangte um das Leben ihres Bruders. Jede Infektion war gefährlich, sein Immunsystem war nach der langen Zeit und dem letzten Krankenhausaufenthalt vollkommen hinüber. Sie schloss die Haustür auf und ging nach oben, sie war sogar zu erschöpft, um bei Mrs. Lincoln nach dem Rechten zu sehen, das würde sie morgen tun. Mit jeder Stufe, die sie nach oben stieg, wurde ihr schwerer ums Herz. Natürlich hätte sie Brandon anrufen und bei ihm vorbeifahren können, aber was sollte das bringen? Sie hatte die unbeschwerte Zeit mit ihm genossen, mehr als das, sie hatte jede Sekunde des Glücks in sich aufgesaugt, aber nun musste sie den Tatsachen ins Auge blicken. Es musste aufhören, ehe es zu spät war.

Sie steckte den Schlüssel ins Schloss ihrer Haustür und atmete kurz durch.

Es war zu spät, sie konnte aufhören, sich selbst zu belügen. Natürlich hatte sie sich in ihn verliebt, mit jedem Kuss und jeder Berührung ein wenig mehr. Aber selbst, wenn er ihre Gefühle irgendwann erwidern würde, so würde die Verliebtheit bald der Realität und dem Alltag weichen. Dass sie als Paar keine Chance hätten, war so sicher wie das Amen in der Kirche. Zudem wollte er keine Beziehung – und sie eigentlich auch nicht. Und doch … Sie vermisste ihn jetzt schon.

»Erin?«, hörte sie eine weibliche Stimme hinter sich.

»Jessica!« Sie wirbelte herum. »Was ist los, geht es dir gut?«

Ihre Nachbarin kam mit einem traurigen Lächeln auf sie zu. »Ich, äh, ich wollte kurz auf Wiedersehen sagen, hier, ich hatte schon einen Brief geschrieben, aber da ich dich ja noch sehe … Ich gehe weg.«

»Weg? Wohin gehst du?«

»Du hattest recht, Erin. Ich kann nicht bei Mike bleiben, ich habe zwar etwas länger gebraucht, aber jetzt habe ich es endlich kapiert. Er tut mir nicht gut, und ich habe etwas Besseres verdient.«

»Gott, ich bin so froh, dass du das sagst.« Erin seufzte erleichtert. »Gehst du zurück ins *Shelter*?«

Jessica schüttelte den Kopf. »Nein, ich ziehe zu meiner Grandma. Sie hat eine kleine Farm in Kansas und könnte ein paar Hände gebrauchen, die sie unterstützen.«

»Nach Kansas. Wow, das ist ja was.«

»Ja, ein großer Schritt. Aber um ehrlich zu sein, so richtig glücklich war ich hier nie. Als ich nach Boston gekommen bin, hatte ich Träume und war ziemlich blauäugig. Ich glaube, dass ich endlich kapiert habe, wo mein Platz ist.«

Jessica trat an Erin heran und umarmte sie fest. »Danke, dass du mich nicht aufgegeben hast.«

Erin musste schlucken. »Weiß Mike, dass du ihn verlässt?«

»Nein, und ich werde ihm auch nicht sagen, wo ich hingehe. Nur du weißt Bescheid.«

»In Ordnung, das ist klug.«

»Mach's gut, Süße.« Sie drückte sie ein letztes Mal, dann eilte sie davon.

* * *

Am darauffolgenden Nachmittag saß Brandon in Nates Büro und trank Kaffee mit ihm, nachdem Mrs. Burke ihm zuvor mitgeteilt hatte, dass sie die Scheidung abblasen würde. Er hatte es kaum fassen können, aber sie hatte ihm erklärt, dass die Untreue ihres Mannes nicht wichtig sei, es würde sich nur um belanglosen Sex handeln, das hätte sie nun begriffen. Brandon sollte es egal sein, er bekam sein Honorar, so oder so.

Nate brütete über der Sitzordnung für die Hochzeit, Liv hatte ihm diese ›Bürde‹ auferlegt, da er schließlich derjenige war, der groß hatte feiern wollen. Brandons Mitleid hielt sich in Grenzen, was er Nate jedoch nicht verriet.

»Willst du bei Erin sitzen?«, fragte Nate in dieser Sekunde, und Brandon hätte seinen Kaffee um ein Haar im großen Bogen ausgespuckt.

»Wie kommst du denn darauf?«

Nate hob eine Augenbraue und musterte ihn intensiv. »Ich dachte nur, kam mir so vor, als ob ihr euch gut verstehen würdet. Außerdem habt ihr beide keine Begleitung, oder?«

»Ich kann ja nur für mich sprechen«, meinte Brandon und sammelte einen imaginären Fussel von seiner Anzugshose.

»Arbeitet sie noch für dich?«

»Der Fall ist abgeschlossen.« Obwohl er ihr noch das restliche Honorar schuldig war, aber das würden sie sicher ganz unkonventionell regeln.

»Ach, sag bloß. Du hast mir gar nichts davon erzählt.«

»Du warst beschäftigt«, stichelte Brandon amüsiert.

»In der Tat, diese Hochzeitsplanung macht mich fertig.«

»Bald hast du es ja geschafft.«

»Nie wieder.« Nate stöhnte.

»Hoffentlich«, meinte Brandon. »Ich wünsche dir, dass diese Hochzeit die einzige deines Lebens bleibt.«

Nate runzelte die Stirn. »Gott, du bist so ein alter Zyniker. Natürlich bleibe ich mit Liv bis zum Ende unseres Lebens zusammen.«

»Das haben schon andere vor dir gesagt.«

»Noch ein Wort, und ich muss dir leider den heißen Kaffee ins Gesicht schütten«, drohte Nate schlecht gelaunt.

»Ja, ja, ist ja schon gut.«

»Willst du jetzt bei Erin sitzen oder nicht?«

»Ich bin mir nicht sicher, ob sie das möchte. Sie betont ja immer wieder, wie wenig sie reiche Pinkel wie mich leiden kann.«

Nate lachte. »Verstehe. Warte.«

Er zückte sein Smartphone und wählte eine Nummer.

»Was machst du?«, wollte Brandon wissen.

»Ich rufe sie an, wenn ich von dir keine Antwort kriege.« Er zuckte die Schultern. »Ich muss endlich mal fertig werden, das geht so nicht weiter. Ich habe auch noch ein Unternehmen zu leiten.«

Brandon lehnte sich zurück und verschränkte die Arme vor der Brust, er war selbst gespannt, was Erin sagen würde.

»Erin, hallo«, hörte er Nate, der aufgestanden war und vor dem Fenster auf und ab lief. »Hast du kurz Zeit, ich wollte dich fragen, ob du bei der Hochzeit Brandon als Tischgesellschaft akzeptieren könntest, oder ob der Kerl dir zu langweilig ist.«

Brandon verdrehte die Augen, er hasste es, wenn Nate solche Scherze auf seine Kosten machte.

»... ah, verstehe .... Okay, das tut mir leid. Dann gute Besserung für ihn. ... Ja, mach's gut, Erin. Bye.«

Nate ließ das Telefon auf seinen Schreibtisch fallen und drehte sich zu Brandon um.

»Was ist?«, wollte er wissen, er hatte seit dem gestrigen Abend nichts von ihr gehört und sie auch nicht mit Anrufen oder Nachrichten belästigen wollen.

»Ihrem Bruder geht es schlecht, er hat eine Lungenentzündung.«

»Ach du Schande.«

»Schreckliche Geschichte.«

»Du weißt davon?« Ein Stich der Eifersucht bohrte sich in Brandons Fleisch. Wieso hatte sie Nate schon längst von Lenny erzählt, und er hatte alles selbst rausfinden müssen?

»Wenn du mich fragst, dann wäre es das Beste, wenn der Junge endlich sterben könnte. Niemand sollte so ein jämmerliches Dasein fristen müssen, aber er kann es nicht selbst entscheiden.«

»Heikles Thema.« Brandon rieb sich die Schläfe und fragte sich, ob er zu ihr fahren sollte, ob er sie anrufen sollte, oder ob sie einfach in Ruhe gelassen werden wollte.

Nate setzte sich wieder zu ihm und kritzelte etwas auf den Sitzplan. »Pass auf, ich setze sie einfach zu dir, wird schon in Ordnung sein.«

»Ja, ja«, gab Brandon abwesend zurück. »Du, ich muss los.«

»Jetzt auf einmal?«

Er zuckte die Schultern. »Ja, tut mir leid. Ich habe vergessen, dass ich noch was erledigen wollte.«

Sein Freund furchte die Stirn, nickte schließlich. »Also, mach's gut, war nett, dass du mal vorbeigekommen bist.«

»Klar.« Er tätschelte Nates Schulter und verließ darauf sein Büro. Whitney saß gerade nicht am Platz, aber Nates Sekretärin würde es ihm nicht übel nehmen, wenn er sich nicht von ihr verabschiedete. Sie kannten sich lange genug. Auf dem Flur traf er auf Elijah, der gerade aus dem Aufzug stieg.

»Hey Brandon, sag mal, wollen wir nicht am Wochenende Nates Junggesellenabschied feiern?«

»Hast du was Konkretes im Sinn?«

»Nicht wirklich, ich glaube, so einen Scheiß mit Stripperin und so lassen wir lieber.«

»Da wäre ich auch dafür.«

»Lange Clubnacht?«

»Ja, wieso nicht.« Er zuckte die Schultern.

»Oder wollen wir nach Newscotland in mein Blockhaus fahren?«

»So weit? Nein, lass uns lieber in der Stadt bleiben.«

Elijah runzelte die Stirn. »Seit wann das?«

Seit Erin, wollte er antworten, seit ihr Bruder krank war und er sich um sie kümmern wollte, aber er wusste, wenn er Elijah das erzählte, würde sein Freund die falschen Schlüsse ziehen.

Oder die richtigen.

Die Erkenntnis traf Brandon unerwartet, er wollte für Erin da sein, in absolut jeder Lebenslage. Das, was er sich wünschte, kam einer Beziehung sehr nahe.

Ach du Schande.

»Hey, was ist denn los? Geht's dir nicht gut? Du bist ja auf einmal ganz blass.«

Brandon schluckte und rückte sich die Krawatte zurecht. »Mir ist nur gerade eingefallen, dass ich einen Termin vergessen habe«, log er. »Lass uns telefonieren.«

»Halten wir doch einfach Samstag fest, oder?«

»Ja, klar. Machen wir. Bis dann, Elijah.« Brandon hastete davon. Er spürte Elijahs Blick im Rücken, aber er hatte keine Lust auf Erklärungen. Er musste erst einmal selbst verdauen, was er da eben über sich und seine geheimen Wünsche begriffen hatte.

Er hatte sich verliebt.

Hals über Kopf.

Mit Haut und Haaren.

Mit jeder Pore.

Als die Aufzugstüren hinter ihm zusammenglitten, lehnte er sich gegen die Verkleidung und schloss die Augen. *Das kann nur schiefgehen*, dachte er und vergrub das Gesicht zwischen seinen Händen.

Kapitel 19

Nachdem er mit Scott telefoniert hatte, entschied Brandon, der Familie Reynolds einen lange überfälligen Besuch abzustatten. Außerdem ließen die Informationen, die ihm der Cop eben eröffnet hatte, es ratsam erscheinen, das Gespräch zu suchen, ehe er mit Erin redete. Die hatte gerade ohnehin keinen Kopf dafür, vermutete er. Die Ungereimtheiten im Polizeibericht hatten ihn schon länger gewurmt, er war inzwischen sicher, dass etwas absolut falsch gelaufen war, und jetzt wusste er auch, was die Polizisten damals am Unfallort dazu bewogen hatte, die Tatsachen ein wenig zu verdrehen.

Brandon stand vor einem schicken Einfamilienhaus in einer spießigen Gegend Bostons und klingelte. Es dauerte nicht lange, bis geöffnet wurde. Eine Frau mittleren Alters mit einem blonden Pagenkopf öffnete. »Bitte?«

»Guten Abend, mein Name ist Brandon Hammond, entschuldigen Sie bitte die Störung.«

»Um was geht es denn?« Sie runzelte die Stirn.

»Ich bin Anwalt und komme im Auftrag der Familie Lark.«

Mrs. Reynolds versteifte sich sichtlich. »Ich habe Ihnen nichts zu sagen.«

Sie wollte ihm gerade die Tür vor der Nase zuschlagen, aber er war schneller und stemmte seine Hand dagegen.

»O, ich denke doch, dass Sie anhören wollen, was ich Ihnen mitzuteilen habe. Ansonsten kann ich das auch direkt mit der Staatsanwaltschaft klären.«

Mrs. Reynolds atmete zischend ein. »Glauben Sie nicht, wir hätten genug gelitten? Unser Sohn ist tot.«

»Mir ist klar, dass es für alle Beteiligten sehr schmerzhaft ist, und doch gibt es da gewisse Dinge, die im Bericht stehen und so nicht der Wahrheit entsprechen. Was glauben Sie, wie es der Familie Lark ergangen ist, nachdem Lenny als Schuldiger bestimmt worden ist? Haben Sie schon mal darüber nachgedacht?«

»Carol, ist alles in Ordnung?«, hörte er eine näherkommende männliche Stimme.

»Schatz«, stammelte sie, dann sah er ihren Mann.

Ein grauhaariger, hochgewachsener Endfünfziger mit tiefen Furchen auf der Stirn. Brandon wusste, dass er gute Kontakte zu einigen Polizisten unterhielt, er war ein angesehener Beamter des Staates Massachusetts. Alles ergab einen Sinn, jetzt, wo er die Puzzlestücke zusammengefügt hatte.

»Was wollen Sie?«, herrschte Ted Reynolds ihn an.

»Können wir das vielleicht in Ruhe besprechen?«, schlug Brandon vor.

»Sagen Sie, was Sie zu sagen haben«, blaffte der Mann.

»Ted«, flüsterte seine Frau. »Es geht um ... die Sache.«

»Wir haben Ihnen nichts zu sagen.«

»Gut, dann werden Sie sich vor dem Staat Massachusetts und der Staatsanwaltschaft verantworten müssen.« Brandon zuckte die Schultern und wollte sich zum Gehen wenden, als Mr. Reynolds sich eines Besseren besann.

»Kommen Sie rein.«

Brandon lächelte in sich hinein, es war doch immer das Gleiche mit diesen Mistkerlen.

Kurz darauf fand er sich im Wohnzimmer der Familie wieder. Hübsche Möbel, eine Vase mit frischen Sommerblumen, teure Teppiche und einige Gemälde. Familienbilder suchte man hier vergeblich. Jeder ging mit Verlust anders um, manche pflasterten die Verstorbenen förmlich auf jede Wand, viele konnten auch Jahre später den geliebten Menschen, der nicht mehr da war, nicht auf Fotos ansehen.

Ted saß ihm gegenüber, die Finger ineinander verschränkt, seine Frau an seiner Seite. »Also«, sagte er ruhig. »Was wollen Sie?«

»Ich habe es Ihrer Frau schon mitgeteilt, ich komme im Auftrag von Erin Lark.« Er sah, wie Mrs. Reynolds bei ihrem Namen leicht zusammenzuckte. Immerhin, die Frau hatte sowas wie ein Gewissen, was man von ihrem Mann nicht gerade behaupten konnte. Dieser schien sich keiner Schuld bewusst und blickte ihn kompromisslos an.

»Wir wissen, dass Taylor den Wagen fuhr, und auch, dass die Drogen ihm gehörten, obwohl Lenny ebenfalls konsumiert hatte. Aber die Dealerware war seine. Warum haben Sie versucht, das alles zu vertuschen, und Lenny die Schuld in die Schuhe geschoben?«

»Hören Sie auf, so einen Mist zu erzählen«, zischte Ted Reynolds, seine Frau hatte die Hände vor den Mund geschlagen.

»O, die Beweise sprechen ganz dafür, ich wundere mich sogar, dass niemand auch nur den geringsten Zweifel an der Tatsache hatte. Wie konnten Sie nur so schnell zum Unfallort gelangen, um das alles zu veranlassen?«

Diese Frage interessierte Brandon wirklich, er hatte lange überlegt, aber war noch zu keiner zufriedenstellenden Schlussfolgerung gekommen.

»Ted«, bat seine Frau ihn. »Ich kann das nicht mehr. All die Jahre ... Es macht Taylor auch nicht mehr lebendig.«

»Halt die Klappe, Carol.«

Brandon versteifte sich. »Ich bin hier, weil ich Ihnen die Chance geben will, die Sache selbst richtigzustellen und sich bei Familie Lark zu entschuldigen.«

»W-wie geht es Lenny?« Carol Reynolds schluckte schwer.

»Nicht gut. Sie dürften sich wohl manches Mal gefragt haben, ob nicht Ihr Sohn das bessere Schicksal ereilt hat, oder?«

»Wie können Sie sowas sagen!«, brüllte Ted. »Unser Sohn ist tot.«

»Ja, und Lenny kaum mehr lebendig. Sein Leben war in dem Moment vorbei, als Ihr Sohn den Wagen gegen einen Baum gefahren hat. Warum das Ganze vertuschen und verdrehen?«

Und dann begriff Brandon endlich, was ihn die ganze Zeit gewurmt hatte. Es ging um Ted Reynolds' Job, er hatte befürchtet, dass er, wenn sein Ansehen beschmutzt würde, seine Position verlieren könnte. Ihm wurde übel. »Wissen Sie eigentlich, was Sie Erin damit angetan haben?«

Carol fing an zu weinen, Ted zeigte keine Regung.

»Mrs. Reynolds, Sie müssen es endlich richtigstellen.«

»Aber wie soll das gehen? Die Akte ist doch geschlossen.«

»Wir werden gar nichts! Und jetzt verschwinden Sie. Ich hätte Sie gar nicht reinlassen dürfen.«

»Wie Sie wollen.« Brandon erhob sich. »Mr. Cobbs hat ohnehin bereits ein Verfahren wegen Bestechung am Hals, und seine Aussage ist zu Protokoll genommen worden.«

Ted Reynolds wurde blass. »Sie lügen.«

»Probieren Sie es aus. Verraten Sie mir nur, wie konnten Sie so schnell von dem Unfall erfahren?«

Carol schluckte. »Weil wir am Telefon waren, als es passierte.«

Brandon stockte. »Wie bitte?«

»Ich hatte mit Taylor gestritten, ich wusste, dass er Drogen nahm – nicht aber, dass er welche verkaufte. Ich wollte nicht, dass er zugedröhnt ins Auto stieg, aber er hat mich weggeschubst und ist davongerast. Ich hatte keine Ahnung, dass er Lenny irgendwo aufgesammelt hatte. Nachdem er eine halbe Stunde weg gewesen war, habe ich ihn angerufen, wollte wissen, wo er steckte, und … das Telefonat hat ihn wohl abgelenkt, und …« Ihre Stimme brach, sie schlug sich die Hände vors Gesicht. »Ich wollte das nicht. Ich wollte das alles nicht.«

Jetzt schluchzte sie herzzerreißend, Ted sprang auf und fluchte. *Was für ein Arschloch*, dachte Brandon nur, *seine Frau leidet, und er denkt nur an sich.* Brandon ging zu ihr und legte ihr eine Hand auf die Schulter. »Es tut mir leid. Tun Sie endlich das Richtige, und klären Sie die Sache auf.«

Sie blickte aus geröteten Augen zu ihm auf. »Sie haben recht. Es war nicht nur Taylors Tod, der mich zerfressen hat, es war auch die Tatsache, dass wir einen anderen Jungen zum Sündenbock gemacht haben. O Gott, ich weiß gar nicht, wie wir das tun konnten.«

Sie weinte. Brandon verstand ganz gut, dass es nicht ihre Idee gewesen war, sondern die ihres Mannes. Eine Sekunde dachte er, dass Ted womöglich flüchten würde, aber der hatte wohl begriffen, dass es vorbei war. Dass die Wahrheit sie eingeholt hatte. Brandon spürte keinen Triumph, dafür war es viel zu traurig, dennoch war er froh, dass Lennys Ruf endlich reingewaschen werden würde.

Erin saß auf einer Bank vor dem Pflegeheim und starrte in den Himmel. Es wehte ein leichter Westwind, der dunkle Wolken über den blassblauen Horizont schob. Sie fühlte sich leer und ausgebrannt. Es war vorbei. Lenny hatte seinen letzten Kampf verloren und war nun an einem hoffentlich besseren Ort als dem, den das Leben ihm in den vergangenen sieben Jahren bereitgehalten hatte. Sie hätte nicht gedacht, dass es so schnell passieren würde, und doch war es keine Überraschung. Sie war nicht da gewesen, als sein Herz aufgehört hatte zu schlagen, er hatte seinen letzten Atemzug alleine getan.

Eine heiße Träne kullerte an ihrer Wange hinab, sie sah, wie sie auf ihrer blauen Hose einen dunklen Tropfen bildete. Die gleichen Fragen, die sie seit Jahren auf Abstand zu halten versucht hatte, blinkten in ihrem Kopf wie Werbung auf einem Reklameschild.

Warum gerade Lenny? Warum hatte er Drogen genommen? Warum war er zu schnell gefahren? Er war so ein guter Mensch gewesen, der es nicht verdient hatte, derart zu leiden. Zum Glück hatte er von den letzten Jahren höchstwahrscheinlich kaum noch etwas mitbekommen. Und doch, es überraschte sie, wie sehr sie sein Tod berührte. Dabei hatte sie gedacht, dass sie gut darauf vorbereitet wäre, dass der Tod eine Erlösung für sie und ihn bedeuten würde. Das stimmte auch irgendwie, aber gleichzeitig war es endgültig. Mit ihm war der letzte Mensch gegangen, der ihr etwas bedeutete.

Bedeutet hatte, korrigierte sie sich.

Erin rieb sich über die Augen und schniefte, ein Taschentuch hatte sie nicht bei sich.

»Erin«, hörte sie eine samtige, sehr angenehme Stimme. »Hier bist du.«

Sie blinzelte gegen das Licht und war überrascht, Brandon zu sehen. Sie wollte etwas sagen, aber kein Wort kam über ihre trockenen Lippen.

»Ich habe versucht dich zu erreichen«, fuhr er fort und setzte sich neben sie. Er trug Anzug mit Weste und weiß gestärktem Hemd. Vermutlich kam er gerade aus einer Verhandlung oder von einem Termin. Sein Anblick war vertraut, und doch wollte sie am liebsten alleine sein. Sie musste nachdenken.

»Ich habe Neuigkeiten für dich«, fuhr er fort.

»Nicht jetzt«, bat sie ihn leise. »Ich kann jetzt nicht.«

»Bitte, Erin, es ist wichtig. Ich muss es dir einfach erzählen.«

»Er ist tot, Brandon. Mein Bruder ist vor einer Stunde gestorben.«

»O nein.« Er nahm ihre Hand, sie ließ es zu, aber rührte sich nicht. »Das tut mir so leid.«

»Ich würde gerne sagen, es ist in Ordnung. Aber das ist es nicht. Er hätte gar nicht hier sein sollen«, flüsterte sie und wusste dabei nicht mal, ob sie mit sich selbst oder mit Brandon sprach.

»Ich habe herausgefunden −«, fuhr er fort, aber sie unterbrach ihn.

»Merkst du nicht, dass ich jetzt nichts hören möchte, Brandon, egal was es ist. Es tut mir leid, aber ich will einfach nur hier sitzen und mich mit den Tatsachen abfinden.«

»Erin, ich verstehe dich, aber du musst wissen, dass ich mit Familie Reynolds gesprochen habe. Es gab ein paar Ungereimtheiten in diesem Fall.«

Sie hatte nur die Hälfte von dem verstanden, was er gesagt hatte, in ihrem Kopf begann sich alles zu drehen.

»Du hast was?« Ihre Stimme klang schrill.

»Nachdem wir uns letztens unterhalten haben, habe ich mich umgehört und −«

Sie sprang auf. »Ich fasse es nicht.«

»Was ist los?«

»Wieso mischst du dich in meine Angelegenheiten? Habe ich dir nicht von Anfang an klargemacht, dass ich das nicht will?« Ihr Herz schlug schneller, ihre Hände wurden eiskalt.

»Ja, aber ich dachte −«

»Nein, Brandon«, fuhr sie dazwischen.

»Aber er war es nicht. Das ist es, was ich dir die ganze Zeit sagen will.«

»Was?«

»Lenny saß nicht am Steuer, erinnerst du dich? Der Schlüsselbeinbruch. Das war das erste Indiz, dass er auf der Beifahrerseite gesessen haben musste, der Gurt ... Ted Reynolds hat einen Cop bestochen, den Bericht zu fälschen.«

Erin wurde übel, ihre Beine gaben unter ihr nach, und sie ließ sich auf die Bank zurückgleiten. Ihr war schwindelig, ihre Gedanken kreisten viel zu schnell.

Brandon. Lenny. Unfall. Beifahrer ...

Erin vergrub ihr Gesicht zwischen den Händen, sie wollte weinen, aber es kamen keine Tränen. Sie war geschockt. Überwältigt. Überfordert. Es war alles zu viel für sie.

»Bitte geh«, sagte sie zu Brandon, ohne ihn anzusehen.

»Ich möchte für dich da sein.«

»Ich habe dich nicht darum gebeten. Ich kann das nicht, Brandon, und ich will es auch nicht. Es ist zu spät, verstehst du das nicht? Lenny ist tot. All das nützt ihm nichts mehr.«

»Die Staatsanwaltschaft ist bereits eingeschaltet, es wird gegen Ted Reynolds ermittelt.«

Sie wollte nichts mehr davon hören, denn Brandons Worte führten ihr ihr eigenes Versagen zu deutlich vor Augen. *Sie* hätte all das herausfinden müssen. Warum war sie nie auf den Gedanken gekommen, dass die Informationen der Polizei nicht der Wahrheit entsprachen? Sie hätte all die unbequemen Fragen stellen müssen, stattdessen hatte sie all die Jahre tatenlos neben seinem Bett gesessen und mit dem Schicksal gehadert. Erin hatte auf ganzer Linie versagt, obwohl sie Lennys Ruf hätte reinwaschen können. Jetzt war es zu spät dafür.

Brandon legte ihr eine Hand auf die Schulter, aber sie konnte jetzt keine Berührung ertragen.

»Bitte nicht«, murmelte sie, stand auf und sah ihn an.

Seine vertrauten Züge, die Bedauern ausdrückten, schnitten ihr ins Herz. Sie wusste, dass sie ihn verletzt hatte, sie würde ihn gleich noch mehr verletzen, aber es musste sein.

»Du hättest nicht ohne meine Zustimmung ermitteln dürfen, Brandon. Ich möchte nicht, dass du dich in mein Leben einmischst. Das mit uns ... Es war körperlich. Mehr nicht. Das, was du hier tust, ist so falsch, dass mir die Worte dafür fehlen.«

»Du bist aufgewühlt, das verstehe ich.«

Auf einmal war sie völlig klar. »Das eine hat mit dem anderen nichts zu tun, verstehst du denn nicht? Ich suche keinen Ritter auf dem weißen Pferd, der mich aus dem Turm rettet, in dem ich seit Jahren eingesperrt bin. Aber du bist so jemand, du möchtest für andere da sein, weil du einfach nicht anders kannst.«

Erin zerriss es beinahe, als sie sah, wie sehr ihn ihre Worte trafen.

»Ich kann nicht mit jemandem wie dir zusammen sein. Ruf mich nicht mehr an«, bat sie und rannte dann davon.

Kapitel 20

Ich kann nicht mit jemandem wie dir zusammen sein, hallte es immer wieder in seinem Kopf. Seit Tagen dachte er ständig an die Szene vor dem Pflegeheim zurück, als Erin ihm das Herz gebrochen hatte.

Noch vor wenigen Wochen hätte er alles, was er hatte, darauf verwettet, dass ihm das niemals passieren würde. Er, der Scheidungsprofi, würde nie so dumm sein, Gefühle für eine Frau zu entwickeln.

Sich zu verlieben.

Jemanden zu lieben.

Erin zu lieben.

Er liebte sie, daran gab es bedauerlicherweise nichts zu rütteln. Aber sie wollte nichts von ihm wissen. Nicht mehr. Ihm war klar, dass sie nicht lange sauer auf ihn sein würde, denn letzten Endes bedeuteten seine Entdeckungen, dass ihr Bruder rehabilitiert würde. Ihm selbst brachte das alles nichts mehr, aber Erin würde eine ganze Menge davon haben, nicht nur finanziell. Alle Menschen, die sie damals fallengelassen hatten, mussten sich nun eingestehen, dass sie falsch gehandelt hatten. Was Erin damit anfing, blieb ihr überlassen, aber zumindest wurde diese Ungerechtigkeit nun aus der Welt geschafft.

»Warum hängst du hier nutzlos herum?« Elijah stieß ihm mit dem Ellenbogen in die Seite. »Ich dachte, das sollte ein Junggesellenabschied werden und keine Beerdigung.«

»Stimmt«, pflichtete Brandon ihm bei. »Tut mir leid, mich beschäftigt ein Fall.«

Nate hob eine Augenbraue und goss sich und Brandon ein weiteres Glas Scotch ein, Elijah blieb, wie immer, bei alkoholfreien Drinks. »Ein Fall oder eine Privatermittlerin?«

»Ach, sei doch still«, brummte Brandon.

Elijah lachte. »Ihn hat es erwischt.«

Nate nickte. »Sieht so aus. Fühlt sich scheiße an, oder?«

Brandon leerte sein Glas. »Absolut.«

»Dann gibst du es also zu?«, wollte Elijah wissen.

»Seit wann suhlst du dich eigentlich so im Elend anderer?«, fragte Brandon genervt.

Nate klopfte ihm auf die Schulter. »Wir haben das alle durchgemacht, Mann.«

»Tja, nur, dass ihr beide glücklich seid.«

»Wo hakt es denn?« Elijah runzelte die Stirn. »Schien mir so, als ob sie auf dich steht – Gott weiß, warum.«

Brandon schnitt eine Grimasse. »Na, danke auch. Schön, dass ihr meine Freunde seid. Oder?«

Nate boxte ihm in die Seite. »Seit wann verstehst du keinen Spaß mehr? Also, was ist euer Problem?«

Brandon raufte sich die Haare. »Ich habe geholfen, ihren Bruder zu rehabilitieren. Leider ist er kurz davor verstorben.«

»Liv hat mir davon erzählt«, sagte Nate.

»Ihr wisst es schon, warum quetscht ihr mich dann erst aus wie eine Zitrone?« Er war laut geworden.

»Hätte ja sein können, dass da noch mehr dahintersteckt.« Elijah grinste.

»Gott, ihr seid furchtbar. Kann ich noch einen Drink haben?« Brandon hielt Nate sein Glas hin.

»Keine Sorge, wir bringen dich nach Hause und passen auf, dass du keine Dummheiten machst.«

»Was hat Liv denn sonst noch gesagt?«, wollte Brandon wissen. »Wie geht es ihr denn?«

»Na, beschissen natürlich. Sie weiß nicht, ob sie trauern oder erleichtert sein soll.«

»Wer würde ihr das verdenken«, murmelte Brandon. »Ich sollte für sie da sein.«

»Das Problem ist«, sagte Elijah, »sie möchte es nicht, denn sie ist noch nicht so weit. Was ist mit dir? Bist du bereit für dieses Beziehungsding? Kann ganz schön hart sein am Anfang, bis man kapiert hat, dass es eigentlich was Gutes ist.«

Nate verzog seinen Mund. »Da hat er recht. Also, Brandon. Wie weit bist du?«

Der Anwalt fuhr sich mit der Hand über das Gesicht. »Ich hätte es nicht für möglich gehalten, aber ich könnte mir durchaus vorstellen, Erin häufiger zu treffen.«

Nate und Elijah tauschten einen Blick aus, der Bände sprach, dann prusteten sie los.

»Nur du kannst dich so ausdrücken.« Nate lachte immer noch und wischte sich eine Träne aus dem Augenwinkel.

»Hast du schon eine Idee, wie du sie für dich gewinnen willst?«, fragte Elijah. »Es ist nun mal so, dass wir Männer da aktiv werden müssen. Frauen wollen erobert werden.«

Brandon schnaubte abfällig. »Glaub mir, Erin möchte vor allem *das* nicht.«

»Natürlich will sie das, vielleicht streitet sie es ab, aber tief drin ist sie auch ein Hormonmonster wie alle Frauen.« Nate schnitt eine Grimasse.

»Sie hat mir explizit gesagt, dass sie mich nicht will, weil ich der Ritter auf dem weißen Pferd wäre, und sie möchte nicht von mir aus dem Turm befreit werden.« Brandon leerte sein Glas erneut.

Nate und Elijah lachten sich weiter halbtot und hielten sich die schmerzenden Waschbrettbäuche. Brandon war versucht, ihnen beiden, nur so aus einer Laune heraus, die Fresse zu polieren. Eigentlich nicht sein Stil, aber was hatten ihm seine Manieren bislang schon gebracht? Gar nichts. »Ihr seid so furchtbar, wer euch als Freunde hat, braucht keine Feinde mehr.«

Nate klopfte ihm auf die Schulter. »Okay, Brandon. Ist gut, wir hatten unseren Spaß. Jetzt helfen wir dir.«

»Ach, und wie soll das gehen?«

»Du brauchst einen Plan.« Elijah nickte eifrig.

»Und wie sollte der aussehen?« Brandon war sich sehr sicher, dass seine beiden Freunde absolut keine Ahnung hatten, was Erin gefallen würde oder was sie überzeugen würde, dass er nicht der Langweiler war, für den sie ihn wohl hielt. Aber ihm fehlten nun mal die typischen Bad-Boy-Eigenschaften, auf die sie anscheinend Wert legte.

»Lass sie ein paar Tage trauern.«

»Ich habe versucht sie anzurufen, aber sie geht nicht dran.«

»Ist gut, aber das kannst du jetzt auch sein lassen. Melde dich einfach mal gar nicht.«

»Aha, und was soll das bringen?«

»Wirst schon sehen. Geh zu Lennys Beerdigung, die ist am Dienstag«, fuhr Nate fort.

»Und dann?«

»Dann lassen wir uns zur Hochzeit was Schönes einfallen.«

»Zu deiner Hochzeit?«

»Ja, zu deiner ganz sicher nicht.« Elijah lachte.

Brandon schüttelte den Kopf. »Ihr seid einfach komplett irre.«

»Deswegen magst du uns so.«

Irgendwo hatte Erin mal gehört, dass in jedem Abschied auch ein neuer Anfang innewohnte. Der Himmel hatte seine Schleusen geöffnet, es regnete so stark, dass nicht einmal die schwarzen Schirme, die über den wenigen Gästen aufgespannt waren, genug Schutz vor der Nässe boten. Der Pfarrer verlas ein paar nette Worte, die sie über Lenny aufgeschrieben hatte, sie selbst wollte nichts sagen. Erin hatte sich in der Stille von ihm verabschiedet. Die letzten sieben Jahre waren ein sehr langer, stückweiser Abschied gewesen, der nun an diesem Tag seinen Abschluss finden würde. Während sie der monotonen Stimme nur am Rande lauschte, sah sie auf den hellen Eichensarg, der mit weißen Rosen bedeckt war.

Ihre Mutter war gekommen, es war das erste Mal, dass sie sie wiedersah, nachdem sie nach Arizona davongelaufen war. Die Jahre hatten ihr nicht gutgetan. Obwohl sie eine große, dunkle Sonnenbrille trug, konnte Erin erkennen, dass ihr Gesicht blass und faltig geworden war, sie war schlank, beinahe schon zu dünn, und ihre Haare waren strohig und stumpf. Erin hatte kein Mitleid mit ihr, sie empfand rein gar nichts mehr für diese Frau.

Irgendwann war es vorbei, Menschen, deren Gesichter sie nicht wahrnahm, schüttelten ihre Hand und wünschten ihr herzliches Beileid. Dann entdeckte sie Brandon, der am gusseisernen Tor des *St. Michael Cemetery* stand. Er nickte ihr mit einem aufmunternden Gesichtsausdruck zu, der ihr die Kehle eng werden ließ. Sie erwiderte sein Nicken, dann ging sie in die andere Richtung davon. Es kostete sie größte Mühe, sich nicht umzudrehen und in seine Arme zu werfen, sich an seiner Schulter auszuweinen und ihm zu sagen, wie sehr sie ihn in den letzten Tagen vermisst hatte. Aber sie fürchtete, wenn sie einmal mit dem Weinen anfing, würde sie nie wieder damit aufhören. Sie konnte sich keine Schwäche erlauben, nicht jetzt.

Erin atmete tief durch und ignorierte den wiederholten Versuch ihrer Mutter, mit ihr Kontakt aufzunehmen, stattdessen winkte sie sich ein Taxi heran, stieg ein und fuhr davon.

Einige Tage später, sie saß gerade mit Skizzenblock und Farben auf dem Sofa, klingelte es an ihrer Tür. *Brandon*, war das Erste, woran sie dachte. Sie überlegte einen Augenblick, ob sie überhaupt öffnen sollte, doch beim erneuten Klingeln entschied sie sich dafür, nachzusehen. Sie war überrascht, als Liv vor der Tür stand. Und ein wenig enttäuscht. Dann erinnerte sie sich, dass sie selbst es gewesen war, die ihm gesagt hatte, er solle sich zum Teufel scheren.

»Hallo.« Sie rang sich ein Lächeln ab.

»Hi Erin, komme ich ungelegen?«

Erin blickte unsicher an sich herunter, sie trug eine alte Jogginghose und ein ausgeleiertes T-Shirt. »Wenn dich mein Aufzug nicht stört?«

Liv lächelte und umarmte sie. »Gar nicht. Darf ich reinkommen?«

»Natürlich, wie unhöflich von mir.« Sie trat zurück. »Bitte. Kann ich dir was anbieten? Setz dich doch. Warte.« Erin schob eine Menge Papiere, Ordner und ihre Zeichensachen beiseite. »Bin nicht wirklich zum Aufräumen gekommen«, murmelte sie verlegen.

Liv legte ihr eine Hand auf den Oberarm. »Schon okay, das ist doch nicht wichtig«, sagte sie mit einem milden Lächeln. »Ich nehme an, es hat eine Menge Papierkram gegeben, hm?«

Erin nickte. »Ja, man soll nicht glauben, wie viele Formulare und Unterlagen man ausfüllen muss, wenn jemand stirbt.«

Liv atmete tief ein. »Wie geht es dir?«

Erin zuckte die Schultern. »Ehrlich? Keine Ahnung. Es ist alles noch so frisch. Da denkt man jahrelang, man wäre auf alles vorbereitet, und am Ende stellt man fest, dass es einen doch eiskalt erwischt.«

»Das kann ich mir vorstellen. Kann ich denn etwas für dich tun?«

»Das ist so lieb von dir, aber nein, ich komme zurecht.«

Liv lächelte schief. »Irgendwie habe ich geahnt, dass du das sagen würdest.«

Erin musste lachen. Zum ersten Mal seit vielen Tagen konnte sie lachen, es tat gut, und gleichzeitig tat es schrecklich weh. Auf einmal brachen die Tränen aus ihr hervor, die sie all die Jahre zurückgehalten hatte. Ihre Schultern bebten, und Liv hielt sie fest und strich ihr über den Rücken, wie es ihre Mutter hätte tun sollen. Sie weinte, bis alle Tränen versiegt, ihre Nase verstopft und ihre Augen geschwollen waren.

Liv zupfte ein Taschentuch hervor. »Bitte. Geht es dir ein wenig besser?«

Erin schnäuzte sich lautstark, während Liv ihr ein Glas Wasser aus der Küche holte.

»Das ist doch meine Aufgabe«, krächzte sie.

»Ist schon gut«, sagte Liv beruhigend und drückte ihr das Glas in die Hand. »Trink erst mal was.«

Dann setzte sie sich zu Erin. »Und jetzt erzähl mal, was hast du vor?«

Erin zuckte die Schultern. »Ich weiß nicht. Keine Ahnung. Ich habe jahrelang einfach funktioniert, gearbeitet, um alle Rechnungen zu bezahlen. Du weißt schon. Ich kann nicht einfach da weitermachen, wo ich vor sieben Jahren aufgehört habe.«

»Würdest du das denn wollen?«

Sie atmete tief durch. »I-ich weiß es gar nicht. Aber sieh

mal«, sie schob Liv einige Skizzen zu, »das ist eine Geschichte, die ich mir ausgedacht habe. Für ein Kinderbuch. Ich bin noch ganz am Anfang.«

Livs Miene hellte sich auf. »Wie schön!«, rief sie. »Worum geht es?«

»Es handelt von einem kleinen Igel, der alleine ist. Er entschließt sich, eine Reise zu unternehmen und landet an der Küste. Dort trifft er auf einen Waschbären, der sich auf seinem Segelboot sonnt. Der Waschbär fragt den Igel, warum er so gehetzt ist, und der Igel wird sauer und rollt sich zusammen.«

»Er zeigt seine Stacheln.«

Erin nickte. »Ich weiß, es ist noch nicht viel, aber ... ich weiß schon so ungefähr, wo ich damit hinmöchte.«

»Ja? Was ist denn die Botschaft deines Märchens?«

Erin schaute auf ihre Hände. »Der Waschbär ist ja eigentlich weich, hat ein plüschiges Fell und ist irgendwie niedlich, während der Igel immer, wenn es gefährlich wird, seine Stacheln zum Schutz ausfährt. Und ich dachte mir, dass der Waschbär dem Igel zeigen könnte, wie man sich auch schützen kann, ohne andere dabei zu verletzen.«

Liv nahm Erins Hand. »Ich finde, die Idee ist sehr schön.«

Erin lächelt schüchtern. »Meinst du?«

»Es gefällt mir sehr gut, ich bin schon sehr gespannt darauf, die fertige Fassung zu sehen. Und du kannst ganz wundervoll zeichnen, schon mal überlegt, beruflich was in der Richtung zu machen?«

»Früher ja. Und es wird noch eine ganze Weile dauern, bis es fertig ist, fürchte ich.« Verlegen strich sie eine Strähne hinters Ohr.

»Sehen wir dich denn zu unserer Hochzeit?«

Erin atmete ein. »Wärt ihr sehr böse, wenn ich nicht kommen würde? Ich ... ich fühle mich momentan einfach nicht bereit, mich unter so vielen Menschen aufzuhalten. Ich möchte euch nicht als Trauerkloß die Feier verderben.«

Liv drückte ihre Hand. »Du verdirbst uns ganz sicher nichts, liebe Erin. Liegt es an den vielen Menschen oder einem ganz speziellen, dass du nicht kommen willst?«

Erin schluckte. »Du weißt es also? Hat er was gesagt?«

»Du kannst deine weiche Seite nicht so gut verstecken, wie du denkst, Erin. Brandon hat eine Chance verdient, er ist ein guter Kerl.«

»O ja, vielleicht ist er einfach zu gut. Nein, ganz sicher sogar.« Erin seufzte, und Liv fing an zu lachen.

»Hast du dir mal selbst zugehört? Kann man *zu gut* sein?«

»Brandon hat eine Frau verdient, die nicht so verkorkst ist wie ich.«

Livs Blick wurde eindringlich. »Glaub mir, wenn ich durch Nate eins gelernt habe, dann dass niemand zu verkorkst ist, um geliebt zu werden. Denk mal drüber nach, Erin, und ruf mich an, wenn du reden möchtest. Okay?«

Erins Kehle wurde erneut eng. »Danke. Du ... du bist eine echte Freundin.«

Liv lächelte. »Ich bin gerne deine Freundin, wenn du mich lässt.«

Sie umarmte sie kurz, dann verabschiedete sie sich und ließ eine nachdenkliche Erin zurück.

Die verharrte eine ganze Weile regungslos und dachte über das Gespräch mit Liv nach, dann sprang sie auf, zog sich um und machte sich auf den Weg zu Brandon. Sie hatte ihm etwas Dringendes zu sagen.

Eine Stunde später stand sie vor verschlossenen Türen, er war nicht zu Hause. Auch bei seinem Telefon sprang nur die Mailbox an.

»Verdammt«, fluchte sie. »Ich komme zu spät.«

Mit hängenden Schultern verließ sie das Gebäude und machte einen ausgedehnten Spaziergang. Als sie zu ihrer

Wohnung zurückkehrte, wusste sie, dass sie zwei Dinge zu tun hatte. Sie musste sich eine Uni suchen, an der sie ihr Studium beenden konnte, und sie musste dieses Kinderbuch zu Papier bringen.

In den folgenden Tagen und Nächten arbeitete sie beinahe pausenlos, sie vergaß zu essen oder zu schlafen. Wie besessen nahm ihre Kindergeschichte immer farbigere und konkretere Formen an. Mit jedem Strich fühlte sie mehr, dass sie auf dem richtigen Weg war. Der Gedanke an Brandon schmerzte sie nach wie vor, aber sie verstand, dass er nach ihren zahlreichen Zurückweisungen Abstand von ihr brauchte. Vielleicht würde sie ihn ja mit ihrer Geschichte überzeugen können, dass sie noch eine Chance verdient hatte – falls er das überhaupt wollte.

Kapitel 21

Brandons Herzschlag lag weit über der gesunden Grenze, als er auf die Leiter stieg und an der Hauswand nach oben kletterte. Er hatte sie auf dem Deck seines Segelbootes, das er auf einem Hänger in die Stadt gebracht hatte, platziert. Nun stand er vor Erins Wohnhaus in Roxbury. Sie war vielleicht nicht Rapunzel, die er aus einem Turm retten musste, aber für ihn war die Liebe, die er für sie empfand, doch irgendwie märchenhaft. Es war eine wahnwitzige Idee, aber er hoffte, dass er damit Erins Herz gewinnen würde. *Bloß nicht nach unten schauen,* dachte er und richtete seinen Blick auf das Fenster im dritten Stock, das er erreichen wollte. Er hatte keine Ahnung, ob Erin ihn gleich mit heißem Öl übergießen oder mit heißen Küssen überschütten würde. Hoffentlich war sie überhaupt zu Hause. Oben angekommen klopfte er an die Scheibe und spähte hinein. Glücklicherweise saß sie auf dem Sofa und zeichnete. Sie hob den Kopf, und als sie ihn entdeckte, quietschte sie und sprang auf. Er grinste und machte ein Zeichen, dass sie das Fenster öffnen sollte.

Erin zögerte eine Sekunde, einen Moment dachte er, dass sie nicht mit ihm sprechen würde, dass sie sauer war, weil er ihren Anruf nicht retourniert hatte, doch dann setzte sie sich in Bewegung und sorgte dafür, dass das Glas sie nicht länger trennte.

»Brandon«, sagte sie, noch immer ungläubig. Ihre Wangen röteten sich, und ihr Mund stand vor Verwunderung offen.

Überraschung gelungen! Er freute sich und merkte, dass all die Worte, die er sich seit Tagen zurechtgelegt hatte, sich in Rauch aufgelöst hatten.

»Erin«, murmelte er und schluckte. »Ich bin kein Ritter auf einem weißen Ross, auch wenn es sich ein bisschen so anfühlt, als wäre das hier irgendwie speziell.«

»Du bist ja völlig verrückt.« Ein Lächeln zeichnete sich um ihre Mundwinkel ab. »Du bist ein Seemann auf einem Schiff! Aber wie hast du das bloß gemacht? Du stehst auf einer Leiter auf deinem Segelboot und bist damit vom Deck zu mir raufgeklettert? Du hast echt einen Knall! Und du bist den ganzen weiten Weg mit dem Anhänger hergefahren, nur um mich zu besuchen?«

In ihren Augen blitzte etwas auf, das ihm Mut verlieh.

»Du sitzt zwar nicht in einem Turm, aber es fühlt sich doch ein bisschen so an, als wäre das hier ein Märchen, nur, dass nicht ich dich retten muss, sondern du mich.«

Er schluckte und hielt seine Hand in ihre Richtung, eine Aufforderung, ihre in seine zu legen. »Erin, könntest du kurz an Bord kommen?«

»Aye, aye, Captain«, gab sie zu seiner großen Erleichterung zurück.

Vorsichtig stieg er die Leiter nach unten, Erin folgte ihm. Sie sah ein wenig ängstlich aus, nun, ihm ging es genauso. Es war irre hoch, aber er hatte sich versichert, dass die Leiter nicht abrutschen würde. Auf der Straße hatte sich bereits eine kleine Traube von Menschen gebildet, die stehen geblieben waren, um das Spektakel zu beobachten. Eine weißhaarige, schmale Frau öffnete ihr Fenster und schaute heraus. »Na, endlich, Jungchen. Wird auch Zeit, dass jemand Erin aus diesem elenden Loch rettet.«

»Hi Mrs. Lincoln.« Erin lächelte ihrer Nachbarin schüchtern zu.

»Ich hoffe, sie kommt mit mir«, meinte er zu der alten Dame, dann wandte er sich wieder Erin zu und vergaß alles andere um sie herum. Schließlich standen sie an Deck seines Schiffs, ihre Hand in seiner. Sein Herz raste, sein Atem ging schnell. Er war noch nie in seinem Leben so nervös gewesen. Brandon räusperte sich. »Erin, ich weiß, dass es viele Dinge zwischen uns gibt, die nicht ausgesprochen sind, aber das können wir jederzeit nachholen. Eines möchte ich dir allerdings versichern, denn das ist alles, was zählt: Ich liebe dich, und ich möchte mit dir zusammen sein.«

Sie wollte etwas erwidern, aber er hob die Hand und zeigte damit, dass sie noch nicht sprechen sollte. »Ich wünsche mir, dass du mit mir ins Ungewisse segelst, zu neuen Ufern, in eine gemeinsame Zukunft. Das alles kannst du metaphorisch oder auch wörtlich nehmen.«

Er grinste, und sein Herz klopfte bis zum Hals hinauf.

»W-wie meinst du das?«

»Kommst du mit mir nach Nantucket? Zu Livs und Nates Hochzeit?«

Erin lächelte und strich ihm eine Strähne aus dem Gesicht. »Deine Frisur ist zur Abwechslung mal nicht perfekt«, stellte sie mit einem Schmunzeln fest. »Außerdem mag ich dich in Shorts und Bootsschuhen.«

»Ist das ein Ja?«

Sie stellte sich auf die Zehenspitzen und reckte ihm ihr Gesicht entgegen. »Brandon Hammond, ich weiß nicht, wie es passiert ist, aber ich liebe dich auch. Ich liebe dich mehr, als du dir vorstellen kannst.«

Und dann bot sie ihm ihre Lippen zum Kuss.

»Du machst mich zum glücklichsten Menschen.« Er senkte seinen Mund auf ihren und zeigte ihr auf seine Weise, wie sehr er sie vermisst hatte, wie sehr er sie liebte und wie sehr er sich nach ihrer Nähe sehnte.

Um sie herum wurde es lauter, es wurde gehupt, gejohlt und applaudiert, bis sie sich voneinander lösten.

»Komm, meine Liebe«, sagte er zu ihr und half ihr beim Herunterklettern.

»Darf ich erst noch mein Fenster zumachen?«, scherzte sie.

»Ach ja, natürlich, habe ich vergessen. Aber nicht, dass du es dir gleich noch anders überlegst?«

Erin tippte ihm an die Stirn. »Du bist wohl verrückt geworden, ich lasse mir doch nicht einen weiteren Segeltörn mit dir entgehen!«

Brandon konnte nicht anders, er lachte. »Wir werden noch oft gemeinsam hinausfahren, das verspreche ich dir.«

»Ziemlich cooles Ding«, rief sie ihm vom Fenstersims zu, nachdem sie die Treppe zu ihrer Wohnung wieder hochgerannt war. »Du ... du hast sie umbenannt?«

»Ja, sie heißt jetzt *Infinity* – Unendlichkeit. Weil das der ungefähre Zeitrahmen ist, in dem ich dich lieben werde.«

Ihr Blick ließ sein Herz vor Glück überfließen. »Beeil dich!«, rief er ihr zu. »Jede Sekunde, die ich hier alleine stehe, ist eine zu viel.«

Sie lachte, schloss das Fenster und verschwand dann aus seinem Sichtfeld.

Es dauerte lange, viel zu lange. Brandon verstaute die Leiter, kletterte vom Boot und stellte sich vor den Geländewagen, an dessen Kupplung der Anhänger mit dem Segelboot befestigt war, um auf sie zu warten. Gerade fragte er sich, ob sie es sich anders überlegt hatte, als sie mit einer Tasche und einer Mappe aus dem Haus kam. »Entschuldige«, sie lief auf ihn zu, »ich musste noch etwas packen.«

»Ich habe mir schon Sorgen gemacht, dass du deine Meinung geändert hättest«, erwiderte er halb im Scherz.

Tatsächlich war es wirklich so, dass ihm ein Stein vom Herzen gefallen war, als die Tür aufging und sie mit ihrem Gepäck herauskam.

Erin gab ihm einen leidenschaftlichen Kuss. »Ich werde es mir niemals anders überlegen, entschuldige, dass es so lange gedauert hat, aber ich musste ein bisschen was zusammensuchen.«

Ihm war nicht klar, was sie damit meinte, die Zeit des Packens, oder diejenige, bis sie kapiert hatte, dass sie ihn auch liebte. Egal was es war, er war glücklich, dass sie jetzt zusammen waren.

»Was ist das?«, fragte er, als sie ihm die Mappe hinhielt.

»Für dich. Das ist eine Geschichte, eigentlich eine Kindergeschichte, aber … sie beschreibt vieles, das in mir vorging, sehr gut.«

Er nahm sie entgegen und schlug sie auf.

»Der Waschbär und der Igel«, las er, und als er auf der ersten Seite einen Waschbären auf einem Segelboot sah, musste er schmunzeln.

»Liv war nicht zufällig bei dir, oder?«, wollte Erin wissen.

»Die Idee, mit dem Boot bei dir aufzutauchen, stammt von mir«, erklärte er mit einem Lächeln. »Ich glaube, du und ich, wir sind uns doch ähnlicher, als du glaubst. Umso mehr freue ich mich, dass du Lust hast, mit mir auf und davon zu segeln.«

Mit jeder Seite, die er umblätterte, wurde der Kloß in seinem Hals größer, gleichzeitig wuchs seine Liebe für Erin noch mehr, sofern das überhaupt möglich war. Als er die letzte Seite betrachtet hatte, legte er die Mappe auf den Beifahrersitz und nahm ihr Gesicht zwischen seine Hände. »Ich liebe dich, Erin Lark. Komm, lass uns segeln gehen.«

Ehe sie losfuhren, küsste er sie lange und leidenschaftlich, und das Hupen der vorbeifahrenden Autos interessierte ihn überhaupt nicht.

Kapitel 22

Sonnenstrahlen glitzerten auf der Meeresober-
fläche, der Wind zupfte an Erins Haaren.

»Weißt du eigentlich, dass du ganz schön verrückt bist?«,
rief sie Brandon zu, der hinter dem Steuer stand und sie
beobachtete. Das Segel flatterte, und sie schipperten ge-
mächlich über die ruhige See.

»Das ist das netteste Kompliment, das du mir je gemacht
hast«, scherzte er mit einem Augenzwinkern.

Erin schüttelte den Kopf und lachte. »Da fährst du den
ganzen Weg nach Boston mit dem Segelschiff auf einem
Anhänger, nur um mich abzuholen, und dann die ganze
Strecke zurück zum Hafen nach Ellis Cove, um von dort
aus loszusegeln. Gar nicht ökonomisch.«

Sie grinste ihn an.

»Ich dachte einfach, dass meine Chancen, dein Herz zu
erobern, am größten wären, wenn ich es auf eine unkon-
ventionelle Weise versuchen würde. Dass ich es mit einem
Pferd und einer Rüstung gar nicht erst probieren sollte, hast
du mir ja zuvor schon klar und deutlich gesagt.«

Erin sah zu Brandon, in seinen dunkelblonden Haaren
schimmerte das goldene Sonnenlicht, er war barfuß, trug
nur eine Shorts. Bei jeder Bewegung spannten sich die Muskeln seines Oberkörpers an. Sie konnte sich nicht an ihm
sattsehen.

»Das stimmt«, pflichtete sie ihm bei. »Außerdem ist es viel cooler auf einem Boot als auf einem Pferderücken. Immerhin gibt es hier viel mehr Platz.«

»Wir haben alles an Bord, wir brauchen also auf Nantucket nicht in ein Hotel umzuziehen.«

»Wow, das ist so genial. Ich freue mich wahnsinnig.«

»Hast du schon mal auf einem Segelboot übernachtet?«

Sie schüttelte den Kopf. »Nein, noch nie.«

Er hob den Daumen und grinste. »Ich verspreche dir, das wird ein einmaliges Erlebnis.«

Ihr Magen fuhr Achterbahn, und ein süßes Ziehen breitete sich in ihrer Mitte aus. »Wie lange werden wir denn noch unterwegs sein?«

»Ist da jemand ungeduldig?«

Sie hob eine Augenbraue. »Ich doch nicht.«

Brandon lachte und warf ihr einen Luftkuss zu.

»Wenn du es gar nicht mehr aushalten kannst, können wir auch irgendwo an der Küste ankern«, schlug er vor.

Erin gefiel die Idee. »Wieso nicht, haben wir es eilig?«

Er neigte den Kopf. »Auf keinen Fall, die Hochzeit ist erst morgen, die Hälfte der Strecke haben wir bereits hinter uns ... Ich finde, es klingt großartig, ein kleines Päuschen einzulegen. Wie passend, dass wir gleich beim Chatham-Leuchtturm vorbeikommen, dort können wir ganz entspannt ankern.«

»Bist du häufiger hier?«

»Und du, bist du etwa eifersüchtig?«

Erin verzog ihren Mund. »Das hättest du wohl gerne.«

»Möglich«, gab er mit einem Augenzwinkern zu.

Erins Vorfreude stieg, als sie sah, wie er nach einer Weile das Segelschiff nach rechts in eine Bucht lenkte, das Segel einholte und den Anker warf.

»Kann ich dir helfen?«

»Lass mal, du machst dich großartig als Galionsfigur. So, das wär's«, verkündete er, kam auf sie zu und nahm ihre Hand. »Darf ich bitten?«

»Ich liebe es, wenn du so gestelzt redest«, erwiderte sie und stellte sich auf die Zehenspitzen.

»Du amüsierst dich über mich.«

»Nein, gar nicht. Ich meine es ernst. Am Anfang habe ich mich gefragt, was hinter dieser Fassade steckt, aber jetzt, wo ich weiß, dass es gar keine Fassade ist, sondern einfach ein Teil deines Wesens, finde ich es ziemlich sexy.«

Brandon zog sie an seinen von der Sonne aufgeheizten Körper. Er roch nach Sonnencreme und Mann. Erins Herz schlug unwillkürlich schneller.

»Ich wusste gleich, dass du eine Romantikerin bist«, neckte er sie, und Erin schnaubte empört auf.

»Bin ich gar nicht.«

»Nicht?«, fragte er und küsste sie leidenschaftlich. Seine Zunge kostete von ihrem Mund, während seine Hände an ihrer Wirbelsäule auf und ab glitten. Sein heiseres Stöhnen brachte sie um den Verstand. Viel zu schnell löste er sich von ihr.

»Und?«, fragte er mit belegter Stimme. »Ist das nicht romantisch?« Seine Pupillen waren geweitet, und sein Brustkorb hob und senkte sich schnell.

»M-mh«, schnurrte sie und drängte sich enger an ihn.

»Ich fürchte, das war ein Eigentor, ich wollte dich verrückt machen, jetzt hat es mich erwischt«, murmelte er und küsste sie erneut.

Plötzlich hob er sie von den Füßen, unterbrach den Kuss und ging mit ihr zur Reling. »Das wagst du nicht«, drohte sie.

Er lachte nur und rief: »Wir brauchen beide eine Abkühlung.«

Und dann sprang er mit ihr ins Meer.

Gemeinsam tauchten sie ein, und Erin schaffte es gerade noch, ihre Nase zuzuhalten, dann schwamm sie wieder an die Oberfläche. Als Brandon etwas entfernt neben ihr auftauchte, seinen Kopf schüttelte und anfing zu lachen, musste sie auch grinsen.

»Was, wenn ich nicht schwimmen könnte?«, schimpfte sie amüsiert.

»Das hatte ich gehofft«, scherzte er. »Dann könnte ich dich endlich mal retten.«

»Du Spinner«, erwiderte sie und paddelte auf ihn zu.

»Was ist los? Willst du mich untertauchen?« Das Funkeln in seinen Augen spornte sie an.

»Ich kann es ja versuchen.«

»Viel Glück.«

Erin kämpfte spielerisch mit ihm, natürlich gelang es ihr nicht mal ansatzweise, Brandon zu überwältigen. Dennoch genossen sie diese Kabbelei im kristallklaren Wasser, bis sie irgendwann atemlos nebeneinander hertrieben.

»Ich glaube, ich brauche eine Pause«, meinte sie.

»Genug geplanscht?«

»Fürs Erste ja.«

»Dann komm mit.«

Mit kräftigen Kraulzügen schwamm Brandon zum Heck der *Infinity*, klappte eine Badeleiter herunter und stieg auf die Plattform, um dann Erin zu helfen.

»Ich schaffe das schon«, verkündete sie.

»Das ist mir klar, aber weißt du was? Es ist doch auch schön, wenn man sich auf andere verlassen kann, oder?«

Sie nickte. »Das stimmt.«

Hand in Hand kletterten sie auf das Deck, legten sich auf ein Badetuch und ließen sich in der Sonne trocknen. Brandons Finger ruhten auf ihrem Bauch, langsam begann er seine Finger um ihren Nabel kreisen zu lassen. »Sollen wir nicht mal die nassen Sachen loswerden?«

Erin hatte die Augen geschlossen. »Ich habe mich schon gefragt, wann du endlich auf diese geniale Idee kommen würdest.«

»O, daran liegt es nicht, meine Liebe.« Er drehte sich zu ihr und küsste sie. »Lass uns nach unten gehen«, brummte er in ihr Ohr.

Sein heißer Atem löste eine Gänsehaut bei ihr aus, unter der sie leicht erschauderte. »Nichts lieber als das.«

Brandon ließ ihr den Vortritt und verpasste ihr einen zärtlichen Klaps auf den Hintern. In der *Infinity* gab es zwei Kojen, ein winziges Badezimmer und eine kleine Küchenzeile. Brandon zog am Bändchen ihres Bikinioberteils.

»Das wollte ich schon seit Stunden machen«, verkündete er und drückte einen Kuss auf ihr Schlüsselbein.

Erin ließ ihre Hände über seinen muskulösen Rücken gleiten und lachte leise. »Geht mir genauso, ein Wunder, dass wir es bis hierher geschafft haben.«

»Gott, wie sehr ich dich vermisst habe«, stieß er hervor und bedeckte ihren Oberkörper mit heißen Küssen. Irgendwann lagen sie in der größeren Koje, die Brandon mit Kissen und Decken ausgestattet hatte, die nach Lavendel und Meer dufteten. Seine Lippen schmeckten nach Salz und Brandon.

Hungrig fielen sie übereinander her, obwohl sie spürte, dass er sich zu beherrschen versuchte.

»Ich liebe es, wenn du die Kontrolle verlierst«, raunte sie an seinem Ohr und biss leicht in seinen Hals. Brandon stöhnte auf und umfasste ihre Brüste. Sie neckten und liebkosten sich gegenseitig, bis keiner von beiden länger warten wollte. Die Sehnsucht, ihn in sich zu spüren, war mittlerweile so groß, dass sie glaubte, unter jeder seiner Berührungen zu zerfließen. Sie war froh, als er ein Kondom hervorholte und es sich überstreifte. Dabei sah er ihr tief in die Augen, und Erin atmete scharf ein.

»Komm her«, forderte sie ihn auf, streckte ihre Arme

nach ihm aus und empfing ihn tief in sich. Brandon verharrte einen Augenblick regungslos, sein Atem kam schnell, als er endlich anfing, sich in ihr zu bewegen. »Brandon«, murmelte sie und klammerte sich an ihm fest.

Ihre Liebe für ihn war so groß, so unendlich, dass sie glaubte, vor Glück zu zerspringen. Immer schneller, immer drängender trieb er sie beide auf den Gipfel zu. Schweiß bedeckte ihre Körper, seine Hüften zuckten unkontrolliert. Erin spürte die ersten Wellen des Höhepunkts über sich zusammenschlagen.

»Ich liebe dich.« Sie stöhnte, und die Welt um sie herum tauchte in ein Meer aus schillernden Farben. Brandon kam mit ihr, mit einem tiefen Grollen erlöste er sie beide von ihren süßen Qualen, bis sie irgendwann matt und glücklich nebeneinanderlagen. Er zog sie in seine Arme.

»Ich hätte nicht gedacht, dass es möglich wäre«, murmelte er träge.

»Was?«

»Dass ich dich immer mehr begehren würde, je öfter ich mit dir zusammen bin.«

»Es ist wunderschön«, stimmte sie zu und schloss die Augen.

»Wie bist du auf die Idee gekommen, ein Kinderbuch zu illustrieren?«

»Es gibt noch viele Dinge, die du nicht über mich weißt.«

»Das ist mir klar, ich möchte dich aber nicht bedrängen.«

»Und das weiß ich auch zu schätzen.« Sie legte eine Hand auf seinen flachen Bauch und lächelte in sich hinein. »Ich habe mal Grafikdesign studiert.«

»Echt?«

»Ja ... bis zu dem Unfall. Danach ist unser aller Leben irgendwie aus den Fugen geraten.«

»Verstehe. Ich habe auch nachgedacht.«

»Ja?«

»Ich war in den letzten Monaten wirklich gefrustet von einem Scheidungskrieg nach dem anderen.«

»Aber du verdienst doch gut damit.«

»Kann Geld alles sein?«

»Absolut nicht.«

»Eben. Du klingst, als hättest du eine Idee? Was hast du vor?«

Brandon spielte mit einer ihrer noch leicht feuchten Haarsträhnen. »Ich könnte mir vorstellen, häufiger auf Cape Cod zu sein, zumindest im Sommer.«

»Was willst du machen? Einen Fischkutter kaufen?«

»Nein.« Er lachte. »Wobei das eine gute Idee wäre. Aber im Ernst. Als ich anfing, wegen Lenny nachzuforschen, ist mir etwas klargeworden.«

»Was denn?«

»Bist du noch sauer auf mich?«

»Nein, nein, überhaupt nicht. Eigentlich war ich vielmehr sauer auf mich, dass ich die Unstimmigkeiten selbst nicht gesehen habe. *Ich* hätte das alles herausfinden müssen, verstehst du?«

Brandon seufzte leise. »Ich verstehe dich, aber ich bin mir sicher, dass du emotional einfach zu sehr betroffen warst, um klar denken zu können.«

»Da ist was dran. Ich glaube, dass ich einfach alles verdrängt habe, weil ich zu der Zeit so viel wegstecken musste – meine Mutter hat uns ja auch noch verlassen. Ich war einfach nicht in der Lage, mich auch noch in die Ermittlungen einzuhaken. Ich habe ja nie damit gerechnet, dass es nicht Lenny gewesen sein könnte ... « Sie schluckte.

»Ich bewundere dich, wie stark du bist.«

»Nur nicht zu viel der Lorbeeren«, scherzte sie traurig und atmete tief ein. »Sag mir lieber, was du jetzt vorhast.«

»Geld habe ich genug«, brummte er und fuhr dann fort, »jetzt ist es an der Zeit, etwas zurückzugeben.«

»An wen, wie meinst du das?«

»Ich werde in Zukunft mehr Fälle *pro bono* übernehmen.«

»Fälle wie den von Lenny?«

»Ich weiß noch nicht, wie, aber auf jeden Fall gibt es viele Menschen, die ungerecht behandelt werden, weil sie nicht reich genug sind, verstehst du?«

»Absolut, und das finde ich ganz großartig. Das ist das, was ich an dir so liebe. Dein Herz ist viel größer als dein Ego.« Sie drehte sich auf den Bauch und gab ihm einen Kuss.

Brandon lachte. »Dann hast du dich damit abgefunden, dass ich kein Bad Boy bin?«

Erin verdrehte die Augen. »Wirst du mir das bis zum Rest unseres Lebens vorhalten?«

»Bis in die Unendlichkeit«, scherzte er und küsste sie erneut. »Sag mal«, meinte er dann, »wirst du weiter studieren?«

»Also, so wie es aussieht, werde ich ja möglicherweise etwas Geld zurückbekommen, und auch die ganzen monatlichen Kosten für Lennys Pflege fallen nicht mehr an.« Sie atmete tief durch. »Ich habe mich bei ein paar Unis beworben. Keine Ahnung, ob mich jemand nimmt, ich meine – ich habe sieben Jahre pausiert ...«

Brandon runzelte die Stirn. »O, ich hoffe doch, dass du nicht zu weit weggehst? Wir bekommen das sicher alles hin.«

Erin lächelte ihn liebevoll an und legte eine Hand an seine Wange. »Ich werde den Teufel tun und weit weg gehen.«

Er atmete aus. »Puh, Glück gehabt.«

»Tatsächlich hatte ich daran gedacht, eventuell sogar ein Fernstudium aufzunehmen. Deswegen finde ich die Idee, die Sommer auf Cape Cod zu verbringen, geradezu großartig. Ich liebe es, das Meer riechen zu können, den Sand unter den Füßen zu spüren und all das. Obwohl ich in Boston aufgewachsen bin, habe ich gemerkt, dass ich gar kein Typ für die Stadt bin.«

Brandon zog sie enger in seine Arme. »Weißt du eigentlich, wie sehr ich dich liebe?«

»Nein, ich will es noch einmal hören«, hauchte sie und verschloss seine Lippen mit einem innigen Kuss, der mehr als tausend Worte sagte.

Epilog

Möwen kreischten, Seile schlugen an die Masten der Segelboote im Hafen von Nantucket und erzeugten damit ein rhythmisches Klappern. Es roch nach Meersalz und Liebe in ihrer kleinen Koje. Erin hatte sich an ihn gekuschelt, sie schlief noch tief und fest. Brandon atmete ein und genoss die Wärme, die ihr zarter Körper auf ihn übertrug. Er konnte sich nicht erinnern, jemals so glücklich gewesen zu sein. »Schlafmütze«, murmelte er. »Aufwachen, heute wird geheiratet.«

Erin riss die Augen auf und stieß zischend die Luft aus: »Was? Hilfe!«

Brandon lachte und zog sie zurück in seine Arme. »Nicht wir ... Nate und Liv. Oder willst du die Zeremonie verpassen?«

Verschlafen blinzelte sie und streckte sich. »Mein Gott, mach das nie wieder.« Sie warf ihm ein Kissen an den Kopf.

Er gluckste. »Keine Angst.«

»Wie viel Uhr ist es?«

»Wir haben noch dreißig Minuten bis zur Trauung.«

Sie schrie entsetzt auf. »Ach du Scheiße.«

»Entspann dich, es wird eine ganz lockere Feier.«

»Aber etwas anziehen darf ich mir schon noch? Jeder wird sehen, dass ich in den letzten vierundzwanzig Stunden kaum was gemacht habe, als dich zu vögeln.«

Brandon wackelte anzüglich mit den Brauen. »Ist das schlimm?«

Sie verdrehte die Augen, was ihn noch mehr amüsierte.

»Ich habe mich gestern geirrt, dein Ego scheint doch größer als dein Herz zu sein«, schimpfte sie, während sie aus dem Bett krabbelte und in das winzige Badezimmer hastete.

»Herrlich«, murmelte er und stand selbst auf, schlüpfte in seine Boxershorts.

Sie erreichten den Strand, an dem die Zeremonie stattfinden würde, tatsächlich gerade fünf Minuten bevor es losging. Beinahe alle Stühle, die auf einer kleinen Holzplattform auf dem Sand aufgebaut waren, waren bereits besetzt. Er hatte seine Finger mit Erins verhakt, die für ihre Verhältnisse mehr als schüchtern neben ihm hertapste. Dabei sah sie zuckersüß aus. Ihre Haare hatte sie in der Eile zu einem lockeren Dutt hochgesteckt, ihr leicht von der Sonne gebräunter Körper steckte in einem bodenlangen Kleid, das mit einem Blütenmuster bedruckt war. Sie hatte kein Make-up aufgelegt, was er großartig fand. Er selbst trug einen hellen Leinenanzug und Mokassins. Natürlich hatte er sich dafür einen Kommentar von Erin eingehandelt, wo denn sein Strohhut sei, ihre bewundernden Blicke verrieten ihm aber, dass sie sich mit seinem Kleidungsstil abgefunden und ihn auf ihre Weise lieb gewonnen hatte. Er genoss die kleinen, gefühlvollen Neckereien und hoffte, dass sie sich diesen Umgang immer bewahren würden.

Elijah stand, als Trauzeuge, neben Nate, der sichtlich angespannt war. Hinter ihnen wartete der Standesbeamte, der die Trauung vollziehen würde.

Preiselbeersträucher und Blaubeerbüsche bildeten Farbtupfer in einem Paradies hinter Dünen an einem ruhigen, herrlichen Strand. Die Landschaft aus Sand, Wiesen und Moor war wie aus einem Bilderbuch. In der Ferne sahen sie einige kleine Häuser mit den typischen dunklen Schindeldächern, weißen Zäunen, umgeben von bunten Gärten und einem Meer aus Blumen. Einige Wolken schoben sich über den hellblauen Sommerhimmel.

Farbige Bänder flatterten in der leichten Brise, ein Bogen, der mit zahllosen Blüten geschmückt war, war hinter dem Pfarrer aufgebaut worden, sodass man gleichzeitig das schillernde Meer sehen konnte. Brandon winkte Nate und Elijah zu, dann setzten sie sich auf zwei freie Plätze auf der linken Seite. Er spürte Erins Aufregung; um ihr ein wenig ihrer Nervosität zu nehmen, hielt er weiterhin ihre Hand in seiner. Sie hatte ihm vorhin anvertraut, dass es für sie eine Premiere war, in so einer Gesellschaft rein privat aufzutauchen. »Sei einfach du selbst«, hatte er zu ihr gesagt. »Alle lieben dich, wie du bist.«

»Niemand kennt die wahre Erin.«

»Unterschätze unsere Freunde nicht«, hatte er geantwortet, »wir haben alle schnell begriffen, dass du zwar taff und ein bisschen verrückt bist, gleichzeitig aber eine ganz großartige, liebenswerte Person.«

Erin war errötet und hatte die Augen niedergeschlagen. »Es war mir nicht klar, dass meine Schutzmauer offensichtlich aus Glas errichtet war und ich so leicht zu durchleuchten bin.«

»Hey«, er hob ihr Kinn an, »das ist was Gutes. Und jetzt brauchst du sie nicht mehr, hörst du?«

Sie nickte und schluckte. »Ich muss mich erst noch an alles gewöhnen.«

»Wir sind zusammen, das ist alles, was zählt.«

Nach der Trauung feierten sie mit dem Paar auf einer wunderschönen Farm mit grünen Wiesen, bunten Blütenkränzen und in einem nostalgisch anmutenden Ambiente. Mehrere Kellner liefen mit Tabletts voller Champagner und

Kanapees herum. Brandon und Erin hielten bereits eins in den Händen.

Liv und Nate hatten sich vor dem gigantischen Käsekuchen platziert und waren dabei, die Torte anzuschneiden. Erin freute sich wahnsinnig für die beiden, und sogar ihr Herz schlug dabei ein wenig schneller. Cat und Elijah schmiegten sich aneinander, ihr Hund Joe lief zwischen den Gästen umher und ließ sich gerne lange und ausgiebig streicheln. Brandon hatte einen Arm um Erins Schultern gelegt und zog sie noch ein wenig enger zu sich heran.

»Lustige Torte, oder?«

»Allerdings, mal was anderes. Niemand liebt Käsekuchen so sehr wie Liv«, erklärte Brandon.

Nachdem das Paar das erste Stück angeschnitten und je ein Gäbelchen an den anderen verfüttert hatte, rief Liv alle Frauen zusammen. »Kommt mal her, meine Damen.« Sie schnappte sich ihren Brautstrauß, und Erin machte sich klein hinter Brandon.

Er lachte. »Nichts da, drücken gilt nicht.«

Sie schaute ihn zweifelnd an, es konnte doch wohl nicht in seinem Sinne sein, dass sie das Risiko einging, den dämlichen Brautstrauß zu fangen? Aber er schubste sie förmlich von sich. Wenn sie keine Szene machen wollte, musste sie sich fügen.

Bitte nicht, dachte sie immer wieder und stellte sich ganz an den Rand der großen Frauengruppe. Cat stand vorne in der Reihe, hoffentlich wusste Liv das auch, die ihnen nun den Rücken zugewandt hatte.

»Eins«, riefen die Männer.

»Zwei.« Erins Herz pochte bis zum Hals.

»Drei.« Liv warf den Strauß hinter sich.

Es geschah wie in Zeitlupe, Erin konnte nicht so schnell reagieren, wie das blöde Ding auf sie zuraste. Sie hob die Hände, um sich zu schützen, und ... fing den Brautstrauß.

»Fuck«, murmelte sie so leise, dass es hoffentlich niemand mitbekam.

Ihre Beine wurden wackelig, ihr Herz raste.

Jetzt würde er kommen, der peinliche Moment. Jeder wusste, dass der Scheidungsanwalt Brandon überhaupt kein Interesse hatte, zu heiraten. Niemals und nicht in dreitausend Jahren. Und Erin?

Nun ja, wenn sie ganz ehrlich zu sich war, dann hatte sie in vielen Belangen ihre Meinung geändert, seit sie ihn kennengelernt hatte.

Liebe machte sowas mit einem.

Noch vor einigen Wochen hätte sie jeden, der ihr damit gekommen wäre, gesteinigt und für verrückt erklärt. Aber jetzt?

Sie wagte nicht, Brandon anzusehen, hatte aber wohl mitbekommen, dass es still um sie geworden war. Es kam ihr so vor, als wären alle Augen auf sie gerichtet. Und ja, es war tatsächlich so, und dann sah sie Brandon auf sich zukommen.

Er lächelte.

Erin schluckte. Ihr Hals war so trocken wie die Wüste im Hochsommer. Sie konnte sich nicht rühren. Er nahm ihre eiskalte Hand und ging dann vor ihr auf die Knie. Sie schnappte nach Luft.

»Liebe Erin, noch vor kurzer Zeit war ich mir sicher, dass die Institution Ehe überholt wäre und kein tragfähiges Zukunftskonzept darstellt.«

Sie lächelte über seine so typisch gestelzte Wortwahl, und ihr Herz quoll über vor Liebe für diesen Mann.

»Seit ich dich kenne, hat sich vieles, was ich als selbstverständlich erachtet habe, als Irrtum erwiesen.« Er blickte auf, und sie sah, dass auch er schlucken musste.

»Unser Schiff trägt nun schon den Zeitrahmen, den ich in etwa mit dir verbringen möchte, als Namen. *Infinity.*

Die Ewigkeit mit dir ist nicht genug, aber um unser Glück zu vervollständigen, würde ich mir wünschen, dass wir auch ganz offiziell ein Paar werden und es in alle Welt hinausrufen. Erin Lark, willst du meine Frau werden?«

O Gott.

Er hatte ihr einen Antrag gemacht?

Sie konnte es nicht glauben. Ihr war schwindelig.

»W-wie meinst du das?«, stammelte sie, und Brandon guckte sie verdutzt an. Er hatte offenbar direkt mit einer Antwort gerechnet. Dann lächelte er, als er kapierte, dass er sie damit überrascht hatte. Vielleicht hatte er sogar sich selbst damit überrascht, sie nahm an, dass das nicht ganz ausgeschlossen war. Gott, sie musste schmunzeln, jetzt dachte sie schon wie er.

»Willst du mich heiraten? Ganz altmodisch, mit Ring und Brautkleid?«, fragte er jetzt.

Bis zu dieser Sekunde hatte sie nicht gewusst, dass es genau das war, was sie sich mit Brandon an ihrer Seite am sehnlichsten wünschte. »Ja«, sagte sie nur. Ihre Stimme war fest und sicher. »Ja, das will ich. Ich will alt mit dir werden. Ich will mit dir über die Meere dieser Welt schippern und dabei wissen, dass du und ich für immer zueinander gehören. Ich will deine Frau werden. Hochoffiziell und mit allem, was dazugehört.«

Er lächelte. »Ich bin unglaublich froh, dass du das sagst. In der Kürze der Zeit habe ich leider keinen passenden Ring auftreiben können.« Er zog einen kleinen Ring, den er aus Gras geflochten hatte, hervor und steckte ihn ihr an den Finger. »Erst mal ein symbolischer.«

Sie lachte und schüttelte den Kopf. »Du bist wahnsinnig.«

Er zog sie in seine Arme und küsste sie, dann murmelte er an ihren Lippen. »Ich bin wahnsinnig verliebt. Ich liebe dich.«

»Und ich liebe dich.«

Dann senkte sein Mund sich erneut auf ihren, und die Menge um sie herum jubelte und klatschte. Dies war nicht der Moment ihres größten Glücks, dies war erst der Anfang. Die Liebe hatte sie gefunden, obwohl sie nicht danach gesucht hatte. Ihr Herz schlug in seinem Takt, und sie hoffte, dass es bis zum Ende ihres Lebens so blieb.

– Ende –

Zum Schluss ...

Möchte ich mich bei meinen Lesern und Leserinnen bedanken, denn ohne euch wäre es nicht möglich, meinen Traum zu leben. Darum herum gibt es eine ganze Menge Menschen, die mir mit Rat und Tat zur Seite stehen. Neben meiner Lektorin Doro gibt es da noch das ganze BookRix-/Zeilenfluss-Team, dem ich sehr zu Dank verpflichtet bin. Vielen Dank, liebe Ruth, dass du dich meinen Texten vor allen anderen noch einmal ganz intensiv widmest, und mir hilfst, die letzten Unstimmigkeiten zu beseitigen.

Wenn ihr noch mehr über mich und meine Bücher wissen wollt, schaut doch

- auf meiner Website www.karinlindberg.info,
- Facebook oder
- Instagram

vorbei.

Bis bald, alles Liebe
   Karin Lindberg